CRIMES AU CLAIR DE LUNE

Charlaine Harris

présente

CRIMES AU CLAIR DE LUNE

Une anthologie de nouvelles inédites
traduites de l'anglais (États-Unis)
par Florence Mantran

Michel LAFON

Titre original :
Crimes by Moonlight

7-13, boulevard Paul-Émile-Victor – Île de la Jatte
92521 Neuilly-sur-Seine Cedex

www.michel-lafon.com

Introduction

de Charlaine Harris

Après des années passées au sein de la communauté du mystère, j'ai fini par être considérée comme quelqu'un d'inoffensif, de facile à vivre… et parfois même de « gentil ». Mais tout a changé lorsque l'on m'a demandé de réaliser l'anthologie, qualifiée de *surnaturelle*, de la Mystery Writers of America (MWA), l'association des auteurs américains de romans policiers.

J'ai envoyé un e-mail à certains de mes auteurs favoris, tous membres de la MWA, pour leur annoncer la bonne nouvelle.

À voir leur réaction, on aurait dit que c'était un cadeau empoisonné.

Au lieu d'accueillir avec des cris de joie ce projet, ils m'ont renvoyé des e-mails geignards qui commençaient tous par : « Grands dieux, je ne sais pas… je n'ai jamais versé dans le surnaturel… je n'oserais pas me lancer là-dedans… » J'ai presque dû les motiver à coups de bâtons dans le dos pour les inciter à jouer le jeu.

Je dois cependant avouer qu'un certain nombre d'entre eux ont réagi comme je l'espérais. Certains romanciers attendaient tout simplement l'opportunité de passer du côté obscur. Ceux-là, je ne les quitte pas des yeux.

Au bout du compte, mon offre a donné lieu à d'intéressantes réponses.

Ce volume est constitué de nouvelles écrites par des auteurs que vous lisez et appréciez depuis des années, et par d'autres que vous ne connaissez pas encore. Ces écrivains ont en commun non seulement leur appartenance à la MWA, mais aussi le réel désir de se lancer dans une histoire qui sorte des sentiers battus.

J'ai commandé la plupart de ces nouvelles. Les autres ont été soumises de façon anonyme à un brillant panel de juges volontaires : d'éminents auteurs tels que Daniel J. Hale, Dana Cameron, Doug Allyn, Jane Cleland et Heather Graham. Comme il leur a été donné à lire jusqu'à deux cents textes, je tire mon chapeau à ces inconditionnels, qui risquent bien de ne plus jamais se proposer comme membres du jury ! Barry Zeman a supervisé le processus de A à Z et nous a été d'une aide précieuse. Et John Helfers, de Tekno Books, m'a laissée hurler sans broncher quand tout cela devenait trop écrasant.

Après les travaux de rédaction, de mise au point, de sélection, de rewriting, et littéralement des centaines d'e-mails, voici l'ouvrage final. Notre travail est terminé. Il ne reste maintenant plus aux lecteurs qu'à en aimer le résultat.

Et nous y comptons bien.

Charlaine HARRIS

Dahlia Underground

par Charlaine Harris

Dahlia Lynley-Chivers ouvrit les yeux dès le coucher du soleil. Mais ce réveil ne ressemblait en rien à ceux qui avaient jalonné sa longue seconde vie : elle était comme clouée sur le dos, et blessée.

Salement blessée.

Dahlia jura dans un langage oublié depuis des siècles. Elle avait perdu beaucoup de sang. Malgré l'atmosphère chargée de fumée et de poussière, elle sentait l'odeur d'un corps tout près d'elle. Le sang des morts avait beau être répugnant, cela pourrait l'aider.

Lentement, elle allongea le bras droit pour s'apercevoir qu'à la différence de l'autre, il était libre et intact. Impossible, en revanche, de bouger sa jambe gauche coincée sous une lourde traverse.

Tout en évaluant la situation, Dahlia se demandait ce qui avait bien pu arriver lorsqu'elle était plongée au plus profond de son sommeil de jour. Elle percevait à distance des cris, des hurlements de sirènes, tandis qu'autour d'elle régnait un chaos indescriptible. Non loin, le corps d'un vampire était quasiment sectionné en deux par un énorme pan de verre. Il commençait à se désincarner, mais elle avait l'impression de le reconnaître.

La mémoire lui revint peu à peu.

La Pyramide. Elle avait tout à coup décidé de passer la journée à La Pyramide, l'hôtel des vampires, à Rhodes. L'être qui se désintégrait sous ses yeux était un très bel homme au service de la reine de l'Indiana, et elle avait volontiers accepté de sortir s'amuser avec lui plutôt que de rejoindre sa chambre, dans la demeure du shérif de Rhodes.

Si elle avait vécu une nuit trépidante, la journée qu'elle avait passée à dormir avait dû l'être encore plus.

Au-dessus d'elle, Dahlia apercevait un coin de ciel nocturne où clignaient sporadiquement les lumières de la ville. De temps à autre, un craquement sinistre s'élevait d'un amas de métal tordu, de verre brisé ou de béton fracassé. Combien de minutes encore avant que ces ruines ne s'effondrent autour d'elle ? Cela faisait longtemps que Dahlia n'avait pas eu peur, mais elle n'en était pas loin, à présent. Pas au point, cependant, de crier pour appeler un humain à l'aide.

Une poutre plus petite gisait sur celle qui la retenait prisonnière, tout près de sa main droite. Si elle pouvait la saisir, peut-être parviendrait-elle à se hisser hors de ce piège… et ramper ensuite vers l'humain mort, se nourrir, et entamer alors une périlleuse escalade vers le haut.

Bon programme.

La main de Dahlia agrippa la poutre, et elle tira… pour comprendre aussitôt que sa jambe gauche ne ferait que se déchirer sous le poids qui l'emprisonnait.

– Ça ne s'arrange pas… marmonna-t-elle.

Malgré sa force immense, il lui fallut une heure entière pour s'extirper de là. Lorsque sa jambe se libéra enfin, elle se sentait proche de l'épuisement. Tout en récupérant, elle jeta un regard sur son corps. Non, impossible… ! Elle était nue, maculée de sang et de la poussière pâle qui recouvrait tout autour d'elle. Elle prit alors une mèche de ses longs cheveux, habituellement noir charbon. Sous la lueur diffuse qui lui parvenait de l'extérieur, ils lui parurent blancs. Cela faisait longtemps qu'elle gisait ici. Combien d'heures restait-il avant l'aube ? Elle se décida à bouger.

Le cadavre non loin d'elle était celui d'une serveuse de l'hôtel, qui s'était brisé le cou dans l'explosion. Comme celle-ci n'avait pas beaucoup saigné, Dahlia pouvait faire le plein. Le sang des morts était pire encore que le substitut en bouteille qui permettait aux vampires d'être des citoyens légaux aux États-Unis. Ils pouvaient dire en toute franchise qu'ils n'avaient plus besoin de se nourrir d'humains vivants. Même s'ils continuaient d'en raffoler.

Allongée sur le corps de la jeune femme, Dahlia prit des forces avant de se lancer dans l'escalade du monceau de gravats. L'espace d'un instant, elle sentit sa confiance lui échapper et ne fut plus certaine de pouvoir s'en sortir.

– Hé, ho ! appela soudain d'en haut une voix puissante. Ici Ted Fortescue, le capitaine des pompiers de Rhodes ! Il y a quelqu'un de vivant, en bas ?

Elle songea un instant à ne pas répondre, puis se ravisa. Dahlia avait sa fierté, et elle était aussi d'une résistance peu commune.

– Oui… je suis là ! lança-t-elle dans l'obscurité.

– Humaine ou vampire ?

– Vampire, répliqua-t-elle avec audace.

Quitte à ce qu'il la laisse là en apprenant qu'elle n'était pas de ceux qui respiraient.

– Vous avez faim ?

On l'avait briefé. Parfait.

– J'ai pu boire le sang d'un cadavre. Je ne vous attaquerai pas.

– Parce qu'on peut vous avoir du TrueBlood O+, quand on vous sortira…

– Pas la peine.

– Il y a un cadavre ?

– Deux. Un vampire, presque parti, et une humaine, morte avant que je ne la trouve.

– Il va falloir la croire sur parole, articula une voix plus faible au côté du capitaine.

– Vous pourrez attraper une corde si on vous l'envoie ? demanda Fortescue.

– Oui. Si j'essaie de grimper aux parois, j'ai peur que tout me dégringole dessus.

Des humains allaient la sauver. Des humains… Même si

Dahlia n'avait pas cherché, tout au long de ces siècles, à se forger le caractère, elle allait apparemment devoir le faire.

– OK, on vous descend une corde !

L'instant d'après, Dahlia, appuyée sur son bras droit, rampa vers la corde qui venait de tomber à un mètre d'elle. S'agrippant aux pans de ruines qui paraissaient les plus solides, elle se hissa debout. Par chance, elle était menue. Elle saisit la corde, puis, serrant les dents, l'enroula autour de sa jambe et lança :

– Vous pouvez tirer !

Après une ascension aussi pénible que houleuse, Dahlia Lynley-Chivers émergea au milieu d'un paysage nocturne cataclysmique.

Un regard sur elle, et Ted Fortescue hurla qu'on lui apporte en vitesse une couverture. Le capitaine était à peu près dans le même état qu'elle, son visage brun et ses cheveux coupés ras blanchis de poussière. Au-dessus de son masque, son regard ambré reflétait l'horreur qui régnait autour de lui.

Dahlia trouva son odeur fort attirante. Il lui faudrait très vite davantage de sang. Mais sa soif était, pour l'instant, noyée par l'humiliation de devoir se tenir nue devant cet homme tant que la couverture n'arrivait pas. Lorsqu'il l'en eut enfin enveloppée d'un geste détaché, Fortescue confia Dahlia au premier humain de la file formée pour aider les rescapés à descendre de la montagne de décombres. La dernière personne à la prendre en charge la dirigea vers un groupe attendant à l'écart sur un trottoir vierge de tous débris.

– Voici des gens prêts à vous offrir à boire, lui annonça son accompagnateur. Essayez, s'il vous plaît, de ne pas en abuser.

– Des volontaires ? demanda-t-elle en cachant tant bien que mal sa surprise.

– Oui. Beaucoup de gens sont furieux que la Communauté du Soleil ait pris de telles mesures contre vous.

– C'est la Communauté qui est responsable ?

– Oui. Ils ont dû penser qu'une conférence de vampires ferait une excellente cible. Plusieurs de leurs membres étaient des employés de l'hôtel, mais ils n'ont pas cru nécessaire de leur conseiller de sortir avant que ça n'explose. En fait, ils disent même que c'est bien fait pour eux ; qu'ils n'avaient pas à servir des vampires. Il y en a plus d'un qui est remonté contre la Communauté, je vous le dis.

– J'habite ici, à Rhodes, reprit Dahlia. Est-ce que quelqu'un pourrait me raccompagner chez moi ?

– Allez vous chercher à boire, et puis rejoignez cette autre file, là-bas. On vous aidera.

– C'est bien gentil, répliqua-t-elle avec raideur, mais vous ne pourriez pas m'aider à rejoindre les donneurs ? J'ai le bras et la jambe cassés.

Le capitaine Ted Fortescue, qui descendait de la montagne de ruines, entendit les paroles de Dahlia.

– Bon sang, il fallait me le dire !

Sans plus attendre, il la prit dans ses bras et l'emporta vers la file de donneurs sur le trottoir.

– Merci mille fois, lui dit-elle, les dents serrées. De quelle caserne êtes-vous ?

– La 34, au coin d'Almond et de Lincoln. Ça ira, maintenant ?

Dahlia lui assura qu'elle pourrait se tenir sur une jambe tout en se nourrissant. Comme il devait retourner travailler, il l'abandonna à son triste sort, et elle le regarda s'éloigner.

Un temps, elle avait été amoureuse d'un loup-garou. Il n'était pas tout à fait humain, bien sûr, mais assez proche d'eux pour la dégoûter par moments. Dahlia éprouvait pour les humains le même amour que la plupart d'entre eux éprouvaient pour les choux de Bruxelles. Ils étaient bons pour la santé, mais elle ne courait pas après.

Le donneur était une petite femme aux longs cheveux. Elle s'appelait Sue, et elle lui tint la main pendant que Dahlia se nourrissait. En temps normal, celle-ci n'aurait pas supporté de l'entendre déblatérer sur le fait que « nous formons tous une famille ». Elle n'appréciait pas que sa nourriture parle. Mais ce soir, c'était différent.

Après s'être rassasiée, Dahlia se dirigea en claudiquant vers la file sur le trottoir, où on lui remit un bon pour se faire raccompagner chez elle. Les vampires qui vivaient dans la demeure de Cedric, déjà ivres de douleur et de rage, furent heureux de voir une survivante passer le seuil de leur porte. Dahlia ne désirait qu'une chose, maintenant : prendre une bonne douche et se glisser dans son lit, dans sa chambre sans fenêtre située au sous-sol.

*
**

Le lendemain, tous les vampires de Rhodes se retrouvèrent dans la salle commune du manoir. D'après les journaux, au moins une cinquantaine d'entre eux, issus du centre des États-Unis, étaient morts dans l'explosion. Le pire n'était pas le nombre des disparus, mais le fait qu'ils avaient perdu la face. C'était leur ville qu'on avait visée, et l'attentat avait été soigneusement préparé – sans éveiller chez eux le moindre soupçon, bien que tout eût été mis en œuvre par des *humains*.

– Nous sommes déshonorés, déclara Cedric, le shérif de Rhodes.

Tous les vampires de la ville étaient présents à la réunion, aussi bien ceux qui possédaient leur propre maison que ceux qui vivaient ensemble dans le nid. Taffy elle-même, l'amie de Dahlia, mariée à un loup-garou, était là.

Cedric tourna vers Dahlia un regard bleu où perlaient des larmes rougeâtres.

– Notre sœur Dahlia a bien failli trouver la mort et a dû être secourue par des humains.

– Si j'ai accepté leur aide, c'est uniquement pour être délivrée du piège qui m'emprisonnait.

Malgré l'effort que cela demandait, elle expliqua cela la tête haute et le visage impassible.

– Nous nous devons de riposter, continua Cedric. Et sur-le-champ. C'est notre territoire. Nous sommes désormais en guerre.

– Tu n'en as pas lu un seul depuis qu'Agatha Christie a cessé d'écrire, lui fit remarquer Dahlia.

– Elle n'écrit plus ? lâcha Taffy, déconcertée. Depuis quand ?

– Elle est morte. Ça doit faire une cinquantaine d'années.

– Et je suis censée le savoir ?

– On a écrit tout un tas de romans, depuis. Tu devrais en lire, reprit Dahlia qui ne lisait que rarement elle-même. Bon, on a l'adresse. Allons leur rendre une petite visite.

Avec la TransAm de Taffy, elles se rendirent dans le vieux quartier de Rhodes.

Elles laissèrent la voiture sur Trask Street, au sud de Field Street, là où se trouvait le modeste magasin servant de QG à la Communauté du Soleil. Les petits commerces environnants avaient déjà fermé pour la nuit, et quelques piétons frileux se pressaient pour rentrer chez eux. Tous trois rejoignirent Field Street par une ruelle crasseuse située à deux pâtés de maisons de leur cible. Puisqu'ils se rappelaient l'époque lointaine où les rues étaient pleines d'ordures et de débris, cette saleté ne les choqua nullement. Dissimulés dans l'ombre d'une poubelle, les deux vampires et le demi-démon scrutèrent la devanture derrière laquelle se tenaient les bureaux de la Communauté.

– Des caméras, murmura Melponeus.

– Je les vois, dit Dahlia.

Il y en avait tout autour du bâtiment. Après une petite discussion à voix basse avec ses complices, Dahlia redescendit sur Trask Street et s'engagea vers l'est afin de se retrouver à la hauteur de Field Street. Puis, elle se glissa dans la première ruelle venue et remonta vers le nord. À mi-chemin, Dahlia découvrit un joli coin sombre qu'elle savait indétectable pour l'œil humain. Elle s'accroupit, se rassembla puis bondit en l'air avant d'atterrir en souplesse sur le toit. Elle était à peu près sûre que la Communauté n'aurait jamais songé à pointer une caméra vers le ciel. Elle ne se trompait pas.

Un petit sourire satisfait et Dahlia sauta sur le toit d'en face, celui de l'immeuble qui abritait le siège de la Communauté.

Elle ôta alors ses hauts talons et balança ses jambes dans le vide. Ses doigts et ses orteils s'accrochant aux fentes entre les briques, elle progressa prudemment vers la première caméra. D'un rapide coup de main, elle la détacha de son socle, la lança sur le toit et effectua le même geste pour les autres.

Elle fit alors signe à Taffy et Melponeus, qui se mirent à trotter vers la Communauté. Après s'être rechaussée, elle sauta du toit pour les rejoindre, et atterrit sur le trottoir avec la légèreté d'une plume, malgré ses talons de neuf centimètres.

– Beau travail, lui dit Taffy.

Dahlia inclina la tête en signe de remerciement.

– Je suis impressionné, avoua Melponeus. Taffy, allons voir qui s'occupe de ce magasin.

Celle-ci frappa à la porte où était placardé le logo de la Communauté : un soleil représenté par un lumineux cercle jaune aux rayons ondulés, au centre duquel apparaissait une pyramide.

– Cette pyramide, qu'est-ce que ça signifie ? demanda Taffy.

– La Terre pour les Humains, l'Éradication des Vampires, la Victoire éternelle, déclara Melponeus. L'ironie de la chose, c'est que l'hôtel des vampires a la même forme. C'est peut-être ça qui a tout déclenché.

Un jeune homme vint à la porte. À travers la vitre épaisse – blindée ? – le groupe aperçut un Asiatique au corps mince et nerveux, d'environ vingt ans, le menton orné d'une fine touffe de barbe.

Arborant son plus beau sourire, Taffy lança :

– Bonjour jeune homme. On peut entrer ?

Si elle ne l'avait pas appelé « jeune homme », il aurait sans doute ouvert la porte car Taffy avait un splendide sourire sans crocs, et son jean en cuir ne la rendait que plus incendiaire. Mais le terme « jeune » dut éveiller ses soupçons, car celle qui était plantée devant ne lui paraissait pas âgée de plus de vingt-cinq ans. Il se mit à tapoter un numéro sur son mobile.

– Regardez-moi, ordonna Dahlia d'une voix dont la force contraignante traversa sans peine l'épaisseur de la vitre.

Ce qu'il fit, malgré les recommandations de ses supérieurs.

– Ouvrez la porte.

Et le jeune homme s'exécuta.

À peine entré dans les locaux, Melponeus entreprit de fouiller les ordinateurs de la Communauté. Dahlia, quant à elle, s'assit face à l'Asiatique à barbiche, devant une table couverte de taches de café et de bloc-notes.

– Comment t'appelles-tu ?

– Jeffrey Tan.

– Tu es membre de la Communauté ?

– Je hais les vampires. J'en ai même tué un.

– Ah oui ?

– Parfaitement.

Pendant que Taffy inspectait les bureaux et que Melponeus entreprenait de copier des listes sur une clé USB, Dahlia posa quelques questions à Jeffrey. Celui-là était sorti avec une vampire qu'il avait connue avant qu'elle ne commence à péter les plombs. Une nuit où leurs ébats étaient devenus réellement torrides, elle l'avait mordu. Paniqué, il l'avait poignardée avec une baguette de bois. (Malheureusement pour la jeune vampire, la mère de Jeffrey lui avait apporté ce jour-là un repas traditionnel chinois.)

En l'espace de quelques secondes, sa petite amie s'était littéralement ratatinée sur le lit avant de partir en fumée sous ses yeux horrifiés.

Il devait maintenant vivre avec ça, et le meilleur moyen d'y parvenir était de trouver des gens prêts à lui assurer que son geste était parfaitement justifié.

Dahlia, qui n'avait que trop entendu ce genre d'histoire, et sans doute à cause de la panique qui l'avait elle-même saisie la veille, s'autorisa un bref instant de sympathie pour Jeffrey. Un sentiment qu'elle ne tarda pas à repousser, cependant.

– Tu es impliqué dans l'explosion de La Pyramide ? demanda-t-elle brusquement.

– Non, mais j'ai applaudi le courage et la détermination de nos soldats, répondit-il sans conviction.

– Oui, agresser des gens pendant leur sommeil, c'est effectivement très courageux. Tu sais qui a planifié et exécuté cette action ?

– Ils se cachent ; ils se tiennent prêts, répliqua Jeffrey en clignant furieusement des paupières. Les fans de vampires, les policiers ou les pompiers qui ont sauvé des vampires, ça va bientôt être à leur tour de mourir.

– Et où se cachent ces héros ? interrogea Dahlia.

Melponeus, les yeux rivés sur l'écran d'un des ordinateurs du bureau, lança soudain :

– Je crois avoir trouvé la liste des membres.

Au même moment, Taffy sortait un épais dossier d'un placard métallique.

– Et voici la liste des propriétés qu'ils louent ou possèdent, annonça-t-elle tandis que Melponeus chargeait sa précieuse trouvaille sur une clé USB. Oh, au fait, j'ai fait un tour à la cave : il n'y a personne en bas.

Un téléphone se mit à sonner. Jeffrey Tan tandit le bras pour décrocher mais Dahlia, d'une main, l'en empêcha avant de demander :

– Cet appel, ça veut dire quoi ?

– Je leur ai signalé que les caméras étaient tombées en panne, articula-t-il en semblant émerger de sa transe. Ils appellent pour voir si tout va bien.

Il dévisagea Dahlia, puis Taffy et Melponeus.

– Tu dis que la Communauté va s'en prendre aux pompiers ? s'enquit soudain Dahlia d'une voix inquiète.

– On a des photos de chacun des traîtres qui ont participé au sauvetage des vampires de La Pyramide.

– On ferait mieux de ne pas traîner, commenta Melponeus.

– Je le tue, avant ? suggéra Taffy.

– Non, ça risquerait de donner l'alerte, répliqua Dahlia. Pourtant, ce n'est pas l'envie qui m'en manque… Regarde-moi, Jeffrey !

Impossible de désobéir, même s'il luttait de toutes ses forces contre l'emprise qu'elle avait sur lui.

On est venus rencontrer tes chefs, lui dit-elle en lui saisissant le menton pour garder son attention. Comme ils n'étaient pas là, on est repartis passablement frustrés.

– Oui… fit-il, semblant de nouveau privé de toute volonté.

Ils quittèrent les locaux aussi furtivement qu'ils y étaient entrés. D'un accord tacite, Dahlia et Taffy attrapèrent chacune un bras de Melponeus avant de sauter ensemble sur le toit de l'immeuble et de poursuivre par voie aérienne. À peine avaient-ils parcouru deux pâtés de maisons que des voitures venaient se garer devant le siège de la Communauté.

– C'était presque trop facile, déclara Dahlia une fois de retour au manoir.

Elle buvait du TrueBlood en compagnie de Taffy, tandis que Melponeus sirotait un café, très noir. Cedric était venu les rejoindre dans la salle commune pour écouter leur rapport.

– Ils ont laissé un humain – un gentil toutou, à vous entendre – garder tout seul les bureaux ? Alors qu'ils auraient dû s'attendre à ce qu'on vienne y mettre notre nez… ?

– Les humains nous sous-estiment, commenta Taffy. Ils ont un cerveau limité.

– Nous aussi, on les sous-estime, rétorqua vivement Dahlia. Qui vient de dégommer cinquante vampires d'un seul coup ? Même ce petit morveux a descendu sa copine avec une baguette chinoise.

– Je suis à moitié humain, leur rappela Melponeus. Certains d'entre nous ont des capacités tout à fait honorables.

Tandis que Taffy et Cedric, gênés, se détournaient comme si de rien n'était, Dahlia croisa son regard couleur de neige puis inclina la tête d'un air royal.

– Que nous conseilles-tu de faire, Dahlia ? lui demanda alors Cedric.

– Il faut étudier de près la liste des membres, ainsi que

celle des propriétés. Ça ne nous mènera pas très loin, mais je crois qu'il faut le faire. Après tout…

Inutile d'insister sur leurs responsabilités.

– OK, tu t'en occupes, Dahlia, reprit Cedric. Melponeus, si vous voulez bien me suivre, Lakeisha va vous faire un chèque.

– Comment va-t-on s'y prendre ? demanda Taffy après leur départ.

– On va former des équipes, et chacune aura une liste de propriétés à trouver. Qui devront être très soigneusement et très discrètement fouillées. Un groupe sera chargé d'enlever un officiel de la Communauté, une personne sans famille. Mais cette équipe ne devra pas avoir peur d'employer la force de persuasion. Il faut qu'on sache s'il y a des endroits non mentionnés sur la liste qui soient assez grands pour abriter dix à quinze personnes. D'après les journaux, c'est à peu près le nombre de fanatiques de la Communauté qui reste introuvable. Pour en être sûr, on devra comparer les gens qu'on pourra trouver à ceux de la liste.

Revenu auprès d'eux, Cedric déclara :

– Ça me semble être un bon plan. Surtout ton idée de torture, ajouta-t-il en souriant.

– Merci, shérif. Il faut cependant envoyer quelqu'un pour prévenir les humains qui ont participé au sauvetage. Ils ont sauvé des vies, cette nuit-là ; et pas seulement des vies humaines.

– Il y en a certains qui n'ont pas été ravis de sauver des vampires, objecta Cedric. J'ai lu ça, dans les journaux.

– Peut-être, mais ils l'ont fait quand même. Et on ne peut pas les abandonner.

– Tu ne serais pas en train de me dire ce que je devrais faire, Dahlia… ?

– Désolée, shérif, fit-elle en se détournant pour se recomposer un visage.

– Ça ne te ressemble pas, cette réaction.

– C'est la première fois que je me fais sauver par des humains.

– Le demi-démon – le demi-humain – ne veut pas entendre parler d'argent en échange de ses services. Il dit que nous sommes du même bord.

Dahlia fit tout ce qu'elle put pour ne pas avoir l'air emprunté. Elle y parvint presque.

– Très bien, allez-y, maintenant, lui dit Cedric.

*
**

C'est ainsi que Dahlia pénétra dans la caserne 34, au coin d'Almond et de Lincoln. Malgré la fraîcheur de la nuit, la porte de la caserne était grande ouverte. Les hommes et les femmes qui s'y trouvaient lavaient leurs camions à grands coups de jets d'eau. Aucun d'eux ne siffla lorsque Dahlia approcha, même si elle attirait l'attention de tous avec son manteau noir ceinturé et ses escarpins aux talons interminables.

– Tiens, une froide, lança l'un eux, un grand costaud qui ne devait pas être loin du mètre quatre-vingt-dix. Qu'est-ce que tu veux, la vamp' ?

T'arracher la gorge, espèce d'insolent, songea-t-elle. Mais aussitôt, elle reconnut sa voix haut perchée. C'était lui qui avait aidé le capitaine à la sortir de ce fichu trou.

– J'aimerais parler au capitaine Fortescue.

Ce qui déclencha un véritable chœur de sifflets et de commentaires à propos de la femme de Ted, et de la façon dont il occupait son temps en dehors du travail.

Si Dahlia avait su respirer, elle aurait lâché un profond soupir.

Ted Fortescue apparut alors en s'essuyant les mains. Un regard sur les hommes et les femmes de sa brigade, et ceux-ci se turent aussitôt. À la plus grande surprise de Dahlia, il la reconnut immédiatement.

– Bonsoir. Comment vont votre bras et votre jambe ?

– Bien, merci, répondit-elle, le dos aussi raide qu'un tisonnier. Je suis venue vous prévenir. Les gens de la Communauté du Soleil affirment qu'ils désirent se venger de ceux qui ont sauvé des vampires.

– Ils vont s'en prendre à des secouristes ? demanda Fortescue, consterné.

– Oui.

– Ils vont faire perdre toute sympathie pour leur cause, articula-t-il avec lenteur. Sans parler du fait qu'ils *tuent* des vampires et *recrutent* des humains.

– Je ne prétends pas chercher à comprendre ce qui se passe dans la tête des humains, reprit Dahlia. Vous m'avez sauvé la vie ; à présent, je m'efforce de vous aider.

– Eh bien… merci !

Le groupe de pompiers le dévisageait, attendant manifestement qu'il ajoute quelque chose.

– Vous avez été humaine, un jour, dit-il alors.

Surprise, Dahlia hésita avant de répliquer :

– J'ai été humaine dix-huit ans seulement. Je suis vampire depuis… depuis neuf cents ans, peut-être.

Suivit un lourd silence, qu'elle brisa en reprenant :

– Bonne chance à vous, Ted Fortescue ; et à tous ceux ici qui nous ont aidés.

Elle scruta chaque visage les uns après les autres, sachant qu'elle ne se souviendrait jamais de tous.

– Je les tuerai tous, si je peux, promit-elle avant de tourner les talons.

– Commando Barbie, murmura l'une des femmes, mais assez fort pour que Dahlia l'entende.

Ce qui la fit sourire intérieurement.

*
**

Dahlia n'était pas du genre à se morfondre, elle préférait agir tout de suite. Durant le peu de nuit qui restait, elle et Taffy visitèrent deux locaux de la Communauté : une « église » dans le sud de la ville, et une « salle de réunion » dans l'Est. Les deux vampires n'eurent aucun mal à forcer l'entrée des bâtiments, qu'elles s'activèrent à fouiller en profondeur. C'étaient des constructions modernes, sans couloir dérobé, pièces secrètes ou faux plancher.

La nuit suivante, les autres équipes firent des rapports similaires au leur.

La pression s'accentuait sur les vampires de Rhodes. En se retirant dans leurs repaires pour leur sommeil de jour, ils n'étaient sûrs que d'une chose : ils ignoraient où se trouvaient les conspirateurs de la Communauté. Ils baignaient dans la confusion la plus totale.

Même l'équipe préposée à l'enlèvement et à la torture revint bredouille. À la vérité, ils avaient réussi à mettre la main sur l'une des officielles de la Communauté ; et, à la vérité, ils étaient parvenus à la capturer sans se faire surprendre. Mais la femme avait le cœur fragile, et, à leur grande contrariété, elle mourut sans leur offrir le moindre renseignement valable. L'équipe finit donc par remettre le corps là où elle l'avait pris, et personne n'en sut rien.

Taffy arriva au manoir le lendemain soir et se rua dans la salle de réunion. Dahlia était attablée, perdue dans de sombres pensées.

– Don dit qu'on devrait chercher dans les tunnels ! lança-t-elle en se précipitant sur son amie.

– Si tu me secoues encore comme ça, je te casse les deux bras, riposta Dahlia.

– Désolée ! reprit Taffy avec empressement. Mais je suis tellement excitée !

– C'est une très bonne idée, ton histoire de tunnels, reconnut enfin Dahlia. On aurait dû y penser plus tôt.

Le réseau de tunnels qui couraient sous l'ancien centre-ville de Rhodes était considérable, et il avait un temps relié tous les plus grands immeubles. Ces couloirs souterrains avaient aussi beaucoup servi avant et pendant la Prohibition. Puis, plus tard, certains passages avaient été bloqués à cause de nouvelles constructions. Les vampires n'utilisaient plus que rarement les tunnels... mais ils l'avaient longtemps fait par le passé, eux et même des humains.

– Est-ce que les tunnels passent sous Field Street ? demanda Dahlia.

– Don nous faxe une carte.

Don, le compagnon loup-garou de Taffy, connaissait un professeur d'histoire à l'université de Rhodes. Celui-ci envoya le plan des tunnels au petit bureau où Lakeisha tenait la correspondance de Cedric. Elle avait été, dans une autre vie, assistante de direction, et Cedric l'avait amenée ici pour être la sienne dans la mort. Elle connaissait son travail et avait une très grande expérience de la communication moderne, des connaissances techniques que la plupart des vampires estimaient déroutantes.

Lakeisha avait eu l'avantage de savoir que Cedric allait la prendre avec lui, aussi s'était-elle lavée, coupé et soigneusement coiffé les cheveux avant sa mort. Elle était donc en permanence jolie et propre sur elle, sans aucun effort à faire.

– Tu n'as jamais reçu de fax, Dahlia, ça se voit, lui dit-elle.

– Et j'espère bien ne jamais en recevoir d'autre.

– Oh, la grognon ! fit-elle en s'attirant un regard noir. On s'est levé de son cercueil du pied gauche ?

– C'est vraiment agaçant que tu n'aies pas peur de moi, marmonna Dahlia. Et c'est une grossière erreur, d'ailleurs.

– Attention à ne pas fâcher Cedric, répliqua tranquillement Lakeisha.

Dahlia lui arracha des mains le plan des tunnels, puis se retira avec Taffy dans la salle commune afin de l'étudier.

– Ça y est, on vous tient, bande de salauds ! s'écria son amie quand elles eurent repéré Field Street.

– Je vais offrir à Don quelque chose de joli, déclara Dahlia.

– Pas une brosse à cheveux, comme la dernière fois. Ça vieillit mal, ce truc.

– Non, quelque chose de vraiment chouette.

– Pas encore un sac de croquettes pour chiens !

– Non, je parle sérieusement, Taffy. Ça lui plaira beaucoup. Lakeisha, on a besoin de toi ici !

En temps normal, celle-ci aurait attendu d'avoir l'accord de Cedric, mais aujourd'hui était un jour spécial. Elle utilisa la photocopieuse puis l'Interphone et, lorsque tous furent réunis dans la salle, elle distribua des copies de la carte des tunnels.

Dahlia se posta bien en vue de tous. Vêtue de sa combinaison de cuir noir, ce ne fut pas sans plaisir qu'elle se sentit admirée. Melponeus était là ; dans un coin, elle apercevait ses boucles brunes et son visage rougeaud. Parfait.

– Grâce à Taffy, nous avons un plan des tunnels, annonça-t-elle une fois le silence installé. Ils passent, entre autres, sous le QG de la Communauté et, si les chefs y sont entrés après leur attaque contre nous, ils s'y trouvent peut-être encore. Quelqu'un est-il descendu sous la ville, ces vingt dernières années ?

– Moi, lança Melponeus. J'y étais il y a cinq ans, je pourchassais un petit démon parce que… en fait, ça n'a aucun intérêt. Il y a aujourd'hui dans ces tunnels nettement plus de culs-de-sac que sur votre carte. Celui de Fullmore Street est bloqué par des gravats à l'intersection avec Gill Street.

Les stylos raturaient et corrigeaient les plans.

– Celui de Banner Street est divisé en son centre. On a construit une sorte de remblai au-dessus, et le tunnel est maintenant bouché – bien que j'aie entendu dire que quelqu'un avait percé un trou dans ce mur.

Le demi-démon continua sa description des autres tunnels fermés ou raccourcis.

– Merci, Melponeus, lui dit Dahlia quand il eut terminé. On te doit une fière chandelle.

– Oh, je saurai me faire payer, lui assura-t-il, une lueur gourmande dans ses yeux couleur neige.

Une façon à lui de jauger la réputation de Dahlia, et dont personne n'osa rire dans l'assistance.

Cedric s'avança alors, une pipe à la bouche et vêtu d'une

veste d'intérieur. Taffy roula des yeux étonnés en direction de Dahlia.

– Vous avez un plan d'action ? demanda-t-il.

– Oui, mon shérif.

– Parfait. Oh, au fait…

Chaque vampire se figea.

– Vous devez me les ramener vivants. Je sais que vous voulez vous amuser avec eux, et j'avais bien l'intention de vous demander de m'en ramener un pour jouer moi-même. Mais j'ai reçu un coup de fil du chef de la police, qui m'a raconté – et je crois que c'est intéressant – que certains de ses agents sont tombés sur des vampires à des endroits où on ne les attendait pas, posant des questions plus qu'inattendues, et qu'il espérait bien qu'on ne tente rien de notre côté car la police de Rhodes n'a qu'une hâte, coincer ces terroristes et les traduire en justice.

Les vampires n'échangèrent aucun regard coupable – ils étaient bien trop aguerris pour cela.

– Bien sûr que si, on prévoyait de les tuer, répliqua Dahlia. Quoi d'autre ?

– Je crains que vous n'ayez à modifier vos plans, insista Cedric d'une voix aimable et ferme à la fois. Songez à l'effet que cela fera… une photo de vous tous en train de remettre ces malfaiteurs à la police. Songez à ce que diront les gens : que nous avons honoré notre promesse de ne pas boire de sang humain – même pas celui de nos ennemis.

– Cedric, intervint Dahlia sur un ton rebelle, on avait pourtant…

– … prévu de s'offrir une bonne petite soirée à l'ancienne, je sais. Et je le regrette aussi. Mais, quand vous trouverez ces meurtriers, ils iront tout droit au poste de police. Non exsangues et intacts.

Chaque membre de l'assistance acquiesça en silence.

Cinq équipes de deux vampires furent envoyées dans chacun des cinq accès aux tunnels les plus proches du siège de la Communauté. Dahlia pensait que les fanatiques avaient pu faire exploser ou percer certains murs plus récents. C'était ce qu'elle aurait fait si elle avait prévu d'utiliser les tunnels comme refuges.

Les équipes étaient armées de fusils, et personne n'en fut vraiment ravi. La plupart des vampires (surtout les plus anciens) estimaient que le fait de porter une arme à feu traduisait un manque de confiance en sa propre capacité à tuer.

Dahlia divisa le reste des vampires de Rhodes en deux sections. Chacune d'elles entrerait dans les tunnels à environ deux kilomètres du QG de la Communauté, l'une à l'est et l'autre à l'ouest. Ainsi, le groupe de chasse pourrait descendre sans alerter ses proies. Quelques voitures emmenèrent l'équipe de Dahlia – Taffy conduisant l'autre – à l'entrée est qu'elle avait choisie. Cet accès se situait sous un restaurant qui avait ouvert avant la Première Guerre mondiale.

Les employés du Cappelini avaient l'habitude de voir débarquer dans l'établissement des touristes en vadrouille dans le vieux Rhodes, mais ils furent stupéfaits de constater que le groupe de huit heures du soir n'était constitué que de suceurs de sang. Dahlia resta en arrière. Aussi menue et jolie fût-elle, elle n'en restait pas moins menaçante aux yeux des humains. Lakeisha arbora son plus radieux sourire, laissa un pourboire monstrueux, et l'atmosphère se détendit peu à peu.

L'équipe, constituée de Dahlia, Lakeisha et trois autres vampires hommes (Roscoe, Parnell et Jonathan), passa la porte que leur guide, une adolescente, avait déverrouillée pour eux. Ils descendirent ensemble l'escalier menant à la cave du Cappelini. D'un geste nerveux, la jeune fille leur montra où et comment les réserves étaient stockées, leur raconta l'histoire de la construction du bâtiment et leur révéla le poids total des pâtes que le restaurant avait servies depuis qu'il avait ouvert ses portes. Malgré l'attention polie que lui portèrent les vampires, elle semblait loin d'être à son aise en s'apprêtant à pénétrer dans le tunnel.

Pour cela, elle dut ouvrir une autre porte encore, une très ancienne pièce de bois. Accueilli par une bouffée d'air frais, le groupe descendit un escalier très étroit, puis une pente abrupte et tournoyante, pour arriver à une nouvelle porte, nettement plus basse que les modernes, et lourdement fermée. Leur guide l'ouvrit pour eux, sans cesser de parler malgré l'effort que ce déverrouillage lui demandait. Elle actionna un petit interrupteur, et le tunnel leur apparut, courant tout droit sur une dizaine de mètres avant de tourner sur la droite.

– J'aurai une question à vous poser, déclara soudain Lakeisha à la jeune guide.

Soulagée, celle-ci posa un regard interrogateur sur la jolie vampire à la peau brune.

– Regardez comme mes yeux sont grands ! demanda Lakeisha.

L'instant d'après, l'adolescente était prisonnière du charme du vampire.

– Asseyez-vous par terre et attendez notre retour, ajouta Lakeisha à l'adresse de la jeune fille, qui sourit et acquiesça d'un air serein.

Les vampires avaient l'habitude des espaces fermés, et tous avaient une excellente vision. Dahlia semblait à peine toucher le sol quand elle commença à progresser dans le tunnel. Au début, deux d'entre eux marchèrent de front, mais le couloir souterrain se rétrécit.

Les murs étaient en briques, recouvertes de plâtre par endroits. De temps à autre, l'étroit espace s'élargissait pour s'ouvrir sur une réserve aux parois gravées de signes anciens, jonchée de vieux meubles cassés ou de toutes sortes de débris provenant des commerces situés au-dessus. Parfois, une porte fantôme au panneau de verre encore intact donnait accès à un bar souterrain ou un entrepôt qui n'avait pas vu un seul client en soixante-dix ans.

– C'est magique, déclara Roscoe.

Si Dahlia ne répondit rien, elle était bien d'accord avec lui.

Ils ne rencontrèrent aucun autre groupe de touristes car Cedric avait bloqué toutes les visites pour eux. Durant deux heures, les vampires eurent pour eux seuls les tunnels circulant sous le vieille ville de Rhodes.

Dahlia fit stopper son équipe quand elle se rendit compte qu'ils se trouvaient à deux pâtés de maisons de Field Street.

– Vous avez entendu Cedric, leur dit-elle à voix basse. On ne tue personne. S'ils tentent de résister, vous vous contentez de leur briser un os.

Malgré l'interdiction imposée par leur shérif, ils étaient tous extrêmement tendus à l'idée de ce qui les attendait. Cela faisait longtemps qu'ils n'avaient pas eu droit à une vraie bataille. C'était un bon moment pour un vampire.

Après un vigoureux signe de tête, Dahlia se retourna et se lança dans la dernière section du tunnel.

*
* *

Au bout du compte, la capture des terroristes se révéla presque décevante. Sept conspirateurs seulement se trouvaient sous les locaux de la Communauté. Deux d'entre eux, restés trop près de leur bombe artisanale, avaient été blessés par l'explosion de La Pyramide. Seuls trois hommes tentèrent de résister, mais sans conviction, et Taffy, qui atteignit le groupe quelques secondes à peine avant Dahlia, maîtrisa la plupart d'entre eux sans problème, à base de violents coups dans les côtes. Jonathan et Roscoe se chargèrent des autres.

Plutôt que de traîner leurs otages jusque chez Cappelini, Dahlia décida de faire surface au point d'accès le plus proche. Avec son mobile, Lakeisha appela les deux vampires qui en gardaient l'entrée, afin qu'ils avertissent la police qu'ils avaient des prisonniers à leur livrer.

Loin de se sentir triomphante, Dahlia était dévorée par le doute. Il y avait certainement beaucoup plus de membres de la Communauté qui se cachaient dans les tunnels.

– Attendez ! lança-t-elle alors devant le premier escalier.

Taffy, juste derrière elle, portait l'homme à qui elle avait brisé les côtes. Il gémissait de douleur, et ce bruit agaçait Dahlia. Pour s'assurer qu'aucune côte ne vienne perforer son poumon d'humain, Taffy le tenait soigneusement devant elle.

Dahlia observa un instant son visage à la barbe naissante puis lui demanda :

– Comment t'appelles-tu ?

Il lui énonça alors les chiffres formant le numéro de membre que la Communauté lui avait attribué.

– C'est encore plus énervant que tes geignements. Tu ferais aussi bien de la fermer, connard.

Il s'arrêta au beau milieu de sa tirade.

Lakeisha, toujours pragmatique, extirpa un portefeuille du pantalon de leur otage et annonça :

– Le connard en question s'appelle Nick DeLeo.

– Tu as déjà parlé à un vampire, Nick ?

– Je ne traite pas avec le fruit de l'enfer.

– Je n'ai pas été engendrée par l'enfer, pour ta gouverne. J'ai rencontré en Crète quelque chose de bien plus ancien que moi, il y a de cela plus de siècles que tu ne saurais l'imaginer. Je serai encore là quand tes enfants seront réduits à l'état de poussière, si quelqu'un daigne procréer avec toi.

Ce dont Dahlia doutait fort.

– Où sont les autres ?

– Je ne suis pas censé vous le dire.

C'était dur pour lui d'avoir l'air redoutable alors qu'une femme le portait, et il lâcha l'affaire lorsque Dahlia s'approcha davantage de lui. Imperceptiblement, il sourcilla.

– C'est vrai, déclara-t-elle avec satisfaction, je suis réellement effrayante. Tu n'imagines pas la douleur que je te causerai si tu ne me dis pas ce que je veux savoir.

– Ne lui dis pas, Ni… aaargh !

Un cri qui interrompit net l'exhortation d'un autre otage.

– Oh, Roscoe, il est blessé ? interrogea Dahlia en feignant l'inquiétude.

– Difficile de soutenir moralement son pote avec une mâchoire brisée, répondit-il. Oups…

Dahlia sourit à Nick et lui déclara :

– J'ai éventré des personnes de ma seule main. Et j'ai trouvé ça jouissif.

Prêt à la croire, Nick finit par articuler :

– Les autres se sont lancés à la recherche des pompiers qui ont aidé à dégager les vampires de La Pyramide. C'est plus facile de les avoir, eux, ils ne sont pas armés. Ils sont partis par groupes de quatre vers chacune des casernes qui sont intervenues. Ils vont tirer jusqu'à vider leurs chargeurs, en ne gardant qu'une balle pour se tuer eux-mêmes. En saints martyrs pour la cause.

– Quelle horreur ! s'exclama Lakeisha. Vous pensez que ça découragera les gens d'aider les vampires ? Que ça les incitera à rejoindre votre stupide Communauté ? Massacrer ainsi des fonctionnaires qui viennent en aide à la population ?

– Nous voilà avec un nouveau but, annonça Dahlia. On dépose ces sacs à merde à la police, et on file vers les casernes qu'ils ont l'intention d'attaquer. Ils ont une longueur d'avance sur nous, alors on ne traîne pas !

En haut de l'escalier, ils tombèrent sur un essaim de journalistes. La police savait y faire avec la presse. Dès qu'ils le purent, Dahlia et ses congénères s'éclipsèrent en douce. Chacun ayant son assignation, elle-même courut droit au coin d'Almond et de Lincoln.

Quatre des conspirateurs de La Pyramide convergeaient déjà vers la caserne 34.

Au moins les grandes portes étaient-elles fermées. Les pompiers à l'intérieur se faisaient à manger, dormaient, jouaient à des jeux vidéo… lorsque le premier coup de feu siffla par une fenêtre à l'étage, manquant de peu l'un des fanatiques. Puis une fusillade éclata, de tous les côtés de la caserne en même temps. Au milieu des hurlements et des jurons, la panique s'installa.

Jusqu'à ce que, l'un après l'autre, les coups de feu cessent d'un coup.

Les reporters auraient adoré prendre une photo des quatre membres de la Communauté empilés par terre devant la caserne, Dahlia debout dessus, l'air triomphant. Mais elle était bien trop avisée pour s'abaisser à cela. À la place, les journaux du lendemain affichèrent en première page une magnifique photo de la frêle et menue Dahlia, vêtue de sa combinaison de cuir noir, trônant sur l'épaule du capitaine Ted Fortescue au centre d'un groupe de pompiers.

Toute velléité d'attendrissement pour cette petite femme qui jouait les antiterroristes fut réduite à zéro une fois qu'on eut découvert les blessures sanguinolentes que la vampire et son mètre cinquante avaient infligées aux quatre tireurs – même s'ils étaient encore en vie, du moins pour l'instant.

Les journaux furent heureux de leurs photos ; les pompiers furent heureux d'être vivants et, pour la plupart, indemnes ; les fanatiques de la Communauté furent secrètement heureux d'être sortis des tunnels, et savouraient à l'avance le fait de pouvoir réitérer à leur procès leur credo débile ; Cedric fut heureux de voir ses vampires suivre ses instructions à la lettre ; et ces derniers sentirent qu'ils s'étaient un peu vengés de l'attentat contre La Pyramide.

Le plus heureux de tous fut Melponeus, le demi-démon, car lui et Dahlia fêtèrent leur victoire avec une telle ardeur qu'il dut quasiment ramper pour aller retrouver ses camarades, les jambes flageolantes et un sourire bêta au coin des lèvres.

Quant à Dahlia, elle se sentait la proie d'une nouvelle et étrange habitude. Elle avait établi une relation avec les hommes et les femmes de la caserne 34 et elle se mit à y passer de temps à autre.

Lors de sa troisième visite, les humains trouvèrent sa venue des plus naturelles. Ted Fortescue lui offrit même distraitement un peu de chili au lieu du TrueBlood qu'ils avaient commencé à stocker dans le bas du réfrigérateur.

Lorsque le conseil municipal de Rhodes vota pour offrir à Dahlia une récompense spéciale pour avoir défendu la caserne des pompiers, personne, dans la caserne 34, ne manqua de déposer son bulletin dans l'urne.

– J'ai l'impression que ce sont mes petits animaux de compagnie, confia-t-elle à Taffy.

Qui, prudemment, dissimula son sourire.

Et lorsque l'un des accusés fut acquitté sur un point de

procédure, et que tous les pompiers de la caserne 34 protestèrent devant cette décision pendant que Dahlia apprenait à jouer à *Grand Theft Auto,* aucun d'eux ne fut surpris d'apprendre que le tireur s'était évanoui dans la nature vingt-quatre heures plus tard.

– Dahlia, c'est un peu notre mascotte, déclara un de ses hommes à Ted Fortescue.

– Elle sera là bien plus longtemps que nous, répondit-il. Surtout si vous vous aventurez à dire quelque chose de ce genre, alors qu'elle peut vous entendre.

Mais personne n'était assez fou pour s'y risquer.

Hixton

par William Kent Krueger

À quelques kilomètres de la petite ville de Citadel, dans le Wisconsin, la petite route de terre courait à travers bois avant d'atteindre les marais. Émergeant de sous les arbres, D'Angelo aperçut la cabane, à environ cinq cents mètres de là. À l'embranchement trônait un vieux panneau de bois qui annonçait : « JAMBON – FUMÉ OU SÉCHÉ AU MIEL ». Au volant de sa nouvelle Studebaker Starliner, il remonta un chemin étroit qui serpentait entre de lugubres mares d'eau sombre, parsemées de joncs ayant depuis longtemps viré au brun.

Sur la butte, près de la maisonnette, apparaissaient une grange, un enclos et un champ jonché de paille après une récente récolte. Dans le petit jardin, une jeune femme cessa un instant d'étendre du linge pour regarder D'Angelo approcher. La blancheur immaculée des draps, lourds dans l'air immobile, contrastait nettement avec le gris du ciel, le brun mat des roseaux et le noir de l'eau. Sous l'auvent de la terrasse en bois, un vieil homme était assis dans un fauteuil à bascule. En descendant de sa voiture, D'Angelo ne manqua pas d'apercevoir le fusil qu'il gardait posé sur ses genoux.

– On n'approche pas plus près, déclara le propriétaire des lieux sans lui laisser le temps de franchir un mètre.

– C'est comme ça que vous accueillez vos clients ? s'étonna D'Angelo.

– Tant que je ne suis pas sûr que ce sont mes clients, oui.

– On se demande par quel miracle vous vendez quelque chose.

– Le miracle, c'est quand on a goûté à mes jambons. Vous êtes un client ?

– D'après vous, j'ai l'air de quoi ?

– D'un homme qui répond à une question par une autre question.

D'Angelo sourit.

– J'ai cru comprendre en ville que vous fabriquiez le meilleur jambon de ce côté du Mississipi.

– De n'importe quel côté du Mississipi, monsieur.

– Vous le fumez vous-même ?

Le vieux fit un bref signe de tête en direction d'un fumoir, au fond du jardin.

– Oui, là-bas. Qu'est-ce qui vous aurait fallu ? Du fumé au bois de noyer ou du séché au miel ?

– Du fumé, ça m'ira très bien.

L'autre hocha la tête tout en étudiant longuement son visiteur.

– Vous êtes d'où ? Pas du coin, en tout cas.

– Vous non plus, répliqua D'Angelo.

– C'est de vous qu'on cause, pour l'instant, fit-il en serrant les doigts sur son fusil.

– Je viens du Nebraska. D'un endroit qu'on appelle Hixton.

– Hixton ? répéta-t-il en se penchant en avant. Fiston, c'est pas pour le jambon que vous êtes là. Qu'est-ce que vous voulez ?

– Parler, simplement.

– De quoi ?

– De cinq garçons d'Hixton qui ont disparu.

– Hixton, c'est loin d'ici, et c'était il y a longtemps.

– Alors, on peut en parler sans problème.

– Vous vous appelez comment ?

– Martin.

– C'est un nom de famille ?

– Mon nom de famille, c'est D'Angelo. Et vous, vous êtes Albert Gorman.

– Pourquoi vous me posez ces questions sur Hixton ?

– Je suis journaliste, monsieur Gorman. Je travaille sur un article.

– Tout le monde s'en fout, d'Hixton. Il y a trop longtemps…

Il faisait plus de soixante-dix ans, avec son visage parcheminé par le soleil. C'était peut-être aussi la lumière qui le forçait à garder les yeux mi-clos, mais D'Angelo en doutait.

– Oh, et puis qu'est-ce que ça peut bien foutre ? lâcha-t-il en faisant signe au visiteur de s'approcher.

Il y avait un autre fauteuil, sur la terrasse, où D'Angelo s'installa en se demandant si c'était là aussi que venait s'asseoir la jeune femme.

– Vous m'avez trouvé comment ? demanda le vieil homme.

– C'est mon boulot. Retrouver les gens, les choses. Trouver la vérité.

– La vérité ? répéta Gorman avec un rire rocailleux. Ce n'est pas ce que cherchent les gens. S'ils la regardaient droit dans les yeux, ça leur brûlerait la rétine jusqu'au fond du cerveau.

Quelques pourceaux émergèrent au petit trot d'un cabanon situé dans l'enclos que D'Angelo avait aperçu en arrivant. Ils s'approchèrent de la clôture et fourrèrent leurs groins roses entre les barreaux. Au-delà, on distinguait le marais qui s'étendait partout autour d'eux sous le ciel maussade.

– Ce serait difficile d'arriver jusqu'ici sans se faire repérer, déclara D'Angelo.

– Impossible, oui.

– Il y a vingt ans, vous avez quitté Hixton dans la précipitation. Qu'est-ce qui vous faisait peur, monsieur Gorman ? Et qu'est-ce qui continue à vous faire peur ?

À travers ses yeux mi-clos, le vieux contempla un moment les marais, puis finit par demander :

– Vous savez quoi d'Hixton ?

Voici ce que savait D'Angelo et ce qu'il raconta à Gorman.

À l'automne de 1933, un adolescent du nom de Lester Benett se rendit à un bal donné dans le stade du lycée d'Hixton. Il y vint sans cavalière. Timide de nature, il ne dansa avec personne. Puis il repartit comme il était venu, mais sans jamais réapparaître chez lui.

Deux mois plus tard, un autre garçon, nommé Skip Gordon et âgé de seize ans, sortit à quatre heures du matin pour commencer sa tournée de distribution de journaux. C'était un gamin taciturne mais consciencieux, et qui n'avait aucun ami à qui se confier. Enfant unique, il était couvé par sa mère. Ce matin-là, il distribua la moitié de ses journaux, de State Street jusqu'à Main Street, puis plus rien après cela. Comme Lester Benett, il s'était évanoui dans la nature.

En février, un certain Jason Weller partit pour une promenade en charrette organisée par le Kiwanis Club. C'était un gosse difficile qui, à contrecœur, avait accepté d'accompagner sa cousine, une jeune fille en manque de petit ami. Ils s'installèrent dans le foin de la carriole avec plusieurs autres adolescents. Après leur balade, ils burent du chocolat chaud et mangèrent des beignets autour d'un feu de bois. Puis il raccompagna sa cousine sous la pleine lune, lui souhaita bonne nuit et… jamais plus on ne le revit.

De plus en plus inquiets, les habitants d'Hixton crièrent haro sur les autorités qui ne trouvaient aucune explication à ces disparitions. La police locale demanda alors l'aide d'un enquêteur fédéral. Ce fut Albert Gorman qu'on leur envoya.

– De vrais couillons, les flics du coin, grommela-t-il. Un regard sur leurs dossiers et j'ai compris que, pour eux, la seule façon de mettre la main sur leur homme, c'était d'attendre qu'il entre dans leur bureau, avoue, prenne la clé et s'enferme lui-même dans sa cellule.

– Vous croyiez alors que vous pouviez avoir plus de chance ?

– De la chance ? La chance n'a rien à voir avec ça. Résoudre un crime, c'est éliminer peu à peu toutes les possibilités.

– Et quelles étaient les possibilités ?

Gorman se cala contre son dossier, baissa son fusil et l'appuya contre le mur de la cabane, sans l'éloigner de ses mains. Il croisa les bras sur son ventre, qui, un jour, avait dû être plat et dur mais s'était empâté avec le temps. Il portait une chemise blanche dont le col ouvert laissait apparaître un maillot, blanc lui aussi. Son pantalon kaki était immaculé et impeccablement repassé. Il avait aux pieds des bottes noires et luisantes. D'Angelo se demanda si c'était la jeune femme au fond du jardin qui prenait si grand soin de lui.

– J'ai cherché les points communs, reprit Gorman. Tous adolescents, tous élèves du lycée, tous socialement inadaptés et solitaires, tous disparus alors qu'ils se trouvaient seuls dans la nuit. Ça m'a fait dire que les victimes n'avaient pas été choisies au hasard, mais soigneusement sélectionnées par quelqu'un qui les connaissait et savait leur emploi du temps. Alors, je me suis demandé qui pouvait être au courant des activités de ces gamins. Et j'ai fini par me dire que ce devait être quelqu'un du lycée. Un prof, peut-être, un conseiller, un responsable.

Une main sur le front, il poursuivit :

– Ça ne pouvait pas être quelqu'un qui était là depuis longtemps, sinon ces disparitions auraient commencé plus tôt. Alors, j'ai regardé du côté des nouveaux au lycée. Il n'y en avait que deux, cette année-là. Une prof d'anglais, Miss Evelyn Hargrove, et le coach de base-ball, Hank Abernathy. Elle, c'était une petite chose venue d'Alabama, à peine sortie de l'université, toute fraîche, toute papillonnante, et qui sentait bon. Les garçons étaient dingues d'elle. Elle vivait avec trois autres femmes célibataires qui faisaient tout ensemble ; chacune connaissait les habitudes des autres, et elles jouaient à la canasta tous les soirs où elles n'avaient pas de rendez-vous amoureux, ce qui était plus souvent le cas qu'autre chose. En fait, il s'est trouvé que, sur deux des trois nuits où un garçon a disparu, Miss Hargrove jouait à la canasta. Alors, j'ai regardé du côté d'Abernathy. Un drôle de numéro, celui-là.

La porte de la maisonnette s'ouvrit, et la jeune femme que D'Angelo avait vue suspendre les draps sortit sur la terrasse. Elle était jolie, avait la peau claire et douce, des yeux bleu nuit, de longs cheveux noirs, et elle sentait bon le linge frais. Elle portait une simple robe blanche qui lui arrivait aux chevilles et dont le décolleté ne dépassait pas la base de la gorge. À son arrivée, les pourceaux se mirent à grogner. Pour D'Angelo, qui ne connaissait rien aux cochons, ils devaient attendre qu'elle les nourisse.

– Pardonnez-moi de vous interrompre, déclara-t-elle avec un charmant sourire, mais j'aimerais savoir si vous, messieurs, désireriez un rafraîchissement.

– Monsieur D'Angelo, dit alors Gorman, je vous présente ma fille. Mon chou, voici Martin D'Angelo.

– Est-ce que de la limonade et des biscuits vous plairaient ?

– Oui, oui, répondit le vieil homme.

– À moi aussi, enchaîna D'Angelo.

Il ne se priva pas d'admirer l'ondulation de ses hanches et de ses fesses lorsqu'elle pivota pour s'éloigner.

– Monsieur D'Angelo ? le réveilla Gorman.

– Oui… Vous disiez qu'Abernathy était un drôle de numéro ?

– Un athlète bourré de talent, oui. Il aurait pu jouer dans les plus grandes équipes ; mais qu'est-ce qu'il a fait, au lieu de ça ? Il s'est retrouvé entraîneur dans une petite ville au milieu de nulle part. Je me suis toujours demandé ce qui l'avait poussé à ça. Après quoi il courait ? De quoi il se cachait ?

– Il était marié ?

– Non, et ça aussi c'était bizarre. Beau gosse comme il était, il n'avait pas de femme, pas de petite amie.

Par une fenêtre ouverte, on entendait chantonner la fille de Gorman. En écoutant ce chant obsédant, D'Angelo faillit perdre le fil de ses pensées. Avec un effort, il se ressaisit et demanda :

– Qu'est-ce que vous vous êtes dit ?

– Que c'était peut-être le genre d'homme qui ne s'intéressait pas aux femmes ; et que, si c'était vrai, ça pourrait aider à expliquer la disparition de ces garçons. Mais je n'avais aucune preuve, aucun indice, rien, et ç'aurait été stupide de me précipiter. C'est pourquoi je l'ai fait surveiller.

– Et c'est là que le quatrième garçon a disparu ?

– Oui. Au début du printemps. Deux mois après la disparition du troisième.

– C'était Edward Greely. Un jeune dont l'ambition était de se faire un nom à Broadway ou Hollywood. Il tenait le rôle principal dans la pièce représentée au lycée, *Le Boyfriend.* Après la dernière représentation, ils se sont tous retrouvés pour une soirée chez Gwendolyn Murdoch, la prof de théâtre qui dirigeait la pièce. Elle l'a surpris en train d'ajouter du rhum dans le punch avec une flasque d'argent qu'il avait apportée, et elle la lui a confisquée. Par la suite, elle l'a remise à la police pour l'aider dans son enquête.

– Eh bien, je vois que vous avez bossé sur le sujet, commenta Gorman.

– Et la surveillance du coach de base-ball, qu'est-ce qu'elle a donné ?

– Selon le gars qui le filait ce soir-là, Abernathy est allé au cinéma, puis s'est offert un petit en-cas dans un café. Il mangeait, assis au bar, quand Edward Greely a quitté la soirée puis a disparu.

– Ce qui l'éliminait d'office de la liste des suspects ?

– Effectivement. J'ai cru comprendre qu'il avait fini par épouser la bibliothécaire d'une ville voisine, ce qui me fait dire qu'Hixton n'était peut-être pour lui qu'un tremplin, qui sait ?

– Et où cela vous a-t-il mené ?

– À chercher d'autres possibilités.

La fille de Gorman ouvrit la moustiquaire d'un coup de hanche et sortit sur la terrasse, un plat de biscuits dans une main et une carafe de limonade glacée dans l'autre.

– Laissez-moi vous aider, proposa aussitôt D'Angelo en se levant d'un bond.

Près du marais, les cochons se remirent à grogner, mais la jeune femme les ignora.

– Merci, dit-elle doucement en lui tendant le plat de cookies.

Elle posa le pichet sur le plat de la balustrade et ajouta :

– Je reviens avec des verres.

D'Angelo fut tenté de la suivre dans la pénombre de la maisonnette, mais la voix de Gorman le retint.

– Asseyez-vous, on n'a pas fini de parler.

Il posa les biscuits près de la carafe et retourna s'asseoir. Les cochons venaient de se taire, mais continuaient de regarder du côté de la cabane.

– D'autres possibilités ? demanda D'Angelo.

– Oui, je me suis dit qu'il devait y avoir d'autres points communs entre les garçons que je ne voyais pas. J'ai gambergé à mort pour trouver ce que ça pouvait être. La pression de la police et des habitants était énorme, je peux vous le dire. J'ai perdu pas mal d'heures de sommeil à y penser…

La fille de Gorman revint avec deux verres qu'elle remplit de limonade. Puis elle demanda :

– Vous avez essayé mes cookies, monsieur D'Angelo ? Ils ne sont qu'au sucre mais j'ose dire sans me vanter que je me débrouille très bien.

D'Angelo en prit un, croqua dedans et dut reconnaître qu'il n'en avait jamais mangé d'aussi délicieux, ce qu'il s'empressa de lui dire. Elle sourit, rougit jusqu'aux oreilles, et il songea aussitôt que jamais non plus il n'avait vu de fille aussi jolie.

– Terminez votre biscuit, monsieur D'Angelo, intervint alors Gorman. On n'a pas fini de parler. Tu peux nous laisser, ma fille ?

La jeune femme s'exécuta, D'Angelo acheva son cookie et ressentit un vide immense après son départ. Une profonde impression de manque lui serra le cœur.

– Comme je vous le disais, poursuivit le vieil homme, j'ai perdu beaucoup d'heures de sommeil à gamberger là-dessus. J'ai cherché du côté de leurs amis, mais ils n'en avaient pas beaucoup, et aucun en commun. J'ai cherché avec qui en ville ils pouvaient avoir eu des contacts… un médecin, peut-être. Rien là non plus. Un peu plus tôt, j'avais regardé le chemin qu'ils avaient pris la nuit de leur disparition, et, pareil, je n'avais rien découvert d'intéressant. Mais j'ai réétudié cette éventualité et, en essayant de ne plus me laisser obséder par l'idée d'un suspect en particulier, j'ai fini par voir quelque chose.

La voix de la jeune femme résonna de nouveau du fond de la maisonnette, et D'Angelo eut l'impression que son chant était comme une corde de soie s'enroulant autour de son cœur pour l'attirer vers elle.

– Qu'est-ce que vous avez vu ? interrogea-t-il, l'air absent.

– Que leurs chemins se rencontraient tous au Sweet Shoppe, une petite confiserie d'Hixton. C'était un magasin relativement récent, dirigé par une femme du nom de Circé Cane. J'en ai discuté avec les parents des gamins disparus, qui m'ont révélé que leurs fils s'arrêtaient souvent dans cette boutique en rentrant de l'école ou le samedi. Tous m'ont parlé de cette Miss Cane avec beaucoup de sympathie et m'ont dit qu'ils adoraient ses bonbons. Alors, je me suis mis à enquêter sur elle, dans l'idée de savoir ce qu'elle avait fait avant d'arriver à Hixton. Et vous savez quoi, monsieur D'Angelo ? Je ne suis tombé que sur des impasses. Ce qui, paradoxalement, m'en disait long. Alors, j'ai commencé à surveiller le magasin Sweet Shoppe, et Miss Cane elle-même.

– Et c'est là que le dernier garçon a disparu, enchaîna D'Angelo au milieu du tourbillon cotonneux dans lequel son cerveau semblait peu à peu entraîné.

– Exactement.

– C'était un garçon qui venait d'avoir son bac et s'apprêtait à faire l'armée.

Il parlait avec lenteur, délibérément, comme s'il était ivre et tentait de se faire comprendre.

– Oui, reprit Gorman. Un soir, il a emmené son petit frère au cinéma et, après la séance, ils sont allés au Sweet Shoppe. Il était tard, pas loin de minuit. Main Street était déserte et il se tenait sur le trottoir devant la vitrine du magasin où, un peu plus tôt, il avait eu de la limonade et un cookie au sucre. Et il écoutait le chant que Circé Cane lui chantait de la fenêtre supérieure. Il s'est approché de la porte, l'a trouvée ouverte et est entré, sans jamais en ressortir. Et personne ne l'a vu faire ça.

– Personne, sauf vous, articula D'Angelo.

– Sauf moi, répéta Gorman avec un hochement de tête.

– Pourquoi ? demanda son visiteur en se levant, non sans lutter pour garder les idées claires, pour ne pas se laisser entraîner par le chant qui cherchait à le précipiter vers le brouillard. Pourquoi n'avez-vous rien fait pour l'en empêcher ?

– Oh, mais j'ai essayé. Je l'ai suivi à l'intérieur, et jusqu'à l'étage où vivait Circé Cane. J'ai écouté à la porte et je n'ai pas cru ce que j'ai entendu.

– Quoi ? Qu'est-ce que vous avez entendu ?

– J'ai entendu Circé Cane parler avec lenteur et douceur à ce garçon, que j'ai entendu lui répondre. D'abord avec sa propre voix, et puis, lentement, elle a changé pour devenir celle d'un animal.

– Quel animal ?

– Un cochon, monsieur D'Angelo, lança la jeune femme d'une voix mélodieuse en apparaissant sur la terrasse. Ce sont de si jolies créatures. Gentilles et loyales et, pour finir, franchement délicieuses.

Saisi d'un vertige irrépressible, D'Angelo se tourna vers Gorman et demanda :

– Pourquoi n'avez-vous… ? Pourquoi n'avez-vous… ?

– Pourquoi je n'en ai parlé à personne ? Monsieur D'Angelo, qui aurait cru à une telle histoire ? Non, j'ai démissionné, j'ai quitté le Nebraska et je suis venu ici avec Circé, où j'ai tout fait pour garder son secret et la protéger. Ici, comme vous me l'avez justement fait remarquer, je vois tout ce qui approche. On a vu passer tellement de ces foutus vendeurs que le petit enclos de Circé, là-bas, n'est jamais vide. Et ces marais qui nous entourent, ça vous avale une voiture sans laisser la moindre trace, croyez-moi.

L'air satisfait, il ajouta :

– En échange, elle me nourrit. Elle peut tirer ce qu'elle

veut de la terre. Elle tient la maison à merveille, sait cuisiner et se montre une excellente compagne.

Il posa une main ridée sur le bras satiné de la jeune femme et enchaîna :

– Elle a aussi d'autres charmes… que vous pouvez aisément imaginer.

Ne sentant plus ses jambes, le visiteur se laissa tomber sur sa chaise.

– D'Angelo, dit alors Gorman, je connais ce nom. Le dernier garçon d'Hixton, il s'appelait aussi D'Angelo. Et son petit frère aurait votre âge, aujourd'hui, si ma mémoire est bonne. Vous… un journaliste ? Je ne crois pas, non. Je pense plutôt que vous êtes venu chercher une réponse.

– D'Angelo ? Oh, oui, je me souviens de lui, déclara Circé avec délice. Il était si mignon, et il a si joliment grossi.

À la façon dont elle lui toucha la jambe, D'Angelo eut l'impression qu'elle l'évaluait comme un animal lors d'une foire aux bestiaux. C'est alors que le brouillard l'enveloppa complètement avant de le précipiter dans une mare aussi sombre que l'eau des marais.

Il se réveilla dans un lit qui sentait bon les draps frais, séchés au soleil et au vent. Un parfum particulier flottait autour de lui, exotique et profondément entêtant. Et puis il y avait la douceur d'une poitrine féminine et nue, pressée contre son épaule. Il tourna la tête sur l'oreiller et l'aperçut, qui le contemplait, le regard bleu de désir. Sans hésiter, il lui fit l'amour. Merveilleusement, comme jamais il ne l'avait fait jusqu'alors.

Plus tard, il s'éveilla de nouveau, pour trouver la cabane emplie d'une délicieuse odeur de cuisson. Il la découvrit dans la cuisine, vêtue d'un long tablier fleuri sur une simple robe blanche.

– Assieds-toi, lui dit-elle d'un air enjoué, le dîner est prêt.

Il prit place à table, encore vaguement étourdi.

– Où est Gorman ?

– Albert m'a rendu de fiers services durant de nombreuses années, répondit-elle, mais il était temps de le remplacer par quelqu'un de plus jeune. Je t'aime bien. Tu m'as trouvée, ce qui n'était pas facile. Tu as senti le danger, mais tu es quand même venu. Et tu l'as fait pour ton frère. Tu as de l'intelligence, du courage, de la loyauté, des traits de caractère que j'admire beaucoup. Ulysse était comme toi.

Elle s'approcha, posa une assiette pleine devant lui, se pencha et lui déposa un baiser sur l'épaule.

– Tu sais, ajouta-t-elle doucement, tu lui ressembles même un peu.

D'Angelo la regarda plein d'adoration et murmura :

– Je t'avais oubliée. Mais tu es la même que celle que j'avais vue, autrefois, au Sweet Shoppe.

Il baissa les yeux sur son assiette, que Circé avait remplie de pommes de terre aux herbes, de petits pois et de compote de pommes. Au centre trônait une tranche fumante de porc, cuite à la perfection.

– Ce sera peut-être un peu dur, déclara-t-elle en s'asseyant en face de lui avant de saisir sa serviette. Le porc qui m'a servi à le faire était plus âgé que je ne l'aurais voulu, mais je déteste gaspiller un bon cochon.

D'Angelo hésita un instant, puis plongea sa fourchette dans son assiette.

Métamorphoses

par Margaret Maron

Je suis allongée sur le siège arrière d'un 4 × 4 lancé à toute allure, et je suis morte de peur. Un écart et je me retrouverai projetée contre la vitre face à moi… et après ? J'aurai quelque chose de brisé, un organe vital atteint ? Je serai estropiée à vie ?

En tendant un piège au voleur qui cambriolait le magasin d'antiquités de mon père, jamais je n'aurais cru me faire piéger à mon tour.

Je n'ai au moins pas l'impression qu'on sort de la ville. Pas encore. J'entrevois par instants le panneau d'une rue, dont je ne reconnais pas le nom. Le véhicule amorce un dernier virage, puis s'arrête. J'entends alors un grincement de charnières. On passe une série de portails et on longe lentement ce qui ressemble à une série de portes de garages.

Mais oui ! Un garde-meuble. Quel meilleur endroit pour entreposer des antiquités volées ?

Quelques minutes plus tard, le 4 × 4 fait marche arrière vers l'une des entrées et s'arrête pour de bon. J'entends les portières s'ouvrir, se refermer, et je vois une femme remonter le rideau métallique avant de commencer à décharger. À ma grande déception, je n'ai pas le temps de la reconnaître avant qu'elle ne me recouvre d'une espèce de couvre-lit matelassé.

– Attention ! lance derrière moi une voix grave.

Un homme ? Une femme ? Impossible de le dire.

Au moins suis-je manipulée avec douceur. On me débarque sur le sol de ciment. Je ne distingue rien à travers la couverture, et la claustrophobie m'étreint. Que se passerait-il si je me mettais soudain à crier ? J'ai bien trop peur pour chercher à le savoir.

L'instant d'après, j'entends le rideau d'acier se refermer derrière moi et le 4 × 4 démarrer, puis s'éloigner.

Aussitôt, j'essaie de toutes mes forces de me dégager de la couverture qui m'entrave. Tout est noir comme de l'encre autour de moi et j'ai froid, très froid. Mes mains parcourent à tâtons l'encadrement de la porte. S'il existe un moyen de faire glisser le loquet de l'intérieur, je peux le trouver. J'ai treize ans. Bien trop grande pour me mettre à brailler comme un bébé, même si je meurs de froid. Alors, autant retourner sous ma couverture matelassée et essayer de comprendre comment je me suis fichue dans une galère pareille…

*
**

Je ne serais sans doute pas là, si ma mère n'avait pas été frappée par la foudre quand j'avais trois ans. Un éclair surgi de nulle part. Littéralement. Sans la moindre chance de s'abriter ou de fuir.

La mère de papa est venue vivre avec nous mais, à sa mort, cinq ans plus tard, il a estimé que j'était assez âgée pour me passer d'une baby-sitter. Chaque matin, il nous sert un bol de céréales avec du lait et me dépose à l'école avec un peu d'argent pour me payer mon repas. Une fois les cours finis, je rejoins son magasin d'antiquités, où je fais mes devoirs avant de me plonger dans un bouquin ou l'aider dans la boutique.

Notre dîner se résume en général à une soupe en boîte ou au menu du soir dans un restaurant du quartier. De retour chez nous, papa lit l'un des multiples catalogues de ventes qu'il trouve dans son courrier, ou alors on regarde à la télé les chaînes consacrées à l'histoire ou aux antiquaires. On se couche tous les deux à neuf heures. Lui, du moins, car, ces derniers temps, j'ai pris l'habitude de faire le mur la nuit pour tester mes limites.

Comme père, il est du genre indifférent ; gentil, mais plus intéressé par le passé que par le présent. Il se moque de mes bons résultats en maths ou en bio du moment que je lui rapporte une note passable en histoire, et que je sais qu'un Chippendale est, non pas un strip-teaseur très recherché, mais un meuble qu'on s'arrache.

Des amies ? Oui, j'en ai.

Beaucoup.

D'accord, d'accord, peut-être pas des amies très proches. Mes copines de classe m'apprécient pas mal, pourtant. Même si je suis du genre solitaire, je suis invitée à tous les anniversaires. Je me débrouille plutôt bien avec les ordinateurs, mais Facebook, ce n'est pas ma tasse de thé. Twitter non plus. Ce qui fait que personne ne m'a jamais déclarée comme étant son amie. Et, franchement, ça m'est bien égal. Petite, je trouvais le magasin bien plus drôle que n'importe quelle copine de jeux. Et, tant que j'étais soigneuse et que je reposais les objets là où je les avais pris, papa me laissait m'amuser avec les jouets anciens ou les précieux bijoux d'époque.

En bref, j'étais aussi normale – dans le sens banal du terme – que n'importe quelle petite fille, jusqu'à ce que mes hormones se réveillent au printemps dernier et que je « devienne soudain une femme », comme l'a fait remarquer la prof de gym. Cela m'a certainement moins traumatisée que certaines de mes anciennes camarades qui ont dû endurer les ricanements et les remarques grossières de garçons dont les voix grinçaient comme celles d'un corbeau. Mme Kim nous avait consciencieusement expliqué ce qui allait nous arriver, et j'avais vu bon nombre de filles de ma classe devenir femmes avant moi, aussi étais-je préparée. J'avais commencé à porter un petit soutien-gorge et je gardais depuis un bout de temps dans mon placard une boîte de protections hygiéniques.

Malheureusement, mes premières règles arrivèrent pendant la dernière heure de cours, un tiède jour de printemps. Et, comble de malchance, je portais un pantalon blanc. J'étais à peine sortie de la classe et je me dirigeais vers le magasin quand une bande de chiens sauvages – trois garçons pleins d'acné – se lança à mes trousses en hurlant :

– Hé, Laurel, tu ne te serais pas assise dans du ketchup, par hasard ?!

Ou alors :

– Ooooh, Laurel, tu t'es blessée ? Tu veux qu'on appelle un toubib ?

L'un d'eux alla même jusqu'à prendre mon derrière en photo avec son portable.

Affreusement humiliée, je me mis à courir, ce qui, forcément, ne fit que les encourager. La boutique de mon père me semblait être encore à des kilomètres de là, et, comme je tournais au coin d'une rue, la seule cachette que je trouvai fut un gros buisson d'azalées en fleur. Mais, au moment où j'y plongeais, en m'enfouissant comme je pouvais sous les feuillages, je sus que c'était une erreur. Constatant ma disparition, mes suiveurs se tourneraient à coup sûr vers les azalées.

– Hé, où est-ce qu'elle a disparu ? lança l'un d'eux en débouchant du coin de la rue.

– Regardez, voilà son sac à dos ! dit un autre. Elle doit se planquer dans les buissons.

Pétrifiée, je devinais qu'ils écartaient les feuillages à ma recherche. J'eus même un instant un visage boutonneux tellement près du mien que j'aurais pu lui cracher dessus… et pourtant, il ne parut pas me voir.

– Mais qu'est-ce que vous faites, bande de voyous ! s'écria alors une femme du seuil de sa maison. Thomas Bertram, je te reconnais. Tu me casses une seule branche de ce buisson, et j'appelle ta mère !

La mère de Tommy est taillée comme un déménageur, et le bruit circule qu'elle a, pendue dans sa cuisine, une large courroie de cuir. Vu la vitesse à laquelle il a pris ses jambes à son cou à la suite de ses copains, je ne peux qu'ajouter foi à cette rumeur.

Quand la femme sortit dans son jardin, je voulus m'enfuir mais mon instinct m'ordonna de rester là, de ne pas bouger.

Et, à ma grande surprise, elle non plus ne sembla pas me voir. Marmonnant au sujet des gamins destructeurs d'aujourd'hui, elle repoussa quelques branches d'azalée pour constater les dommages subis par son beau buisson. Le front plissé, elle lâcha :

– C'est bizarre… je ne me souviens pas avoir planté ici une azalée blanche.

Je grimaçai en la voyant approcher sa main de mon visage pour cueillir une fleur. C'était comme si elle m'avait tiré une mèche de cheveux ; mais je réussis à ne pas crier.

Lorsqu'elle repartit, j'essayai de m'en aller à mon tour, mais impossible de remuer. Horrifiée, je constatai que je n'étais plus en chair et en os. Mes doigts étaient devenus des branches feuillues. Mes cheveux bouclés, des fleurs blanches. Je voulus crier mais je n'avais plus de voix. Plus de bouche. Plus de larynx.

Alors, la panique céda au désespoir. La légende de Daphné et Apollon, je la connaissais bien : Daphné s'était transformée en un buisson de laurier pour échapper aux griffes d'un dieu en chaleur qui voulait la violer… comme moi, Laurel Hudson, je venais de me transformer en azalée afin d'échapper à cette bande de chacals en rut. Mais c'était le désir de Daphné de devenir un arbre, alors que moi…

Je compris alors que oui, d'accord, quand j'avais plongé dans ce buisson, je voulais me fondre dedans et disparaître. Rien dans cette légende ne suggérait que Daphné avait regretté de s'être changée en laurier et voulait redevenir humaine. Mais moi, si je le souhaitais aussi ardemment que d'avoir voulu disparaître… ?

Je veux redevenir une fille, je veux redevenir une fille, suppliai-je intérieurement.

Rien.

J'étais toujours fourrée au milieu de cette azalée.

– C'est très joli, Jill, entendis-je alors au-dessus de ma tête, mais je ne reconnais pas cette variété de plante. Elle a vraiment besoin d'eau, en revanche ; elle commence à se flétrir.

– J'ai arrosé tout ce massif hier soir, répondit celle qui avait mis en fuite mes bourreaux.

De toute évidence, elle avait demandé à une amie jardinière de venir me voir.

– Peut-être qu'il lui faut plus d'eau que d'habitude. Demain, je la déracinerai, je la taillerai et je la replanterai devant la terrasse, d'où je pourrais la surveiller de près.

Me déraciner ? Me tailler ?

Dès qu'elles se furent éloignées, je concentrai toutes mes pensées sur ma peau, mes cheveux, mes dents, mes ongles de pieds, me remémorant toutes les images de veines, d'artères et de système nerveux de mon bouquin de bio. À mon grand soulagement, mes brindilles redevinrent doigts, mes fleurs redevinrent cheveux, mes branches redevinrent bras et jambes. Je m'extirpai alors du buisson, attrapai mon sac à dos et courus vers le magasin. Papa était trop occupé avec un client pour remarquer que j'avais presque une heure de retard.

J'étais encore sous le choc, mais j'étais redevenue une fille de treize ans et, les trois jours qui suivirent, j'en arrivai presque à me persuader que j'avais imaginé tout ça.

Et puis, ça m'a repris.

J'étais en train de cirer un vieux fauteuil de cuir que papa venait d'acquérir. Comme je passais soigneusement mon chiffon huilé sur la peau crevassée, j'entendis soudain une voix de stentor résonner à l'entrée du magasin.

Tante Verna. La sœur aînée de papa. Deux fois par an, elle passe en ville en se rendant à sa maison de campagne dans le Maine, et elle ne manque jamais de venir s'incruster chez nous à l'heure du déjeuner. Elle passe alors le plus clair du repas à me recommander de me tenir droite, de ne pas parler la bouche pleine, et de lui répondre quand elle me lance avec autorité :

– Ma fille, je t'ai posé une question.

Elle relève une faute dans chacune de mes paroles, chacun de mes actes, et comme si ça ne suffisait pas, la dernière fois où elle est venue, voyant que je portais un soutien-gorge, elle s'est penchée au-dessus de la table pour me demander à mi-voix si j'avais déjà reçu la visite de mon « petit ami du Sud ».

J'ai prétendu ne pas savoir de quoi elle parlait et, en remarquant le regard intrigué de mon père, elle a laissé tomber :

– Rappelle-toi, Laurel, je suis ta seule parente féminine. Alors, si tu as la moindre question, tu peux toujours te tourner vers moi.

Bien sûr, compte là-dessus...

Je désirais tellement échapper à un nouveau déjeuner avec tante Verna que, l'instant d'après, j'étais devenue la copie conforme du fauteuil que je remettais en état.

– Ce n'était pas très poli de disparaître comme ça et de me laisser seul en tête à tête avec ta tante, me reprocha plus tard mon père.

– Désolée, fis-je en prenant l'air contrit.

*
**

Je passai le week-end entier à expérimenter mon étrange nouveau talent, et il ne me fallut guère longtemps pour comprendre comment me venger de Tommy Bertram. Lui et ses deux copains s'arrêtaient chaque après-midi au coin de Elm et de Madison avant de se séparer pour rentrer chez eux, chacun de son côté. Ils s'appuyaient contre un lampadaire ou sur la boîte aux lettres du coin de la rue, pour ricaner de la fille qui avait les plus gros seins ou se demander comment travaillaient les premiers de la classe.

De vrais gamins. Tellement stupides que, ce jour-là, ils n'ont même pas remarqué qu'une seconde boîte aux lettres venait d'apparaître à côté de la première.

Le lendemain, j'ai glissé des messages dans le casier de quelques garçons de quatrième, leur révélant qu'on s'était moqué de leurs petites amies respectives, et vous savez quoi ? Après l'école, ces trois-là en ont sérieusement pris pour leur grade.

Oh, et devinez quoi, encore ? Dix minutes à peine après le début de l'interro d'histoire, notre cher professeur a découvert les antisèches que Tommy s'était collées sur le bras ; ce qui fait qu'il a vraiment passé une sale journée.

*
**

Même si mes nouveaux dons me servaient à éviter des tantes désagréables et à me venger de garçons obscènes, je ne leur trouvai aucun autre réel avantage jusqu'à cet hiver, lorsque certains articles ont commencé à disparaître du magasin. Bien que la boutique lui appartienne, mon père en loue quelques espaces à d'autres vendeurs et récupère l'argent de leurs ventes quand ils ne sont pas là.

Alors que la crise économique empirait, de plus en plus de gens venaient mettre en vente leurs biens de famille, mais de moins en moins venaient les acheter. Sans notre site Internet, papa aurait été forcé de mettre la clé sous la porte. C'est ainsi que trois de nos quatre vendeurs durent nous quitter et que, pendant un temps, leur espace de location resta vide.

Après Noël, alors que le marché était au plus bas, une femme entra pour demander si nous pouvions mettre en vente des affaires qu'elle avait récemment reçues en héritage.

– Des objets que l'arrière-grand-père de ma mère a achetés quand il faisait du commerce avec la Chine, dans les années 1890.

Mon père essaya bien de lui expliquer qu'il ne s'y connaissait pas vraiment en antiquités chinoises, mais la femme ne voulut rien savoir. Le lendemain, elle arriva avec une pile de cartons, de vieux meubles et un document qui autorisait papa à vendre le tout avec la promesse d'un généreux pourcentage pour son site.

– Vous en êtes sûre ? lui demanda-t-il, dubitatif, tandis que les déménageurs empilaient caisses et cartons dans la pièce près du comptoir, qui nous servait à la fois de bureau et d'entrepôt.

– Certaine. J'ai besoin d'argent.

– Mais il faudrait procéder à un inventaire. Savez-vous au moins ce que contiennent ces cartons et quelle est la valeur de ces objets ?

– Ça ne m'inquiète pas. Vous avez vendu des objets pour une de mes amies, et elle dit que vous êtes l'homme le plus honnête qu'elle connaisse.

*
**

Après son départ, nous avons ouvert quelques cartons au hasard. À l'intérieur se trouvaient d'incroyables porcelaines de Chine, des bronzes, des animaux de pierre. Glissés entre les caisses, il y avait aussi des coffres et des paravents en bois laqué. Tout était méticuleusement répertorié dans un vieux livre de comptes, qui contenait également les factures originales.

Pendant que papa se lançait dans un cours intensif d'antiquités chinoises, je pris des photos et les chargeai sur notre boutique eBay. Il mit sans attendre aux enchères une douzaine d'objets décoratifs, et, au bout de deux semaines, nous eûmes la surprise de voir s'envoler des prix qui, pour la plupart, étaient proposés par des acheteurs aux noms chinois.

– Ils ont de l'argent, maintenant, nous dit M. Fong, l'un de nos vendeurs, en me voyant emballer une petite pierre Fu destinée à la côte ouest.

L'air envieux, il ajouta :

– Il y a quelques années, c'étaient les Japonais. Aujourd'hui, ce sont les Chinois qui veulent racheter leur histoire.

*
**

Était-ce M. Fong, la deuxième personne dans le 4 × 4 ? Est-ce lui qui a conseillé à la femme d'être prudente avec moi ? Est-ce lui, notre voleur ?

Papa ne vend peut-être pas de pièces dignes d'un musée mais il a des principes, et il exige que nos vendeurs les respectent en renouvelant fréquemment leur étalage. Certains d'entre eux louent des espaces dans trois ou quatre autres magasins, ce qui veut dire qu'ils déplacent sans cesse des articles et qu'ils ne savent pas toujours lesquels se trouvent où. Quand nous récupérons l'argent d'un client, nous conservons l'étiquette de l'objet vendu qui contient le nom du vendeur et le prix qu'il demandait. Elle atterrit ensuite dans la caisse avec le paiement de l'acheteur, en chèque, en espèces ou par carte, et c'est à ce moment-là que le vendeur enlève l'objet de sa liste.

C'est Martha Cook, une antiquaire qui travaillait avec mon père depuis des années, qui, la première, a remarqué la disparition d'une petite table. Fabriquée en série au milieu du XXe siècle, elle était en acajou massif et, surtout, en excellent état. Une très bonne affaire, car Martha n'en demandait que soixante-quinze dollars.

Puis Jimmy Weston nous révéla que deux serre-livres en bronze avaient disparu de sa vitrine.

– Franchement, qui s'amuse à voler des serre-livres à vingt dollars ? s'indigna-t-il.

– Un kleptomane ? hasarda Jane Armstead, la vendeuse à temps partiel qui remplace papa quand il part en voyage et que je suis à l'école. Je ne vois pas où est la logique là-dedans.

Jane est une artiste free-lance divorcée, qui a accumulé quelques kilos ces dernières années. Ses longs cheveux sont balayés de fils d'argent, à présent, et elle les entortille d'un simple geste des doigts avant de les fixer sur son crâne à l'aide d'épingles et de deux baguettes d'ivoire. Ses vêtements, autrefois modestes mais chics, sont maintenant modestes tout court, car elle vend très peu. Même si elle travaille ici par intervalles depuis mon plus jeune âge, Jane est une évaporée qui ne connaît pas grand-chose aux antiquités, mais elle pensait très justement qu'il n'y avait pas de logique dans ces vols. La seule chose que les bronzes de Jimmy Weston avaient en commun avec un trio de soldats de plomb de 1930, un vase Art déco ébréché et une paire de chandeliers plaqués or appartenant à Kendall Loring était le fait que tous ces objets sont transportables ; et aussi sans grande valeur. À part la table en acajou de Martha, rien ne dépassait les cinquante dollars.

– Ils ont pris tes chandeliers et ont laissé le porte-toasts en argent posé juste à côté ? s'étonna Jane. Bizarre…

– Oui, bizarre, répéta Mme Loring, les lèvres serrées. Surtout que ce porte-toasts est d'époque géorgienne et vaut cinq fois plus que les chandeliers.

Papa a commencé à lister les chinoiseries sur eBay à la mi-janvier, trois nouveaux vendeurs nous ont rejoints en février, et les vols ont démarré juste après.

*
**

C'est forcément l'un des trois, me dis-je, tandis que mes yeux essaient de s'habituer à l'obscurité. Est-ce une coïncidence ou est-ce qu'ils ont décidé de venir en découvrant ces chinoiseries sur eBay et en pensant pouvoir tout simplement nous cambrioler ? Je distingue un fin rai de lumière là où la porte n'adhère pas totalement au chambranle. Ça ne m'aide pas beaucoup. Impossible de me changer en quelque chose capable de se glisser dans un interstice aussi étroit. Tandis que le froid encore glacé de mars pénètre ma prison, je m'écarte du rideau de métal et tâtonne dans le noir jusqu'à tomber sur une autre couverture propre à m'isoler du sol de béton pendant que je réfléchis à ces nouveaux amateurs d'antiquités chinoises.

Thomas Fong vient de San Francisco. Il approche la cinquantaine. Il est marié, bien qu'on n'ait jamais vu sa femme. Avec un nom pareil, on s'attendrait à voir une personne de petite taille, sombre et impénétrable. On aurait tout faux. Il est grand, a les yeux bleus, et sa famille a quitté sa terre natale depuis quatre générations. Pourtant, ses racines chinoises font qu'il sait apprécier les antiquités de son pays, et il s'est spécialisé dans les objets décoratifs d'origine asiatique.

– Malheureusement, ce sont, pour la plupart, des pièces

fabriquées pour l'exportation, et pas très anciennes, m'a-t-il dit. Elles datent en général d'après 1945.

Il met son nez partout, aussi. Toujours à vouloir fouiner dans la réserve. Même s'il n'est pas là tous les jours, il ne manque jamais une occasion de rôder autour de moi quand je photographie une nouvelle série d'objets.

Et puis, il y a Kendall Loring, de Detroit. Elle a environ trente-cinq ans, elle vit seule, elle est maigre, avec des cheveux bruns plus bouclés que les miens, et elle fait encore plus de bruit que M. Fong. À peine arrivée dans le magasin, elle a posé des questions sur l'école, elle a voulu savoir qui étaient mes amies, à quoi ressemblait ma mère, et si je pensais que mon père allait se remarier un jour. Plutôt mignonne, mais bien trop jeune pour papa. Si j'étais sur Facebook, elle serait déjà en train de tambouriner à la porte électronique pour devenir mon « amie ». Elle dit qu'elle n'aime pas l'art chinois et ne vend que de l'argenterie et des bijoux anciens. Est-ce que ce serait elle, la deuxième personne dans le 4 × 4 ? Peut-être qu'on ne lui a pas vraiment volé ses chandeliers. Peut-être qu'elle a inventé ça pour nous empêcher de la soupçonner quand d'autres choses ont disparu.

La dernière, c'est une jeune veuve de New York, Neva Earle. Quarante ans non avoués. Assez sympa, mais plus réservée que Fong ou Loring. Dans son espace, on trouve un mélange savant de porcelaines et de céramiques, qui vont du chien Staffordshire au superbe service de Saxe. Est-ce qu'elle… ? *Bon sang, qu'est-ce que c'est que ce bruit ?*

On dirait que quelqu'un tripote une feuille de papier bulle. Des souris ? Des rats ? Je scrute l'obscurité mais il fait trop sombre pour distinguer quoi que ce soit. D'un coup de couverture, j'essaie de chasser la créature qui fait ce bruit mais le silence revient. *Je suis trop stressée*, me dis-je avant de me détendre, et je reprends mon analyse de la situation.

*
**

Malgré tout le soin que nous mettions à surveiller nos clients, certains petits objets continuèrent à disparaître. Jane se mit à demander aux clients de laisser leur sac fourre-tout devant le comptoir quand elle tenait le magasin à la place de mon père, mais lui ne put jamais se résoudre à le faire.

– Ils vont croire qu'on ne leur fait pas confiance.

– Non, on ne leur fait pas confiance, lâcha Jane en même temps que moi.

C'est la semaine dernière que tout finit par exploser. Par ma faute. On garde toujours la réserve fermée, bien sûr, mais, une fois qu'un objet a été catalogué sur Internet, je n'ai souvent pas la prudence de le remettre sous clé. Ce n'est que lorsque papa voulut emballer un coffre en bois laqué qui venait d'être vendu bien au-dessus de son prix de réserve de deux mille dollars que l'on s'aperçut de sa disparition. Je l'avais recouvert d'un vieux patchwork et laissé à côté de la table que j'utilise souvent comme support pour mon appareil photo. Sous la couverture, je trouvai un vulgaire coffre en pin, qui ne vaut pas un clou à côté de l'autre.

La police vint fouiller les lieux, mais que pouvaient-ils faire ? Il n'y avait pas eu effraction et il aurait été complètement inutile de relever des empreintes dans un endroit aussi public.

– Nous allons établir un rapport sur le vol afin que vous puissiez procéder à une déclaration de sinistre, expliquèrent-ils à mon père. Mais vous devriez changer vos serrures. Il semble que celui qui est entré ici possède la clé.

– Enfin, c'est complètement stupide, lâchai-je à papa après leur départ. Il n'y a que Jane et toi qui avez les clés, et elle n'a pas mis les pieds ici depuis que j'y ai déposé le coffre.

– Évidemment que ce n'est pas Jane. Je répugne à penser ça, mais j'ai bien peur que ce soit un de nos nouveaux vendeurs. Tous les trois ont réapprovisionné leur vitrine cette semaine, ce qui fait qu'ils n'ont pas cessé d'aller et venir avec leurs diables. Tu te rappelles quand tu as vu ce coffre pour la dernière fois ?

Impossible de m'en souvenir. On était jeudi. Je savais qu'il était encore là samedi dernier au matin, car une cliente avait remarqué le patchwork qui le recouvrait, jusqu'à ce qu'elle note qu'un des coins avait été abîmé dans un incendie ; mais le coffre avait pu être dérobé vingt minutes plus tard, et qui s'en serait aperçu ?

Papa devait s'absenter tout le week-end pour une foire aux antiquaires. J'avais réussi à le convaincre que j'étais assez grande pour rester seule à la maison, mais dès son départ, vendredi, je plaquai l'école et courus vers le magasin.

Derrière le comptoir, Jane eut la surprise de me voir entrer.

– Pas d'école ?

– C'est la journée des profs, aujourd'hui, répliquai-je, l'air désinvolte. Je vais prendre d'autres photos des chinoiseries dans la réserve.

À peine avais-je ouvert la porte et allumé que je sentis M. Fong, planté juste derrière moi. Il proposa tout de suite de m'aider à transporter des objets vers la petite pièce où je prends mes photos, et, cette fois, j'acceptai. Il ne parut pas particulièrement intéressé par la grande statue en céramique d'une déesse.

– Début XXe… faite pour l'exportation… on en trouve à la pelle, me dit-il avec mépris.

En revanche, un vase Ming orné d'un dragon bleu le fit réellement saliver.

– Splendide ! déclara Neva Earle qui venait d'entrer en poussant un chariot chargé de poteries anglaises.

Brandissant un plat Blue Willow pour le comparer au vase, elle ajouta :

– Vous voyez certainement la différence de qualité, n'est-ce pas ?

– Je ne sais pas… dit Martha Cook. J'ai un faible pour les Blue Willow. Vous devriez me laisser exposer ce plat pour vous sur l'un de mes buffets.

Elles ressortirent ensemble, et un client appela M. Fong à son stand pour discuter d'un paravent coréen.

Après avoir photographié le Ming, je me dirigeai vers la déesse en céramique. Elle n'avait peut-être aucune valeur, mais son visage serein, qui faisait la moitié du mien, me plaisait, et je pris plusieurs photos d'elle sous des angles différents.

– Tu sais prendre de jolies photos, me dit Kendall Loring

qui venait d'apparaître de nulle part. Je me suis baladée sur votre site. Vraiment, de très beaux clichés.

– Merci… marmonnai-je.

– Tu dois tenir ce don de ton père. Et ta maman ? Elle était photographe, aussi ?

– Papa ne m'en a jamais parlé, madame Loring, fis-je en haussant les épaules.

– Je t'en prie, appelle-moi Kendall. Tu ne ressembles pas beaucoup à ton père, donc c'est d'elle que tu tiens ce don pour la photo, j'imagine.

– Je ne sais pas. Elle n'aimait pas qu'on prenne des photos d'elle.

– Tu n'as aucune photo ?

– Juste un cliché que papa a fait alors qu'elle ne s'y attendait pas.

– Est-ce qu'elle était aussi jolie que toi ?

Oh, pitié… !

– Ça lui est encore douloureux de parler d'elle ? insista-t-elle.

Incroyable, quelle fouineuse ! Pourtant, ses questions me firent prendre conscience que j'en savais bien peu sur ma mère. Avait-elle le don de changer de forme, elle aussi ? Même s'il ne parlait jamais d'elle, papa répondait toujours aux questions que je lui posais. Elle était le seul rejeton de deux enfants uniques, son père était mort quand elle était à l'université, et sa mère trois ans plus tard. Seule descendante des deux côtés de la famille, elle avait hérité d'une tonne de très beaux objets anciens qui servirent de base au magasin qu'elle fonda plus tard avec papa. Jamais il n'a entendu parler d'éventuels autres membres de la famille. Mais où était-elle née ? Quel était son nom de jeune fille… ses chansons, ses films préférés ? Jamais je n'ai songé à le lui demander. Et pas question non plus de lâcher :

– Dis donc, papa, maman ne s'est jamais changée en fauteuil à bascule pendant que tu avais le dos tourné ?

Non pas que j'aille dire un mot de tout ça à Mme Appelle-moi-Kendall Loring. Comme je faisais mine d'être extrêmement absorbée par mon travail, elle finit par comprendre et repartit vers son étal.

Laissant le vase Ming sur la table, j'embarquai la déesse de céramique avec moi dans la réserve, où je m'enfermai.

Derrière le comptoir, Jane était occupée à imprimer des flyers qu'elle avait faits. Artiste en free-lance, elle mêlait habilement le côté esthétique au côté commercial et semblait toujours à la recherche d'idées nouvelles. Elle me dit qu'elle n'avait rien vendu depuis Noël à part un poster de la Saint-Valentin, et qu'en ce moment elle tirait le diable par la queue. Voyant qu'elle m'ignorait complètement et que personne ne rôdait dans le coin, il ne me fallut pas deux secondes pour me transformer en une copie de la déesse.

Quel ennui ! Je passai la journée à observer ce qui se passait dans le magasin ; le seul moment vaguement intéressant fut lorsque M. Fong s'arrêta pour admirer une nouvelle fois le vase Ming et demander à Jane si j'avais l'intention de le laisser comme ça sans surveillance.

– Laurel n'a pas peur que quelqu'un s'en aille avec ?

Jane, qui n'avait pas entendu nos derniers commentaires sur la valeur du vase, haussa les épaules pour répondre :

– Elle va sans doute revenir le mettre de côté.

Peu avant l'heure de la fermeture, je repris ma forme humaine.

– Ah, te voilà, me dit Jane.

Elle referma son carnet à dessin, mit l'ordinateur en veille et passa en revue les maigres recettes de la journée.

– Je pensais que tu allais m'aider à la caisse.

– Désolée, lui lançai-je avant de me ruer vers les toilettes.

Bien que je puisse voir et entendre sous mon autre aspect, je ne ressens ni faim, ni soif, ni aucun besoin corporel. En revanche, dès l'instant où je reprends ma forme humaine, je crois que ma vessie va exploser et je suis affamée.

Kendall Loring s'apprêtait à partir alors que j'aidais Jane à fermer le magasin. Je n'avais pas réalisé qu'elle se trouvait encore à l'intérieur.

Et, tandis qu'elle enfilait ses gants et s'enroulait une

écharpe de laine bleue autour du cou, elle me lança un sourire plein d'espoir et demanda :

– Je t'invite à dîner ?

– Merci, j'adorerais, répondit Jane.

Occupée à tapoter sur le clavier le code de l'alarme, elle n'avait pas compris que l'invitation n'était destinée qu'à moi.

Un coup de vent glacé me fouetta le visage quand nous sortîmes et attendîmes que Jane ait verrouillé la porte du magasin. Avec un faux sourire de regret, je répondis :

– C'est super sympa de votre part, madame Loring, mais j'ai un bouquin à lire pour un compte rendu à l'école. Merci beaucoup... Et bon dîner à vous et à Jane.

Le souvenir de son expression aigre m'arrache mon premier sourire depuis que je me retrouve enfermée ici, assise dans ma prison glacée.

*
**

– Tu as raté un excellent dîner, me dit Jane quand j'arrivai au magasin le lendemain. J'ai mangé le meilleur steak de ma vie, et c'est passionnant de bavarder avec Kendall. On a dû parler pendant au moins deux heures.

Pas besoin d'être un génie pour savoir qui a animé la conversation. À la fin du dîner, Kendall Loring devait être au courant de tout ce que Jane savait sur papa et sur moi.

Après avoir terminé mes petites tâches habituelles du samedi matin, je reposai le vase Ming sur ma table pour continuer de le photographier. Quand j'eus l'assurance que tous les vendeurs du magasin savaient que la pièce d'antiquité se trouvait là, je jetai dessus une vieille nappe comme si je cherchais à le dissimuler. Le samedi étant pour nous la journée la plus chargée, il était presque midi quand je trouvai enfin le temps de me changer en déesse de céramique. Au moins était-ce plus intéressant que la veille. On eut plus de clients. Martha Cook vendit un joli cabinet chinois, et Jimmy Weston finit par se débarrasser d'un grand miroir doré qui se baladait d'un magasin à l'autre depuis des mois.

Saisi sans doute d'une envie furieuse, Thomas Fong vint soulever la nappe qui recouvrait le vase et y passa une main gourmande.

– Attention de ne pas abîmer les écailles du dragon, plaisanta Neva Earle avant de quitter la boutique.

À un moment donné, je crus repérer une voleuse quand une femme prit dans ses mains un coussin brodé pendant que Jane avait le dos tourné ; mais, en voyant qu'elle avait un échantillon de tissu dans l'autre main, je compris qu'elle cherchait à voir si les deux couleurs s'harmonisaient à la lumière du jour.

J'étais si occupée à la regarder que je ne vis pas qu'une personne s'approchait par-derrière avant de me jeter une lourde couverture sur la tête. Trente secondes plus tard, je me sentis trimballée sur un diable, puis installée à l'arrière d'un 4 × 4. Un instant, l'étoffe qui me couvrait glissa, suffisamment pour que j'aperçoive deux mains féminines en train de caler soigneusement le vase Ming dans un carton à côté de moi. Et puis ce fut tout… jusqu'à ce que ces mêmes mains me déchargent dans l'entrepôt et m'y enferment.

*
**

J'ai dû dormir, parce que le rai de lumière sous la porte me semble encore plus mince, maintenant. Le soleil se couche et je n'ai toujours pas trouvé le moyen de me sortir de cette situation abracadabrante.

– Je pourrais me transformer en eau, marmonnai-je tout haut. Me glisser sous la porte et me retrouver dehors.

Mais mon cerveau me souffle aussitôt un « Non ! » catégorique.

Mon subconscient serait-il en train de me dire ce que je veux entendre ? J'ai peur d'essayer les liquides. Trop amorphes. Si je n'arrive pas à rester rassemblée et que je me déverse sur le sol ? Si un orage éclate et que je perds mon identité en me faisant embarquer dans une eau sale avant que la totalité de moi-même n'ait passé le seuil ?

L'instant d'après, j'entends un véhicule s'arrêter dehors, puis des voix. Une clé tourne dans la serrure. Avant que le rideau métallique ne remonte, je rejette la couverture, m'enfonce un peu plus dans le coin et prends la forme d'un carton assez grand pour voir ce qui se passe.

Tandis que la lumière éclaire ce qui était ma prison, je découvre un ours en bois grandeur nature identique à celui qui se trouvait dans le magasin. Ils ont dû le voler pendant qu'ils m'embarquaient. Je concentre mon attention sur les deux femmes. Elles se tiennent à contre-jour et je ne reconnais pas tout de suite leur visage.

– Où est la déesse ? demande l'une d'elles en s'avançant.

– Je l'ai laissée ici, répond l'autre.

– Idiote ! Tu as embarqué cet ours stupide !

La première s'apprête à protester quand, soudain, l'ours lâche un énorme grognement. Horrifiées, elles le voient bondir en avant et sortir ses griffes devant celle qui lui fait face.

Saisies de terreur, les deux femmes se ruent en glapissant dans l'allée derrière elle.

L'ours se laisse tomber sur ses quatre pattes, grogne de façon menaçante, puis se retourne vers moi. Je me concentre au maximum pour garder ma forme de carton. J'essaie de penser comme un carton et je m'efforce même de dégager une odeur de carton.

L'ours se met à rire et dit :

– C'est bon, Laurel. Tu peux sortir, maintenant.

Un bruissement de fourrure étincelante, et voici Kendall Loring.

Je la regarde, interdite, et reprends lentement ma forme humaine.

– Toi non plus, tu n'as pas pensé à mettre un manteau, me dit-elle. Viens, allons voir si elles ont laissé un téléphone dans la voiture.

Trop stupéfaite pour lui opposer la moindre résistance, je la suis docilement vers le 4 × 4, dans lequel on trouve un sac et un portable. Quand les deux femmes ont le courage de revenir, elles nous trouvent enfermées à l'intérieur du véhicule, le chauffage allumé à fond, et Kendall en train d'appeler la police. Elles frappent aux vitres et nous menacent de tous les maux possibles jusqu'à ce qu'une voiture de police s'arrête devant le portail, qu'un jeune et agile policier saute lestement par-dessus et demande ce qui se passe ici.

Neva Earle fanfaronne en inventant une histoire impossible, mais elle et sa complice se font vite prendre pour des folles quand elles se mettent à raconter qu'un ours se cache à l'intérieur. De mon côté, j'ai reconnu le coffre en bois laqué qu'elle nous a volé la semaine dernière.

La police finit par nous emmener au poste pour faire le tri dans tout ça. Kendall raconte de façon plutôt convaincante comment elle les a vues sortir le vase Ming du magasin et comment elle les a suivies. Ils ne pensent pas à lui demander où est sa voiture ni comment on a toutes les deux passé le portail fermé. Le vase et le coffre suffisent amplement à accuser Neva Earle et sa complice, et le jeune policier nous reconduit gentiment à l'appartement de Kendall.

C'est là que j'apprends qu'elle est ma cousine. Ma grand-mère avait en fait deux filles, et non pas une seule, comme on me l'avait dit.

– Maman aussi avait le pouvoir de se transformer, me raconte Kendall. Seulement, elle terrifiait tellement nos grands-parents qu'elle s'est enfuie de chez eux à l'âge de seize ans. Ta mère n'avait que quatre ans, à l'époque, et peut-être qu'ils ne lui ont jamais dit qu'elle avait une sœur aînée. Quand j'ai enfin obtenu de maman qu'elle me révèle son vrai nom, ses parents étaient morts et personne ne savait ce qui était arrivé à ta mère. Un de nos voisins pensait qu'elle avait épousé un homme du nom de Hudson. Tu sais combien il y a de Hudson ?

Je secoue la tête.

– Non.

– Des milliers, répond-elle farouchement. De l'Alaska à la Floride. Il y a deux ans, pourtant, maman cherchait sur eBay un bijou pour notre magasin de Detroit, et elle a remarqué ça.

Kendall me tend une broche en camée sertie d'or et ornée de grenats, sur laquelle je distingue le profil de trois femmes.

« Jamais je ne la porterai », avais-je assuré à papa en lui demandant de la mettre en vente sur eBay avec quelques autres bijoux anciens. Je crois qu'elle avait atteint la somme de trois cents dollars.

– C'était à ma grand-mère, lui dis-je.

– Je sais. Et maman l'a reconnue.

– Tu es venue ici uniquement à cause d'une broche ?

– Maman a disparu, annonce-t-elle simplement. Une noyade, on peut dire. Elle était en train de mourir d'un cancer, et l'été dernier elle est allée se noyer dans le lac Michigan. Je n'ai pas d'autre famille.

Elle ne demandera pas. Je le vois bien.

– D'accord, dis-je enfin. Mais il faut que tu m'apprennes à me transformer en animal. Je ne peux pas m'empêcher de faner quand je suis une plante, et donc j'ai peur d'essayer une forme vivante.

Elle rit et prend la forme d'un grand labrador, qui se met à me lécher la main comme un malade avant que je ne le force à s'arrêter.

*
**

Au fait, et le voleur ? La fois suivante où Jane a remplacé papa au magasin, je lui ai dit :

– Je sais que tes finances sont loin d'être au top, Jane, mais tu ne peux plus voler d'argent, maintenant.

En fait, les objets volés étaient transportables, mais ils étaient aussi tellement peu chers que la plupart des clients ne les payaient pas avec une carte de crédit. Un samedi matin, j'ai regardé une femme payer en espèces une tasse et une soucoupe Blue Willow provenant de la vitrine de Neva Earle. Jane lui a indiqué un tout petit éclat en dessous et lui a dit qu'on vendait l'ensemble « en l'état », ce qui signifiait qu'il n'était pas possible de le retourner. Puis elle a tout simplement empoché les espèces.

Je sais que j'aurais dû la faire virer ou arrêter, mais elle est là depuis que je suis tout bébé. Et puis, les affaires commençant à reprendre, mon père l'emploie quelques heures de plus et, peu à peu, elle nous rembourse ce qu'elle a volé.

Papa est plus distrait que jamais ; cependant, il a remarqué que Kendall et moi étions amies.

Je ne suis toujours pas certaine qu'elle ne s'intéresse qu'à moi, et pas un peu à papa, et je ne sais pas trop quoi en penser. Une cousine, c'est une chose. Une belle-mère capable de changer de forme, c'en est une autre.

Oh, et la semaine dernière… je me suis changée en tigre, et j'ai fait si peur à Tommy Bertram qu'il en a mouillé son pantalon.

Mais il n'a encore rien vu. Quand je me transformerai en dragon…

Les intrus

par Brendan DuBois

Je rêvais que quelque chose me mordillait la cheville lorsque le téléphone eut la bonne idée de sonner. Je tâtonnai d'une main vers la table de chevet, attrapai l'appareil sans fil et marmonnai une réponse inintelligible. Un coup d'œil sur les chiffres rouge sang du radio-réveil me dit qu'il était deux heures trente-quatre du matin. Franchement pas une heure chrétienne, même pour un téléphone.

Une voix féminine me déclara au bout de la ligne :

– Désolé de vous réveiller, chef, mais on a un cas un peu spécial.

Je bâillai, me grattai quelques endroits intimes, me balançai sur le côté et posai les pieds sur le tapis. Derrière moi, ma femme Tracy continua de dormir. L'innocente, un ouragan hurlant aux fenêtres ne la réveillerait pas.

– Allez-y, annoncez la couleur, lui dis-je.

La voix – celle d'une des dispatcheuses du comté, je la reconnaissais, à présent – me répondit :

– Une mort prématurée.

Bon sang... on était samedi. Ça signifiait que je pouvais dire adieu à mon week-end, même si j'avais promis un peu plus tôt à Tracy d'aller rendre visite à ses parents à Concord. Avec cette mort prématurée en ville, c'était fichu.

– Continuez. Où ça ?

– Au 14 Mast Road. L'agent Harris est sur place pour sécuriser la scène de crime.

– Au 14 ? Vous avez dit le 14 Mast Road ?

– Exactement, chef.

Merde, la maison Logan. Tracy changea de côté et se mit à ronfloter.

Nouvelle séance de bâillement et de grattage, puis je lâchai :

– Bon, dites à Harris que j'arrive ; je suis là dans un quart d'heure, OK ?

– Très bien. Vous voulez que j'appelle la police d'État ?

J'hésitai. Le protocole exigeait que la police d'État soit toujours informée d'événements de ce genre, surtout dans une petite bourgade comme Salem Falls, dans le New Hampshire, dont le bureau de police ne comprenait que trois hommes… dont un tiers était en vacances, un autre tiers sur l'affaire, et le troisième, vêtu d'un pantalon de pyjama, s'entretenant avec une jeune femme qui n'avait sans doute pas vingt-deux ans.

– Non, c'est bon, répliquai-je. Je m'en chargerai en arrivant sur les lieux.

Je devinai un léger malaise au bout de la ligne, mais c'était une professionnelle, et elle répondit :

– Comme vous voudrez, chef.

Je raccrochai, m'habillai et sortis en réussissant à ne réveiller ni ma femme ni mes deux filles de huit et cinq ans – une véritable victoire, selon moi.

*
**

Après trois tentatives pour démarrer ma voiture de patrouille, je sortis en marche arrière sur Rutland Road, où j'habite avec ma famille, puis je mis le chauffage à fond. Devant moi, à la lueur des phares, les feuilles mortes voltigeaient sur l'asphalte craquelé. C'était la mi-octobre, deux semaines à peine avant Halloween. Les rues étaient tranquilles, avec, de temps à autre, une fenêtre où frémissait une lueur bleue indiquant la présence d'un insomniaque ou d'un téléspectateur endormi devant son écran. D'autres lumières scintillaient encore ici et là ; celles des citrouilles ou des sorcières exposées devant les maisons de ceux qui aimaient fêter cette époque de l'année… des nouveaux arrivants, à coup sûr.

Et, en parlant de lumière, je ne pris pas la peine d'allumer le gyrophare. Je connaissais bien le 14 Mast Road ; je savais que j'y serais en moins de dix minutes, alors à quoi bon réveiller tout le quartier ? Je branchai cependant la radio fixée au tableau de bord et contactai la jeune femme à qui j'avais parlé un peu plus tôt.

– Comté, ici unité un de Salem Falls, répondant à l'appel du 14 Mast Road.

Et sa voix animée répondit :

– Ici central, bien reçu.

Je continuai ma route, frissonnant dans ma voiture encore glacée, me demandant sur quoi j'allais tomber et si l'aimable population de Salem Falls se déciderait, lors de la prochaine assemblée générale, à me payer un nouveau véhicule de fonction.

*
**

Le 14 Mast Road se trouvait sur la gauche d'une étroite route de campagne, en haut d'une colline offrant une vue magnifique sur la Montcalm Valley et les Green Mountains du Vermont, de l'autre côté de l'État. La maison était une ancienne bâtisse victorienne de deux étages, à la façade jaune pâle ornée de moulures blanches et noires. Bordée d'une jolie pelouse bien entretenue, elle était entourée d'une large terrasse de bois. En arrivant à sa hauteur, j'aperçus une voiture de police de Salem Falls garée dans l'allée derrière une fourgonnette Ford blanche, elle-même stationnée derrière une Volvo bleu clair. Tout semblait éclairé à l'intérieur, et je fus heureux de constater que le véhicule de l'agent Melanie Harris avait son gyrophare éteint. Rien de tel qu'une rampe de lumières bleues et rouges clignotantes pour attirer l'attention ; et, dans une petite bourgade comme Salem Falls, il ne faudrait pas une heure à la population pour savoir qu'il se passait quelque chose dans la maison Logan.

L'allée étant pleine, je me garai le long du trottoir et appelai une nouvelle fois la dispatcheuse :

– Unité un de Salem Falls, je suis arrivé sur les lieux.

Une réponse rapide de sa part, et je coupai le moteur. Je descendis de voiture, remontai le sentier dallé et jetai un coup d'œil à la fourgonnette Ford. Elle était immatriculée dans le Massachusetts – ce qui attira mon attention – et sur le côté apparaissaient les lettres C.F.N.A. avec, en dessous, un numéro en 800 ainsi qu'un étrange logo composé d'un balai et d'un drap.

Je grimpai les marches du perron, passai devant quelques décorations de Halloween, puis la porte s'ouvrit sur l'agent Melanie Harris qui sortit en secouant la tête, un léger sourire sur son visage potelé.

– Chef, vous n'allez pas le croire…

– Commençons donc avec ce que vous avez, l'interrompis-je. La dispatcheuse m'a parlé de mort prématurée. On a appelé les pompiers ?

– Je l'ai fait juste après vous avoir envoyé l'appel. Ils devraient être là d'une minute à l'autre.

– Bien, continuez.

Il faisait froid sur la terrasse et, à travers les rideaux de dentelle, j'aperçus ce qui semblait être trois personnes assises dans un salon. Je me frottai les mains pendant qu'Harris consultait son carnet en disant :

– Il s'agit de Ralph Toland et de sa femme Carrie. Ils habitent ici depuis moins d'un an. Lui dirige une société de services financiers en ligne, et elle l'aide dans la comptabilité et les factures.

– D'où sont-ils ?

– Du Vermont.

– Oh… fis-je en faisant naître une petite lueur dans le regard de Melanie.

Des années plus tôt, du temps de mes grands-parents, le Vermont était un État pas très différent du New Hampshire, peuplé de républicains acharnés, de Yankees purs et durs, autarcique, avec des impôts peu élevés, enfin, ce genre de choses. Mais aujourd'hui ce n'était plus qu'une banlieue de riches New-Yorkais, comme la partie sud de notre État n'était rien d'autre qu'une banlieue de riches habitants du Mississipi.

– Oui, « oh », dit-elle en se référant à ses notes.

– Et qui est le troisième gars que je vois avec eux ?

Elle tourna une page de son carnet et répondit :

– C'est là où ça devient… intéressant, chef. L'autre personne dans le salon, c'est Josh Lincoln. Il représentait à lui seul la moitié de l'équipe du C.F.N.A.

– Le C.F.… quoi ?

– Vous ne regardez pas beaucoup la télé, dites-moi, fit-elle en inclinant la tête.

– Si… Nickelodeon ou la chaîne de cuisine. Bon, on arrête de jouer aux devinettes.

– Euh… oui, pardon. Le C.F.N.A.… les Chasseurs de fantômes de la Nouvelle-Angleterre. Josh et son copain Peter Grolin faisaient partie d'un groupe qui courait après les fantômes, les esprits, les phénomènes paranormaux, ce genre de choses. Ils se baladaient d'une maison hantée à l'autre, les chassaient durant la nuit, filmaient leurs résultats, et c'était diffusé ensuite sur une de ces chaînes du câble au numéro interminable. Ils passaient la nuit ici et il est arrivé quelque chose, et Peter… enfin… voilà, il est mort.

– Des chasseurs de fantômes… ici ? Vous avez trouvé qui était l'auteur de cette brillante idée ?

– La moitié masculine des immigrants du Vermont, reprit Melanie. Je crois… enfin, il prétend que lui et sa femme, depuis qu'ils ont emménagé dans cette maison… Il se passe des choses bizarres, quoi. Et sa femme, elle pense transformer la maison en chambres d'hôtes.

– Comme si ce comté avait besoin d'un autre *bed & breakfast.*

Nouveau sourire de mon jeune agent, fille du président du conseil municipal, qui se croit obligée de travailler deux fois plus que les autres pour prouver qu'elle n'a pas été pistonnée.

– Mais c'est ça, l'intéressant, chef, continua-t-elle. Cette maison, ils pouvaient dire pour se faire de la pub qu'elle était hantée. Ça, plus la vue sur le Vermont et les pains au lait au petit déjeuner… je suis sûre que ça aurait attiré du monde.

Un nouveau coup d'œil à travers la fenêtre me montra les trois silhouettes tranquillement assises.

– Qu'est-ce qui est arrivé à Peter ?

Le sourire de Melanie s'estompa quelque peu.

– Regardez par vous-même. C'est plutôt moche. On dirait qu'il est tombé du deuxième étage pour atterrir sur le palier du premier, ou… plus exactement sur la balustrade du premier. Mais, pas de chance, celle-ci est ornée d'une ravissante sculpture représentant un épi de maïs, très kitsch, très décorative mais terriblement pointue. Et ça lui a transpercé la gorge. Il s'est vidé de son sang sur le palier.

J'ôtai ma casquette, me frottai le front.

– D'accord. Vous avez la déposition des trois ?

– Oui.

– Vous avez pris des photos et fait les mesures conservatoires ?

– Aussi, oui.

– Et vous, vous en pensez quoi ?

Elle me considéra d'un air calme et déclara :

– Mort prématurée. C'est tout. Rien de suspect.

– D'accord, pas mal ; mais vous vous êtes plantée quelque part.

– Ah bon ?

– Oui, fis-je en lui indiquant le salon, vous avez laissé ces trois-là seuls ensemble, pendant que vous parliez avec moi. Ce sont des témoins. Vous auriez dû les séparer pour éviter qu'ils ne discutent entre eux, comparent leurs versions des faits et finissent par nous concocter un joli petit récit de leur invention.

– Bien vu, chef. Je ne recommencerai plus. Mais ça n'empêche pas que notre homme a bien fait la culbute.

– D'accord, répliquai-je en me dirigeant vers la porte. Mais si on découvre par la suite que quelqu'un de la maison l'a poussé, on aura le procureur au cul. Écoutez, vous allez rester ici et empêcher ces zélés de pompiers d'entrer. Beau boulot, Melanie.

– Merci, chef, sourit-elle.

J'ouvris donc la porte et pénétrai sur ce qui était techniquement une scène de crime, mais qui, selon moi, pouvait être tout autre chose.

*
**

Si je m'inquiétais de la possibilité d'un crime, j'aurais dû en premier lieu examiner le corps de la victime, mais je préférais de loin m'entretenir avec les témoins – autrement dit, les résidents – qui se trouvaient dans la maison au moment où le jeune homme était mort. Ralph et Carrie Toland étaient assis sur un canapé vraisemblablement sorti tout droit de l'imagination délirante d'un designer de Manhattan et de l'idée qu'il se faisait du style victorien. Ralph portait un pantalon de jogging gris et un tee-shirt orné des lettres C.O.L.B.Y., et sa femme, vêtue d'un peignoir bleu pâle, gardait les mains croisées sur ses genoux, si serrées qu'elle en avait les jointures blanches. Sa chevelure blonde était ébouriffée, et ses yeux, rougis comme si elle pleurait en silence depuis une heure. Ralph, qui devait avoir dix ans de moins que moi, avait les cheveux noirs et coupés court, et un visage flasque qui tranchait avec son expression choquée, comme s'il ne pouvait croire que sa vie entière l'avait conduit à cela : une jolie maison dans une jolie ville, avec un cadavre à l'étage.

Affalé dans un fauteuil qui jurait nettement avec le canapé tendance, se trouvait Josh Lincoln, à peu près du même âge que notre jeune dispatcheuse. Chaussé de baskets noires, il était vêtu d'un jean et d'un tee-shirt noir à manches longues qui arborait le même logo que celui de la fourgonnette. Un tatouage lui ornait le dos des mains et il portait des boucles aux deux oreilles. Les cheveux noirs tirés en queue-de-cheval, il fixait ses pieds d'un air pensif.

– Monsieur Toland, s'il vous plaît ?

Ralph leva des yeux surpris et lâcha :

– Oui ?

– Hoyt Graham, monsieur, chef de la police de Salem Falls. Y a-t-il un endroit où nous pourrions parler seul à seul ?

– Euh… bien sûr, répondit-il en se levant avant de serrer brièvement la main de sa femme. Suivez-moi.

Carrie le regarda puis, les lèvres pincées, murmura :

– C'est ta faute… tout ça, c'est à cause de toi.

Il soupira, se passa une main dans les cheveux et m'entraîna dans la cuisine où il alluma la lumière. Je tombai en arrêt devant l'équipement tout en acier et me dis que ma femme en baverait d'envie. Il prit une chaise, m'en offrit une et je commençai :

– Je sais que vous avez déjà été auditionné par l'agent Harris, mais je voudrais moi aussi entendre votre déposition.

– Bon sang… je veux dire, ça ressemblait à un hululement, vous voyez ? Le mois dernier, j'avais vu une émission à la télévision sur le paranormal, avec un reportage sur un groupe nommé les Chasseurs de fantômes de la Nouvelle-Angleterre. Avec Carrie, on a pensé que ce serait bien de faire venir quelqu'un pour inspecter la maison.

Évidemment, pensai-je. *C'était votre idée et celle de votre femme.* Je n'étais pas dupe, mais je continuai :

– Et dans quel but cette… inspection ?

– Oh, pour nous faire un peu de publicité. On songe à convertir cet endroit en maison d'hôtes, et je pensais qu'une émission télévisée sur ce que nous entreprenons ici ferait parler de nous.

– Le service de l'urbanisme vous a-t-il donné son accord ?

– Pas encore, mais notre avocat est certain que nous l'obtiendrons.

Je feuilletai le carnet de Melanie en pensant : *Votre avocat ne sait donc rien de Salem Falls.* Mais le pauvre Ralph passait déjà une très mauvaise nuit, aussi je ne voulus pas ajouter à son malheur.

– Alors, dites-moi, monsieur, que se passe-t-il ici pour que vous ayez eu recours à des chasseurs de fantômes ?

– Oh, des choses, répliqua-t-il, l'air embarrassé.

– Quelles choses ?

– Eh bien… depuis qu'on a emménagé ici, il y a eu des… incidents.

Maîtrisant mal mon impatience, je demandai :

– Quel genre d'incidents ? Je n'aime pas les énigmes, monsieur Toland, alors dites-moi ce qui se passe ici, ce qui vous a poussé à demander à deux étrangers du Massachusetts de passer la nuit ici… deux étrangers dont l'un vient de mourir précisément dans cette maison.

– En fait, pas grand-chose, au début, finit-il par répondre en fixant un point invisible par-dessus mon épaule. Carrie me reproche en permanence de ne pas rabattre la lunette des cabinets, alors que je n'oublie jamais de le faire… mais elle la trouve toujours relevée. Il y a aussi les portes qui s'ouvrent ou se ferment d'elles-mêmes. Et puis, vous descendez l'escalier et il vous arrive de sentir une brusque bouffée d'air glacé, et… et la nuit, ça devient pire encore.

Comme je ne répliquais rien, il finit par ajouter :

– Au moment où vous commencez à vous endormir, vous entendez comme des murmures dehors et, dès que vous vous redressez dans votre lit, ils disparaissent. Alors, vous faites le tour de la maison en pensant que le téléviseur ou la radio sont restés allumés, et il ne se passe plus rien. Mais de retour dans votre lit… les murmures reprennent. Et puis il y a des ombres sur les murs… des lumières étranges qui vous clignotent au coin de l'œil…

– Monsieur Toland, soupirai-je, cette bâtisse a plus d'un siècle. Il se passe toujours des choses bizarres dans les fondations. La maison, en bougeant, peut effectivement entrouvrir ou fermer des portes, émettre des craquements ou créer des courants d'air qui vous glacent le dos. Les vieilles tuyauteries peuvent vibrer, laisser entendre des gargouillis d'eau… qui ressemblent à des murmures. Et les lumières… vos yeux peuvent vous jouer des tours, la nuit, surtout… enfin, spécialement quand vous êtes prédisposé à penser qu'il se passe quelque chose.

Il cessa de regarder par-dessus mon épaule pour me fixer :

– Il y a deux semaines, ma femme s'est réveillée en hurlant, en disant que quelque chose de froid lui avait agrippé le pied. Et – avant que vous ne me le demandiez – non, ce n'était pas moi. Alors, ne me dites pas, s'il vous plaît, que c'est juste une vieille maison.

Je retournai à mon carnet.

– D'accord, on ne touche pas à votre déposition pour le moment. Maintenant, parlez-moi de ces deux chasseurs de fantômes.

– Au début, comme je vous l'ai dit, ce n'était qu'un hululement. J'ai appelé leur numéro en 800, ils sont venus, ont demandé s'ils pouvaient passer la nuit ici, et nous avons accepté. Ils avaient avec eux tout un équipement, des caméras infrarouges, des appareils qui mesurent les variations de température et les radiations électromagnétiques. Je m'apprêtais à rester éveillé avec eux, mais ils ont refusé en disant qu'ils obtenaient de meilleurs résultats quand le propriétaire de la maison n'était pas présent. Alors, Carrie et moi sommes allés nous coucher et, juste avant deux heures, je me suis réveillé, j'ai entendu un hurlement puis une sorte de battement, et d'autres cris. C'est là que je me suis levé.

– Où êtes-vous allé ?

– Là où j'ai entendu Josh crier ; crier à propos de son collègue Peter. Son ami… c'était horrible. Il y avait du sang partout. C'est alors que j'ai demandé à Carrie d'appeler les urgences.

– Et que criait Josh à propos de son ami Peter ?

– Des paroles désordonnées… qu'il était tombé, qu'il saignait comme un bœuf, qu'il se demandait ce qu'il allait dire à ses parents, des phrases de ce genre.

– D'accord. Auriez-vous d'autres déclarations à me faire, qui pourraient nous aider dans notre enquête ?

Il secoua la tête.

– Penser qu'une chose pareille s'est passée dans notre maison…

Et, je ne sais pas… peut-être étais-je de mauvais poil d'avoir été réveillé aussi tôt et de savoir mon week-end gâché, mais je lâchai soudain :

– Oh, encore une petite chose, monsieur Toland. Histoire que vous le sachiez.

– Quoi ?

– Vous avez dit que c'était votre maison. Ce n'est pas entièrement vrai. C'est la maison Logan, du nom de celui qui l'a construite en 1882. Elle vous appartient peut-être pour un temps, mais ce sera toujours la maison Logan. Ça paraît drôle, je sais, mais c'est souvent le cas dans les petites villes. Maintenant, si vous n'y voyez pas d'inconvénient, j'aimerais m'entretenir quelques minutes avec votre épouse.

Je ne pense pas que M. Toland appréciait d'être corrigé de la sorte, mais pour être franc, je m'en moquais totalement.

*
**

J'allai ensuite parler à Carrie Toland dans sa cuisine sophistiquée, ce qui se révéla une pure perte de temps. Elle joua avec habileté du mélo ou de la colère, et répéta en gros les paroles de son mari, en précisant cependant que la visite des deux experts en paranormal était entièrement l'idée de Ralph.

Lorsque Peter était mort quelques heures plus tôt, elle dormait profondément et avait été réveillée par un bruit sourd suivi de cris, et voilà tout. Elle s'était levée avec son mari, avait gravi avec lui l'escalier, et, quand elle avait vu tout ce sang sur le palier du premier et la silhouette recroquevillée de Peter, elle était redescendue précipitamment au salon pour appeler les urgences.

– Très bien, dis-je en consultant mon carnet. Mais, dites-moi, votre mari prétend que, depuis votre installation dans cette maison, il y a eu des… incidents. C'est vrai ?

Elle ramena fébrilement le col de son peignoir sur sa gorge.

– Je… je ne sais pas.

– Pourriez-vous être plus précise, madame Toland ?

– Ralph… en fait, c'est lui qui pense qu'il se passe des choses ici. Au début, c'était comme une petite blague, vous voyez ? Qu'il y avait quelqu'un d'autre qui vivait ici, qui partageait notre maison. Nous avons même parlé de lui demander un loyer… un plaisanterie, vous voyez.

– Vous vous êtes réveillée il y a quelques semaines en hurlant que quelque chose vous avait agrippé la jambe ; ça aussi, c'était une petite blague ?

Son regard se durcit, et j'imaginais déjà ce qu'elle dirait à son mari à la première occasion sur les secrets de famille.

– Non, répondit-elle, c'était juste un cauchemar. Rien d'autre.

– Ce n'est pas ce que dit votre mari.

– Peut-être, mais moi, je n'y ai jamais cru. J'ai toujours pensé que c'était Ralph et son imagination…

Puis son humeur et sa voix changèrent :

– Sa fichue imagination… regardez où ça nous a conduits. Un jeune homme mort dans notre maison. Un jeune homme mort…

Elle frémit et ajouta sur un ton amer :

– Mais peut-être que Ralph sera heureux, maintenant. Un vrai cadavre dans notre maison. L'esprit de ce pauvre garçon va sûrement nous hanter.

Puis elle se mit à pleurer et je lui tapotai l'épaule en lui assurant qu'on en avait fini, pour l'instant.

*
**

Josh Lincoln, la moitié survivante des Chasseurs de fantômes de la Nouvelle-Angleterre, semblait assez secoué. On s'assit donc autour de la table de la cuisine et, après avoir noté son âge, son adresse et ce qui concernait son identité, je demandai :

– Alors, depuis combien de temps faites-vous ce genre de travail ?

– Un peu plus d'un an, répondit-il, l'air abattu en contemplant ses mains tatouées.

– Que faites-vous d'autre ?

– Comment ça ?

– Allons, Josh, ne me dites pas que ce job suffit à vous faire vivre. Que faites-vous, à côté ?

Quelque peu embarrassé, il répondit :

– Je tiens un bar. À Newburyport, dans le Massachusetts.

– Et votre ami ?

– Il est plongeur. Dans le même bar.

– Et comment en êtes-vous arrivés à jouer les chasseurs de fantômes ?

– On aime le gothique, le surnaturel, Stephen King, Edgar Poe, Lovecraft… et Newburyport est plein d'histoires de ce genre. Sur Internet, on lit beaucoup de choses sur la chasse aux fantômes ; ça nous paraissait amusant d'offrir un service de première main, d'être les premiers à intervenir. On s'est trouvé du matériel, on s'est fait sponsoriser par une chaîne câblée, et voilà.

– Et vous vous en êtes vantés auprès des filles, c'est ça ?

– Peut-être… souffla-t-il avec l'esquisse d'un sourire.

Et qu'est-ce qui vous a amené ici, à Salem Falls ?

– Le gars qui possède la maison, il nous a appelés. Et une fois qu'on a su l'histoire de cette maison, ce qui était arrivé ici, je peux vous dire…

– Je sais, fis-je en l'arrêtant d'une main. La maison Logan. Je suis d'ici. Je sais tout de cet endroit.

– Oh… d'accord.

– Et vous en êtes à combien d'investigations de ce genre ?

– Dix, quinze, peut-être.

– Vous avez découvert des fantômes ? Des esprits ? Des choses qui vous bousculent au milieu de la nuit ?

– Des indications… des niveaux plus élevés de radiations électromagnétiques, des murmures qu'on a pu enregistrer, des éclats de lumière, des trucs de ce genre.

– Mais pas de pirates fantômes en train d'agiter une épée, par exemple ?

– Écoutez, peut-être que tout ça vous amuse, mais j'ai un copain qui est mort, dans l'histoire.

– Oui, toutes mes excuses. Vous avez raison. Mais, dites-moi, Josh, que s'est-il passé quand Peter est tombé du second ? Où étiez-vous ?

– Dans le salon. Il y avait des signes, tout au fond de la pièce… une brusque baisse de température. Peter était en haut, au second. Je l'ai entendu s'agiter puis crier… et il est tombé. Je me suis précipité en haut et je l'ai vu… plein de sang… et… ça a été tellement rapide. La femme… bon Dieu, j'ai oublié son nom… elle a appelé les urgences et puis la flic a déboulé. Et puis c'est tout.

– Très bien, dis-je en prenant quelques dernières notes. Vous avez dit qu'il a crié ; l'avez-vous entendu dire quelque chose en particulier ?

Il s'essuya les yeux.

– Je… je ne sais pas. Il a dit quelque chose, oui.

– Qu'est-ce que c'était ? Qu'est-ce qu'il a dit ?

Josh parut soudain avoir pris trente ans.

– Il a dit… il a dit : « Ça vient vers moi… ça vient vers moi ! »

*
**

Dans le salon, je vis le reflet de lumières rouges sur le mur, et, dehors sur la terrasse, un groupe de pompiers volontaires qui attendaient avec impatience de faire leur travail. Je sortis les rejoindre et tombai sur Skip Durban, leur chef. Avec ses cent quarante kilos, il avait dû se faire tailler une tenue sur mesure, mais ça faisait plus de dix ans qu'il commandait ce groupe, maintenant, et, malgré leur appellation, ils étaient tous très professionnels.

– Ça ressemble bien à une mort prématurée, Skip, mais vous connaissez la marche à suivre. Impossible de bouger le corps tant que le légiste du comté n'a pas formellement établi sa mort.

Skip, un brave type, hocha la tête et dit :

– La police d'État va venir ?

– Oui. Et justement, Melanie, vous voudrez bien vous occuper de contacter le labo de criminologie, et aussi le médecin légiste. Ça m'a, comme qui dirait, un peu échappé.

Elle me lança un regard froid et répondit :

– Pas de problème, chef.

– Ça vous ennuie si je jette un coup d'œil ? demanda Skip.

– Laissez-moi quelques minutes, d'accord ? Je n'ai pas encore vu le pauvre bougre… je voudrais juste me faire une première impression.

– Pas de problème.

J'allais aussi lui demander de dire à ses gars d'éteindre leurs gyrophares rouges mais, le voyant si arrangeant, je laissai tomber.

*
**

De retour dans la maison, j'ignorai mes trois interviewés et décidai qu'il était temps de voir par moi-même la scène de crime. Je grimpai au premier par un bel escalier de chêne puis arrivai sur le palier, où je détectai aussitôt l'odeur du sang et d'autres fluides corporels. Le malheureux était mort et bien mort. Il était recroquevillé sur le flanc, tourné vers le salon, et sa gorge n'était qu'une plaie sanglante. La rampe et le mur étaient éclaboussés de sang, signe certain d'une artère sectionnée. Je m'approchai un peu. Peter semblait être du même âge que son ami. Il portait un jean, des baskets noires et le même genre de tee-shirt mais avec des manches courtes, ce qui laissait apparaître les tatouages de ses deux bras. Il avait, par bonheur, les paupières closes. Je levai les yeux vers l'escalier menant au second puis examinai la rampe, une véritable œuvre d'art en bois sculpté, assortie à la balustrade du palier.

La balustrade était basse, bien plus basse que ne le permettraient aujourd'hui les règles de sécurité ; et à chaque extrémité de celle-ci pointait une sculpture qui, mon agent

Melanie avait raison, ressemblait à un mince épi de maïs. Celle qui se trouvait au départ de l'escalier était pleine de sang, et on voyait nettement que sa partie supérieure était brisée.

Je contournai Peter et sa mare de sang, regardai les marches menant au second. Celles-ci étaient plus étroites et plus raides, et leur bois était particulièrement ciré. Inutile de se demander ce qui était arrivé. Debout sur le palier du deuxième étage, le jeune homme avait pris peur et cherché à redescendre en vitesse. Il avait glissé sur une des marches, était tombé et avait atterri, gorge la première, sur la jolie sculpture centenaire.

Une mort prématurée. Mon agent l'avait décrite ainsi, je devais le confirmer, et j'étais sûr que le légiste et l'inspecteur envoyé par la police d'État seraient d'accord sur le terme.

Néanmoins… il me restait une chose à regarder. Je sentais comme un courant d'air sur la nuque, un souffle froid… qui devait bien venir de quelque part.

Je baissai à nouveau les yeux sur Peter, découvris un mini magnétophone à cassette près de son corps et, à une soixantaine de centimètres de sa main gauche, un Caméscope modèle miniature. Je saisis le magnéto, rembobinai un peu la bande et le portai à mon oreille. J'écoutai durant une minute, arrêtai et, pendant un instant, jouai avec les boutons de contrôle.

Je lâchai l'appareil, prit le Caméscope et répétai le processus, l'œil collé au viseur. Quand j'eus terminé, je rembobinai la bande comme pour le magnéto, reposai le tout près du corps de Peter, et, de nouveau, sentis un courant d'air froid me courir sur la nuque.

Je me redressai. En haut, une porte claqua soudain, comme si ce courant d'air froid venait de la fermer. Puis je redescendis l'escalier, traversai le salon et sortis sur la terrasse.

Je souris à Skip qui attendait patiemment dehors.

– Allez jeter un coup d'œil avant que le cirque ne commence.

*
**

Et le cirque s'installa pour quelques heures. Le médecin légiste examina le corps et confirma la mort du garçon, ce qui permit aux pompiers volontaires de Salem Falls d'enlever le cadavre pour l'emmener au funérarium de Montcalm, mais pas avant que deux inspecteurs aussi costauds que polis n'aient pris leurs photos, leurs propres mesures, et n'aient interrogé les trois témoins. Après leur départ, les Toland se retrouvèrent seuls au salon avec mon agent Harris pendant que Josh attendait, assis sur la terrasse.

J'entrai dans la cuisine avec les deux inspecteurs – à l'instant où le soleil commençait à s'infiltrer par les fenêtres – et on en vint à la conclusion logique que Peter Grolin, de Newburyport, dans le Massachusetts, était mort de façon accidentelle, sans le moindre signe d'acte criminel, et que le magnétophone et le Caméscope ne montraient rien qui puisse indiquer que le malheureux jeune homme avait subi une agression quelconque.

Là-dessus, on se prit à regretter que personne ne sache faire fonctionner la machine à café, car une bonne dose de caféine nous aurait fait à tous le plus grand bien. L'un des deux inspecteurs dit alors :

– C'est donc ici la maison Logan. C'est drôle, j'en ai souvent entendu parler, mais jamais je n'aurais cru y entrer un jour… surtout pour y examiner un cadavre. Quelle ironie !

Son partenaire, qui essayait à son tour d'élucider le mystère du fonctionnement de la machine à café, leva les yeux et demanda :

– Qu'est-ce qu'elle a, cette maison Logan ?

– Si tu lisais autre chose que tes magazines de sport, lui répondit son collègue, tu apprendrais peut-être quelque chose. Chef, vous êtes d'ici, vous. Ça vous ennuie de lui raconter l'histoire de cette maison ?

En souriant, je répondis :

– Breck Logan a bâti cette demeure en 1882. C'était l'homme le plus riche du comté. En construisant des fabriques le long de la Connecticut River, il s'est encore enrichi. Il ne s'est jamais marié, on ne lui connaissait pas de parents proches, et il est mort en 1903.

– C'est tout ? s'étonna celui qui se tenait près de la machine.

– Non, non, lui répondit son partenaire. Le chef ne t'a pas tout dit ; il ne t'a pas raconté les détails sordides. N'est-ce pas, chef ?

– Oui, c'est vrai, dus-je admettre. L'histoire, c'est que, même si ça n'a jamais été dit, le bon M. Logan était un adorateur du démon. Il dirigeait un groupe d'adeptes du culte satanique, ce qui lui a permis, à lui et à la ville entière, de s'enrichir. Pendant des années, des filles franco-canadiennes venues travailler dans ses fabriques ont disparu. En 1903, les pères de ces filles sont venus du Québec pour une confrontation à ce sujet… mais, avant même qu'ils réussissent à lui faire avouer, il est monté se réfugier dans le grenier de sa maison, a pris son fusil et s'est tiré une balle dans la tête. Certains de ces Québécois ont alors commencé à creuser dans sa propriété… et y ont trouvé des ossements et des crânes. Fin de l'histoire.

– Oui, reprit le premier inspecteur, fin de l'histoire mais pas de la leçon.

– Quelle leçon ? lui demanda l'autre.

– La leçon que, parfois, ces gentilles petites villes peuvent receler les secrets les plus sombres et les plus sanglants. Et un charmant endroit comme Salem Falls, son joli centre-ville et ses belles petites sociétés installées dans les anciennes fabriques, ça peut cacher aussi beaucoup de secrets. Pas vrai, chef ?

– Exact, lâchai-je avec un sourire.

***

Puis vint le moment où la maison Logan se vida complètement. Je remontai au premier, passai devant le sol maculé de sang, continuai vers le second et me dirigeai vers le grenier. En approchant de la porte, je sentis un brusque coup de vent glacé me fouetter le visage. Je grimpai encore quelques marches grinçantes, ouvris le battant et tombai sur toutes sortes de vieilleries croulant sous la poussière. Bien que le jour soit maintenant levé, il faisait très sombre ici, et je dus attendre que mes yeux se fassent à l'obscurité. Il y avait quelque chose, sur la droite, mais je l'ignorai. Je continuai à scruter le noir devant moi, songeant à la nuit dernière, à ce qui s'était passé, à ce que j'avais déjà appris.

Je pensais au magnétophone à cassette et à ce que j'avais entendu… la voix tremblante et terrifiée de Peter Grolin, qui disait : « Il se passe quelque chose, ici… je ne sais pas… je suis gelé, Josh, je suis gelé. Et, oh, Seigneur, il y a quelque chose qui descend l'escalier… ça s'approche de moi… ça vient vers moi… ça vient vers moi ! »

Puis j'entendis quelque chose tomber, une sorte de gargouillis, et enfin le grésillement de l'électricité statique.

Et ce que j'avais vu sur l'écran du Caméscope, filmé en vision nocturne, se dessina devant moi : les marches étroites conduisant au grenier, la porte qui s'ouvrait, et une silhouette lumineuse qui descendait, s'avançait, de plus en plus près…

Une silhouette lumineuse.

Comme celle que je devinais du coin de l'œil, dans le grenier, avec moi.

Prenant une longue inspiration, j'articulai :

– Vous n'aviez pas à faire ça. Je sais qu'on vous a provoqué. Mais vous n'aviez pas à faire ça.

La silhouette tremblota, remua. Une autre profonde inspiration et j'enchaînai :

– Je vous promets, les choses ne changeront pas. Ils n'obtiendront pas de permis pour les chambres d'hôtes. Et il n'y aura plus de chasseurs de fantômes. Plus d'intrus. Vous avez ma parole. D'accord ?

La forme vacilla une nouvelle fois, puis disparut, non sans que je voie ce qui était là, l'image légèrement floue d'un homme vêtu d'un pantalon et d'une redingote du XIXe siècle, et dont la tête ressemblait à une citrouille éclatée et sanguinolente.

*
**

Comme je ressortais de la maison, je me pris à penser que le week-end n'était peut-être pas fichu, après tout. Ma femme et mes filles seraient contentes. Dehors, Josh rangeait avec lenteur du matériel dans sa fourgonnette blanche, les Toland avaient un échange animé à l'autre bout de la terrasse, et les deux inspecteurs comparaient leurs notes. Je descendis les marches en bâillant, puis le plus jeune des deux policiers – celui qui avait enfin réussi à faire fonctionner la machine à café – vint à ma rencontre et me serra la main.

– Ravi d'avoir fait votre connaissance, chef. Et je suis sûr que vous espérez ne pas nous revoir de si tôt.

Je lui serrai la main à mon tour et lui souris, car il disait vrai : on ne voyait débouler des inspecteurs que lors d'incidents graves.

– Oui, sans vouloir vous vexer, je reconnais que vous avez absolument raison.

Il me rendit mon sourire, regarda la maison Logan et ses voisines, puis déclara :

– C'est la première fois que je viens à Salem Falls. C'est une jolie petite ville. Très belle, même. J'en ai vu beaucoup dans la région, qui ne font vraiment pas le poids. Mais vous, vous avez de la chance.

– C'est vrai, avouai-je.

Puis le plus jeune des deux laissa échapper un petit rire forcé, comme s'il tentait de faire une blague.

– Vous savez, on dirait que ces vieux adorateurs du démon sont toujours à rôder par ici, histoire de s'assurer que la ville continue à prospérer.

Prenant l'air amusé, je le regardai un instant, puis lâchai :

– Vous avez raison. On dirait.

Madida
par Harley Jane Kozak

L'air était brûlant et imprégné d'un puissant parfum de jasmin, ce matin, lorsque mes garçons dégringolèrent l'escalier pour me dire qu'une dame dormait dans mon lit.

Il était neuf heures et demie. Je me rappelle ce détail, car je me disais alors que ce n'était pas une heure pour se donner la chair de poule. Pas non plus la saison des sueurs froides. Même dans un canyon perdu de Californie, sans voisins pour vous entendre crier, sans autre créature humaine que les jumeaux pendus à mes basques et le bébé que je portais. C'était une maison faussement rustique, style chic décontracté des années 70. Rien de plus rassurant. *Les trouillards ; ne te laisse pas prendre au jeu*, me dis-je en les laissant m'entraîner vers l'escalier, avec, à notre suite, Tooth, notre chien presque obèse.

S'il y avait quelqu'un dans la maison, je l'aurais entendu. C'est tout l'intérêt des vieux planchers grinçants en mal de rénovation… et d'un vieil épagneul, grincheux et paranoïaque. Je grimpai les treize marches vers le premier étage, chacune faisant office d'alarme, les garçons devant moi, les griffes de Tooth cliquetant derrière moi.

Le lit était en vrac. La couverture, toute ramassée à la place de mon mari, pouvait dissimuler au moins deux corps. Je m'approchai en suppliant Tooth de cesser de gémir. Les jumeaux étaient déjà là, sur la pointe des pieds pour regarder sous le drap.

– Elle est pas là, déclara Charlie.

– Où elle est partie ? enchaîna Paco.

– Elle est retournée au douzeu-vingt-et-un-eu.

L'un des oreillers avait encore l'empreinte d'une tête. Je le poussai de côté et remontai prestement le drap vers le haut du lit avant de le lisser et de le border. Une odeur légère – Shalimar ? – semblait flotter autour de nous, mais ce devait être mon imagination. Ou mon nez de femme enceinte.

– À quoi ressemblait cette dame ? demandai-je en adoptant le ton enjoué d'une maman de sitcom.

– Elle a les cheveux violets, répondit Charlie. Et bouclés.

– Elle est toute violette, renchérit Paco.

Les garçons ne prononçant pas encore toutes leurs consonnes clairement, ce furent les mots « boulés » et « yolette » qui sortirent de leurs bouches. Je trouvai cette description plutôt rassurante.

– Un peu verte, aussi, reprit Charlie. Et aussi, elle a une jolie robe. Une robe bleue.

– Non, une robe pas belle, corrigea Paco. C'est une méchante dame.

– Une méchante sorcière.

Ce soir-là, quand j'annonçai à Richard, mon mari, que les garçons avaient vu une sorcière violette et verte dans notre lit, cela ne parut pas l'inquiéter le moins du monde. Il ne leva même pas les yeux de son journal.

– Hmm, oui… et qu'est-ce que tu as fait ?

– J'ai fait le lit.

Je ne jugeai pas bon de préciser que je l'avais déjà fait un peu plus tôt dans la matinée.

*
**

Bien sûr, les jumeaux avaient pu tirer une chaise à travers la chambre pour grimper sur le lit et défaire les draps. C'est ce que je me disais le lendemain au marché, à quelques kilomètres de la maison. Sauf que la chaise était à sa place habituelle près du placard, quand j'étais montée, et les garçons, qui avaient à peine plus de trois ans, ignoraient ce que c'était que de brouiller les pistes. Mais je ne pouvais imaginer une autre explication, à part celle d'un cerveau embué par la grossesse. Pouvais-je jurer avoir fait le lit ? Pas absolument, mais je n'en doutais pas non plus. *Comme on fait son lit on se couche*, aurait dit ma grand-mère. Mais, en fait, je le faisais chaque matin, précisément pour ne pas être tentée de m'y recoucher quelques instants plus tard pour une courte sieste de deux heures. Le sommeil était pour moi comme le chant des sirènes, ces derniers temps ; ma drogue, mon crack, ma cocaïne. Il était plus séduisant que le sexe, la nourriture ou le véritable amour. La seule chose qui le surpassait encore était l'impératif biologique de répondre au cri de « maman ! ».

– Maman, me lança Paco, Charlie, il a vu Madida.

– Madida ? Qui est-ce ? demandai-je, les yeux baissés vers la tête tournée de mon fils.

Endormi près de lui, Charlie respirait la bouche ouverte.

– La méchante sorcière.

– Celle qui dormait dans le lit de papa et maman ?

Paco acquiesça. Un stand de fleurs attira mon attention, me caressant les narines avec un parfum d'iris. Et de quelque chose d'autre. De la vanille ? Du jasmin ?

– Où est-ce que tu l'as vue ?

– C'est pas moi, c'est Charlie.

– Et où est-ce que Charlie l'a vue ?

– Ici.

Je stoppai net et regardai autour de moi. Un promeneur buta sur moi, puis s'excusa. Je lui rendis la politesse. Il s'écarta pour me dépasser. Je poussai les jumeaux vers un coin d'herbe et m'accroupis devant eux.

– Paco, quand Charlie a-t-il vu la dame ? Là-bas, près de la voiture ?

– Non, maintenant. Dans les nuages. Le douzeu-vingt-et-un-eu.

Et, avant que je n'aie le temps de l'en empêcher, il tira les cheveux de son frère.

Charlie se réveilla, transpirant et agacé, et il lui fallut plusieurs gorgées de jus de pomme et un petit biscuit pour le remettre de ses émotions. Je finis par apprendre qu'il avait vu la sorcière voler dans le ciel. Et, à en croire Charlie, le « douzeu-vingt-et-un-eu » faisait partie de ce ciel. Mais il était difficile de dire si cela décrivait un nuage particulier, une heure ou une latitude.

Ce soir-là, lorsque je dis à Richard que les garçons pouvaient voir chacun les rêves de l'autre, il était tellement plongé dans sa lecture qu'il ne sut lâcher qu'un vague « hein ? ».

Je décidai donc que ce n'était pas le moment de lui annoncer qu'on avait régulièrement la visite d'une sorcière dans la maison.

*
**

Les jours suivants, Madida prit une part de plus en plus grande dans la conversation, et je me surpris à lui attribuer une voix au profond accent étranger, qui me susurrait des chiffres à l'oreille. Ce qui était bizarre. Je me fis aussi une image de Madida, une créature agile, dotée d'un ventre concave. Bien évidemment, la plupart des gens me paraissaient agiles, alors que le bébé que je portais s'alourdissait et que mes shorts de grossesse devenaient de plus en plus serrés.

Il faisait trop chaud pour se couvrir de vêtements, et je laissais les garçons courir en culotte. Quant à moi, mes choix étaient limités. Je n'étais pas assez californienne pour m'effeuiller, vu ma silhouette. Je mettais l'air conditionné à fond, mais cela produisait plus de bruit que d'air frais, les grondements sourds du climatiseur me faisant penser aux plaintes lancées par les captifs d'une oubliette. Il me fallait éviter le soleil et la station debout, disait le Dr Iqbal. Aussi j'installai les jumeaux à la table de la cuisine, dirigeai sur eux un ventilateur de bureau et leur sortis des crayons.

– Dessinez-moi Madida, leur demandai-je.

Mon regard se porta soudain sur le bow-window, où la lumière de fin d'après-midi qui entrait à plein soulignait la poussière des vitres tant à l'intérieur qu'à l'extérieur et faisait apparaître une fissure dans un coin. Il me fallait vraiment un laveur de vitres professionnel, mais la seule idée de consulter les pages jaunes m'épuisait, et leurs tarifs devaient être prohibitifs, comme tout à Los Angeles. Richard avait adoré le côté « ferme » de la maison, vendue à la hâte, mais nous ne nous doutions pas à quel point l'ancien pouvait être cher. Dans sa marche tranquille vers la faillite, le précédent propriétaire n'avait pas dû dépenser des fortunes pour l'entretenir.

Sous mes yeux étonnés, la fissure dans la fenêtre semblait s'agrandir. Ce qui, bien sûr, était impossible, et pourtant…

– Maman, regarde ! lança Charlie en tirant sur ma manche pour me montrer sa Madida.

Je découvris une silhouette sans bras, qui avait la forme d'un V inversé. Celle de Paco avait une grosse tête sans torse, ornée d'une paire d'yeux vides.

– Très joli, les enfants, leur dis-je avant de me tourner à nouveau vers le bow-window.

La lézarde descendait pratiquement jusqu'au sol, à présent. Ce n'était pas normal pour une fenêtre. Un pare-brise heurté par un caillou, oui, mais une fenêtre ordinaire se fissurerait-elle sans raison ? Je commençais à me faire peur. M'obligeant à reporter mon attention sur la table, je pris un crayon. J'allais dessiner. J'adorais dessiner.

– C'est Madida, déclara Charlie au bout d'un instant.

– Ça ?

J'avais esquissé une femme squelettique, avec un visage vert et de longs cheveux violets qui lui cascadaient sur les épaules. Elle avait la poitrine plate et les bras maigres d'une danseuse. Ne sachant pas dessiner les pieds, j'avais fait les siens en pointe, et à quelques centimètres au-dessus du sol, ce qui lui donnait l'air de flotter.

– C'est à ça que ressemble Madida ? m'étonnai-je.

Paco et Charlie hochèrent la tête dans un même mouvement.

– Douzeu-vingt-et-un-eu, articula alors ce dernier. Madida.

– Et Madida dit que, si on n'écoute pas, on ira en enfer, ajouta Paco.

*
**

Ce soir-là, tandis que j'épluchais des légumes, je téléphonai à Karen, ma cousine de Denver, et lui demandai :

– C'est normal pour des jumeaux de partager une camarade de jeux imaginaire ?

– Si tu veux savoir, je n'arrive même pas à faire partager aux miens leurs céréales. Il me faut chaque fois deux bols ou deux assiettes. C'est comme s'ils mangeaient casher. Mais… qu'est-ce que c'est que ce bruit ?

– Je suis en train de couper des carottes en morceaux.

– Attends, tu fais la cuisine à… dix heures du soir ?!

– Il n'est que neuf heures ici. Et puis, c'est pour demain ; je prépare un bœuf bourguignon. Je cuisine beaucoup le soir, maintenant. Je n'arrive pas à dormir, alors que, d'habitude, je suis une marmotte.

Je regardai la fenêtre illuminée par la lumière du porche. Il y avait maintenant deux fissures verticales.

– Et le nouveau travail de Richard, ça se passe bien ?

– Oui, comme l'ancien, mais sans les amis. De longues journées. Beaucoup de stress.

– Alors, qu'est-ce qu'il y a ?

– Il y a que les garçons voient une sorcière.

Silence au bout du fil. Le *chop chop* de mes carottes faisait un bruit irréel. Aurait-ce été plus – ou moins – choquant si j'avais dit : « Mes enfants voient un psy » ?

– Une gentille sorcière ? finit par demander Karen.

– Ils disent qu'elle est méchante. Mais comme ils disent que, la plupart du temps, je suis une méchante maman, autant ne pas prendre ça au pied de la lettre. Je la sentirais plutôt triste que méchante.

– Quoi ? Ne me dis pas que tu la vois toi aussi !

– Non, je ne la vois pas… Aïe !

L'extrémité du couteau venait de me glisser sur le bout du

doigt, y laissant quelques gouttes de sang qui tombèrent sur mes carottes coupées.

– Tante Pauline voyait des fantômes, tu sais, reprit Karen.

– Madida est une sorcière, pas un fantôme.

– Elle a un nom, cette sorcière ?

– Oui.

Je trouvai un pansement adhésif dans le tiroir et le déchirai avec mes dents.

– Quel genre de fantômes voyait tante Pauline ?

– Apparemment, grandpa est passé la voir le soir où elle est morte. Debout au pied de son lit, dans son uniforme, il lui a demandé de prendre soin de grandma. Elle a vu quelques autres personnes qui s'en allaient elles aussi. C'était un peu sa spécialité.

– Je ne savais pas que ça se passait comme ça. Et le tunnel, la lumière blanche et brillante, et tous les parents qui vous attendent de l'autre côté ?

Tooth, d'humeur grincheuse, se mit à gémir. D'un doigt, je lui indiquai son bol encore plein de croquettes.

– Certains ont apparemment besoin de faire un arrêt au stand avant de prendre la route, commenta Karen.

*
**

Les plantes mouraient. Je le remarquai le lendemain alors que le soleil atteignait la baie vitrée du salon. Mes saintpaulias, qui avaient survécu à un déménagement, fanaient tous au même rythme, leurs feuilles de velours se desséchant à vue d'œil, leurs fleurs roses et violettes se retournant sur elles-mêmes comme les pieds de la Méchante Sorcière de l'Est. Je touchai le sol, aussi dur que la pierre. C'était impossible, je les avais arrosés la veille. Franchement. Je savais que je l'avais fait. Et ils allaient bien. C'était ma mère qui me les avait donnés, pour me porter bonheur. « Tu t'épanouis là où tu es plantée », disait-elle. Me penchant sur les fleurs, je leur murmurai d'une voix brisée des paroles d'encouragement et d'excuses. Il me sembla alors qu'une vague odeur de Shalimar émanait d'elles.

– Elle pleure, maman, déclara Paco à Charlie.

– Les fleurs de maman sont malades, leur dis-je en m'essuyant les yeux. Peut-être qu'elles n'aiment pas être ici. Peut-être qu'elles voudraient rentrer en Pennsylvanie.

Tooth s'approcha de moi. Je m'attendais à ce qu'il vienne lécher mes larmes, mais, à la place, il vomit à mes pieds.

– Oooh, mon pauvre chien… lui dis-je en m'accroupissant pour le serrer dans mes bras.

J'attendis que ses convulsions cessent, j'ordonnai aux garçons de rester en arrière puis me redressai et allai chercher une serviette dans la cuisine.

– Tooth a vomi, remarqua Paco tandis que je m'agenouillais avec peine pour nettoyer le sol.

Le vieux plancher était craquelé et j'imaginais déjà la substance visqueuse s'infiltrer entre les planches et les pourrir lentement.

– Madida fait vomir Tooth, ajouta Charlie. Madida, malade.

– Madida fait tout le monde malade.

Je m'assis sur les talons et levai les yeux vers mes fils. Qui hochèrent la tête dans un même ensemble.

Je téléphonai alors au vétérinaire, puis à Richard. Le véto me rappela sans attendre.

*
**

– Ça n'a pas de sens.

Il était près de minuit quand Richard rentra et s'effondra dans son fauteuil relax sans même avoir lâché sa serviette.

– D'abord, tu me dis que Tooth a été empoisonné, puis tu me racontes qu'il a avalé un sac en plastique… Le véto, qu'est-ce qu'il a dit ?

Je poussai un téléphone d'enfant et m'assis face à lui sur l'accoudoir du canapé.

– En fait, Tooth a vomi le sac dans la voiture, en y allant. Ce qui a fait dire au véto que c'était sans doute ça qui l'avait rendu malade. Il a proposé de le garder la nuit, mais j'ai préféré le ramener ici.

Ce qui nous a fait économiser deux cents dollars, songeai-je... en me gardant bien de le dire, car cela l'aurait agacé. Il m'aurait rétorqué que « ce n'est pas l'argent, le problème ». Et, de toute façon, Tooth détesterait s'éloigner de nous.

– Il a l'air d'aller bien, maintenant.

Richard claqua des doigts et Tooth s'approcha de lui d'un pas pesant, sa lourde queue remuant lentement.

– Au fait, il y a quelque chose à manger ?

– Du bœuf bourguignon. Et, oui, il va bien pour l'instant, mais...

Mon regard se posa sur les saintpaulias ; ils allaient mieux, eux aussi. Non, pas seulement mieux : ils avaient complètement repris du poil de la bête.

– Alors, pourquoi veux-tu absolument qu'il se soit fait empoisonner ?

– Je ne veux rien, fis-je, énervée à mon tour. Ce sont les enfants qui le disent. Et ils n'ont jamais parlé de poison.

Desserrant sa cravate, Richard demanda :

– Quel mot ont-ils employé ?

– La sorcière « fait vomir Tooth ».

– Quelle sorcière ? demanda-t-il avec un demi-sourire.

– Madida.

– Quoi ? lâcha-t-il, cette fois le plus sérieusement du monde.

– Madida, c'est son nom. Qu'est-ce qu'il y a ?

– Rien.

Il se baissa pour défaire ses lacets. Le sommet de son crâne se dégarnissait légèrement. Comment n'avais-je pas vu cela plus tôt ?

– D'où est-ce qu'ils sortent ça ?

– Je n'en sais rien. J'ai demandé aux voisins si ce nom leur disait quelque chose, et j'ai aussi cherché sur Google, en essayant plusieurs orthographes. J'ai trouvé, entre autres, un joueur de foot sud-africain.

– Pourquoi ? interrogea-t-il en ôtant ses chaussures.

– Pourquoi… quoi ?

– Pourquoi as-tu cherché sur Google ?

– Parce que… je pense, en fait… je crois qu'elle nous hante.

Richard se frotta les yeux puis ouvrit son porte-documents.

– Moi, je crois que tu devrais appeler le Dr Iqbal.

– Pourquoi ? Je me sens bien. Le bébé aussi.

Il sortit un dossier avant de refermer sa serviette.

– Ma chérie, tu penses qu'un joueur de foot est en train d'empoisonner et ton chien et tes plantes. Tu m'appelles au boulot en me demandant de faire quelque chose. J'aimerais vraiment que le médecin dise que ce sont tes hormones qui te travaillent. Je me sentirais mieux.

Et je ne lui avais même pas encore parlé des fissures de la fenêtre.

– Ne me dis pas que ça t'inquiète, car tu ne m'as même pas rappelée.

– J'ai eu une journée impossible, tu sais. Des réunions importantes… Si tu avais précisé que c'était urgent, Jillian m'aurait passé ton appel.

– Et ces réunions n'ont fini que maintenant ? À onze heures du soir ?

Je détestais le son de ma voix.

– Oui, je regrette, j'aurais dû t'appeler.

Il se cala contre son dossier et ferma les yeux, serviette et dossier sur les genoux.

– On est en plein bouleversement, au bureau. C'est presque une question de vie ou de mort. Tout le reste est en suspens et…

Il s'arrêta. Dormait-il ?

– Hé, réveille-toi ! lui criai-je. Ici aussi, c'est une question de vie ou de mort.

Il rouvrit brusquement les yeux et parut aussi choqué que moi. Ce n'était pas moi. Je ne criais pas, d'habitude. J'étais plutôt d'humeur gaie, en général. Et puis, pourquoi criais-je, au fait ? Tooth allait mieux. Mes saintpaulias étaient en pleine forme.

Je m'efforçai de demander sur un ton calme :

– Tu veux dîner ?

– Hein ?

Il semblait déboussolé, sans savoir à quelle question répondre.

– D'accord, soupirai-je, laisse tomber. Qu'est-ce qui se passe, au bureau ? Pourquoi as-tu eu une journée impossible ?

Il referma les paupières.

– Je n'ai pas envie d'en parler.

– Ça m'est égal. Je veux savoir ce qui se passe.

– Je ne voudrais pas t'inquiéter.

– Mauvaise réponse. Tu dois me le dire.

Il se contenta de secouer la tête.

– Richard, ne me force pas à te supplier. Je tourne autour de ça – autour de toi – depuis plusieurs jours, et je ne suis plus d'humeur.

Dans un couinement désespéré, le dossier du fauteuil se coucha, obligeant mon mari à s'allonger jusqu'à ce que ses pieds décollent du sol. Il avait l'air d'attendre de se faire dévitaliser une dent. Comme je m'apprêtais à lui crier à nouveau dessus, il ouvrit les yeux et contempla le plafond parsemé de taches d'eau.

– Il y a quelques semaines, je travaillais sur un compte. Comme j'avais une question sur le code d'imposition californien, j'ai cherché des références dans les archives d'un autre compte. Celui d'un gros client. Le plus gros de Somdahl.

– Qui ?

– Clarien ; le groupe pharmaceutique. Bref, en examinant leurs comptes de pertes et profits et en les comparant avec leurs déclarations fiscales, je suis tombé sur des... irrégularités.

– Des irrégularités... comme des erreurs mathématiques ?

– On peut dire ça, oui.

Comme la queue de Tooth se mettait à battre le sol, nous nous tournâmes tous les deux vers lui. Il dormait profondément. Et faisait des rêves de chien.

– Je suis allé en parler à Werner.

– Et alors ?

– Il a dit qu'il y jetterait un coup d'œil ; qu'il en parlerait à Somdahl.

– Et ?

– Je n'ai pas eu de retour, alors j'ai remis ça sur le tapis. Avec Werner. Puis Somdahl lui-même m'a appelé dans son bureau. Il m'a offert un foutu cappuccino, comme si j'étais son meilleur ami, ou un client potentiel. Puis il a mis tout le problème de Clarien sur le dos de Fenwick. Le type que j'ai remplacé. Il a dit que Fenwick avait une addiction aux drogues, qu'on ne pouvait plus lui faire confiance et que c'était pour ça qu'on l'avait mis sur la touche. Mais, à présent, Somdahl est coincé avec ce problème Clarien et se demande comment on va se dépêtrer de ça. Si on avoue la chose, on peut parler de plusieurs millions de dollars d'amende, pour eux, et peut-être pour nous. On ne perdra pas seulement un client, on se fera traîner en justice pour malversations, d'autres clients penseront que le bateau coule et ils fuiront. La société n'y survivrait pas. On a déjà baissé de 46 % par rapport à l'année dernière. On a licencié 7 % du personnel le mois dernier. Je fais à moi tout seul le travail de quatre personnes. Et c'est pareil pour les autres. C'est peut-être ça qui a conduit Fenwick à sombrer dans la drogue.

Je tremblais comme une feuille. Comment Richard avait-il pu garder tout ça pour lui ? Les indices étaient là depuis des semaines, tels des moutons de poussière agglutinés sous les meubles, trop désagréables pour que j'aie envie de les découvrir. Somdahl & Associés, le travail pour lequel nous avions quitté la côte est, le partenariat de rêve, la société en pleine ascension qui avait eu droit à son article dans *Fortune*. La chance d'une vie, quand elle vous frappe, vous ouvre la porte si vite que le verre se brise. Richard n'avait pas eu besoin d'y réfléchir à deux fois. Le côté réflexion, c'était à moi que cela revenait. J'avais fait nos bagages, vendu notre maison, quitté notre famille, nos amis, notre histoire, un quartier empli d'autres enfants. D'autres mamans.

– Richard.

– Quoi ?

– Tu ne peux pas continuer de couvrir cette affaire.

– Je sais, lâcha-t-il au bout d'un long instant de silence. Je regrette seulement d'avoir vu ce que j'ai vu. Et puis l'assistante de Somdahl a déclassé Clarien.

– C'est précisément la définition d'une couverture. Inutile de faire marcher la déchiqueteuse ; quand on est impliqué, on est impliqué.

– À qui devrais-je en parler ? La Commission des opérations boursières ? Et s'ils ne répondent pas ? Ça ne nous mènera à rien. Mais je pourrai dire adieu à ma carrière.

– Somdahl a l'air de dire qu'ils vont répondre…

– Somdahl ne peut pas prendre ce risque, répliqua-t-il en se frottant le visage. Et si ça se passe comme il a l'air de le dire ? C'est la société qui se casse la figure. Tous ceux que tu as rencontrés le mois dernier au pique-nique, toutes ces personnes se retrouveront sans emploi. Des actions sans valeur, des retraites réduites à néant. Tout ça à cause de moi…

– Pas à cause de toi, à cause de choses qui se sont passées avant que tu n'arrives dans cette société. Ne les laisse pas t'entraîner dans une conspiration…

– Personne n'apprécie les dénonciateurs.

– Moi, je t'apprécie. Je…

– Il n'y a aucun profit à tirer de ça, pas le moindre avantage…

– Bon sang, Richie, tu commences à parler comme eux !

Je me sentais devenir hystérique.

– Et puis, ajoutai-je, n'est-ce pas illégal ? Ce qu'ils cachent ? Ce que tu caches ? Parce que l'idée de te voir derrière les barreaux, ça me fiche nettement plus la trouille que le fait de savoir qui t'apprécie ou ne t'apprécie pas chez ces putains de Somdahl & Associés.

Richard me fixait, maintenant. Je n'avais pas employé ce juron depuis la naissance des enfants.

– Je ne veux pas te voir craquer, me dit-il. Ça ne m'aidera

en rien. Et puis, ce n'est pas ce soir que je prendrai une décision.

Si ! voulus-je hurler. Mais je surpris mon reflet derrière lui, dans le miroir au-dessus de la cheminée. Mon ventre énorme, mes yeux exorbités. *La parano de service, travaillée par ses hormones, l'hystérique qui voit des sorcières.*

Je soupirai, aussi profondément que me le permettait le bébé qui appuyait contre mon diaphragme. D'une voix qui se voulait calme, je demandai :

– Tu veux du bœuf bourguignon ?

– Non, je n'ai plus faim.

Je me levai et partis à la cuisine, Tooth sur mes talons. Je débranchai la sauteuse, versai son contenu dans une passoire, ouvris le robinet à fond, récupérai un à un les morceaux de bœuf avant de jeter le reste dans le composteur. Enfin, je donnai la viande à Tooth, qui me remercia en me léchant les doigts, et sans vomir.

Je me sentais malade. J'avais envie de remonter le temps, de revenir à une heure plus tôt, lorsque mon plus gros problème n'était que les sorcières. J'aurais voulu en savoir moins, ou alors beaucoup plus. J'avais besoin de sommeil. Mais, en regardant le bow-window, toute envie de dormir disparut.

La fenêtre était impeccable. Sans la moindre fissure.

Tremblante, je retournai au salon, où je trouvai Richard en train de ronfler. Me penchant sur lui pour le couvrir d'un plaid, je lus entre ses doigts écartés la couverture du dossier qu'il tenait sur les genoux. *Somdahl & Associés, note de service interne – Photocopie ou distribution interdites.* Je commençai à le tirer doucement de sous ses mains mais Richard remua. Je n'insistai pas, remontai le plaid sur sa poitrine puis me dirigeai vers l'escalier dont je grimpai les marches grinçantes.

Tooth appuyé contre mon ventre, je restai longtemps allongée dans notre grand lit. Je ne pensais pas pouvoir dormir, mais voilà que j'étais en train de rêver, hantée par une série de chiffres sur lesquels j'avais du mal à me concentrer. Des chiffres importants, je le savais, comme le stade de grossesse d'une future maman, le dosage d'un médicament ;

aussi m'efforçais-je de les mémoriser. Mais il y en avait dix, autrement plus difficile à retenir que douzeu-vingt-et-un-eu, et je me rendis alors compte que chaque nuit que Dieu faisait je rêvais de nombres, comme dans le conte de fées *Les Douze Princesses dansantes*, et que, chaque matin, les nombres avaient disparu.

*
**

Le bruit de la porte qui se fermait me réveilla. Richard qui partait courir, sans doute. Il était cinq heures passées et il faisait encore noir dehors. J'avais l'esprit embrumé, comme si, au cours de mes rêves, j'avais laissé derrière moi des morceaux de cervelle. Je demeurai ainsi, à demi assoupie, déprimée, anxieuse. Je cherchai à savoir ce que nous ferions si Richard perdait son travail. Mais, au lieu de cela, mon esprit trouva une autre orthographe à Madida : *Matita.* Paco et Charlie ne faisaient pas la différence entre les D et les T. Je m'assis, bien décidée à chercher cela sur Google. C'était une impulsion absurde, mais je ne pus m'en empêcher.

Sur la table de la cuisine, je trouvai ce message : « Je pars tôt au boulot. Je t'appelle. Ne t'inquiète pas. » Tôt ? On était pratiquement au milieu de la nuit ! Et puis, existait-il au monde un ordre plus absurde que « ne t'inquiète pas » ?

Je m'installai devant l'ordinateur, tapai « matita » et cliquai sur le premier des quelque cent mille liens qui s'affichèrent.

Matita pereira *est un oiseau insaisissable, connu pour son chant mélancolique. Il est une des formes que prend le Saci, un enfant mulâtre unijambiste, personnage légendaire du folklore brésilien, vêtu d'une casquette rouge et magique qui lui donne le pouvoir de disparaître et réapparaître, et exige de lui qu'il exauce tous les souhaits de celui qui la lui vole.*

Qu'allais-je faire de cela ? Le folklore brésilien n'avait pas plus de sens pour moi que les footballeurs sud-africains. Même si j'avais dans le coffre de ma voiture une casquette rouge laissée là par une collègue de Richard. Sans être volée, elle ne m'appartenait pas non plus. J'oubliais toujours de la lui rendre et elle se révélait parfois bien utile quand je me retrouvais tête nue sous le brûlant soleil californien.

Soudain lasse, je me calai contre le dossier. À quoi bon tout ça ? Mon obsession pour Madida ne servait qu'à me distraire du vrai problème, le dilemme éthique de Richard, qui devenait maintenant le mien. Est-ce qu'on pouvait, comme il le suggérait, laisser tomber cette histoire ? Le fait de ne pas broncher était-il, d'un point de vue financier, la meilleure des choses à faire ? Cela paraissait quasi certain. Était-ce moral ? Non. Mais était-ce à moi de prendre la décision ? Et les autres employés de Somdahl & Associés ? Et nos trois enfants ? Ne leur devions-nous pas un toit ?

Tooth entra dans la pièce et s'étira, demandant par là qu'on le sorte.

– J'aimerais tellement savoir quoi faire, lui dis-je doucement.

Quelque chose remua en moi, palpable, physique, et je me rendis compte que j'étais assise sur du mouillé. Comme si je ne maîtrisais plus ma vessie, ou que j'avais perdu les eaux. Mais ce n'était ni de l'urine ni du liquide amniotique. Le fauteuil de cuir brun s'assombrissait à toute allure et, lorsque je le touchai, mes doigts en ressortirent rougis de sang.

*
**

– Saigner en début de grossesse est souvent insignifiant, m'assura le Dr Iqbal, assis sur un tabouret pivotant au bout de la table d'examen.

La sonde qu'il tenait à la main faisait de petits cercles sur mon ventre nu, mouillé de gel. Ses yeux étaient fixés sur le moniteur noir et blanc, qui montrait l'image grainée de ma fille à naître.

– Néanmoins…

– Néanmoins… ? demandai-je en cherchant sur son visage de quoi me rassurer.

L'éclairage blafard de la salle de consultation ne l'avantageait pas.

– Elle va bien ? insistai-je. Vous pouvez le voir, non ? Vous sauriez, si elle n'allait pas bien ?

– Elle remue. Son rythme cardiaque est normal. Le cordon n'est pas enroulé autour d'elle.

– Mais… ?

– Mais des saignements au cours du dernier trimestre de la grossesse ne sont jamais bon signe. Et, là, je ne vois rien. Ce pourrait être un placenta *praevia*, mais non. Ce n'est pas non plus un décollement du placenta. Et ce n'est pas l'annonce du travail. Et puis, vous ne saignez plus, à présent. Vous êtes sûre que vous étiez bien en train de saigner ? Que ce n'étaient pas juste quelques gouttelettes ?

– Non, ça s'écoulait de mon corps. Ça jaillissait, même. Il y en avait partout sur le fauteuil.

Qui était en cuir, au moins. Et que j'avais nettoyé le mieux possible en attendant l'arrivée de l'ambulance. Je m'étais lavée, aussi, même s'il me restait encore des traces de sang entre les cuisses.

– Et la couleur ? Du vrai rouge ? Ou du rouge brunâtre ? Ou rosâtre ?

– Rouge. Aussi rouge que du ketchup.

Un soulagement pour moi que de pouvoir dire cela sans faux-fuyant. Un soulagement que de me retrouver dans cet hôpital où régnaient l'antiseptique, l'acier chromé et du linoléum. Pas de plancher qui craquait. Pas d'entité cachée. Pas d'ambiance rustique.

Le Dr Iqbal éteignit le moniteur, puis saisit une serviette de papier pour nettoyer le gel de la sonde et de mon ventre.

– Richard est encore là ?

– Il vient de partir. Il est rentré s'occuper des enfants. J'ai une amie qui les garde depuis cinq heures et demie ce matin, mais elle doit partir travailler.

Ce n'était pas vraiment une amie mais une femme que j'avais rencontrée deux fois lors d'une réunion de mamans d'élèves. Cependant, j'avais gardé son numéro et elle avait accepté sur-le-champ et sans hésitation de me rendre service. Et je réalisais maintenant qu'elle était devenue une amie.

– Bien, dit le médecin, je suggère qu'on attende un peu de voir venir. Le bébé a trente-six semaines, donc, si elle le voulait, elle pourrait naître maintenant. Mais autant qu'elle reste encore en vous et, sans réelle raison de provoquer l'accouchement… j'aimerais vous garder un jour ou deux en observation.

J'acquiesçais, soudain très lasse. Si le bébé était hors de danger, c'était tout ce qui comptait. Somdahl & Associés me paraissaient bien loin, à présent, et, comme je m'abandonnais à un demi-sommeil, je pensai à quel point il était absurde, dans cet hôpital archi éclairé, de croire aux sorcières.

Et, une fois encore, je rêvai de chiffres.

*
**

– N'écrabouillez pas votre maman, lança Richard.

– C'est bon, lui dis-je.

Grimpés sur mon lit d'hôpital, Charlie et Paco s'amusaient, l'un avec la télécommande, l'autre avec les boutons qui redressaient et abaissaient le matelas. Ils m'avaient manqué. Jamais je ne m'éloignais d'eux.

– Je vais aux toilettes et, après, on s'en va, déclara Richard. La baby-sitter viendra à midi.

Il avait appelé une agence de nounous afin de pouvoir retourner travailler. C'était une bonne chose ; j'aurais besoin d'aide lorsque le travail commencerait.

– Ta salle de bains ? demanda Paco, le doigt pointé sur la porte que Richard venait de fermer derrière lui.

– Oui.

– Madida, elle a aussi une salle de bains, enchaîna Charlie. Et Madida, elle a un rideau dans sa chambre.

Il indiqua la tenture qui me séparait du lit voisin vide.

– Madida, elle a une télé au plafond.

– Comme maman, souris-je en entrant dans leur jeu. Alors, Madida vit dans un hôpital, maintenant ?

– Oui, ici, répondit Charlie.
– Vraiment ? fis-je tandis que mon sourire s'évanouissait.
– En haut, précisa Paco.
– Et… tu sais où, en haut ? demandai-je, soudain glacée.
– Oui.
– Tu peux m'y emmener ?
– Non, reprit Paco. Paco et Charlie, ils ne peuvent pas aller là-haut. Que maman.
– Pourquoi ?
– Madida ne veut pas.
– Alors, comment est-ce que je trouverai sa chambre ?
– Les numéros ! s'exclama Charlie.

Paco éclata de rire et sauta sur le lit.

– Douzeu-vingt-et-un-eu.

J'attendis que Richard et les garçons soient partis pour sortir du lit. Une infirmière venant de vérifier mes constantes et celles du fœtus, je me libérai de tous les appareils de surveillance qui m'entravaient. Sans hésiter, je passai une deuxième liquette d'hôpital dans l'autre sens afin d'avoir le dos couvert, puis je me dirigeai en pantoufles vers l'ascenseur. Une fois à l'intérieur, j'appuyai sur le bouton « 12 ».

*
**

Tout était tranquille au douzième. Comparé aux urgences et à l'effervescence des salles de travail, cela ressemblait à un cimetière. Dans le corridor, je suivis les panneaux « E » conduisant à l'aile est.

Le bureau des infirmières était vide. Je passai devant puis continuai le long d'un couloir éclairé d'une lumière fluorescente. C'était une ancienne section de l'hôpital, qui n'avait jamais été rénovée, et je me surpris à frissonner.

Certaines chambres arborant l'indicatif « 12 E » étaient fermées, d'autres étaient inoccupées, et les quelques patients que j'aperçus derrière des portes entrouvertes semblaient dormir. Cela avait tout d'un endroit où les gens venaient mourir.

Tout en marchant, je murmurais :

– Douze E dix-neuf, douze E vingt… douze E vingt et un.

Je m'arrêtai devant la porte ouverte, sur laquelle étaient fixées les plaques de deux patients, E et O. Le lit côté ouest de la chambre était vide. C'était le patient 12 E – 21 E que j'étais venue voir. « M. Quadros », selon ce que je pus lire sur la plaque.

Même si elle dormait, je la reconnus. Elle était plus jeune que moi, mais pas de beaucoup. Elle avait de longs cheveux bouclés, d'un auburn tirant sur le roux qui ne pouvait provenir que d'une teinture. Une chevelure mémorable, même si on ne l'avait vue qu'une fois, et même si, aujourd'hui, on lui devinait des racines noires. Son visage était pâle et laissait apparaître des traces d'hématome. Ses bras gracieux montraient eux aussi des taches violacées, là où on lui avait prélevé du sang ou inséré des cathéters. Sa maigreur était telle que sa petite chemise bleue et sa couverture ne suffisaient pas à dissimuler les os qui saillaient sous sa peau. Et plus aucun parfum de Shalimar ne se dégageait d'elle.

– Bonjour, lui soufflai-je sans obtenir de réponse.

Je lui touchai le visage, très doucement, mais, là encore, elle ne répondit pas.

Depuis combien de temps était-elle ici ? Je l'avais vue à peine un mois plus tôt.

*
**

Nous nous étions rencontrées au barbecue annuel de Somdahl & Associés. Même avec ses cheveux, elle ne se détachait pas de la foule d'étrangers présents, et moi, en tant qu'épouse d'un cadre de la société, je n'avais pas non plus attiré son attention. Mais un collègue un peu éméché avait renversé de la bière sur son tee-shirt, et, au lieu de s'excuser, avait fait une remarque obscène sur les femmes revêtues d'habits mouillés. Un autre tenta d'intervenir, en pensant certainement « harcèlement sexuel », mais le premier refusa de lâcher l'affaire. Tandis qu'ils discutaient, je m'approchai de la femme trempée de bière et lui touchai l'épaule. J'avais un tee-shirt dans ma voiture, lui annonçai-je. La voyant hésiter, je lui passai un bras sur les épaules et elle me laissa l'entraîner.

– Merci, me dit-elle. Le connard… Comme si ça ne suffisait pas que je travaille pour lui toute la semaine, il faudrait encore que je mange et que je boive avec lui.

Elle avait un accent que je ne parvenais pas à identifier. Celui d'une langue latine, peut-être.

– Qui est-ce ? lui demandai-je.

– Albert Werner, le directeur financier. Vous êtes nouvelle, ici.

– Mon mari, oui. Je suis son épouse, Jane England.

– Vous êtes mariée à…

– Richard England.

En battant des cils, elle lâcha :

– Richard England est votre mari…

– Oui. Vous le connaissez ?

– Oui, fit-elle au bout d'un instant.

Nous étions devant la voiture, à présent. J'ouvris le coffre et elle ajouta :

Vous êtes le Bon Samaritain.

– Pas de problème.

Je sortis un tee-shirt rose du sac à langer que je gardais toujours dans ma voiture. Fixée sur le rabat se trouvait une photo de Paco et Charlie avec Tooth.

– J'ai des jumeaux de trois ans, lui dis-je, donc je prévois toujours un vêtement de rechange au cas où l'un d'eux me tacherait.

– J'ignorais que Richard avait des enfants, dit-elle en effleurant la photo qu'elle observa longuement.

Une remarque – la troisième, en deux minutes exactement – qui me fit frémir de jalousie. Mais elle me jeta alors un regard intense et me déclara :

– Votre mari… il est grand, c'est ça ? Avec un long nez ?

J'acquiesçai en silence.

– La semaine dernière, je transportais des cartons assez

lourds dans la salle de conférence, pour la réunion. Il y avait huit hommes autour de la table, mais seul votre mari a bondi pour me tenir la porte et me les prendre des mains. Tous les cartons.

Comme je ne trouvais rien à lui répondre, elle me tourna le dos et ôta son tee-shirt plein de bière. Je contemplai sa peau sans la moindre imperfection, ses côtes étroites, sa colonne vertébrale, les fines bretelles de son soutien-gorge en dentelle, et je fus soulagée de ne ressentir cette fois aucune jalousie.

Rhabillée, elle se retourna et me dit :

– Jane, merci. C'est vraiment gentil à vous de me prêter ce tee-shirt. Je n'en connais pas beaucoup, ici, qui auraient fait la même chose. Je ne l'oublierai pas.

Je tendis alors le bras pour ôter de ses cheveux ébouriffés un minuscule morceau de papier blanc, provenant d'un pansement adhésif, sans doute échappé du sac à langer.

– Et vous avez des jumeaux, ajouta-t-elle en souriant pour la première fois. Vous avez beaucoup de chance. Une bénédiction. Des garçons, n'est-ce pas ? Et un chien.

– Oui, répondis-je avec un sourire. Je regrette, je ne connais pas votre nom…

– Matilda, répondit-elle.

Ce fut du moins le nom que je devinai car elle le prononça très vite, sauf la syllabe du milieu, qu'elle lâcha sur un ton tellement musical. *Matiilda*…

Plus tard, je remarquai qu'elle avait laissé sa casquette rouge dans le coffre de ma voiture.

*
**

Les souliers de l'infirmière ne faisaient aucun bruit et je ne l'aperçus qu'en me retournant. Je sursautai. Elle en fit autant.

– Seigneur ! s'exclama-t-elle, une main sur le cœur. Je ne m'attendais pas à voir quelqu'un ici.

Elle portait une blouse bleue et des baskets.

– Ce n'est pas l'heure des visites ? hasardai-je.

– Non… si… En fait, vous êtes son premier visiteur. Pendant mes heures de travail, tout au moins.

Elle consulta sa montre et inscrivit quelques mots sur une fiche dans un classeur.

– Je viens de découvrir qu'elle était dans cet hôpital, lui dis-je.

Comme elle lisait le dossier, elle ne répondit rien.

– Depuis combien de temps est-elle ici ?

– Dans ce service ? Cinq jours.

– Et depuis combien de temps à l'hôpital ?

Elle tourna une page.

– Elle a été admise il y a dix jours aux urgences, puis en chirurgie, en réanimation et enfin ici.

– Et « ici », qu'est-ce que c'est, exactement ?

Elle considéra un instant mon ventre rond puis retourna à son dossier. *Règles de confidentialité*, l'imaginai-je en train de penser.

– Une chambre de soins palliatifs. Il s'agit d'une patiente qui ne souhaite pas être ranimée.

Matilda était mourante.

– Que lui est-il arrivé ?

Elle m'observa de nouveau et demanda :

– Vous pouvez rester debout et vous promener comme ça ?

– Oui, ça va. C'est seulement que… désolée, c'était une amie, mais je viens juste d'apprendre…

– Asseyez-vous, vous serez mieux.

– Merci.

Je m'assis sur le fauteuil en similicuir qui se trouvait près du lit, et je songeai : *On est habillées pareil, Matilda et moi. Une fois de plus, on partage nos vêtements.*

– Qu'est-ce qui lui est arrivé ? Vous sauriez me le dire ?

– Elle s'est fait agresser. Et a été laissée pour morte. C'était dans le journal.

– Oh, mon Dieu ! On sait qui a fait ça ?

Elle vérifia un cathéter et nota quelque chose dans son dossier.

– Tout ce que je sais, c'est qu'il y avait des flics devant la salle de réanimation. Mais, quand son cerveau a cessé de fonctionner, on les a fait partir.

Bien sûr, puisqu'elle ne leur était plus d'aucune utilité. Et qu'elle ne représentait plus de danger pour personne.

– Mais personne ne lui a rendu visite ?

Je considérai le savant bouquet tropical, sur la table de chevet… plus tellement frais. Une carte de visite de Somdahl & Associés apparaissait entre les fleurs fanées.

– Personne de son bureau n'est venu ?

L'infirmière serra un tensiomètre autour du bras contusionné de Matilda. Elle avait des gestes à la fois doux et efficaces.

– Où est-ce qu'elle travaillait ? On pense que c'était pour le gouvernement.

La gorge sèche, je demandai :

– Qu'est-ce qui vous fait penser ça ?

– Celle qui s'occupait d'elle en soins intensifs. Elle disait que les gens dans la salle d'attente avaient l'air de s'être réunis là pour un audit fiscal. Cheveux ras, chaussures pour pieds sensibles, pas de fleurs.

– Non, elle était assistante, rétorquai-je. Chez Somdahl & Associés. Personne là-bas ne porte des chaussures pour pieds sensibles.

Comment pouvait-on travailler quelque part et n'avoir aucun collègue qui vous rende visite ? Même dans le coma, j'aurais aimé penser que quelqu'un viendrait me tenir compagnie.

– Vous pouvez me dire ce qui se passera quand elle mourra ? Est-ce que vous appellerez les gens pour les prévenir ?

– Les gens en général ? Non.

Elle posa de nouveau les yeux sur le dossier et tourna une page. Haussant alors les sourcils, elle eut une expression de surprise, qu'elle masqua aussitôt.

Une sonnerie retentit et une voix désincarnée demanda à l'infirmière Shayne de se rendre dans la chambre 12 E –13 O.

– Excusez-moi, me dit-elle avant de quitter rapidement la pièce en emportant le dossier avec elle.

Je devais la suivre. Aussi taciturne fût-elle, je devais la faire parler. Il fallait qu'elle m'en dise plus, quelque chose, n'importe quoi. Je me levai en tremblant, mon ventre semblant peser des tonnes, jetai un dernier regard à Matilda puis sortis de la chambre.

L'infirmière disparaissait au coin du corridor. Mais là, près de la porte, dans un renfoncement, se trouvait un chariot. Et dans ce chariot, il y avait des classeurs. Avec les dossiers des différents patients du service. Une douzaine ou plus. Clairement étiquetés. Je saisis celui intitulé « M. Quadros / 12 E – 21 E ».

Je passai chaque onglet en revue avant de trouver la page concernant les informations sur le patient. Je mourais de peur de me faire surprendre par l'infirmière, et je craignais aussi que le service maternité ne s'aperçoive de ma disparition et se lance à ma recherche. Mais je tombai enfin sur ce que je cherchais. Sous les « commentaires », je vis une petite flèche pointant vers une carte de visite glissée dans une pochette de plastique collée sur le papier.

Sur la carte était inscrit un numéro. Qui me disait quelque chose, comme si je l'avais vu en rêve. Aussi important que le stade de grossesse d'une future maman ou le dosage d'un médicament, mais nettement plus commun : un numéro de téléphone. Celui de Bruce Schoenbrod, employé au ministère de la Justice.

*
**

Bien sûr, on pourrait penser que le fait de révéler la vérité une fois que l'on sait que tout est cuit est nettement moins vertueux que de la dire par pure honnêteté. Mais, ce jour-là, je me moquais bien de la vertu. Je ne cherchais qu'une chose : éviter la prison à Richard.

Je lui téléphonai de l'appareil dont je disposais dans ma chambre, au service maternité. Je lui donnai le numéro en lui demandant de joindre Bruce Schoenbrod et de tout lui raconter. Non sans lui préciser que, s'il n'appelait pas, c'était moi qui le ferais. Pour moi, cela ne faisait aucun doute : Matilda avait déjà parlé au ministre de la Justice. Qui l'avait écoutée. Somdahl & Associés était en train de plonger, avec ou sans les révélations de mon mari. Et, à moins de se blanchir avant que le FBI n'intervienne, il pouvait bien plonger lui aussi.

J'ignore comment je comprenais aussi clairement toutes ces choses. J'ignore pourquoi Richard m'a écoutée. J'ignore pourquoi Bruce Schoenbrod a formulé un acte d'accusation la semaine suivante et non avant.

Je ne sais pas pourquoi une femme qui ne m'avait connue qu'une demi-heure avait choisi de sauver mon mari alors que six des collègues de Richard se sont retrouvés en procès. Cinq, en fait, après qu'Albert Werner se fut tiré une balle dans la tête pendant qu'il était en liberté provisoire. Je ne peux maintenant que faire des suppositions.

Somdahl & Associés ont plongé, ainsi que Clarien, le groupe pharmaceutique, et deux autres dont les dossiers ont montré des « irrégularités ». Beaucoup de gens ont perdu de l'argent ou même leur travail ; le bouleversement a été total. Mais, malgré tout ça, j'estime avoir eu de la chance. Avoir été privilégiée. Capable de dormir la nuit dès l'instant où Richard a passé ce fameux coup de fil. Mais seulement pour trois semaines.

Matilda est morte le lendemain de ma visite à l'hôpital. Vingt et un jours plus tard, ma fille naissait. On l'appela Grace.

La Maison des horreurs

par S.W. Hubbard

– Ça vous fera cinquante-huit dollars soixante-quinze avec les taxes, annonça le gros homme assis derrière son guichet.

John lui tendit sa carte de crédit en grimaçant.

– Tu nous offres un heureux souvenir de famille, lui murmura sa femme à l'oreille.

Heureux… mes fesses. Premier jour du week-end de retrouvailles à Jersey Shore pour la famille Harrigan : coups de soleil pour tout le monde.

Deuxième jour : attaque de méduses.

Troisième jour : avis de tempête.

Miriam décida donc d'une promenade au bord de l'eau. Pas de problème. On donnerait aux enfants cinquante dollars afin qu'ils aillent se distraire, et lui et elle marcheraient sur la plage en admirant l'assaut des vagues sur la grève. Mais non, impossible, c'était un week-end de *retrouvailles.* Chacun devait donc choisir une activité et tous les autres devaient suivre joyeusement. John jura que, si sa femme ne cessait pas immédiatement de lire ces fichus bouquins truffés de conseils aux parents, il allait lui supprimer sa carte de bibliothèque.

Christopher avait choisi les autos tamponneuses, Grace, les tasses à thé tournantes, et Miriam, la grande roue. Mais, pour l'adolescent blasé qu'était Gordon, une seule chose le faisait vibrer.

La Maison des horreurs.

Du sang perlait le long de la façade. Des cris hideux

s'échappaient des fenêtres brisées. Un vautour planait devant la porte garnie de pointes. Avant que le guichetier ne lui glisse le papier à signer, John fit néanmoins une dernière tentative pour esquiver ce flagrant piège à touristes. Se baissant pour regarder dans les yeux leur frêle petite fille, il demanda :

– Grace, tu as envie d'entrer dans cette maison hantée ? Parce que si tu as peur, je peux t'emmener ailleurs.

– Papa ! protesta Gordon. Ce n'est pas juste ! J'ai accepté les tasses à thé débiles de Grace ; elle doit faire pareil.

John, qui s'apprêtait à le remettre à sa place, se ravisa en voyant le regard de Miriam. Ce week-end à la mer était leur première sortie ensemble depuis qu'ils avaient eu Grace. Ils étaient censés fêter l'agrandissement de la famille, et non se quereller.

John étudia la fillette de neuf ans. Elle était si délicate, si menue. Était-ce raisonnable, après tout ce qu'elle avait vécu, de lui infliger quelque chose d'effrayant ? Ses yeux vert pâle pailletés d'or le contemplaient sans ciller tandis que ses cheveux soulevés par le vent formaient un halo autour de son visage. Elle n'exprimait ni anxiété ni enthousiasme, seulement la confiance inébranlable qu'une fille pouvait avoir en son père.

Une confiance qu'il n'avait jusque-là rien fait pour mériter.

Miriam avait aimé la fillette dès qu'elle avait vu sa photo. Pour John, la fibre paternelle n'était pas apparue tout de suite. Et il craignait qu'elle n'apparaisse jamais.

Pourtant, Grace n'était pas une enfant difficile. Elle était de fait incroyablement obéissante. Elle terminait toujours son assiette, allait se coucher sans se faire prier et faisait ses devoirs avec une immense application. John trouvait d'ailleurs cette docilité plutôt agaçante. Et pour couronner le tout, elle était exceptionnellement silencieuse. Elle se glissait dans une pièce en faisant si peu de bruit qu'il ne remarquait jamais sa présence. Il levait les yeux et s'apercevait soudain qu'elle était là, en train de l'observer. La semaine dernière, il avait manqué de s'évanouir en la voyant apparaître tout d'un coup devant son atelier, dans la cave.

– Si elle fait ça, lui avait expliqué Miriam, c'est qu'elle ne sait pas comment s'y prendre pour capter ton attention.

Ce qui n'avait fait que remuer le couteau dans la plaie. Il voulait tellement bien faire, avec cette petite fille, mais il n'était pas certain de pouvoir ressentir un jour l'attachement viscéral qu'il éprouvait pour ses deux fils.

– Ne t'inquiète pas, lui assurait Miriam, tu finiras par l'aimer. Laisse faire le temps.

Le guichetier plaqua devant John la facturette de sa carte de crédit et un stylo. Tout en la signant, John regarda Grace qui examinait l'un après l'autre les membres de sa nouvelle famille. Elle devait deviner la contrariété sur le visage de Gordon, l'inquiétude sur celui de Miriam, et enfin la crainte sur celui de Christopher. Plus âgé qu'elle d'un an à peine, c'était un garçon très sensible qui se laissait bouleverser par les petites tragédies de la vie : les affiches annonçant la perte d'un chien ou d'un chat, les cadavres d'animaux sur la route, une procession funèbre… Et l'idée d'entrer dans cette maison hantée le mettait décidément très mal à l'aise.

– Je veux y aller, lança soudain Grace à l'adresse de John. Si ça fait trop peur, je m'accrocherai à Christopher ; il me protégera.

John et Miriam échangèrent un sourire. Grace avait réussi en une phrase à soutenir Christopher et à calmer Gordon. Au bout de trois semaines, elle savait déjà comment s'y prendre avec ses deux frères.

*
**

« ACHETEZ VOTRE PHOTO SOUVENIR EN SORTANT. VOUS VERREZ À QUOI VOUS RESSEMBLEZ QUAND VOUS VENEZ DE VOIR UN FANTÔME ! » Le panneau était suspendu au-dessus d'une rangée de moniteurs, à l'entrée de la Maison des horreurs, chaque écran montrant un groupe de touristes aux yeux exorbités et à la bouche grande ouverte. John poussa les enfants devant lui et ils rejoignirent une file d'adolescents attendant de passer le Portail du purgatoire.

Chahutant pour attirer l'attention sur eux, les plus âgés étaient agglutinés autour d'un jeune homme efflanqué, au jean baggy et aux cheveux blonds filasse qu'il ne cessait de rejeter en arrière. Aîné de cette petite bande, il avait la main collée sur la hanche d'une fille et bousculait les autres en s'en prenant à leur virilité.

– Hé, lança-t-il au guichetier, on fait quoi si un de mes potes se met à faire dans son froc là-dedans ?

Miriam leur jeta un regard féroce, et le garçon esquissa un petit geste d'excuse.

– Oh, pardon, m'dame. Je ne voulais pas me montrer grossier devant des femmes et des gamins.

Ceux qui l'entouraient éclatèrent de rire tandis que Gordon tentait de disparaître sous terre. Christopher, lui, était occupé à lire les panneaux autour d'eux : « SI VOUS VOUS SENTEZ PARALYSÉ PAR LA PEUR, NE PANIQUEZ PAS ET CRIEZ ! *QUELQUE CHOSE* VIENDRA VOUS SORTIR DE LÀ ! PRENEZ GARDE AUX COUTEAUX VOLANTS. N'AYEZ CRAINTE, LES CHAUVES-SOURIS NE MORDENT PAS. »

– Papa, articula-t-il en tirant son père par la manche, peut-être qu'on ne devrait pas entrer là-dedans. Les chauves-souris, ça peut donner la rage.

– Oooh… enchaîna le jeune blond en imitant la voix étranglée de Christopher, avant de pousser du coude l'un de ses copains. T'entends ça ? Tu vas attraper la rage et te mettre à baver de la mousse…

Christopher se sentit rougir jusqu'aux oreilles tandis que Gordon faisait mine de ne pas connaître sa famille. Mais Grace, le menton fier, l'air défiant, fixait à présent l'adolescent du haut de son mètre quarante. Alors que John se demandait si une intervention de sa part ne ferait qu'aggraver les choses, une lumière verte se mit à flasher et une voix enregistrée annonça :

– Groupe suivant, préparez-vous à rencontrer votre destin !

La bande de jeunes pénétra dans la Maison des horreurs,

leurs cris faisant écho dans l'antichambre où attendaient John et sa famille.

*
**

– Papa… ? Papa… ? Tu es où ?

Ils n'avaient pas grimpé vingt marches que, déjà, Christopher semblait se pétrifier.

– Je suis là, mon grand. Ne t'inquiète pas, tu ne peux pas te perdre.

L'attraction, s'était-il aperçu plus tard, se déroulait dans le noir complet. Un noir si total qu'ils ne se voyaient pas mutuellement, même si John savait Gordon en tête, guidé par les minuscules lumières rouges qui longeaient leur chemin. Miriam marchait derrière lui, suivie de Grace et de Christopher. John, lui, fermait la marche, une main rassurante posée sur l'épaule de son fils.

– Aaargh, quelque chose m'a accroché ! hurla Gordon.

Agrippant le bras de son père, Christopher lui cria :

– Aide-le, papa !

– Il va bien, ne t'en fais pas. Ce sont juste des gens derrière des rideaux qui tendent la main pour nous toucher, c'est tout.

De fait, Gordon était à présent en train de rire.

– C'est dingue. Vous allez voir, quand vous serez là !

Une lumière blanche éclata soudain devant eux, révélant un spectacle sinistre : un homme dans une tombe, recouvert de serpents grouillants.

Cette fois, John réprima de justesse un cri. Il détestait les serpents, même les faux. Son rythme cardiaque s'accéléra ; des gouttes de sueur lui surgirent dans le cou.

– Ça va, Grace ? lança-t-il quand son sang cessa de battre dans ses oreilles.

– Oui, ça va.

La voix aiguë de la fillette résonnait, nettement plus tranquille que celles des autres.

C'est alors que le sol sous leurs pieds se mua en une matière visqueuse qui leur collait aux chaussures.

– Qu'est-ce que c'est que ça ? s'étrangla Christopher en reculant.

– Du plastique mou, répondit John avant de le pousser en avant. Tu imagines quelque chose de pire ; c'est ça qui le rend si effrayant.

Il se félicita de paraître aussi calme. Mais, à la vérité, il détestait ignorer ce qui allait suivre ; il détestait ne pas être maître de la situation. Ceux qui avaient imaginé cette Maison des horreurs savaient ce qu'ils faisaient. Il devait le reconnaître : il n'était pas tranquille.

Clac ! Une autre lumière aveuglante révéla un visage grimaçant sous lequel apparaissait un pistolet fumant.

– Aaaah ! résonna le cri rauque de Miriam.

John se surprit à se demander s'ils étaient encore loin de la fin. Il tâcha de percevoir le groupe d'adolescents devant lui, mais n'entendit rien. Peut-être était-ce bientôt fini.

D'autres mains qui s'agrippaient à eux, d'autres sols visqueux qui semblaient se dérober sous leurs pieds… Ils eurent l'impression de traverser un pont qui bougeait et serpentait au milieu d'animaux grognant et soufflant sur eux leur haleine fétide, puis, au bout, ils retrouvèrent la lumière.

– On a fini ! s'exclama Christopher alors qu'il ressortait dans le vestibule de la Maison des horreurs.

– C'était super ! Génial ! ajouta Gordon.

– Oui, c'était cool, renchérit un Christopher rasséréné par la lumière du jour. Qu'est-ce que tu as préféré ? Je suis sûr que toi, papa, c'étaient les serpents !

– Oui, bien évidemment, répondit-il en posant la main sur l'épaule de Grace. Et toi, ma puce ? Tu n'en veux pas trop aux garçons de t'avoir entraînée dans cet endroit effrayant ?

– Non, fit-elle sur un ton parfaitement calme. Rien n'était vrai.

– Allons voir notre photo, maintenant ! s'exclama Christopher avant de se précipiter vers les moniteurs.

John suivit sa femme et ses enfants, passa devant le groupe

de jeunes qui attendait impatiemment près de la sortie. Le blond n'était pas avec eux. La plus jolie des filles demanda alors aux autres :

– On peut y aller, là ? Les blagues de Shane, ça commence à faire un peu dépassé.

– Ah, la voilà, annonça Gordon en pointant la photo du doigt. Numéro onze.

Tous partirent d'un rire nerveux en découvrant leurs expressions ridicules.

Sauf John, qui demeura silencieux. Il y avait quelque chose de bizarre sur la photo. Puis il comprit.

Grace n'y apparaissait pas.

*
**

Miriam et Grace dormaient à l'arrière du monospace. Christopher jouait avec sa Gameboy ; Gordon, assis sur le siège passager à côté de John, s'amusait avec les boutons de la radio.

L'absence de Grace sur la photo de la Maison des horreurs continuait de tarabiscoter John.

– Pourquoi t'en fais-tu tellement ? lui avait demandé Miriam alors qu'ils grimpaient tous dans le véhicule. On n'allait de toute façon pas acheter la photo.

– Je ne comprends pas pourquoi elle n'apparaît pas sur le cliché, c'est tout. Elle se trouvait juste au milieu du groupe.

– Elle a dû se glisser devant Gordon à un moment ou un autre, répondit-elle sans l'ombre d'une inquiétude. Il faisait si sombre et j'étais sans cesse effleurée par des choses étranges. Elle a dû m'échapper un instant sans que je le remarque.

Il ne demandait qu'à accepter une explication, n'importe laquelle, mais restait très troublé. Des cinq membres de la famille, pourquoi Grace était-elle la seule à ne pas faire partie de la photo ? C'était comme si la Maison des horreurs savait qu'elle était une enfant de l'assistance, et pas une vraie Harrigan. Grace semblait loin de s'en formaliser, mais qui pouvait savoir ? Elle était si secrète ; jamais elle ne laissait transparaître la moindre émotion.

Était-ce pour cela qu'il avait du mal à se l'attacher ? Parce qu'elle était si différente de l'image qu'il se faisait d'une petite fille – de sa petite fille ? Où étaient les rires, les étreintes, les chansonnettes stupides ? Les larmes, les bouderies, les tapements de pieds ? Peut-être était-elle la fille qu'il aurait eue s'il avait laissé Miriam se retrouver encore enceinte alors qu'elle approchait les quarante ans ? Mais John était un homme de statistiques, et il ne pouvait tout simplement accepter ce risque. Enfant mongolien… prématuré… problèmes respiratoires… paralysie cérébrale… Le chapitre traitant de maternité à un âge avancé, dans le manuel sur la grossesse, offrait au moins vingt pages de scénarios cauchemardesques.

Ils avaient discuté des mois avant d'avoir un troisième enfant. Et Grace avait représenté le compromis. En parfaite santé, manifestement intelligente, et à la recherche d'une famille d'adoption après de pénibles épreuves. La chance de sauver une vie au lieu d'en créer une nouvelle qui pouvait affreusement mal tourner.

John se souvenait à quoi elle ressemblait, le jour de son arrivée à la maison : des cheveux qui paraissaient avoir été coupés au canif par un aveugle, des chevilles d'une minceur à faire pitié émergeant d'un jean trop grand pour elle, et, pour seul jouet, un pauvre chien en peluche tristounet et borgne. Bien sûr, il éprouvait de la compassion pour elle – qui n'en aurait pas ? Mais de l'amour ? Malgré les soins apportés par Miriam afin que Grace ressemble à n'importe quelle fillette du quartier, il restait chez elle quelque chose de rébarbatif. Quelque chose qui tenait John éloigné d'elle.

– Hé, papa, écoute ça, lâcha Gordon sur un ton qui le sortit de ses réflexions.

Son fils augmenta le volume et la voix du présentateur emplit le monospace :

La police du New Jersey enquête sur la disparition de Shane Malone, seize ans. L'adolescent a été aperçu pour la dernière fois à l'entrée de la Maison des horreurs, dans le parc d'attractions de Seaside Heights. Selon les autorités, il serait entré dans les sombres couloirs de la maison hantée et n'en serait jamais ressorti. La fouille du bâtiment n'a révélé aucun signe d'acte criminel. Une histoire très étrange, donc. Regardez bien autour de vous, voyez si vous apercevez Shane dans votre quartier. Il mesure un mètre soixante-dix, pèse soixante-huit kilos, a les cheveux blonds et les yeux bleus. Voici maintenant les Red Hot Chili Peppers…

*
**

– Tu as vu tout ce qu'a mangé Grace pour son petit déjeuner, ce matin ? s'étonna John en aidant Miriam à remplir le lave-vaisselle, ce samedi. Trois pancakes, quatre morceaux de bacon, et elle ne grossit pas d'un gramme.

– Ça doit lui rester de son enfance. Tu crois qu'elle se souvient d'avoir eu faim ?

Ce n'était pas la première fois que Miriam lui posait cette question. Elle était en permanence tourmentée par ce qu'elle savait du passé de leur toute nouvelle petite fille. Les cinq jours que Grace avait passés seule dans son appartement avec le chat Mittens, partageant avec lui les croquettes dont il avait ingénieusement ouvert le sac avec ses griffes… « UN CHAT SAUVE UNE ENFANT ABANDONNÉE ». John et Miriam se rappelaient avoir lu ce gros titre dans le journal six ans plus tôt, sans jamais imaginer alors que la fillette traumatisée viendrait un jour vivre chez eux.

Si Grace se rappelait ce triste épisode de sa vie, elle n'en parlait jamais. Elle agissait comme si son existence avait démarré lorsqu'elle avait franchi la porte de leur maison.

– Continue de la nourrir comme ça, déclara John à sa femme. Achète-lui un hot dog au match, aujourd'hui.

– Je n'aime pas le base-ball, résonna une voix haut perchée derrière eux.

John fit volte face pour trouver Grace à l'entrée de la cuisine.

– Je peux rester à la maison, s'il vous plaît ? ajouta-t-elle.

– Non, pas toute seule, répondit-il en attrapant une éponge pour nettoyer le comptoir.

Miriam et Grace posèrent sur lui un regard interrogateur.

– Elle ne serait pas seule, répliqua sa femme. Tu as dit au petit déjeuner que tu restais ici pour faire du jardinage.

– Oh, oui, c'est vrai… Je voyais seulement qu'elle n'aurait personne pour jouer avec elle puisque je serai en train de travailler.

– Je ne veux pas jouer ; je veux aider à travailler.

– Ce n'est pas joli, ça ? La petite fille prête à aider son papa !

– Si, très joli…

– Ah, te voilà, lança Christopher en surgissant dans la cuisine pour attraper sa sœur par le bras. Viens avec moi au club avant qu'on ne parte à mon match.

– Grace lui fait tellement de bien, commenta Miriam en voyant les deux enfants courir vers le fond du jardin. Avec elle, il se croit un peu le chef, ça le change de suivre Gordon comme son ombre.

– Tu crois qu'ils devraient rester seuls ainsi dehors ? s'inquiéta John. C'est vraiment sans danger ?

La police avait appelé un peu plus tôt dans la semaine afin d'obtenir des Harrigan des renseignements sur la Maison des horreurs et le groupe d'ados mené par Shane Malone. John avait répondu à toutes leurs questions, n'hésitant pas à impliquer Gordon puisqu'il avait été la première personne à suivre la bande du jeune blond. L'inspecteur avait paru déçu du peu de détails qu'ils avaient eu à leur fournir.

Miriam l'embrassa à la va-vite et lui répondit :

– Tu sais, moi aussi je me sens un peu trop mère poule, ces derniers temps. Je n'arrête pas de penser que ça aurait pu arriver à l'un de nos gamins : se faire enlever dans le noir alors qu'on était juste à côté d'eux…

John regarda par la fenêtre de la cuisine.

– Tu as raison. Ça aurait pu aussi bien être Gordon ou Christopher.

– Ou Grace, souffla Miriam en frissonnant. Je n'arrive pas à imaginer à quel point ce doit être horrible de ne pas savoir où se trouve son enfant.

John lui passa un bras autour du cou.

– C'est vrai, rien n'est pire que de ne pas savoir.

*
**

John était si occupé à tailler le lierre qu'il ne vit pas Miriam et les garçons partir pour leur match de base-ball. Et il oublia que Grace lui avait proposé de l'aider. Puis il arracha une branche particulièrement résistante, recula d'un pas et l'aperçut qui le regardait, debout au bord de la pelouse.

– Tu as envie de me charger tout ça sur la brouette ? finit-il par lâcher sans rien trouver d'autre à lui dire.

Grace ne répondit pas, ne sourit pas mais courut chercher la brouette à la vitesse de la lumière. Ils passèrent l'heure suivante à travailler ensemble. Il lui montra le maniement des cisailles ; elle l'empêcha de couper une azalée. Rien n'échappait aux yeux de Grace ; elle lui fit remarquer un nid d'oiseau dans la gouttière, puis une mante religieuse en train de dévorer les pucerons des rosiers de Miriam. Et, malgré sa mince corpulence, elle avait beaucoup de force, poussant courageusement jusqu'au trottoir la brouette pleine à ras bords.

Alors qu'elle emportait le dernier chargement, John admira son jardin parfaitement taillé et manucuré. Quelques feuilles tremblèrent alors sur un buisson et une petite couleuvre en émergea soudain. Elle passa à quelques centimètres de ses baskets et alla ramper sur le chemin dallé afin de prendre le soleil. Comme il la regardait avec répulsion, le reptile leva la tête et sortit sa langue fourchue dans sa direction. John fut à ce point révulsé que les arbres et la pelouse parurent disparaître devant ses yeux. Le monde entier se muait en couleuvre. Il voulut hurler mais aucun son ne sortit de sa gorge totalement nouée.

C'est alors qu'une main menue se glissa dans la sienne.

– N'aie pas peur, lui souffla Grace.

John sourit en considérant leurs mains enlacées. Lorsqu'il reposa les yeux sur le chemin dallé, le serpent avait disparu. Il scruta les feuillages au-dessus. Rien là non plus.

– Où est-ce qu'il est parti ? demanda-t-il à Grace.

Les portes du monospace claquèrent soudain et le bruit de pieds qui couraient résonna sur les graviers de l'allée.

Les pâles yeux mordorés de Grace croisèrent ceux de John, et elle lui sourit. Puis elle pivota et courut accueillir Christopher, non sans se retourner pour lui lancer sa réponse :

– Il est parti !

*
**

Une fois ses enfants au lit, John saisit la télécommande et passa mécaniquement toutes les chaînes en revue, Miriam lisant tranquillement à ses côtés. Un match de hockey, l'émission d'Oprah Winfrey, un épisode de *Friends* dont il pouvait réciter les dialogues par cœur tant il l'avait vu… rien de très palpitant en somme. Malgré le regard de reproche de sa femme, il continua à zapper jusqu'à ce que la voix d'une présentatrice le tire de sa léthargie.

– … de Shane Malone, l'adolescent disparu. Les autorités appellent cela « le mystère de la chambre close ». Il n'y a que trois portes dans le bâtiment, continua la femme tandis que la caméra zoomait sur la Maison des horreurs, et ces trois issues étaient surveillées le jour de sa disparition. Personne n'a vu Shane sortir, et on n'a jusqu'ici pas la moindre trace de lui malgré les efforts de la police, qui poursuit les recherches vingt-quatre heures sur vingt-quatre.

Sur l'écran apparut une photo de Shane tirée de l'annuaire du lycée, en chemise blanche et cravate, les cheveux sagement lissés en arrière, le sourire confiant.

– C'était un jeune crétin, tu ne crois pas ? demanda John en contemplant son image à la télévision. Il se moquait de ses amis et même de Christopher, un gamin qu'il n'avait jamais vu.

– Il était malpoli, c'est tout, répondit Miriam. Pas pire que Gordon, parfois.

Pas pire que Gordon… sauf que Gordon était ici et que Shane avait disparu.

John regarda sa femme. Ses mains, toujours aussi fines et délicates, n'étaient jamais tranquilles, même lorsqu'elle lisait. L'air absent, elle se glissa une mèche de cheveux blonds derrière l'oreille. Le soleil d'été les avait éclaircis mais certains reflets avaient une couleur plus argentée que dorée. Les sourcils froncés, elle poursuivait sa lecture. Incroyable comme Christopher lui ressemblait ! Incroyable comme elle avait transmis son énergie nerveuse à Gordon ! Il se sentit soudain totalement remué par l'amour qu'il portait à Miriam et à ses fils. Jamais il ne laisserait le danger les approcher. Jamais.

D'un geste brusque, il repoussa la couverture qu'il avait sur lui.

– Où vas-tu ? lui demanda Miriam.

– Voir si tout va bien avec les garçons. Et avec Grace.

*
**

Gordon dormait sur le dos, les bras le long du corps, tel le gisant d'une tombe royale. Il était aussi grand que sa mère, avait les pieds aussi longs que ceux de son père, mais, pour John, Gordon semblait aussi innocent que le jour où ils l'avaient déposé dans son berceau. Christopher, quant à lui, était allongé en diagonale de son lit, un pied pendant de côté, un bras autour de son oreiller. John réarrangea leurs couvertures puis écouta un instant la respiration calme et régulière de ses fils. Rassuré, il sortit de leur chambre et ouvrit la porte de l'autre côté du corridor.

Miriam n'avait pas lésiné sur la décoration de princesse. Murs rose chewing-gum, rideaux blancs vaporeux, tapis rose à longues mèches et, au centre de la pièce, un lit à baldaquin. John cligna des yeux en tentant de discerner la fine silhouette de Grace au milieu de toutes ces fanfreluches couleur bonbon. Enfin il la distingua, pelotonnée à l'extrémité du lit, comme si elle le partageait avec un lutteur de sumo, si désincarnée qu'elle marquait à peine l'oreiller.

Sous son regard, elle déroula son corps fluet et, lentement, s'assit. Elle avait les yeux grands ouverts et, bien qu'elle lui fît face, John devinait qu'elle ne le voyait pas. Lorsque Christopher avait eu sa phase de somnambulisme, c'était à cela qu'il ressemblait : éveillé et endormi tout à la fois.

Grace tendit un bras, la paume en avant comme un agent en train de stopper la circulation.

– Tu ne peux pas revenir, articula-t-elle d'une voix distincte.

Elle resta silencieuse un instant, paraissant tendre l'oreille, et John fut tenté de se retourner pour vérifier qui se trouvait derrière lui. Puis elle parla de nouveau :

– Il n'est pas comme toi, voilà pourquoi.

– Grace !

Son ton alarmé fit sursauter la petite fille. Elle cligna des paupières et son regard s'éveilla.

– C'est l'heure de l'école ?

– Non, on est en pleine nuit. Tu parlais dans ton sommeil et je suis venu te voir.

– Qu'est-ce que j'ai dit ? murmura-t-elle avant de se laisser retomber sur l'oreiller.

John sentait ses pieds nus glacés, même s'il se tenait sur le tapis moelleux.

– Tu disais que quelqu'un ne pouvait pas revenir.

– Oui, le garçon… fit-elle en plongeant sous la couverture. Il me demande, mais je ne veux pas essayer.

John s'accroupit devant le lit de Grace. Une douce odeur de shampooing, d'assouplissant textile et de sommeil enveloppait la fillette.

– Revenir d'où ?

Une main effleura l'épaule de John. Il bondit en arrière, les yeux écarquillés.

– C'est moi, mon chéri, lui souffla Miriam en lui tapotant le bras. Qu'est-ce qui se passe ?

– Grace était en plein rêve, lui expliqua-t-il en s'efforçant de calmer sa respiration. Elle va se rendormir, maintenant.

*
**

– Bonne nouvelle !

Le regard brillant, Miriam se pendit au cou de John dès qu'il entra dans la maison. Il se mit à danser avec elle, prenant part à sa joie sans même en connaître la cause.

– Je viens de recevoir un appel des services sociaux, déclara-t-elle. Tout est réglé pour l'adoption de Grace !

John se figea.

– Chéri ? Ce n'est pas formidable ?

S'extirpant des bras de Miriam, il répondit :

– Euh, oui, bien sûr. Je ne pensais pas que ça se ferait si vite. Je croyais qu'il fallait la signature de ses parents biologiques…

– La police n'a pas pu les retrouver. Et puis, à quoi bon ? C'étaient des drogués ; l'assistante sociale dit qu'ils n'ont plus aucun droit parental.

– Et la tante avec qui Grace a vécu un temps ?

– Elle ne la réclame pas non plus. Elle a tellement de problèmes financiers depuis que son mari l'a abandonnée, elle et ses enfants, qu'il est hors de question pour elle d'élever un autre enfant.

– Son mari ne lui verse pas de pension ?

– Si l'État ne sait pas où tu es, comment peut-il t'obliger à payer ?

John demeura silencieux, fixant un point invisible à gauche du réfrigérateur. Il ne voyait qu'une chose : le serpent brun et vert.

Parfois visible, parfois invisible.

*
**

Le soleil couchant déployait de longues ombres sur le jardin. Assis au salon, John sirotait une bière. Une brise fraîche s'infiltrait par la baie vitrée coulissante, entraînant avec elle des bruits de voix venus de l'extérieur.

– Je n'aurais pas dû faire ça. C'était une grosse erreur.

John tendit l'oreille. C'était Grace.

– Ce n'est pas ta faute. Tu ne savais pas.

Christopher tentait de la rassurer à propos de quelque chose. Qu'est-ce qui n'était pas sa faute ? Qu'est-ce qu'elle ne savait pas ?

– Eh bien, maintenant, je le sais, répliqua-t-elle avec impatience. Ce n'est pas comme lorsque j'ai renvoyé mes parents. Il faut que j'essaie d'arranger ça. Sinon, ce n'est pas juste.

– Ne t'inquiète pas, lui dit Christopher tout en ouvrant la moustiquaire. Je vais t'aider.

– Ne t'inquiète pas à propos de quoi ? demanda soudain John, son journal tremblant dans ses mains.

– Rien, répondirent-ils à l'unisson avant de quitter la pièce en courant.

En voyant leurs baskets se déplacer dans un tel ensemble, John sentit une peur étrange lui étreindre le cœur.

Il se leva et partit dans la cuisine. La radio était allumée et cinq sets jaunes attendaient sur la table. Miriam était en train de couper des légumes en morceaux.

Par où commencer ?

– Chérie, je… je suis un peu inquiet au sujet de Grace.

Les mains de Miriam se figèrent.

– Elle semble penser… je veux dire, je l'ai surprise en train de dire à Chris qu'elle… qu'elle avait renvoyé…

– Oh, oui… fit-elle en levant une carotte devant elle. À moi aussi elle a raconté comment elle avait renvoyé ses parents.

– Tu *savais* ?

– Elle a été abandonnée par deux personnes censées l'aimer plus que tout au monde. Cette invention, c'est sa façon d'assumer, de maîtriser la chose. Ça s'appelle la pensée magique, et il n'y a rien de plus normal pour un enfant qui a vécu ce qu'elle a vécu.

– Normal ? Moi, j'appellerais ça étrange, Miriam.

– Si elle peut croire qu'elle a renvoyé ses parents parce qu'ils ont fait du mal à son chat – c'est ce qu'elle dit, qu'elle les a renvoyés pour protéger Mittens – elle n'a plus besoin d'accepter la réalité : le fait qu'ils l'ont abandonnée.

– Est-ce qu'elle croit qu'elle peut renvoyer d'autres gens aussi ? interrogea-t-il sur un ton amer.

Grace avait-elle dit à Miriam ce qu'elle avait fait à Shane Malone ? Miriam se trouvait-elle tout d'un coup, par magie, douée d'une psychologie enfantine pour justifier cela ?

– Oui, elle dit qu'elle a dû renvoyer son oncle pour protéger sa tante et ses cousins. Il abusait d'eux.

La main de Miriam ne cessait plus de couper, réduisant peu à peu les carottes à un petit tas orange.

– C'est ainsi qu'elle a justifié le fait que sa tante ne pouvait se permettre de s'occuper d'elle quand l'oncle a abandonné sa famille.

– Il y a d'autres personnes encore… qu'elle pourrait se sentir en droit de renvoyer ?

– Bien sûr que non.

– Et quand elle te dit ces choses, qu'est-ce que tu lui réponds ? Est-ce que tu essaies de la raisonner ?

– Dans quel but ? sourit Miriam. Toutes les études faites sur le sujet disent que, quand elle se sentira en sécurité, elle abandonnera peu à peu la pensée magique.

Se frottant les tempes, John demanda :

– Et si elle n'abandonne pas ? Peut-être que… peut-être que ses problèmes sont trop énormes pour nous, Miriam. Peut-être qu'on n'est pas la famille idéale pour Grace. Ce ne serait pas bien pour les garçons…

Miriam arrêta net son découpage et, son couteau levé vers lui pour donner de l'importance à ses paroles, elle lâcha :

– John, mets-toi bien ça dans la tête : on ne laissera pas tomber cette enfant. Grace a trouvé chez nous un foyer où elle restera.

*
**

John se glissa dans le patio avec son ordinateur portable et, une fois sur Google, tapa « pensée magique ». Ce qu'il lut parut lui confirmer la théorie de Miriam. Maigre consolation : si l'enfant n'était pas dangereuse, elle était folle. Un détail dans les explications attira cependant son regard : les couleuvres. Il cliqua sur le lien et l'image d'un serpent brun et vert apparut sur l'écran.

Avec un brusque mouvement de recul, il voulut cliquer pour fermer la fenêtre, mais sans lui en laisser le temps, un bras menu s'enroula autour du sien et un petit doigt tapota l'écran.

– Ils ne sont pas dangereux, lui dit Grace d'un air de reproche. C'est bête d'avoir peur. À cause de toi, j'ai fait quelque chose d'injuste.

Les mains agrippées aux accoudoirs de son fauteuil, John répéta :

– Quelque chose d'injuste ?

– Oui, j'ai renvoyé le petit serpent parce qu'il te faisait peur. Mais il ne t'aurait pas fait de mal. J'ai essayé de le faire revenir, mais je n'y arrive pas.

La tête basse, elle frotta sa chaussure sur les planches du patio et laissa tomber :

– Ça me rend triste.

John s'efforça de se décontracter. Miriam ne lui avait-elle pas dit de prendre tout cela avec humour ? D'une voix calme, il demanda :

– Est-ce que tu peux renvoyer quelqu'un, Grace ?

Elle le regarda derrière sa frange légère comme s'il lui avait demandé si elle savait voler.

– Bien sûr que non. Ça ne marche que si je dois protéger quelqu'un.

Comme Christopher.

John considéra le visage honnête et déterminé de la fillette et prit peur. Se réveillerait-il un jour pour s'apercevoir que Gordon avait disparu pour avoir traité son petit frère d'andouille ou l'avoir ratatiné lors d'un jeu vidéo ?

– Grace, Shane Malone n'était qu'un ado un peu agressif. Il n'avait fait aucun mal à Christopher.

Elle le regarda avec cet air que prennent parfois les enfants lorsqu'ils sont ébahis par la stupidité des adultes qui cherchent à contrôler leur vie.

– Je ne protégeais pas Christopher. J'aidais la fille qui était avec Shane. Quand la lumière blanche a flashé, j'ai vu Shane en train de l'embêter, d'essayer de lui faire ce que mon oncle faisait à ma cousine Lori, quand il se glissait la nuit dans sa chambre. La fille a crié, mais personne n'est venu l'aider parce que, dans cet endroit, tout le monde crie. Voilà pourquoi j'ai renvoyé Shane.

– Ah, te voilà ! lança Miriam debout à l'entrée du patio, le téléphone à la main. C'est l'inspecteur qui enquête sur la disparition de Shane Malone.

John prit l'appareil. La douce brise de l'été semblait aussi traîtresse qu'une vague de fond.

– Désolé de vous déranger encore, monsieur Harrigan, commença l'inspecteur, mais j'ai cru remarquer quelque chose d'anormal. Le relevé de cartes de crédit indique que vous avez payé cinq entrées pour la Maison des horreurs alors que votre photo de famille ne montre que quatre personnes. Qui manque à l'appel ?

La main de John serra le récepteur.

– Euh… Grace. Elle a neuf ans. Elle se cachait derrière moi parce qu'elle avait peur. Quand le flash est parti, elle a dû bondir en arrière, ce qui fait qu'on ne la voit pas sur l'image.

Avec quelle vitesse il avait inventé ce mensonge… Avec quelle désinvolture il l'avait articulé. John se rendit compte qu'il retenait son souffle dans l'attente de savoir si le policier gobait son explication.

– C'est ce que je me suis dit, mais il fallait que je vérifie.

La déception dans sa voix était palpable.

– Pour éviter toute confusion, la petite est bien votre fille ?

Le regard de John se posa sur Grace, appuyée à la rambarde du patio, ses blonds cheveux illuminés par la lune montante. Une luciole dans la main, elle la regardait émettre sa lumière en rythme. Puis elle ouvrit la paume et sourit en la laissant s'envoler dans la nuit.

– Oui, répondit John. Grace est ma fille.

Transparence

par Jeff Somers

I

– Qu'est-ce que vous me montrez ?

Le petit homme, Richards Harrows, abaissa ses lunettes à fine monture métallique et se pencha légèrement en avant. Philip K. Marks le considéra d'un air impassible.

– Une photo, monsieur Marks.

– C'est vous qui l'avez prise ?

– Oui. L'année dernière, en vacances.

Marks espérait qu'il ne se lancerait pas dans la description complète de son voyage.

– D'accord. Pourquoi me montrez-vous ça ?

– Pour lui.

Harrows posa sur la photo un doigt tremblant dont l'ongle était rongé jusqu'à la chair. Le regard de Marks le suivit et tomba sur un homme mince, accoudé à une balustrade.

– Et alors ? fit-il en levant les yeux.

Richard Harrows était un homme de petite taille, au crâne dégarni, et à l'air nerveux et précis. Marks avait vu beaucoup de gens dans sa vie et, d'un point de vue professionnel, il pensait qu'Harrows était un de ces êtres honnêtes par défaut, de ceux que l'on pouvait croire mais sur lesquels il ne fallait jamais compter.

– Regardez bien, monsieur Marks.

Il soupira et reporta son attention sur le cliché. Le personnage était grand et portait un costume sombre sur une chemise blanche. Il se tenait sur la gauche de la photo, tranquillement appuyé à la rambarde, une main dans la poche. Marks observa sa silhouette floue, puis leva de nouveau les yeux sur Harrows.

– Vous connaissez cet homme ?

– Je ne l'ai jamais vu, répondit-il avec un petit rire nerveux. Jamais en chair et en os.

– Parce qu'on jurerait qu'il vous regarde. Qu'il regarde l'appareil. On jurerait qu'il savait que vous preniez la photo.

C'était étrange ; d'autant plus étrange que l'objectif de l'appareil n'était manifestement pas dirigé vers lui.

– Eh bien, reprit Harrows avec un autre petit rire, vous voyez, monsieur Marks, c'est là tout le problème. Il n'était pas là. Il n'était nulle part, en fait, mais il apparaît sur mes photos, comme s'il était présent.

– Pardon ?

– Tenez, fit-il en lui tendant d'autres photos, voici quelques clichés faits l'année dernière. Celui-ci est le premier, et il a été pris il y a exactement un an. Et voici les autres.

Marks prit le paquet de photos et les étudia une à une. Sur chacune d'elles, visiblement prises à des instants et des lieux différents, le même homme mince apparaissait, vêtu du même costume sombre, les yeux fixés sur l'objectif, mais toujours sur le bord de la photo.

– Vous êtes certain de ne pas le connaître ? De ne jamais l'avoir rencontré ?

– Monsieur Marks, je peux vous jurer qu'il ne s'est jamais trouvé nulle part face à mon objectif. Chaque fois que je prenais une photo, où que ce soit, je m'assurais d'abord qu'il n'était pas là. C'est plus récemment que j'ai remarqué sa présence sur les clichés ; je développais la pellicule, et il était là.

– C'est effectivement étrange qu'il paraisse vous suivre, qu'il semble savoir que vous photographiez. Mais je ne vois toujours pas…

– Monsieur Marks, si je suis venu vous voir, c'est à cause de votre réputation…

– … de croire toutes les balivernes qu'on vient me raconter, acheva-t-il à sa place. Je connais bien ma réputation, monsieur Harrows. J'aimerais croire que j'ai aussi la réputation de me faire payer pour mes recherches.

– Monsieur Marks, articula lentement Harrows, je pense que mon histoire vous intéressera car, si vous observez de plus près ces photos – elles sont triées par ordre chronologique – vous remarquerez qu'il semble chaque fois s'approcher un peu plus.

Marks étudia une nouvelle fois les clichés et frissonna malgré lui. Sur la vingtaine de photos qui lui était présentée, l'homme se trouvait chaque fois un peu plus près de l'objectif.

– Très bien, monsieur Harrows…

– Et, pour finir, trancha l'autre d'une main levée, il y a ça.

Il sortit une autre photo de sa veste et la tendit au journaliste.

– Elle a été prise il y a deux jours, dans la maison de mon père. Lors d'une réunion de famille, en quelque sorte.

Sur le cliché, Marks reconnut Harrows, deux hommes qui semblaient être ses frères ou de proches cousins, et un personnage plus âgé, son père, vraisemblablement, au milieu d'une quinzaine d'hommes et de femmes. Ils se trouvaient dans un luxueux salon orné de deux grandes baies vitrées. Marks sursauta quand il remarqua leur homme, à moitié caché par un rideau, debout derrière l'une des fenêtres. Il tentait de voir à l'intérieur.

– Ça m'a tout aussi estomaqué que vous, déclara Harrows.

– Je veux bien le croire… Je peux les garder ?

– Vous acceptez de vous pencher sur le problème ? demanda l'autre en souriant.

– Vous me paierez ? sourit Marks à son tour.

II

Philip K. Marks approchait de la quarantaine. Une barbe naissante lui ombrait le visage, et un costume brun sombre habillait sa solide silhouette. Il fumait cigarette sur cigarette et gardait dans le tiroir de son bureau une bouteille à moitié remplie de bourbon bas de gamme, qui serait vidée au bout du mois. Il gagnait chichement sa vie en accomplissant ce pour quoi les gens le payaient, et comptait sur le bouche-à-oreille pour se faire de la publicité. Dépourvu de dons particuliers, il se félicitait d'avoir trouvé un créneau qui n'exigeait de lui qu'insensibilité à la douleur, humilité et obstination.

Harrows à peine sorti de son minuscule bureau loué, Marks prit sa bouteille, se versa deux doigts de bourbon, alluma une cigarette avec celle qu'il terminait et se cala contre son dossier avant de contempler longuement les photos. Sans quitter des yeux la plus récente, il saisit son téléphone, composa un numéro de mémoire et attendit.

– Ralph Tomlin, s'il vous plaît.

Songeur, il tournait et retournait la photo de la réunion de famille.

– Salut, Ralph, dit-il enfin. C'est Phil Marks… Oui… Bien sûr… Oui… Écoute, tu pourrais me rendre un service ? Quelques photos… en fait, je voudrais savoir si elles sont vraies, si elles n'ont pas été retouchées d'une façon ou d'une autre. Oui, histoire de me tranquilliser l'esprit. On te donne quelque chose et on te dit : « Tenez, regardez ça… » Tu veux être sûr de savoir ce que tu as sous les yeux, tu comprends… Une série de photos – une quinzaine. Tu as un peu de temps ?

Il se redressa et sortit une enveloppe.

– Super. Merci. J'arrive. Tu es une perle, Ralph. Et je n'oublie pas que je te dois quelques verres – on pourrait se retrouver pour dîner, ce soir. Tu me remets ce que tu as trouvé, et je te l'achète. Qu'est-ce que tu en dis ?… D'accord, à tout de suite.

Marks raccrocha, glissa les photos dans l'enveloppe et se leva.

– Bon Dieu, marmonna-t-il, si j'avais su, je serais allé jusqu'au bout de mes études d'ingénieur.

*
**

– Elles n'ont pas été trafiquées, Phil.

– Tu en es sûr ?

Avalant un à un les amuse-gueules qu'il avait dans la main, Ralph Tomlin répondit :

– Pour autant que je sache, oui. J'ai fait les tests standards, j'ai analysé le revêtement du papier, comparé les pixels, inversé les ombres. Ce n'est pas sûr à cent pour cent, mais tu ne m'as laissé que quelques heures. Donne-moi une semaine et j'étudierai ça point par point. Mais, d'après ce que j'ai vu aujourd'hui, si ces photos ont été trafiquées, il aura fallu un sacré talent pour arriver à ça. Alors, soit elles sont vraies, soit les retouches sont totalement invisibles. Des faux qui tiendraient du miracle.

– D'accord. Et celles-ci, je ne crois pas avoir besoin de les regarder d'aussi près.

Il leva les yeux sur Tomlin, un homme rond, au visage mou, rougeaud et jovial, puis ajouta :

– Qu'est-ce que tu en as pensé ?

– On dirait des photos de vacances, fit-il en avalant un amuse-gueule. Un travail d'amateur pas particulièrement inspiré. Elles n'ont qu'une valeur sentimentale, je dirais. Mais, puisque tu me les as données, j'imagine qu'elles ont quelque chose de particulier… qui ne saute pas aux yeux.

Marks en prit une au hasard.

– Tu as remarqué ce gars en costume sombre ?

– Oui, je le vois, maintenant.

– Il apparaît sur chacun des clichés.

– D'accord…

– Personne ne sait qui il est ni pourquoi il fait son apparition dès que ce type prend une photo. C'est ça, son problème… pour l'instant, du moins.

– Elle est bizarre, ton histoire, Phil.

– Elles sont toutes pareilles, tu sais. Tu en passes neuf en revue pour ne trouver quelque chose d'intéressant qu'à la dixième. Maintenant, tu me demandes ce que tu veux.

– Merci, grogna Ralph. Tu es prêt à mettre le prix, on dirait. Alors, qu'est-ce qu'on fait ?

Marks glissa l'enveloppe dans la poche de sa veste.

– Je vais parler au gars qui me les a refilées, lui mettre un peu la pression et voir comment il réagit.

Haussant les épaules, il ajouta :

– Je suis obligé d'en passer par là. Tu n'imagines pas le nombre de cinglés qui viennent me baratiner avec des trucs débiles. Mais, parfois, certains arrivent avec des trucs vraiment étonnants.

– Non, Phil, je n'imagine pas.

III

– Monsieur Harrows, souffla Marks, asseyez-vous.

Harrows accepta la main tendue, puis prit place face à Marks. Celui-ci repartit derrière son bureau et se laissa tomber dans son fauteuil.

– Vous avez trouvé quelque chose ? lui demanda son visiteur.

– Pas encore. Je vous ai fait venir pour vous poser quelques questions et pour tenter une petite expérience. J'ai passé les deux derniers jours à vérifier quelques détails.

– Des détails sur moi ? demanda Harrows sur un ton soupçonneux.

– Vous ne pensiez tout de même pas que je ne chercherais pas à me renseigner sur vous ?

– Euh… non… bon. Alors, qu'est-ce que vous voulez savoir ?

Marks se redressa sur son fauteuil au cuir craquelé. Posant un grand sac de papier sur le bureau, il y plongea la main.

– D'abord, je voudrais savoir si vous avez déjà vécu quelque chose que l'on pourrait décrire comme « paranormal ».

– Non, pas avant de l'avoir vu… lui. Sur les premières photos que je vous ai montrées, il était distant – il faisait un peu partie du décor, c'était facile de ne pas le voir. Mais, quand j'ai commencé à le remarquer, il était… plus près.

– D'accord. Je vais donc vous poser une question, à laquelle je vous demanderai de me répondre en toute franchise. Est-ce que vous reconnaissez cet homme ?

– Je me suis raclé la cervelle, monsieur Marks. Il ne me rappelle absolument rien ni personne.

Avec un petit rire, il précisa :

– Croyez-moi, j'ai d'abord cru à un… fantôme, oui ; donc, qu'il devait avoir un lien avec ma vie passée. J'y ai pensé et repensé, pour en arriver à la conclusion que tout ça n'était qu'un pur produit de mon imagination.

Du sac de papier, Marks sortit des appareils photo.

– Avez-vous cherché parmi d'autres clichés plus anciens ?

– Bien sûr. Je suis remonté jusqu'à cinquante ans en arrière, à la recherche de quelqu'un dans ma famille qui ressemblerait à cet homme. Rien.

Marks plaça six appareils sur son bureau, dont un numérique équipé d'une petite caméra vidéo et d'une imprimante instantanée.

– Passons à notre petite expérience, afin d'obtenir toutes les données possibles. J'ai ici quelques appareils de toutes sortes. Sans être une expérience scientifique, ça pourra nous indiquer un chemin à suivre. Je propose de prendre des photos de vous – beaucoup – avec différents appareils, et de chercher à voir si notre ami y apparaît. Je pense avoir un rudiment de théorie – non pas sur *qui* ou *quoi* en est la cause, mais sur la logique avec laquelle se manifeste le phénomène. On se lance ?

– D'accord, fit Harrows au bout d'un instant d'hésitation.

Tous deux se levèrent pour se placer devant l'un des murs du petit bureau. Marks prit deux ou trois photos avec chacun des appareils, suivant des angles différents et à des distances variées.

– J'ai constaté, dit-il tout en photographiant Harrows, que, sur toutes les photos que vous m'avez montrées, vous n'aviez jamais le dos contre un mur. Je me demande si ça changera quelque chose.

– Tiens, je n'avais pas pensé à ça…

– Ça ne révélera peut-être rien, mais c'est ce qu'on cherche : des données. Maintenant, je vais vous filmer, donc restez naturel. Bougez un peu ; je veux voir si votre mouvement a un effet quelconque.

– Vous voyez quelque chose ?

– Attendez, répliqua Marks sans cesser de filmer. Si je vois des fantômes, je vous le dirai. Tout paraît normal. Mais j'imagine que tout vous semblait normal aussi jusqu'à ce que vous découvriez les photos sur papier.

Harrows hocha la tête tout en continuant de bouger, mal à son aise.

– Prenons assez de vidéo pour nous faire une base de travail solide, poursuivit Marks. Encore une minute et on voit ce que ça donne.

– D'accord ! lâcha cette fois Harrows avec enthousiasme.

Marks examina les photos une à une, les passant chaque fois à Harrows, qui les contempla avec un plaisir décroissant.

– Eh bien voilà, déclara le journaliste à la fin de la série, on aura au moins réussi à s'assurer d'une chose.

– Laquelle ? demanda Harrows d'une voix déprimée.

Marks lui montra les photos, où l'homme au costume sombre se trouvait maintenant presque pendu à ses basques.

– Il s'est encore rapproché.

Sur chacun des clichés, l'homme mince au costume sombre semblait être entré dans le bureau de Marks, sa forme floue se dirigeant d'un air décidé vers M. Harrows. Quasi dissimulé derrière celui-ci, il n'apparaissait jamais entièrement devant l'objectif, ne laissant apparaître qu'une épaule, un pied, un bras, ou le quart d'une tête. Il était donc impossible de distinguer chez lui un détail. Sa silhouette n'était qu'un ensemble de lumières et d'ombres qui ne se fondaient en une forme humaine que lorsqu'on la voyait de loin.

Après le départ d'Harrows, Marks se lança dans un nouvel examen scrupuleux des photos. Sur chacune d'elles, l'homme semblait s'être approché de son client d'un demi-pas, de quelques centimètres. Sur la dernière, il n'était encore qu'à mi-chemin entre le seuil et Harrows lui-même.

– Mais enfin, qui es-tu ? murmura-t-il en sirotant son bourbon à la pâle lueur de sa lampe de bureau. Pourquoi hantes-tu notre M. Harrows ? Mais es-tu vraiment en train de le hanter ? Est-ce toi qui t'approches de lui ou lui qui s'approche de toi ?

Les photos restaient muettes. Marks les jeta sur son bureau et demeura immobile à regarder les ombres de son appartement. Puis il saisit l'appareil Polaroïd, le retourna de façon à ce que l'objectif soit face à lui, et s'appuya contre son dossier.

– Tu es là ? interrogea-t-il. Tu veux discuter ?

Une pression de son doigt, et le flash se déclencha, emplissant la pièce d'un bref éclair bleuté. Clignant des yeux, Marks sortit la photo et la secoua le temps du développement. Puis il la retourna et l'examina. Un lent sourire se dessina sur son visage, et il se cala de nouveau contre son dossier.

– Eh bien voilà… articula-t-il. Bonjour, toi.

Le portrait que Marks avait pris de lui-même était flou, mal cadré, son nez paraissant épaté, ses yeux à demi clos à cause du flash, le visage si déformé qu'il en devenait laid. Derrière son épaule gauche, semblant se pencher sur lui, se trouvait leur homme, plus net que précédemment, mais encore grainé – davantage une réunion de points qu'une silhouette pleine. Dans une main, bizarrement dirigée vers le bas, il tenait un carré blanc, totalement indistinct. Marks l'observa, rapprochant puis reculant le cliché, avant de le poser sur la table d'un air insatisfait.

Il pivota et saisit son téléphone.

– Ralph ? Je sais qu'il est tard… désolé… Écoute, j'ai une autre faveur à te demander.

IV

– Phil, je suis dans la merde.

Ralph Tomlin conduisit Phillip K. Marks à travers de longs couloirs gris et sans caractère. Ce dernier ne prêta aucune attention aux boîtes embriquées qui faisaient office de bureaux, ne fit aucun signe de tête à ceux qu'ils croisèrent. Avec son imperméable trop grand et sa barbe naissante, il détonnait nettement. Les gens le regardaient.

– Alors, qu'est-ce qui se passe ?

– Assieds-toi à mon bureau. Regarde. Il faut que tu voies ça par toi-même.

Marks prit place derrière la petite table où trônait un ordinateur à l'écran géant. Dessus apparaissait la photo qu'il avait prise avec le Polaroïd : lui-même, le visage flou, pratiquement collé à l'objectif, et, derrière son épaule, souriant, l'homme au costume brun, sombre et squelettique, avec dans la main un objet qu'il tenait d'une manière gauche.

– D'accord, lâcha Marks d'une voix irritée.

– Maintenant, voici un agrandissement et une vue plus nette du coin inférieur droit de la photo, où se trouve la main du « gars ». Le « gars » entre guillemets parce que ce n'est pas vraiment un homme, Phil.

– Je m'en doutais, vu qu'il n'était pas dans la pièce quand j'ai pris la photo.

– Non, je veux dire, il n'y avait rien, Phil. La silhouette qu'on aperçoit est une illusion d'optique, une simple réunion de points : du blanc et du noir. Ce n'est qu'un blanc et noir en demi-teinte, voilà ce que c'est. Mais le plus troublant, c'est ça : l'agrandissement. Il tient une carte, Phil. Une carte de visite.

Ralph appuya sur une touche et recula tandis que l'image sur l'écran se concentrait sur un détail de la photo : un espace blanc, rectangulaire, entouré des lignes floues et indistinctes de la main de l'homme squelettique. La carte, avec l'aide du logiciel de netteté, laissait apparaître ces mots :

JE SUIS LA MORT

Marks recula dans son siège et laissa échapper un puissant soupir.

– Putain de merde !

Tomlin sourit, considérant l'image avec un ravissement non feint.

– Oui, putain de merde… je suis bien d'accord ! Phil, depuis que tu t'es lancé dans tes drôles d'enquête sur le paranormal, tu m'as souvent montré des choses plus que bizarres. Mais celle-ci, elle fait franchement flipper. Alors, quel est ton avis ?

– Mon avis sur quoi ? demanda-t-il en secouant la tête, l'air totalement anéanti.

– Il vient pour ton bonhomme… ou pour toi ?

– C'est censé m'aider, cette question ? fit-il en arrachant enfin son regard de l'écran.

– Moi, mon pote, si j'étais toi, j'emmènerais ce Harrows aux urgences, sourit Tomlin. Si la Mort le poursuit comme ça, c'est qu'il doit y avoir une raison.

– À moins qu'il en ait après moi, maintenant, articula-t-il avec un sourire sec.

V

Marks déambulait dans les rues sombres à la tombée de la nuit, continuant de s'intoxiquer avec ses cigarettes et gambergeant sur ce qui l'attendait. Comme le soleil disparaissait et que les rues cessaient de lui paraître familières, il se demandait, s'il était suivi par un spectre, si une photo prise par un passant obligeant pouvait révéler sa présence. Des pensées qui ne le réjouissaient pas. Il s'arrêta dans un de ses bars favoris, La Pleine Lune, commanda un double bourbon, alla s'asseoir seul dans le fond de la salle et le sirota lentement en fixant le mur.

– Ça roule, Phil ?

Il leva des yeux surpris pour apercevoir Jerry, le propriétaire du bar.

– Désolé, Jer, j'étais ailleurs.

– Je vois bien, Philly. Ça va comme tu veux ?

– Ouais.

Il marqua une pause, observa son verre puis releva les yeux.

– Jer, ça t'est arrivé d'avoir une sale nouvelle à annoncer à quelqu'un ? Quelque chose de… triste. Quelque chose que le gars n'avait pas forcément besoin de savoir mais que tu te sentais le devoir de lui révéler.

Jerry se mit à rire, son ventre rebondissant sous sa chemise trop serrée.

– Ça m'arrive chaque soir, Phil. Quand l'heure de la fermeture approche.

– Et si tu devais annoncer à quelqu'un sa mort prochaine ?

– Bon sang, Phil… fit-il en se détournant.

Marks se cala contre son dossier et lâcha :

– Merde, désolé, Jer. J'ai trop de trucs qui me travaillent, en ce moment. Ne fais pas attention à ce que je t'ai dit.

– Facile à dire, maintenant.

Jerry pivota pour s'éloigner, puis hésita et se retourna.

– Tu n'allais pas me dire ça à moi, n'est-ce pas ?

– Non, non, Jerry. Pas à toi. Juste quelqu'un avec qui je travaille.

Il attendit quelques secondes puis, à l'instant où Jerry allait repartir, il demanda :

– Hé, Jer, tu as un appareil photo ici ?

– Oui, répondit-il en repartant vers le bar. Je garde toujours un vieux Polaroïd sous la main au cas où un client commencerait à déconner. Je peux te dire que j'ai déjà un beau tableau de chasse, dans mon bureau. Mais pourquoi tu veux ça, Philly ?

Marks avala sa dernière gorgée de bourbon et répondit :

– Tu veux bien me prendre en photo ?

– Euh… oui, pas de problème.

Jerry alla prendre l'appareil derrière le bar et le rapporta à la table de Marks.

Celui-ci hocha la tête d'un air absent, plongea les mains dans ses poches pour en sortir un petit bloc-notes et un stylo. Il y écrivit quelques mots à la hâte, déchira un carré de papier et se le plaça sous le menton.

– Prêt ? lui demanda Jerry.

– Oui…

Le flash se déclencha et Jerry abaissa son appareil tandis que la photo en sortait déjà.

– C'est pourquoi ? demanda-t-il. Avec ce petit message ?

Marks froissa le morceau de papier et le jeta sur la table.

– Je le saurai dans un instant, Jer. Montre-moi le tirage.

Jerry le sortit de l'appareil et le tendit au journaliste, qui le prit délicatement entre deux doigts et le secoua afin qu'il sèche. Puis il l'approcha de ses yeux et l'examina en silence durant quelques secondes.

– Tu vois quelque chose d'étrange ? demanda Jerry. Je m'attends à tout, depuis les dernières fois où tu as apporté ton boulot ici.

Marks éclata de rire… presque un aboiement qui fit sursauter Jerry.

– Tu sais, Jer, parfois je me dis que je devrais tout laisser tomber.

Il se leva et jeta un billet sur la table.

– Bon, il faut que je retrouve mon sujet.

Jerry laissa Marks passer devant lui et le regarda sortir du bar, la tête basse. Puis il retourna à la table de son ami et y saisit la photo Polaroïd. En l'observant, les yeux plissés à cause du peu de lumière, il étouffa un juron. Assis à la même table, se trouvait un homme maigre et de grande taille, vêtu d'un costume sombre… c'était du moins ce à quoi il ressemblait aux yeux de Jerry, tant il était sombre et flou.

Ses yeux se posèrent sur la surface de bois puis de nouveau sur la photo. Et sur le carré de papier sous le menton de Philly apparaissaient ces mots :

JE T'AIME MIEUX

VI

C'était une porte d'appartement à l'aspect inoffensif, mais Marks préféra écouter son instinct et surveilla les deux extrémités du couloir avant de frapper. Au bout d'un instant, un bruit de pas feutrés se fit entendre puis une voix demanda :

– Qui est là ?

– Monsieur Harrows, c'est Phillip K. Marks.

Il y eut le bruit d'un verrou que l'on tournait puis une porte s'entrouvrit en grinçant. Marks fit un petit signe à l'œil qui apparut dans l'entrebâillement. Le battant se referma et se rouvrit sans attendre.

– Monsieur Marks… je suis désolé… je suis un peu nerveux depuis notre discussion. Je m'excuse.

– Inutile, répliqua doucement son visiteur. Je crois que je commence à comprendre.

Jetant un bref regard dans le couloir, Harrows demanda à voix basse :

– Pourquoi êtes-vous ici ?

– Je ne voudrais pas paraître impoli, mais j'aurais deux faveurs à vous demander.

– Des faveurs ?

– La première – et la plus importante –, auriez-vous quelque chose à boire ?

Harrows l'étudia un instant, puis répondit :

– Oui, je crois que j'ai une bouteille d'Old Smuggler dans la cuisine. Mais vous allez vous réveiller avec la gueule de bois.

– Merci. Versez-m'en une double rasade, s'il vous plaît.

Il leva un sourcil surpris, ferma la porte derrière Marks et se dirigea vers la cuisine.

– Vous disiez que vous aviez deux faveurs à me demander.

– Oui, j'aimerais prendre une autre photo de vous.

Harrows s'arrêta une seconde, puis repartit vers la cuisine.

– Je peux savoir pourquoi ?

– Disons qu'il me faudrait confirmer un soupçon fâcheux, répliqua Marks en jetant un regard autour de lui. La bonne nouvelle, c'est que je pourrai sans doute vous rassurer sur la situation dans quelques minutes.

Revenant avec le verre destiné à son visiteur, Harrows lâcha :

– Je n'ai que des glaçons en plastique, désolé.

– Diable, c'est terrible, répliqua-t-il en acceptant le scotch avec enthousiasme.

Il avala son verre d'un trait, grimaça puis le rendit à son hôte avant de se saisir de son Polaroïd.

– Souriez !

Harrows cligna des yeux sous l'effet du flash.

Marks tira la photo de l'appareil et la secoua pour la faire sécher. Avec un sourire presque malsain, il articula :

– On va bientôt savoir.

Ils ne se quittèrent pas des yeux le temps que le papier sèche entre les doigts de Marks. Lorsqu'il cessa de l'agiter et le retourna, leurs deux regards plongèrent sur la photo qui venait d'apparaître. Harrows cligna de nouveau des paupières.

– Il a disparu.

– Oui.

– Eh bien, tant mieux. C'est merveilleux. Est-ce que je dois vous remercier pour ça ?

– J'en ai peur, oui, fit-il en se levant. Merci, monsieur Harrows. Je crois que je ne vous dérangerai plus.

– Monsieur Marks, qu'est-ce qui se passe ? lui demanda-t-il en le voyant soudain rêveur, hébété.

– Oh, rien… Je vous souhaite une bonne nuit. Je vous dirais bien de garder mon numéro et de m'appeler si vous aviez besoin d'autre chose, mais je doute d'être dans les parages encore longtemps.

– Monsieur Marks… ?

Celui-ci l'ignora et sortit dans le corridor. Harrows l'appela encore une fois, mais ne le suivit pas dehors.

*
**

Se sentant rouillé de l'intérieur, Marks se dirigea vers le premier bar qu'il connaissait. À mi-chemin, il remarqua un magasin d'alimentation et s'y rendit sans plus réfléchir. Il acheta un demi-litre de bourbon ainsi qu'une pellicule Polaroïd qu'il chargea dans son appareil devant le caissier intrigué.

– Souriez ! ordonna-t-il.

Surpris, l'homme à la peau noire esquissa un bref sourire… que Marks captura avec un flash éblouissant. Le devant du Polaroïd cracha sans attendre une impression encore humide, que Marks agita à plusieurs reprises avant de la scruter avidement. Son sourire squelettique se figea.

– Merci, murmura-t-il en tendant la photo au caissier de plus en plus ébahi. Je vais avoir besoin d'autres pellicules. Combien pouvez-vous m'en vendre ?

*
**

Marks erra le long des rues, un sourire permanent sur le visage. Il arrêta chaque personne qu'il croisa pour leur répéter le même discours :

– Excusez-moi, puis-je vous prendre en photo ? C'est un

service public et c'est gratuit. Quelques secondes et vous pourrez la gardez, si vous l'aimez.

La plupart de ceux qu'il approchait le laissèrent les photographier, et posèrent de bonne grâce. Marks prenait la photo sans manière, la sortait à la hâte, la regardait puis la tendait à la personne sans un mot, le sourire de plus en plus brillant, avant de s'éloigner pour passer au suivant.

Il fit cela des centaines de fois, prenant les rues au hasard, allant rapidement d'une personne à l'autre. Au bout de quelques heures, il se retrouva avec la voix complètement cassée, le pas traînant, mais il s'obstina, non sans forcer parfois les gens à se laisser photographier.

À quatre heures du matin, il ne restait plus grand monde dans les rues désertes, et Marks, recru de fatigue, finit par s'appuyer contre une voiture en stationnement.

– Qui sait ? murmura-t-il pour lui-même. Ça peut être n'importe quoi. Sans rime ni raison. Rien que personne ne puisse comprendre.

Il se secoua dans l'espoir de se clarifier l'esprit. Ses mains étaient raides à force de serrer l'appareil.

– Qui peut savoir pourquoi ? Un coup du sort. Ou alors, je fais ce boulot depuis trop longtemps.

– Ne restez pas là, monsieur.

Marks releva vivement la tête pour découvrir un policier devant lui, la pointe de son gourdin sur sa poitrine.

– Quoi… ?

– Rentrez chez vous, mon vieux. Vous vous êtes offert du bon temps, maintenant vous pouvez aller dormir.

Marks le regarda sans comprendre.

– Allez ! insista l'autre.

Du fin fond de lui-même, Marks extirpa un sourire aussi figé que forcé. Levant son appareil, il le porta à ses yeux. Le visage sévère du flic apparut dans son viseur.

– Juste une photo avant que je ne parte, s'il vous plaît.

L'homme fronça les sourcils lorsque Marks appuya sur le déclencheur, et le flash s'actionna presque paresseusement.

Le photographe sortit le papier de l'appareil et le secoua en disant :

– Je vais m'en aller, je vous promets, monsieur l'agent. Et je vous donnerai la photo. C'est juste un passe-temps…

Il jeta un regard impatient sur l'impression, demeura immobile un instant puis, les yeux clos, s'affala contre la voiture derrière lui.

– Ça va, mon vieux ? s'inquiéta le policier en faisant un pas vers lui.

Marks ouvrit les yeux et afficha un sourire à la fois heureux et fiévreux ; le sourire d'un prédateur. Son interlocuteur eut malgré lui un mouvement de recul.

– Je vais bien, maintenant, monsieur l'agent. Bonne nuit.

Il s'écarta de la voiture et s'arrêta un instant pour regarder le policier.

– Profitez bien de la vie.

En sifflotant, il se retourna et s'éloigna.

La porte de la chambre

par Elaine Viets

– J'ai vu ton amie Angela à la porte de ma chambre, déclara grandma.

– Angela, mon associée architecte d'intérieur ? demandai-je. Cette Angela ?

– La maigrichonne aux cheveux roux, oui.

– Bon sang. Je vais perdre une excellente associée. Dans trois jours, elle sera morte…

Un gémissement suraigu déchira soudain l'air, et je bondis. Non… ce n'était que le sifflement de la bouilloire de grandma. Celle-ci laissa tomber deux sachets de thé dans une théière bleue, y versa de l'eau frémissante et me coupa une part de tarte aux pommes.

Ce qui me laissa le temps de me ressaisir. J'avais lâché quelque chose d'affreusement égoïste. Angela allait mourir, et je n'avais d'abord songé qu'aux inconvénients que me causerait cette disparition.

– Je voulais te prévenir au cas où il arriverait quelque chose, me dit grandma.

Quelque chose de terrible.

Ma grand-mère avait le don de double vue. Mais elle ne pouvait pas dire, par exemple, « Vends tes actions, le marché va s'effondrer ». Elle ne voyait que les vraies tragédies à venir.

Le seuil de sa chambre était un portail ouvrant sur l'autre monde. Depuis dix ans, les gens apparaissaient sur le pas de sa porte trois jours avant de mourir. Certains étaient des amis, d'autres, des membres de la famille, mais tous avaient un lien avec grandma.

Ceux qui allaient mourir apparaissaient la nuit, enveloppés d'un tiède halo de lumière, devant ma grand-mère qui tremblait et frissonnait sous son couvre-lit de chenille. Jamais ils ne se montraient lors de sa sieste de l'après-midi ou lorsqu'elle souffrait de migraine. Ils ne disaient jamais rien, non plus. Ils étaient simplement là, et puis ils disparaissaient.

Je me décidai à poser la question cruciale :

– Comment était habillée Angela ?

Les morts qui s'arrêtaient à l'entrée de sa chambre portaient toujours les vêtements qu'ils avaient avant de passer de l'autre côté.

– Elle était nue comme un ver, répondit grandma d'une voix où perçait le reproche. Et je peux te dire que ce n'est pas une vraie rousse.

– Rien n'est authentique chez elle, précisai-je. Angela descend sa poubelle en ensemble chic et talons hauts, si tu veux savoir. Ta tarte est très bonne.

– Merci. J'ai cueilli les pommes à l'automne dernier.

– Si tu as vu Angela nue, c'est peut-être qu'elle a eu une crise cardiaque sous sa douche.

– Je ne pense pas. J'ai vu ta tante Tillie quand elle a eu son attaque dans la baignoire. Ses cheveux étaient mouillés et elle serrait dans sa main un savon aux vertus amincissantes. Tillie avait une sérieuse couche de cellulite. Angela était parfaitement sèche et avait l'air de sortir du lit. Ses cheveux étaient ébouriffés et son rouge à lèvres avait bavé.

– Peut-être que je devrais lui dire quelque chose, suggérai-je en me servant une deuxième part de tarte.

– Non ! s'exclama grandma. Tu ne peux pas ! Rappelle-toi Bill.

Son frère préféré s'est montré une nuit à sa porte, vêtu d'une chemise de nuit d'hôpital. Ma grand-mère en a été si bouleversée qu'elle l'a appelé à deux heures du matin pour lui relater sa vision morbide, lui flanquant ainsi la trouille de sa vie. Lorsque, trois jours plus tard, Bill a commencé à sentir des douleurs dans la poitrine, il a refusé de se rendre à la clinique. Quand il s'est effondré et a été emmené à St Mary en ambulance, c'était trop tard. Bill est mort aux urgences, habillé d'une liquette verte d'hôpital.

Grandma s'est alors juré de ne plus rien dire à personne. Elle est restée silencieuse quand mon père est apparu dans l'embrasure de sa porte, sans sa tête ni son alliance. Grandma n'avait jamais aimé papa. Elle savait qu'il trompait sa femme, sa propre fille. Parbleu, tout le monde le savait. Maman pardonnait toujours à mon père et lui ouvrait sa porte. Grandma pensait au contraire que sa fille serait mieux seule. Trois jours plus tard, alors que papa était censé se trouver au travail, un mari fou de rage lui a explosé la tête avec un fusil au moment où il ressortait en douce d'un motel. La femme dévoyée, qui s'était enfermée dans la salle de bains, avait survécu.

Sans qu'on puisse se l'expliquer, maman s'est un jour aperçue que grandma savait quand mon père allait mourir. Elle ne lui a jamais pardonné et a refusé ensuite de lui parler. Deux ans plus tard, elle est apparue dans la chambre de ma grand-mère, vêtue, elle aussi, d'une liquette d'hôpital. Elle mourait d'un cancer. Grandma s'est précipitée à St John's Mercy et a supplié sa fille de lui pardonner. Mais maman est partie dans la tombe en gardant un silence de pierre.

Mon cousin Jimmy, lui, portait un treillis de camouflage quand il s'est manifesté à l'entrée de la chambre de grandma. Elle a éclaté en sanglots en découvrant son petit-fils préféré, la poitrine dégoulinant de sang. Puis elle a appelé la Croix-Rouge et a dit qu'elle voulait parler à Jimmy – que c'était une urgence.

– Est-ce que ça concerne un décès dans la famille ? lui a-t-on demandé.

– Pas encore, a-t-elle répondu.

La Croix-Rouge l'a prise pour une dingue inoffensive. Trois jours plus tard, mon cousin s'est fait tuer au Vietnam, mais on n'a appris sa mort que deux semaines après.

Grandma a pleuré Jimmy et s'en est voulu comme jamais.

– J'aurais dû mentir, s'est-elle lamentée pendant des jours. J'aurais dû leur dire que sa mère était morte et, alors, on aurait laissé mon petit garçon rentrer à la maison.

Mais elle était incapable de mentir sur ce qu'elle voyait. Cela faisait partie de ce don qu'elle n'aimait pas.

C'est bien ce qu'il y avait d'étrange avec grandma : elle ressemblait à une grand-mère de livres d'images. Elle avait le visage potelé et doux, les cheveux gris et bouclés. Elle faisait de la gelée de raisin, fabriquait du beurre de pomme dans une énorme bassine de cuivre, préparait des tartes à la pâte croustillante, cuisait ses propres tomates… et voyait des gens morts à l'entrée de sa chambre.

Mon grand-père ne s'est pas arrêté à sa porte avant sa crise cardiaque. Grandma pensait que c'était sa punition pour n'avoir rien dit quand mon père a été tué. Elle a trouvé son mari de cinquante ans mort à la table de la cuisine, un jeu de cartes étalé sur la surface de Formica. Il trichait en faisant une réussite.

Pourquoi grandma voyait-elle les gens morts trois jours avant qu'ils ne passent l'arme à gauche – quand ils étaient encore en vie ? Elle prétendait que le temps ne filait pas en ligne droite, comme on le voyait dans les livres d'école.

– Le temps nous entoure, disait-elle. Tout arrive en même temps.

Une bonne façon d'expliquer la relativité… de la part d'une femme qui n'avait jamais étudié au-delà du collège.

Presque tout ce que voyait grandma semblait dénué de sens, tant que ce n'était pas arrivé. Tante Leila était apparue sur le seuil de sa chambre, vêtue d'un imperméable et de pantoufles en peluche rose. Ma grand-mère avait trouvé cette tenue si ridicule qu'elle avait mis cette apparition sur le compte du hareng saur qu'elle avait avalé au dîner. Elle décida tout de même d'en parler à sa jeune sœur. Vivant à Ladue, une banlieue snobinarde de St Louis, Leila estimait que la ville où habitait grandma était franchement bas de gamme.

– Je portais un imperméable et des pantoufles ? Mais qu'est-ce que tu as bu, Emma ? Jamais je ne voudrais me retrouver morte dans un accoutrement pareil !

C'est pourtant ce qui lui est arrivé. Trois jours plus tard, Leila a eu une panne d'oreiller, et sa fille Annie a manqué le bus de ramassage scolaire ; un retard qui risquait de la priver de son prix d'assiduité. Tante Leila a passé en vitesse un imperméable sur sa chemise de nuit, a attrapé son sac au vol et a conduit Annie à l'école. Elle a été tuée en rentrant chez elle, lorsqu'une femme a brûlé un stop sur McKnight Road. Elle était alors vêtue d'un imperméable et de pantoufles roses.

– J'aurais dû insister, se lamentait grandma. Elle ne me croyait pas. Voilà pourquoi je te préviens maintenant.

– Qu'est-ce que je portais à l'entrée de ta chambre ? lui demandai-je.

Impossible de cacher le tremblement de peur dans ma voix. J'avais une fille de quinze ans. Je voulais voir ma Sarah aller au bal de fin d'année du lycée. Je voulais être là quand elle obtiendrait son diplôme universitaire et quand elle se marierait. Je voulais tenir mes petits-enfants dans mes bras.

– Oh, toi, je ne t'ai pas vue, me rassura-t-elle. J'ai juste eu l'impression de te voir.

Je lâchai un profond soupir. Les « impressions » de grandma ne se révélaient vraies que la moitié du temps. J'avais une chance sur deux d'en réchapper.

En 2006, grandma a « eu l'impression » que les Cardinals, l'équipe de base-ball de St Louis, gagneraient les championnats nationaux, et elle m'a incitée à acheter des billets avec elle. Elle était triomphante quand ils les ont effectivement remportés. Bien sûr, elle a aussi pensé qu'ils remporteraient ceux de 2007 ; mais ils ont eu une saison désastreuse, et ce sont les Philadelphia Phillies qui ont gagné contre les Bay Rays de Tampa.

J'ai aussi emmené grandma deux fois aux courses parce qu'elle avait une « impression ». La première fois, elle a gagné vingt-sept dollars. La deuxième, elle en a perdu cinquante en pariant sur trois pauvres canassons qui sont arrivés bons derniers.

Pourtant, grandma pouvait avoir raison, cette fois. Je me rassurai en me servant une troisième part de tarte et lui demandai :

– Alors, si je ne me suis pas arrêtée sur le pas de ta porte, qu'est-ce qui va se passer ?

– Je n'en sais rien. Mais toujours est-il que toi et Angela êtes impliquées dans un crime.

– Angela est impliquée dans un crime ? Je ne connais personne de plus honnête qu'elle. C'est elle qui tient nos comptes et qui insiste pour qu'on fasse venir un audit chaque année. Et puis, notre cabinet est loin de gagner assez d'argent pour qu'elle puisse se permettre de taper dans la caisse.

– Je n'ai pas dit qu'elle volait de l'argent, rétorqua grandma. Ton cher Jack me semble travailler bien tard le soir, en ce moment, je me trompe ?

– Sa boîte d'architectes a remporté l'appel d'offres du projet de rénovation de l'immeuble des chaussures NorCo, qui va être transformé en lofts, et il doit remettre son étude dans deux semaines.

Pourquoi passer soudain de mon associée à mon mari ?... Oh, non, Jack ne ferait pas ça. Angela non plus ne ferait pas ça. Ce n'était pas un ange, d'accord, mais elle n'aurait pas une aventure avec mon mari. Je n'y croyais pas une seconde.

Reposant ma fourchette, j'expliquai :

– Grandma, Jack travaille très tard. Et il n'aime pas Angela. Elle non plus n'est pas attirée par lui.

– C'est ce que disait ton père jusqu'à ce que...

– Jack n'a rien à voir avec mon père. C'est pour ça que je l'ai épousé.

– Mais Angela, c'est une très jolie femme ?

– Bien plus jolie que moi.

– Francine ! Ce n'est pas ce que je voulais dire.

– Non, mais tu le penses, comme tout le monde. Angela a un petit ami. Un ami avec des avantages.

– Avec des avantages... ?

– Ça veut dire qu'elle l'aime et qu'elle dort avec lui quand elle en a envie.

– De mon temps, on appelait ça un mari.

– Bon, il faut que j'y aille. Il se fait tard et je dois être à la maison avant Sarah.

– Tu t'en fais trop, me dit grandma. Ce n'est plus une petite fille.

– C'est une ado, ce qui est autrement plus dangereux.

– Elle ne prend pas de drogue, par hasard ?

– Non, elle est juste aigrie en ce moment. À ses yeux, je ne fais rien de bien.

– Oh, elle oubliera, reprit ma grand-mère. Apporte-lui un peu de tarte aux pommes. Tu crois que c'est une histoire de garçons ?

– Non, elle les trouve dégoûtants. Et j'avoue que, pour l'instant, ça ne me dérange pas qu'elle pense ça.

– Il y a tant de filles qui s'attirent des ennuis avec ça, remarqua-t-elle en coupant une part de tarte qu'elle glissa dans un Tupperware. Je suis heureuse que Sarah soit encore une enfant.

Elle me tendit la boîte, je me levai et lui embrassai le front en disant :

– Je dois être trop mère poule avec elle. Mais elle n'a que quinze ans…

– Elle ne s'habille pas comme une enfant, cela dit. Pour Thanksgiving, elle portait une tenue qui lui donnait l'air de…

– D'une pute ? achevai-je.

Les lèvres pincées, grandma répliqua :

– Jamais je ne dirais cela de mon arrière-petite-fille. Mais, effectivement, avec cette minijupe et ce ventre à l'air, elle fait plus que son âge.

– C'est comme ça que les filles s'habillent aujourd'hui, grandma. Je sais que ça fait un peu vulgaire à nos yeux, mais je ne veux pas qu'elle soit ce que j'étais au lycée.

– Quoi ? La première de la classe ?

– La ringarde chouchoute des profs, oui… Merci pour la tarte ; elle va adorer.

Grandma me suivit jusqu'à la porte d'entrée.

– Francine, si tu as besoin d'argent pour quelque chose, n'hésite pas à me le demander. Je n'ai que quelques centaines de dollars à la banque mais cette maison est à moi. Elle ne vaut pas grand-chose, mais le terrain a de la valeur. Il y a un promoteur qui voudrait construire un autre lotissement sur cette route. Il a fait une offre pour cette parcelle de l'autre côté de la rue et mes deux hectares.

– Merci, grandma, mais où habiterais-tu ? Garde ta maison et ton indépendance.

– Bien sûr, mais cet argent est à toi quand tu en auras besoin. Les avocats sont très chers.

– D'où tiens-tu que j'ai besoin d'un avocat ?

– Juste une impression.

Ma grand-mère avait acheté sa petite maison lorsque Mehlville se trouvait encore au milieu de nulle part. De récentes autoroutes avaient rendu la banlieue plus accessible, tout en donnant beaucoup de valeur à son terrain.

Durant le trajet vers mon bureau de Maplewood, je tentai de me rappeler ce que je savais de l'ami d'Angela. Il s'appelait Allan, était expert-comptable, et elle avait refait la décoration de son bureau dans un style que nous appelons dans notre jargon « classique club ». Allan voulait des fauteuils de cuir et des murs vert sapin, ornés de tableaux représentant des scènes de chasse. Pas vraiment innovant, mais la plupart des gens n'aimaient pas avoir affaire à un comptable innovant. J'imaginais qu'Allan n'était pas plus excitant en dehors du travail. Angela le qualifiait d'escorte présentable, ajoutant qu'il était « bon au lit, mais pas de quoi non plus grimper aux rideaux. Et puis, je les aime jeunes… tu vois ce que je veux dire ? Allan a mon âge. Il est trop vieux pour moi. » Elle avait éclaté de rire en précisant cela.

Ces derniers temps, Angela s'était montrée particulièrement joyeuse. Son teint pâle irradiait de bonheur, celui d'une femme aimée. Peut-être avait-elle un nouveau petit ami. Tant mieux pour elle.

Je savais aussi qu'elle n'avait pas le temps de s'offrir une aventure avec mon mari. Elle était trop occupée à former Megan, notre nouvelle recrue, fraîchement sortie de l'école de stylisme. Grâce à Angela, on avait la plus talentueuse des étudiantes ; elles étaient en général très douées pour repérer toutes les infos intéressantes sur le Web, courir après les échantillons de peinture ou de tissus, ou déposer un gobelet de café fumant sur notre bureau. Elles étaient chichement payées malgré les incroyables lettres de recommandation et références dont elles disposaient. Mais une expérience au sein de notre société, Smart Femmes, faisait très bien sur leur CV.

Je n'aimais pas vraiment avoir affaire aux étudiantes. Elle arrivaient souvent tard, avec la gueule de bois, ou ne se présentaient carrément pas au boulot. Il fallait constamment avoir l'œil sur elles. Elles se plaignaient de ne pas recevoir assez d'argent de leurs parents. Ayant été moi-même à l'université, je les trouvais pour la plupart pourries gâtées. Angela disait que le fait de travailler avec de jeunes talents était vivifiant ; eh bien, elle pouvait se les garder.

Même ma fille Sarah, qui souhaitait devenir décoratrice d'intérieur, préférait travailler avec Angela plutôt qu'avec moi. Elle disait que je ne faisais que la critiquer, alors que je me contentais de lui donner quelques conseils. J'étais heureuse que ma fille veuille marcher sur mes traces, et son rejet me blessait, mais peut-être avait-on besoin pour un temps de prendre nos distances. On venait de se disputer à cause de sa note de téléphone d'octobre ; elle avait une fois encore envoyé pour deux cents dollars de SMS.

Sarah a dû pleurer sur l'épaule d'Angela, car celle-ci m'a dit que les parents étaient nombreux à recevoir des notes téléphoniques monstrueuses pour leurs gamins, et elle m'a même envoyé par e-mail les différents forfaits avec SMS illimités.

– Sarah a besoin de garder le contact avec ses amis, m'a-t-elle expliqué. Ça ne représente aucun danger. Tous les gosses le font.

Exactement ce que Sarah me disait. Je ne voulais pas récompenser ma fille pour ses notes astronomiques, mais peut-être pouvais-je jeter un coup d'œil à ces forfaits. Moi-même, quand j'étais au lycée, j'avais passé des heures à bavarder au téléphone avec Sue, ma meilleure amie. Je ne me rappelais rien de ce que nous avions pu nous dire, mais ces conversations étaient vitales pour moi, à l'âge de Sarah. Ma fille était une bonne petite. Et Dieu savait ce que j'avais pu faire endurer à ma mère quand j'avais quinze ans.

Smart Femmes, notre cabinet d'architectes d'intérieur, ne se trouvait pas loin de la maison. Dix ans plus tôt, Angela et moi avions acheté pour un prix dérisoire une vieille bâtisse de brique sur Manchester Road. Nous avions créé un bureau original avec beaucoup de lumière naturelle, de grands espaces et, au sol, du vrai plancher de bois. Smart Femmes était tout près de trois importantes autoroutes et des quartiers riches qui utilisaient nos services. Maplewood, une ancienne banlieue, était devenue très tendance, et la valeur de notre propriété s'était littéralement envolée.

Il faisait sombre lorsque je garai ma Lexus à l'arrière du bâtiment et pénétrai sans bruit par l'entrée latérale. J'aperçus ma fille et mon associée debout devant un tableau. Je savais qu'elles travaillaient sur l'appartement de vacances des McDaniel, au bord du lac des Ozarks. La lumière du soir enflammait littéralement la chevelure rousse d'Angela, tandis que les longs cheveux blonds de ma fille avaient pris une teinte dorée. Sarah paraissait plus âgée sous cette lueur, et je devinais la jeune femme qu'elle allait bientôt devenir. Toutes deux étaient vêtues de noir, et je contemplai la scène sans émettre le moindre son.

– On pourrait faire un thème plage, dans la grande pièce, celle qui a la plus belle vue sur le lac, disait Angela. Et pourquoi pas un ensemble de chaises en osier et un divan blanc assorti face à ces baies vitrées ? On pourrait utiliser les coussins bleus.

Trop ordinaire, pensai-je. Les McDaniel voudraient quelque chose de plus stylé. C'était pour ça qu'ils avaient choisi Smart Femmes.

– Comment ça va se passer quand l'un des garçons McDaniel viendra rendre visite à ses parents ? demanda ma fille. L'appartement n'a qu'une chambre à coucher. Ce divan ne restera jamais blanc si les garçons s'y vautrent. Je vais à l'école avec le plus jeune, Judson. C'est un vrai plouc. Je l'ai vu manger des spaghettis directement dans la casserole. Peut-être qu'un canapé-lit donnerait plus d'espace à la pièce.

– Bonne idée, répondit Angela. Que dirais-tu d'une teinte corail pour ce canapé ?

– Ça fera sauce spaghettis, rétorqua Sarah. Non, je plaisante ! J'adore cette couleur et on pourra garder tes coussins bleus. Tu as fait de cette pièce quelque chose de complètement vibrant.

J'étais si fière de ma fille. Elle était douée, intelligente, et pleine de tact. J'imaginais déjà son nom sur notre en-tête dans quelques années.

En même temps, j'avais faim. Je m'écartai et fermai doucement la porte afin de ne pas les déranger. Puis j'appelai mon mari. Il n'était que cinq heures trente, et Jack était encore au bureau. Je lui demandai s'il voulait qu'on se retrouve pour dîner à l'Acero, le restaurant qu'il préférait à Maplewood.

– Je terminais, justement, me dit-il. Il faut que mon projet soit bouclé dans deux jours.

– Bien. Peut-être que tu auras une prime pour ça.

– Seulement si les clients l'apprécient. Tu es sérieuse en parlant à l'Acero ?

– Oui, c'est moi qui t'invite.

– Est-ce que je pourrai commander les raviolis aux champignons et aux truffes noires ?

– Tu prendras tout ce que tu voudras. Moi aussi, si tu veux.

– Toi, ce sera le dessert, dit-il en riant. Les truffes d'abord.

L'Acero n'était pas un simple restaurant italien avec pizzas et spaghettis. Je commandai pour moi de la raie au beurre noir – et dire que j'avais dans mon assiette une créature ailée quasi préhistorique !

– C'est divin, déclarai-je à Jack.

– C'est peut-être l'aile d'un ange, plaisanta-t-il.

Après notre dîner, nous passâmes devant Smart Femmes, sur le chemin du retour. Les lumières étaient encore allumées.

– Sarah travaille avec Angela, ce soir, annonçai-je à mon mari. Ça veut dire que nous avons la maison pour nous tout seuls.

– C'est une proposition ou je ne m'y connais pas, fit Jack sur un ton amusé.

– Exactement. Je suis une femme « smart », ne l'oublie pas.

Nous nous dépêchâmes de rentrer à la maison.

Sarah arriva une heure plus tard. Jack et moi regardions un film dans le salon, en nous tenant la main. Nous avions eu un bon moment tranquille pour faire l'amour.

– Bonsoir, ma chérie. Tu as passé une bonne journée ?

Souriant à son père, Sarah lui répondit :

– Très bonne. J'ai travaillé avec Angela sur l'appartement d'été des McDaniel, et on a plein d'excellentes idées pour la grande pièce.

Notre fille avait en parlant le débit d'une mitrailleuse, comme toujours lorsqu'elle était contente. Puis elle embrassa son père pour lui souhaiter bonne nuit, m'ignora et monta dans sa chambre.

Elle sera malheureuse à la mort d'Angela, songeai-je avec méchanceté. *Mais peut-être qu'alors je la retrouverai. Elle sera obligée de travailler avec moi.*

Je dormis mal, cette nuit-là. Dans mes rêves, une Angela fantomatique me suppliait de ne pas la laisser mourir. Je me réveillai inondée de sueur et partis à la cuisine me préparer une tisane pour me calmer. Je ne pouvais pas sauver Angela, et elle ne me croirait pas si je lui disais qu'elle allait mourir bientôt.

J'étais coincée et elle était condamnée. J'aurais voulu que grandma ne m'ait jamais rien dit sur sa mort prochaine. Je savais que ce don surnaturel était un lourd fardeau à porter, et je n'en voulais pas non plus. Je passai le reste de la nuit à me retourner dans mon lit.

Le lendemain, je me sentais fatiguée et préoccupée. Au travail, je bâclai une commande de tissu d'ameublement, donnai un mauvais numéro de remise à un magasin de gros, et renversai un mug de café sur mon bureau.

– Qu'est-ce qui se passe ? me demanda Angela. Tu es toute pâle.

Elle aussi était pâle. Peut-être était-ce son nouveau rouge à lèvres rose nacré, une teinte que je n'avais pas vue depuis les années 60. Ce devait être revenu à la mode, sinon Angela ne le porterait pas.

– Je dois couver une grippe, lui répondis-je.

– Tu devrais rentrer chez toi. Je terminerai toute seule, pas de problème.

Je fus contente de m'en aller. Il m'était impossible de croiser son regard en sachant qu'il ne lui restait qu'un jour à vivre. Le drame approchait et je ne pouvais rien faire d'autre que l'éviter. Cependant, je m'inquiétais pour Sarah. Et si elle se trouvait avec Angela lorsque mon associée mourrait ? Si elle était blessée ? Ou si elle se faisait entraîner dans le mystérieux crime de grandma ? Il fallait absolument que je veille sur ma fille, demain.

À la fin de ses cours, j'appelai Sarah sur son portable :

– Salut, lâcha-t-elle d'une voix morne.

– Sarah, ton père devrait terminer son grand projet demain. Je pensais qu'on pourrait l'emmener dîner quelque part pour fêter ça.

– Je ne peux pas, maman, je répète pour le spectacle de musique de l'école, tu te rappelles ?

– C'est vrai, j'avais oublié.

Quel spectacle de musique ? Quand m'en avait-elle parlé ?

– Tu ne m'as pas dit ce que tu y faisais.

– Je suis dans les chœurs, et aussi dans une scène de foule. Un truc d'enfer.

De nouveau, cette voix d'ado bien trop sûre d'elle. Je maîtrisai avec peine ma colère. Si Sarah était à l'école, elle ne serait pas aux côtés d'Angela en un jour si dangereux. Après avoir raccroché, j'appelai mon mari au bureau pour l'inviter à dîner le lendemain soir.

– J'espère seulement que j'aurai terminé, après m'être tellement vanté que tout allait bien, me dit-il. Je suis tombé sur un problème ; je travaillerai tard ce soir, et peut-être aussi demain. Ne m'attends pas pour dîner, d'accord ?

– Entendu.

Sarah rentra à la maison vers six heures et monta directement dans sa chambre sans me dire un mot.

– Tu veux dîner, ma puce ? lui proposai-je néanmoins.

– Pas faim, articula-t-elle.

Ces deux mots tombèrent comme un couperet. Je passai la soirée à ruminer sur le canapé, en zappant d'un geste mécanique. Quand Sarah retrouverait-elle sa bonne humeur ? Pourquoi son père travaillait-il si tard ? Jack serait incapable de me mentir. Pas après la façon dont il m'avait fait l'amour, la nuit précédente. Bien sûr, mon père avait menti à ma mère. Et si facilement…

Jack rentra à la maison un peu après minuit et me réveilla. J'avais fini par m'endormir sur le canapé.

– Viens, mon cœur, me murmura-t-il. Tu seras mieux au lit avec moi. Je voudrais te tenir dans mes bras.

Je le suivis au premier, m'efforçant de faire taire la voix intérieure qui me disait qu'il me trompait. Jack ôta sa cravate et sa veste, passablement froissée.

– J'ai du rouge à lèvres sur le col de ma chemise, murmura-t-il. On a du détachant pour ça ?

– Comment as-tu fait pour te coller du rouge à lèvres sur le col ? demandai-je sur un ton faussement léger.

– Sandy, notre assistante de direction, déménage à Seattle avec son tout nouveau mari. Tu te souviens d'elle ? La jolie fille aux cheveux bruns et aux yeux noisette. On a organisé un pot d'adieux au bureau, et elle m'a embrassé en me disant au revoir.

Typiquement le genre d'excuse dont abusait mon père, songeai-je. Mon père, qui trompait ma mère comme il respirait.

– Laisse-la dans le panier à linge, lui dis-je. Je m'occuperai de cette tache demain matin.

Ce rouge à lèvres sur son col me rongeait le cœur. Je passai une nouvelle nuit sans sommeil puis me levai pour embrasser Jack avant qu'il parte travailler. Enfin, je m'assurai que ma fille n'avait pas oublié de se réveiller pour l'école. Elle portait une microjupe et un haut ultra décolleté.

– Sarah, c'est une tenue pour aller en cours ? lui demandai-je.

– Maman, tout le monde s'habille comme ça. Et puis, c'est bon, je vais rater le bus.

– Enfile au moins un gilet par-dessus.

Je lui tendis celui qu'on lui avait acheté récemment pour compléter sa garde-robe de la rentrée.

– Il faut vraiment que j'y aille, laissa-t-elle tomber en se ruant vers la porte.

Elle sortit si vite que je fus incapable de voir si elle l'avait passé sur elle ou si elle l'avait fourré dans son sac à dos. Au moins ne l'avait-elle pas abandonné sur la chaise avant de partir.

Je décidai d'examiner la tache sur la chemise de mon mari. Le rouge à lèvres était rose nacré. Est-ce qu'une brune aimerait cette teinte pâle ? Sandy ne portait-elle pas de couleurs plus sombres ? Mais Angela mettait elle aussi du rose. Ça devait être revenu à la mode.

Angela… Et si ce n'était pas le rouge à lèvres de Sandy sur le col de chemise de mon mari ? Si c'était celui d'Angela ?

« Ton cher Jack me semble travailler bien tard le soir, en ce moment », s'était étonnée ma grand-mère. Et je l'avais défendu. Et hier soir, il n'était pas rentré avant minuit. Il devait bosser tard, aujourd'hui aussi. Sur son projet ou… sur Angela ?

Je devais en avoir le cœur net. Je n'allais pas me laisser duper comme ma mère. Je pris la voiture et conduisis jusqu'au bureau de Jack, en plein centre de Kirkwood. Sa voiture était au parking, à la place qui lui était réservée. Je me garai sur le trottoir d'en face et attendis. À midi un quart, il quitta le bâtiment et se dirigea vers Spencer's Grill. Je sortis, enfonçai sur ma tête mon chapeau d'hiver et m'approchai du restaurant. Jack était assis au comptoir, lisant un magazine et mastiquant un sandwich grillé au fromage.

Quelques instants plus tard, dissimulée derrière la vitrine d'une boutique de l'autre côté de la rue, je le vis rejoindre son bureau. Il disposait d'une pièce à l'angle de l'immeuble, et je le voyais clairement installé à sa table de travail. Les lumières étaient allumées, en cette grise journée d'hiver, et il y avait bien trop de monde autour de lui pour qu'il espère flirter tranquillement. De retour à la maison autour de cinq heures trente, je lui téléphonai.

– Tu penses encore rentrer tard ce soir, mon chéri ?

– J'en ai peur, oui. Désolé de te laisser de nouveau seule, mais essaie de te distraire en imaginant comment dépenser l'argent que ces heures supplémentaires m'auront fait gagner. Peut-être qu'on pourrait s'offrir en février des petites vacances au soleil.

– J'adorerais aller au Caraïbes, oui. Que penses-tu de Saint-Barth ? Ou St John ?

– Tous les saints que tu voudras.

Il raccrocha et je me remis à gamberger. La gaieté de mon mari me paraissait suspecte – mon père était ainsi quand il trompait ma mère. Et maman qui l'avait cru, année après année. Eh bien, je n'allais pas devenir le paillasson de Jack. S'il me trompait, je voulais le savoir. Puis j'irais chercher le meilleur avocat en divorces.

J'attendis jusqu'à sept heures du soir, quand je savais que Jack commencerait à avoir faim, et rejoignis en voiture la brasserie de Maplewood, le Schlafly Bottleworks. Je commandai un burger de bison, son sandwich favori, avec lequel je comptais venir le surprendre à son travail… s'il y était. S'il ne s'y trouvait pas, il aurait une surprise… disons, différente.

Je distinguais de la lumière dans son bureau, dont les stores étaient à présent tirés. Je montai et entrai dans la pièce sans me faire annoncer.

– Coucou ! m'écriai-je.

Jack fut surpris. Il était assis à sa table de travail, des papiers partout autour de lui.

Je me sentis bête, là, debout devant lui, mon burger de bison à la main.

– Je t'ai apporté un petit cadeau, lui dis-je en lui tendant le sachet de papier.

Son visage s'illumina quand il vit ce qu'il contenait.

– Tu n'aurais pas dû, dit-il en souriant. Mais, d'un autre côté, ça m'évite d'aller me jeter sur les bretzels du distributeur.

– C'est du bison élevé en liberté, précisai-je. En fait, je me demande bien où peuvent encore galoper des bisons aux États-Unis.

– Comme moi… pas loin de la maison, fit-il en me déposant un baiser sur le nez. Maintenant, il faut vraiment que je me remette à travailler.

– Et moi, je dois rentrer, enchaînai-je. Sarah doit répéter pour le spectacle de musique de l'école. Elle devrait rentrer d'une minute à l'autre.

Il faisait si froid que ma voiture n'eut même pas le temps de bien chauffer entre le bureau de Jack et la maison. Je passai devant Smart Femmes et vis que les lumières étaient éteintes. J'espérais qu'Angela appréciait sa dernière soirée sur terre. Il ne lui restait que quatre heures, si grandma ne se trompait pas. Évidemment, elle s'était trompée à propos de mon mari, Jack. Alors peut-être se trompait-elle également à propos d'Angela. Peut-être devenait-elle aussi étrange que son frère, Oswald, qui vivait dans un asile psychiatrique et parlait à des personnes imaginaires.

Je ne vis aucune fenêtre éclairée lorsque je me garai devant notre maison. J'éteignis les phares, coupai le moteur et remontai l'allée jusqu'à la porte d'entrée. Sarah n'était pas encore de retour, ou alors elle dormait déjà.

Entendant du bruit à l'étage, je lançai :

– Sarah, tu es là ?

Pas de réponse. Je m'armai du tisonnier, sortis mon téléphone et composai le numéro des urgences, mais sans lancer l'appel. Je le glissai dans ma poche et grimpai en silence au premier.

Du bruit de nouveau, des battements et des gémissements. Cela venait de notre chambre à coucher. Un cambrioleur était en train d'agresser Sarah. Je me ruai dans le couloir, allumai la lumière et découvris Angela dans mon lit. Nue comme un ver.

Avec ma fille.

Leurs habits étaient éparpillés sur le sol.

– Espèce de putain ! hurlai-je. Comment oses-tu toucher à ma petite fille innocente !

J'abattis mon tisonnier sur elle et l'atteignis à la tête. J'entendis Sarah crier :

– Non, maman, tu ne comprends pas !

Elle tenta de m'attraper le bras mais je la repoussai avec violence.

Je continuai de frapper Angela jusqu'à ce que je comprenne que le rouge qui brillait sur son crâne n'était pas ses cheveux mais son sang. Mais, déjà, elle était morte, et ma fille, en pleurs, avait appelé la police.

Lorsque mon mari rentra aux alentours de minuit, on m'emmenait, menottée, hors de chez moi.

*
**

Ma fille refuse toujours de me parler. Elle a avoué à la police et aux journalistes qu'elle aimait Angela et qu'elles prévoyaient de se marier là où c'était légal. Elle expliqua ne m'avoir rien dit de leur aventure, car elle redoutait ma réaction, et que le meurtre d'Angela lui donnait raison. Moi qui craignais qu'on traite ma fille de surdouée ringarde et chouchoute des profs, je pouvais être tranquille. Les médias l'appelèrent assez vite « la Lolita lesbienne ».

Serais-je accusée de meurtre ?

Mon avocat dit que cela dépendrait du jury. La loi est compliquée, dans le Missouri. Dix-sept ans, c'est l'âge du consentement, mais si Angela croyait Sarah plus âgée et que ma fille était consentante, elle ne serait pas accusée d'abus sexuel sur mineure.

Pourtant, Angela savait que Sarah n'avait que quinze ans. Elle était venue au repas d'anniversaire de ma fille. Mon mari n'arrive pas à mettre la main sur les photos qui pourraient le prouver. Je me demande si ma fille ne les a pas tout simplement détruites. Elle est témoin au procès. Ils disent que ma petite Sarah était sexuellement émancipée. Le psy d'une émission télé prétend que, si elle a amené son amante dans la chambre de ses parents, c'est qu'elle se déclarait elle-même comme un être sexuel. Il n'a pas précisé que notre lit était nettement plus grand que le sien.

Jack a vendu notre maison afin de payer les meilleurs avocats criminologues de la ville. Il loue avec Sarah un petit appartement près de son bureau. Grandma dort dans un canapé-lit du salon. Elle s'est installée avec eux. Elle aussi a vendu sa maison pour payer les frais de mon procès. Ma grand-mère voudrait témoigner en ma faveur. Mon avocat dit qu'elle aidera à prouver qu'il y a souvent eu des cas de maladie mentale dans la famille.

La dernière fois que grandma m'a rendu visite en prison, je lui ai demandé si elle voyait mon avenir. Elle m'a répondu qu'elle ne voyait rien du tout. Les morts ne viennent plus la voir dans son nouvel appartement. Elle est heureuse d'être débarrassée de ce prétendu don.

Sa petite maison a été rasée, et un lotissement de standing est en construction sur son terrain. Ces grandes maisons auront deux salles de bains, une cheminée en marbre, trois chambres à coucher et un dressing géant.

Je me demande si l'une d'elles disposera d'une entrée particulière menant à la chambre.

Messages fantômes
par Barbara D'Amato

Neal Hofstra était rentré de son travail depuis trois minutes – le temps de jeter son manteau sur le divan, de faire un tour aux toilettes, de sortir une bouteille d'eau du réfrigérateur et de s'asseoir devant son ordinateur pour lire ses messages. Même s'il se plaignait des e-mails à sa petite amie, Sandy, disant qu'à cause d'eux il avait l'impression de ne jamais sortir de son travail, il adorait son boulot. Neal manquait d'assurance. Les conversations téléphoniques le rendaient mal à l'aise. Il ne savait jamais comment y mettre un terme et se retrouvait le plus souvent en train de dire « Euh… oui, d'accord… » ou encore « Oui, ça ira très bien… », tout en espérant que son interlocuteur lâche un au revoir ferme et définitif.

Mais, avec les e-mails, il pouvait trouver exactement la bonne formule. D'autre part, il pouvait envoyer un petit mot à un ami ou passer une commande à un fournisseur – il était directeur des achats pour une chaîne de magasins de fournitures de bureau – à n'importe quelle heure du jour ou de la nuit, sans se soucier de déranger le destinataire. Lorsqu'il était obligé de passer un coup de fil, il était sûr de déranger la personne en question. De fait, si celle-ci travaillait, elle était occupée et ne devait pas être perturbée par un appel téléphonique. Et, si elle était à la maison, elle se reposait et ne devait pas être ennuyée non plus.

Assis dans son fauteuil pivotant, Neal ouvrit « nkHofstra ». Il cliqua sur « Courrier entrant » et trouva trois messages dans sa boîte électronique. C'était comme ouvrir des paquets cadeaux.

Expéditeur	**Sujet**	**Date**
Sandy Hossler	Dîner ce soir ?	05/11/2008 14:44
JD Putnam	Comm. Stylos Brant effaçables	05/11/2008 17:01
Earl Think	Mémento	05/11/2008 17:17

Le message de sa petite amie Sandy était sympathique. Cela lui plairait bien d'aller dîner ce soir ; il l'effaça avec l'intention de revenir vers elle dans quelques minutes. Celui qui venait de son boss, en revanche, n'était pas le bienvenu. Ce 17 h 01 lui faisait clairement comprendre que M. Putnam savait qu'il avait quitté le boulot à dix-sept heures pile.

Eh bien, qu'il aille se faire voir. Neal se chargerait ce soir de ces stupides stylos ; Brant acceptait les commandes vingt-quatre heures sur vingt-quatre.

Quant au troisième message, il l'intriguait. Il n'y avait pas de pièce jointe, aussi l'ouvrit-il. Et voici ce qu'il lut :

Salut, Inky.

Neal s'écarta si brusquement de son bureau que les roulettes de son fauteuil se prirent dans un câble électrique ; il bascula en arrière et dégringola par terre. S'agrippant au dossier, il se redressa, repoussa violemment la chaise contre son bureau et s'y laissa tomber.

Le reste du message disait :

Comment vas-tu, après tout ce temps ?

Et c'était signé : « L. Amoco ».

Mais voici qu'arrivait un nouveau message. Celui-ci venait de Moca Hooy, donc rien à voir avec le précédent. Neal l'ouvrit :

Tu sais qui je suis. Ton vieux pote Berko.

Tremblant maintenant de tous ses membres, Neal parvint néanmoins à taper une réponse :

Mais tu es mort…

Une pause de dix secondes, puis un nouveau message apparut, de « acc most », cette fois.

Non. Tu ne t'en tireras pas comme ça, Inky.

Neal appuya sur la touche « effacer », revint au précédent message et le supprima également. Puis, se sentant sur le point de vomir, il se précipita à la salle de bains. Mais dès qu'il y arriva, ce fut la colère qui prit le dessus. Il passa de l'eau fraîche sur son visage brûlant.

Il était hors de lui. Mais inutile de paniquer ; qui d'autre le connaissait sous son surnom Inky ? Berko l'avait imaginé d'après ses initiales N.K. Il avait le don d'inventer des sobriquets quelque peu insultants, comme ce Zorro dont il avait affublé Henri Caringella parce qu'il avait obtenu un zéro à sa première interro sur les équations différentielles. Mais Berko n'utilisait ces surnoms que rarement, au cours d'une conversation, par exemple, comme s'il s'agissait là d'une appellation affectueuse. Si Neal connaissait ce surnom Zorro, c'était parce que Henry le lui avait dit. Et il n'avait certainement jamais parlé à personne du surnom Inky.

Il était temps de tracer cet e-mail. Si au moins il était un geek, un génie de l'informatique. De nouveau assis devant son ordinateur, il vérifia sa boîte de messages. Plus rien, bien sûr. Il avait tout effacé. Mais ceux-là devaient se trouver encore dans la corbeille.

Il cliqua dessus. Étrangement, les messages n'y figuraient pas. Avait-il vidé la corbeille, aussi ? Il ne s'en souvenait pas, en tout cas, et puis le message effacé de Sandy était bien là, lui. D'autre part, il aurait dû avoir à répondre « oui » lorsque le programme lui avait demandé s'il désirait effacer les messages de façon définitive.

Et ce n'était pas lui qui avait fait cela sans s'en rendre compte. Il n'avait pas de trou de mémoire. Il était peut-être furieux, mais pas fou.

De quel nom était signé le premier de ces e-mails ? D'un nom qui rappelait celui d'une société pétrolière… Il ne se souvenait plus.

Mais bien sûr ! Neal était si perturbé que son cerveau ne fonctionnait plus. Il n'avait qu'à regarder dans « envoyés » ! Le premier message s'y trouverait, attaché à sa propre réponse.

Non, il n'y avait rien. Ni le message, ni sa réponse.

Le téléphone sonna. Il tremblait tant qu'il put à peine répondre.

– Bonjour, chéri. Tu as eu mon message ? On dîne ensemble ?

– Sandy, désolé mais ce ne sera pas possible ce soir.

– Qu'est-ce qui se passe ?

– Je suis mal fichu.

– Tu as l'air bizarre. Attends, j'arrive ; je vais m'occuper de toi.

– Non, chérie, s'il te plaît. Je crois… j'ai juste besoin d'un peu de repos, c'est tout. Je t'appellerai, si ça ne va pas.

*
**

Vingt minutes plus tard, elle sonnait à sa porte.

Il était tombé amoureux de Sandy au premier son de sa voix. Une voix qui, à elle seule, la décrivait : douce, à l'écoute des autres mais aussi toujours prompte à donner son avis. Il y avait une trace de tristesse chez Sandy. Une tristesse qui, d'après Neal, lui venait de son divorce. Elle avait l'air d'une personne que ses erreurs avaient fait mûrir.

La première fois qu'elle était venue dans son appartement, il lui avait fait la cuisine. Elle avait eu une rude journée en tant qu'auxiliaire juridique. Les avocats pour qui elle travaillait lui avaient carrément volé son heure de déjeuner. Ce soir-là,

Neal avait sorti une boîte d'œufs du réfrigérateur pour en casser six dans un bol, les brouiller à la fourchette avant de les verser dans une poêle où le beurre commençait à mousser. Pendant qu'ils cuisaient, il avait pris du saumon et un oignon rouge, et avait coupé deux tranches de pain qu'il avait mis à griller.

– Maintenant, je sais que tu n'es pas un dingue d'informatique, lui avait déclaré Sandy.

– Quoi ?

– Tu fais la cuisine.

– Ah, oui… Tu veux dire que je ne commande pas mes repas et que ma cuisine n'est pas envahie de boîtes de pizza et de cannettes de bière ou de soda.

– Exactement.

Ce soir, non seulement elle s'était dépêchée de le rejoindre chez lui, mais elle était arrivée chargée d'un grand sac d'où émanait une douce odeur de bœuf au curry et de soupe au lait de coco.

– Je vais mettre tout ça sur la table, puis on dînera et tu me raconteras ce qui se passe.

Tandis qu'elle était à la cuisine – un espace minuscule ou seules tenaient une table et deux chaises – Neal s'approcha prudemment de son ordinateur. Il en effleura le clavier et regarda l'écran.

Un nouveau message :

Ah, tant de tristesse, tant de péchés, Inky. Je vais prendre ma revanche.

– Sandy ! Viens vite voir, je vais te montrer !

– Quoi ?

– Regarde ça !

– Quoi, Neal ? demanda-t-elle, la tête sur son épaule. Un message de ton boss ?

*
**

– Tu devrais appeler Beetlejuice, lui dit Sandy.

Neal lui avait tout expliqué des messages qui s'évanouissaient, mais n'avait rien dit de leur cause profonde. Et encore moins l'acte horrible qu'il avait commis et qui était à l'origine de tout cela. Il savait qu'il devrait finir par lui en parler un jour, mais il lui fallait encore un peu de temps. Que penserait-elle de lui, quand elle saurait ? Il ne voulait pas la perdre.

Beetlejuice Thomas assura qu'il partait de chez lui sur-le-champ.

Sa mère, très fantasque, l'avait affublé de ce prénom, qu'il trouvait plutôt amusant.

– Comme ça, personne n'oublie qui je suis, disait-il souvent.

En déboulant dans l'appartement de Neal, il s'écria :

– Vous avez de la chance, me voilà !

Mais, à la vue du visage de son ami, il se calma aussitôt.

Comme il venait de le faire pour Sandy, Neal lui expliqua ce qui se passait, ne mentionnant cependant pas l'histoire qui se cachait derrière tout cela.

*
**

Beetlejuice s'assit au bureau de Neal, plia les doigts dans un geste dramatique puis demanda :

– Tu as du Burn ?

– Non, désolé.

– Du Red Bull ?

– Je crois, oui.

Beetlejuice tapota sur le clavier durant quelques minutes puis prit l'air ennuyé.

– Ça ne donne rien ? demanda Neal.

– Pas encore. Mais si tu allais te boire quelque chose et me laisser travailler ?

– Tu as déjà rencontré un problème de ce genre ?

– Oui, fit-il sans vraiment apprécier la critique tacite de Neal.

– Et tu l'as résolu ?

– Je continue à chercher.
– C'était quand ?
– Il y a deux semaines, environ.
– Tu as trouvé ce qui se passait ?
– Pas encore.
– Et comment réagit celui qui a ce problème ?
– Je n'ai pas eu de nouvelles récemment.

Neal faisait les cent pas dans la pièce. Sandy lui apporta un verre de jus de raisin, qu'il accepta sans le boire. Mal à l'aise, il regardait par-dessus l'épaule de Beetlejuice. Ce que ce dernier n'appréciait guère.

– Tu veux bien me laisser travailler ? Je suis en train de restaurer la sauvegarde de tes e-mails.

Neal eut soudain une idée.

– Heu… Beetle… les messages, tu les verras ?
– Quoi ?
– Est-ce que tu verras apparaître les messages de façon lisible, quand ils arriveront ?
– Évidemment… quelle question ! Tu veux dire que je ne dois pas ouvrir tes e-mails si je les récupère ?
– Euh… oui.

Beetlejuice et Sandy échangèrent un regard. Au bout de quelques minutes, il recula son fauteuil et se détendit les épaules.

– Tu les as ? demanda Neal.
– Eh bien, non.
– Alors, qu'est-ce qu'on fait ?
– Tu me laisses continuer ? Je vais utiliser un logiciel de restauration de données.

Sandy prit place sur le canapé, les mains sur les genoux et le dos bien droit. Neal se remit à arpenter la pièce. À plusieurs reprises, il crut surprendre un regard inquisiteur chez la jeune femme.

– Je ne les retrouve pas, annonça enfin Beetlejuice.
– Tu veux dire qu'on ne peut pas savoir si les messages ont bien été envoyés ?

– Écoute, ils n'ont jamais dû arriver dans ta boîte, mon vieux.

– Mais si ! Je les ai lus !

– Allons, Neal… il faut savoir lever un peu le pied quand on est trop stressé.

– Arrête, je n'ai absolument rien imaginé de tout ça !

– Ton boss te tape peut-être sur le système, je ne sais pas…

– Non, reprit Neal en se forçant au calme.

Il n'allait tout de même pas se fâcher contre Beetle qui était venu jusqu'ici pour l'aider. En tout cas, il n'allait pas afficher sa colère.

– Bon, d'accord… finit-il pas lâcher.

– Tu sais, Hofstra, il n'y a rien de pire qu'un fantôme dans un ordi.

*
**

Après le départ de Beetle, Neal se dit qu'il était temps de se montrer franc avec son amie.

– Sandy, écoute.

– Quoi ?

– Ces messages parlent tous de quelque chose que j'ai fait… il y a quatre ans. Je me trouvais dans un bar avec un ami, Berko. On en est ressortis tard – minuit, peut-être – et on n'avait pas fait quelques mètres que quatre types nous sont tombés dessus.

– Mon Dieu !

– Ils disaient qu'ils voulaient de l'argent, on leur a donné tout ce qu'on avait, mais ils ont commencé à nous tabasser avec des barres de fer, des démonte-pneus, et je ne sais quoi… J'ai sorti mon portable mais ils l'ont piétiné et je me suis enfui.

– Et tu t'en es sorti.

– Oui, mais pas Berko. Si j'étais resté là et si je m'étais battu, il serait sans doute encore vivant.

– Ils t'auraient peut-être tué, toi aussi.

– Oui, peut-être…

– Chéri, ce sont eux qui vous ont attaqués ; ce n'est pas ta faute…

– Non, mais je suis responsable de mon comportement.

– Tout le monde a quelque chose de grave à se reprocher dans la vie. La culpabilité, ça pèse très lourd.

– Je sais. Et je me sens coupable.

– Et ça te ronge, je le vois bien.

Il ne répondit rien.

– J'ai moi aussi une mauvaise expérience du même genre, Neal.

– Oui, tu m'as parlé de ton divorce. Mais ce n'est pas la même chose, même si tu t'en veux à mort.

– Je ne t'ai pas tout raconté sur la cause de notre divorce.

– Les gens ont le droit de ne pas s'entendre…

– Non, Neal… on avait une fille !

Il sursauta mais ne pipa mot.

– Elle avait quatre ans. Patricia… On l'appelait Tishy.

– N'en parle pas si cela te fait trop de peine.

Mais Sandy poursuivit :

– Tishy et moi allions toujours au supermarché ensemble. Elle adorait faire les courses. À l'arrière de la voiture, on lui avait installé un siège enfant qu'on ne manquait jamais d'utiliser. Elle était adorable, tellement fière de pouvoir accrocher seule sa ceinture de sécurité.

De plus en plus mal à l'aise, Neal la laissa poursuivre.

– Un mardi, on est parties faire des courses. Elle est montée sur son siège et s'est attachée. J'ai entendu le click derrière moi. Je suis certaine de l'avoir entendu ! Mais elle a dû entrer la boucle et la laisser ressortir sans s'en rendre compte. On était sur Elk Road ; au carrefour, il y avait un stop à notre droite. Une jeune fille qui conduisait, avec trois amies étudiantes dans sa voiture, a grillé ce stop et nous a violemment heurtées de côté. Tishy a été projetée contre la portière gauche… et elle est morte. Moi, je m'en suis tirée avec un simple hématome au front.

À cet instant seulement, Sandy se mit à pleurer.

– La ceinture était défectueuse, murmura Neal.
– Non. Tishy ne l'avait pas attachée. J'avais bien entendu un click mais je n'avais pas vérifié. *Je n'avais pas vérifié !*

*
**

Sandy s'en alla. Neal lui avait dit avoir besoin d'être un peu seul. Il avait tenté de la réconforter mais tout en pensant :

Toi, tu as fait une erreur inconsidérée ; moi, je n'en fais aucune.
Je n'ai pas fait d'erreur. J'ai pris la décision d'être lâche. Ce que je n'ai pas précisé à Sandy, c'était que j'aurais pu courir chercher un commerce encore ouvert et appeler la police. Mais j'avais peur qu'ils me suivent. Alors, je me suis précipité dans une ruelle et là, je me suis caché derrière une benne à ordures jusqu'à ce que je les entende partir.
Jusqu'à ce que je les entende partir… Bon Dieu, Berko était en train de mourir, à ce moment-là ! Le temps que je trouve un magasin ouvert et que j'appelle les flics, il était sûrement déjà trop tard.
Je ne suis qu'un fumier.

Un nouveau message apparut alors dans la boîte électronique de Neal. Il était signé « Earl Think ». Et disait :

Tu m'as tué.

Neal se rua sur son iPhone et prit une photo de l'écran. Puis il regarda celui de son téléphone. Rien.
Pourtant, il était bien apparu. Réellement. Ce n'était pas son imagination ni les effets d'une conscience coupable.
Quoi qu'il en soit… qu'est-ce que cela changeait ? Il était coupable, que le message soit réel ou un pur produit de son imagination. Il avait fait quelque chose de terrible et de lâche, qui avait tué son ami.
Et il se rendait compte qu'il ne pourrait jamais avouer la vérité à Sandy – non seulement qu'il avait fui dans la ruelle voisine pour se cacher derrière une poubelle, mais qu'il avait attendu. Il aurait pu se précipiter à la recherche d'un télé-

phone, mais il avait préféré se planquer et attendre le départ des agresseurs. Il leur avait fallu trois ou quatre minutes encore pour achever Berko. S'il n'avait pas cherché à se cacher si vite, s'il n'avait pas craint que les autres se lancent à sa poursuite au cas où il se serait mis à courir, Berko serait peut-être encore vivant.

Neal pleurait, à présent. Il n'était qu'un lâche, un bon à rien.

Il entra dans la cuisine et fouilla dans le placard jusqu'à mettre la main sur une bouteille de vodka, ce qu'il ne buvait pratiquement jamais. La saisissant par le col, il se rendit dans la salle de bains et y trouva de l'aspirine. Puis il retourna s'asseoir devant son ordinateur et but une longue gorgée d'alcool. Il manqua de s'étrangler, mais se ressaisit. Au bout de quelques minutes, il croqua deux comprimés d'aspirine puis les avala avec une nouvelle rasade de vodka. Il attendit un peu pour s'assurer qu'il n'allait pas de nouveau s'étouffer, puis il répéta le processus.

Le cerveau à demi embrumé, Neal eut un sursaut de clairvoyance. Des anagrammes ! La *chose* jouait avec lui. Moca hooy = Yahoo.com. Earl Think = Earthlink. L. Amoco = Aol.com. Mais tout cela n'avait plus d'importance.

*
**

Sandy était rentrée chez elle, bouleversée. Neal lui paraissait totalement retourné. En partant, elle lui avait trouvé les yeux exorbités, les joues creuses. Il était victime d'hallucinations dues au stress.

Elle se donna quelques minutes, le temps de se calmer les nerfs. Peut-être exagérait-elle la gravité de la situation.

Mais, une demi-heure plus tard, son inquiétude avait redoublé.

Décidée à en avoir le cœur net, elle saisit le téléphone. Après tout, Neal ne lui avait pas interdit d'appeler.

Mais pas de réponse. Elle laissa sonner une douzaine de fois. Qu'il ne réponde pas ne signifiait pas forcément qu'il avait des ennuis. Il lui arrivait souvent de ne pas décrocher lorsqu'il était en plein travail. Et, parfois même, il coupait carrément son portable quand il allait se coucher. Cette soirée avait été stressante, il fallait le reconnaître. Peut-être s'était-il dit qu'une bonne nuit de sommeil lui ferait le plus grand bien.

*
**

Neal n'entendit que très vaguement la sonnerie de son portable. Il ne tenta même pas d'y répondre. En fait, il ne se rappelait plus où il l'avait laissé, et puis il résonnait bizarrement, avec un écho étrange dans son cerveau. Il avala une autre gorgée de vodka, prit deux nouveaux cachets d'aspirine et posa la tête sur son bureau

*
**

Sandy ne se calmerait qu'une fois rassurée. Elle prit ses clés pour filer jusqu'à l'appartement de Neal, puis se ravisa. Inutile de se précipiter. Il était peut-être en train de travailler, et la voir débouler soudain chez lui ne ferait sans doute que l'agacer. Elle allait d'abord lui envoyer un message. S'il travaillait, il verrait qu'il avait reçu un e-mail. S'il était debout, il serait alerté car il attendait un message de son correspondant fantôme. Et s'il ne lui répondait pas, disons, dans une demi-heure, elle prendrait la voiture et se rendrait chez lui.

Elle s'installa devant son ordinateur pour taper son message.

Tiens, elle en avait reçu un. Autant en prendre connaissance tout de suite.

Elle l'ouvrit, et put lire :

Bonjour, maman.

En souvenir du Sibylline
par Lou Kemp

Tant d'hommes si beaux
Qui gisaient tous morts !
Et des millions de choses hideuses
Avaient survécu – comme moi

La Ballade du vieux marin –
SAMUEL TAYLOR COLERIDGE

Telle une gerbe de poudre incandescente soufflée par le vent au-dessus du bastingage, quelques braises s'échappèrent de la pipe de Townsend pour aller se perdre dans la nuit et disparaître bien avant de se faire avaler par les vagues.

Il referma sa paume sur le fourneau afin de protéger le reste de braise et se réchauffer les mains. Quelques heures seulement semblaient s'être écoulées depuis que le *Christianna* avait quitté le port de Cascais sous le soleil brûlant du Portugal.

Une lune ronde et blanche paraissait suspendue au-dessus de la mer, ses pâles rayons se reflétant sur la crête irisée des vagues qui s'enroulaient autour de la proue du bateau, comme autant de jupons de dentelle mousseuse. Townsend leva les yeux vers le ciel. L'embrasement des étoiles semblait sans fin. Quelque part, loin devant eux, existaient des contrées que les marins du futur traverseraient. Lui serait heureux d'atteindre Alexandrie et, avec un peu de chance, il y ferait plus chaud que lors de sa dernière visite, en 1812. Il avait failli mourir de froid avant d'atteindre Le Caire.

Bien qu'il n'ait perçu aucun bruit de pas derrière lui, Townsend devina une présence près du bastingage. Il se tourna légèrement de côté et aperçut le vieux professeur qu'il avait rencontré en embarquant sur le *Christianna*. Une profonde tristesse semblait peser sur ses épaules.

– Bonsoir, monsieur Perideaux, lui dit-il.

– Une nuit merveilleuse, n'est-ce pas ? répondit le vieil homme.

Le bout de sa cigarette scintillait dans l'obscurité, révélant sur son front un léger voile de transpiration.

Bien qu'il s'exprimât sur un ton calme, il semblait que Perideaux éprouvât le besoin d'être rassuré, peut-être seulement d'entendre une autre voix dans l'immensité de la nuit. Et Townsend pouvait fort bien comprendre qu'une peur sous-jacente existe de façon tangible lorsqu'un navire solitaire traverse les mers au cœur de la nuit. Il était onze heures passées, et seuls les mouvements des marins dans le gréement laissaient deviner quelques signes de vie.

– Oui, une très belle nuit, acquiesça Townsend.

Perideaux ne répondit rien. Son attention paraissait captivée par l'espace noir en avant de la proue, son regard balayant la mer comme s'il cherchait quelque chose.

Sous leurs pieds, le *Christianna* gémit et grinça de toutes parts en chevauchant une vague. Townsend ralluma sa pipe qui refusait obstinément de brûler plus de quelques minutes. Il se demanda si Perideaux s'attendait à voir un autre bateau croiser leur sillage.

S'il n'avait pas observé avec attention son compagnon, il n'aurait pas remarqué le léger tremblement qui le traversa. Les mains agrippées au bastingage, celui-ci soupira alors :

– Felicity, oh, Felicity…

D'abord, Townsend crut ne percevoir que la nuit noire et les vagues bouillonnantes. Puis il distingua les contours d'un navire. En l'espace de quelques secondes, le bateau parut s'incarner devant eux. Trois mâts s'élançaient vers le ciel et des balustrades de cuivre luisaient sous une série de voiles ondulant dans le vent, tandis que des ombres se dessinaient sur le pont. Le vaisseau naviguait à environ une lieue de distance, sans lumière, comme éthéré.

La gorge de Perideaux émit un son étranglé et il souffla :

– Le *Hollandais*…

Townsend l'entendit, mais ne put détacher son regard du navire fantôme qui sembla disparaître sous leurs yeux avant qu'un rayon de lune ne le transperce pour le rendre à nouveau distinct.

*
**

D'un hublot, je voyais l'île de Madagascar défiler à distance sous nos yeux. Déjà, un chaud soleil faisait miroiter les eaux, recouvrant la ville de tant de lumière que les cabanes de pêcheurs voilées de fumée se mêlaient en un gris uniforme, laissant à peine deviner une trace de civilisation au-delà des vagues surmontées çà et là d'une crête mousseuse.

Ma cabine se trouvait au niveau du pont sous le vent, à quelques pas seulement de celles du capitaine et des passagers. Une brise odorante pénétrait par le hublot, apportant avec elle des senteurs de saucisse grillée et les cris des marins qui travaillaient dans le gréement en se balançant d'un espar à l'autre. Le *LeHanna* était un trois-mâts de taille respectable.

Je partais du principe que la porte de ma cabine resterait close. Théoriquement parce qu'elle était verrouillée. Ce fut cependant sans peine que j'entendis les bruits de pas s'approcher sur le pont, pour s'arrêter devant ma porte.

À travers le hublot, je distinguai mon gardien presque en entier et de profil. Le nouveau venu qui lui parlait était un homme de grande taille, proche de la mienne. Son visage blême était celui d'un érudit.

– Nous sommes heureux de vous avoir à bord, docteur Perideaux, déclara le garde.

L'astuce pour observer quelqu'un sans avoir l'air de l'examiner et le forcer ainsi à se retourner, c'est de le regarder légèrement de côté. Je fixais donc le ciel juste au-delà des grandes oreilles de Perideaux. La dureté de sa voix ne laissait place à aucun doute.

– Vraiment ? Est-ce pour cela que vous éprouvez le besoin de brandir un mousquet devant ma famille ?

– Je regrette que vous le ressentiez ainsi, monsieur. Mais j'ai des ordres.

– Quels ordres ? Qu'avez-vous à garder ? Je viens de renvoyer Felicity dans sa cabine, où elle est en sécurité.

– Je suis sûr que votre fille saura s'y occuper, rétorqua le garde.

Le doigt pointé sur la porte de la cabine, le Dr Perideaux demanda :

– Puis-je savoir ce qui se trouve là-dedans ?

– Personne ne doit entrer dans cette cabine, monsieur.

Avec un claquement de bottes, le capitaine Hume arriva sur le pont, le visage éclairé par un sourire aussi grand que faux. Peut-être le Dr Perideaux remarqua-t-il instantanément ce regard, car il ne changea pas de ton.

– Capitaine, qu'y a-t-il là-dedans ?

Bien que fluet, celui-ci ne broncha pas devant le ton agressif de son interlocuteur, pas plus qu'il n'éleva la voix.

– Je vous en prie, calmez-vous. Je suis certain que vous ne voulez pas contrarier madame votre épouse.

La cloche du bateau sonna treize coups pour marquer l'heure, noyant ainsi ses paroles :

– … sans importance. Nous avons la charge d'un prisonnier. Il doit être débarqué demain sur l'île Victoria.

– Et pourquoi se trouve-t-il avec les passagers ? demanda le Dr Perideaux. Pourquoi ne le garde-t-on pas avec l'équipage ?

La légère hésitation du capitaine Hume ne fut pas pour me déplaire. Comment allait-il lui exposer la chose ? Allait-il lui dire la vérité ou tergiverser ?

– Docteur, j'ai des ordres qui précisent que le prisonnier

ne doit avoir de contact avec personne sur ce navire. Il doit rester à l'écart de l'équipage.

– Et pourquoi cela ?

– Je ne peux pas vous le dire.

Lui posant une main sur l'épaule, le capitaine ajouta :

– S'il vous plaît, tenez votre famille éloignée de cet endroit. Occupez-les. J'ai cru comprendre que votre femme était souffrante ?

Le Dr Perideaux se frotta le menton.

– Oui, elle ne se sent pas très bien. L'arrivée du bébé est imminente.

– Raison de plus pour que vous retourniez à son chevet. Peut-être avec une tasse de thé ?

*
**

Une légère averse s'abattit sur le bateau. Le *LeHanna* naviguait en rythme, chevauchant la mer tel un amant qui savourerait ces instants avec lenteur.

Ces derniers jours avaient marqué la fin de l'hiver à Madagascar, et je commençais à me lasser de la nourriture et à me languir d'une bonne bière blonde. D'un autre côté, les nuits étaient tièdes, chargées d'une puissante odeur de chaleur humide et de la promesse de ce que je trouverais dans les quartiers bohémiens. Lorsque nous atteindrions Séville, ce serait l'automne et les bougainvilliers étincelleraient encore de fleurs multicolores. Je n'avais nullement l'intention de me laisser débarquer sur l'île Victoria comme un vulgaire sac de pommes de terre rances.

La colonie pénitentiaire de Victoria n'avait rien d'autre à proposer qu'un pénible labeur et, pour compagnie, les criminels les plus notoires de la planète. Les requins qui entouraient l'île savaient qu'il y aurait toujours un prisonnier nageant vers le soleil, épuisé, prêt à succomber. Je frissonnai, puis repris ma lecture.

*
**

Le ronflement mélodieux s'immisçait par la porte de ma cabine. Je me levai et m'approchai du hublot pour regarder mon gardien dormir. Le plein soleil, un estomac bien rempli et le mouvement régulier des vagues l'avaient poussé à s'assoupir contre la paroi de ma cabine. Ou alors était-ce autre chose… qui serait tombé dans son assiette de ragoût ?

Venant de l'arrière du navire, une jeune fille s'approcha. Ses longues boucles rousses étaient nouées par un ruban assorti à sa robe bleue. Malgré les huit ans que je lui donnais, elle paraissait méfiante et regardait sans cesse derrière elle avec la furtivité d'un pickpocket aguerri de Singapour. Si j'interprétais correctement son sourire, elle semblait heureuse de ce qu'elle voyait.

Comme elle passait devant mon hublot, je lui lançai :

– Bonjour, petite.

Elle écarquilla des yeux innocents, cherchant d'où provenait ma voix.

– Par ici, ma belle, fis-je avant d'ouvrir ma porte.

Je n'aurais aucun problème à la refermer plus tard, au cas où mon gardien se réveillerait et commencerait à se montrer curieux.

La fillette se posta sous mon hublot et cligna des yeux.

– Je ne vous vois pas. Qui êtes-vous ?

Un véritable petit ange. Où était sa nounou, son père, la personne qui était censée la protéger de gens comme moi ?

– Je m'appelle Celwyn. Tu veux entrer ?

Elle hésita une microseconde avant d'enjamber le garde endormi.

Lorsqu'elle ouvrit la porte, elle me trouva assis, attablé au fond de la cabine. Cela faisait quelque temps que je n'avais pas été en présence d'une petite personne, et je savais qu'elle serait moins intimidée si je me mettais à son niveau. Elle passa la tête derrière le battant, remarqua mon coffre de voyage et son mystérieux contenu, puis posa enfin les yeux sur moi. J'avais dû réussir mon examen de passage spécial enfant car elle entra, en laissant la porte ouverte derrière elle.

Peut-être craignait-elle davantage que ses parents ne la surprennent ici qu'elle ne me craignait moi.

Si vous vous demandez pourquoi je ne me suis pas aventuré hors de ma cabine, c'est qu'il n'était pas encore temps de le faire. Maîtriser la situation est tellement plus réjouissant que de se laisser balloter par le destin. Ou de se faire tuer par un coup de pistolet.

– Je t'en prie, assieds-toi, dis-je à ma nouvelle amie.

Elle fit quelques pas en avant puis se laissa tomber sur la chaise qui me faisait face. De près, je retrouvai un peu de son père dans l'intelligence de son regard, mais sa beauté, elle, venait certainement de sa mère.

– Qui êtes-vous ? Pourquoi êtes-vous seul ici ? demanda-t-elle.

– Puis-je t'appeler Felicity ?

– Comment connaissez-vous mon nom ?

– Ton père a parlé de toi, répondis-je en indiquant le pont d'un signe de tête.

Combien d'enfants du nom de Felicity pouvaient se trouver sur un navire en route vers Le Cap ?

– Oh…

Elle m'étudia un instant, comme le ferait sa mère en lisant attentivement un menu.

– Je pense que vous le pouvez, oui.

Assez verbeuse, pour une fillette. Elle me dévisageait avec la curiosité d'un jeune chat. Je devais lui apparaître comme tous les hommes qu'elle rencontrait, le visage fort et barbu, habillé d'une chemise de lin et d'une veste de brocart. Mais peu d'entre eux devaient arborer le rubis que j'avais au doigt, ni être imprégnés de l'odeur particulière et raffinée du tabac que je conservais dans mon coffre. Peu d'hommes, également, étaient aussi terrifiés que moi, ce que je déplorais. Je restais un incompris, la plupart du temps.

– Désires-tu quelque chose à boire ? Du lait ?

Felicity acquiesça puis fronça les sourcils.

– Je ne vois pas de lait, ici.

– Regarde bien. Je suis sûr que tu trouveras.

Ses yeux balayèrent la petite pièce et, lorsqu'ils revinrent se poser sur la table, ce fut pour y découvrir un verre de lait.

Elle ouvrit la bouche, mais aucun son n'en sortit.

– Sers-toi, lui dis-je.

Felicity toucha le verre du bout des doigts puis le saisit et l'approcha de son visage jusqu'à pouvoir en renifler le contenu. Puis, avec l'air de douter encore un peu de moi, elle but. La moitié du lait restait encore lorsqu'elle se lécha les lèvres et demanda :

– Où avez-vous eu ça ?

Elle regarda sous la table et, quand elle releva la tête, le verre était à nouveau plein.

La fillette cligna des paupières puis son regard confus passa d'un objet à l'autre.

– Comment avez-vous fait ? interrogea-t-elle.

Je souris.

– Vous ne croyez toujours que ce que vous voyez ? Ou vous arrive-t-il de croire à des choses que vous ne voyez pas ?

– Je ne crois qu'à ce que je vois en vrai, répondit-elle, l'air préoccupé.

– Et ce lait est-il vrai ?

– Bien sûr, il est vrai.

Pour le prouver, elle en avala une longue gorgée, sans me quitter des yeux. Dieu, quelle méfiance ! Lorsqu'elle reposa le verre sur la table, il se retrouva une fois encore plein à ras bord.

Elle le considéra un long instant avant de me dévisager.

– Comment faites-vous ?

Haussant les épaules, je lui demandai :

– Qu'y a-t-il dans cette bourse ?

En me rejoignant, Felicity avait posé un petit sac de velours sur la table. Elle n'hésita pas à en écarter les cordons qui le fermaient pour en renverser le contenu devant nous.

– Ce sont mes osselets, annonça-t-elle. Et voici la boule pour jouer avec.

Elle jeta en l'air une petite boule de la couleur et de la taille d'un abricot, puis la rattrapa. Elle la jeta une seconde fois mais, avant de la récupérer dans sa paume, saisit habilement plusieurs des petites étoiles métalliques éparpillées sur la table.

– Vous savez jouer ? demanda-t-elle sans attendre ma réponse. Bien sûr, vous devez attraper toutes les étoiles sans laisser retomber la boule.

Après cet avertissement, Felicity jeta de nouveau la petite sphère en l'air. Qui resta suspendue entre nous, au-dessus de sa tête. Les yeux arrondis de surprise, muette de stupéfaction, elle la vit alors redescendre. Lentement.

Automatiquement, elle abaissa la paume sur les petites étoiles métalliques mais poussa un cri et se leva. Les étoiles étaient devenues de minuscules grenouilles de cristal. Malgré l'obscurité de la cabine, elles scintillaient d'un reflet ravissant.

– Mon Dieu ! s'exclama la fillette avant de les prendre dans ses mains.

La boule rebondit sur la table pour aller atterrir dans mon coffre ouvert.

Je me levai alors et poussai doucement Felicity vers la porte. La pochette de velours et ses grenouilles de cristal bien serrées contre son cœur, elle me demanda :

– Puis-je revenir vous rendre visite ?

– Bien sûr. Mais seulement si le garde est endormi. C'est notre secret, ajoutai-je, un doigt sur les lèvres.

À notre arrivée à Séville, j'aurais sans doute une jeune élève à qui enseigner des tours de magie nettement moins sinistres que ceux dont j'avais le secret.

Felicity se posa, comme moi, un doigt sur les lèvres, puis se glissa au-dehors avec un petit rire.

*
**

La cloche du bateau venait de sonner lorsqu'un bruit de bottes se fit entendre sur le pont. Des voix donnèrent l'alarme. Couvrant presque le tapage environnant, les rugissements du capitaine Hume franchirent sans problème la porte de ma cabine.

– Enfer et damnation ! Wiggins est mort ! Faites venir le docteur !

– Pour quoi faire ? lança un marin de la mâture.

Il avait apparemment une excellente vue sur mon gardien qui venait de disparaître.

– Il s'est fait égorger comme un cochon.

D'autres curieux arrivèrent, puis ce fut la mine consternée de Perideaux quand il découvrit le corps.

– Capitaine ! s'écria-t-il.

– Oui, docteur.

– Cet homme n'est pas malade. Il a été assassiné.

D'une voix soudain tremblante, il poursuivit en pesant ses mots :

– Vous êtes responsable de tout ce qui peut survenir sur ce navire !

– Je le sais, répliqua Hume sur un ton tout aussi mesuré.

– Serait-ce la main de votre prisonnier ?

Je notai une infime trace d'hésitation chez le capitaine avant qu'il ne réponde :

– C'est impossible.

Quelqu'un tenta d'ouvrir ma porte. Qui resta verrouillée.

– Comment savez-vous que votre prisonnier est à l'intérieur ? insista Perideaux.

– J'en suis certain, voilà tout. Tenez, voici la clé qui ouvre sa porte. Comme vous pouvez le constater, elle se trouvait encore dans la poche du garde. Néanmoins, je vais vous faire plaisir.

Je bâillai et attendis.

Alors que le battant s'ouvrait, un rayon de soleil couchant s'infiltra dans ma cabine, y apportant un peu de tiédeur au milieu de la fraîcheur du soir. La silhouette du capitaine se planta dans l'encadrement de la porte. Derrière son épaule, j'aperçus le docteur qui jetait un regard à l'intérieur.

Je reposai mon livre et me levai.

– Entrez. Je crains de n'avoir aucun rafraîchissement à vous offrir, juste ma compagnie.

La curiosité du Dr Perideaux fut la plus forte. Poussant le capitaine, il se fraya un passage dans ma cabine. Je ne m'étais pas trompé. Il faisait sans doute la même taille que moi ; bien au-dessus d'un mètre quatre-vingts. Nous étions bâtis de même, aussi ; j'aurais pu aisément échanger ma veste contre la sienne… quoique cette dernière fût certainement moins luxueuse que celle que je portais.

Je le gratifiai d'une courbette.

– Puis-je me présenter ? Jonas Celwyn, autrefois de Singapour et de Madagascar.

Le capitaine Hume ferma la porte d'un coup de pied et s'avança vers nous pour s'interposer. Il ôta son chapeau, révélant ainsi un crâne aussi chauve que luisant. Une goutte de sueur lui coulait doucement vers l'oreille.

– Docteur, ce n'est pas pensable. Comme vous le voyez, le prisonnier est toujours là, dans une pièce fermée, d'où il lui est de toute évidence impossible de sortir pour aller tuer son gardien. Sortons, s'il vous plaît.

– De quoi êtes-vous accusé, monsieur ? me demanda Perideaux en ignorant le capitaine qui le tirait par la manche.

– Si je devais énumérer tous les horribles crimes dont on m'accuse, nous serions encore ici bien longtemps après la cloche annonçant le dîner.

Quelques minutes plus tôt, j'avais reniflé une odeur de bœuf rôti. Avec un peu de chance, il y aurait une agréable salade pour l'accompagner, et peut-être aussi une bonne bouteille de vin.

– Je répète, de quoi vous accuse-t-on ? articula-t-il sur un ton nettement plus froid qu'une rue de Bavière en plein hiver.

Le capitaine Hume lâcha la manche du docteur et ouvrit la porte de ma cabine. Puis il fit un signe de la main à l'un de ses officiers.

– Johnson, venez par ici. Raccompagnez le Dr Perideaux dans sa cabine, vous voulez bien ? Tout de suite.

Le docteur ne bougea pas. Il se tenait si près de moi que

je distinguais des pépites d'or dans ses iris noisette. À la façon obstinée dont il serrait les lèvres, il était clair que l'équipage devrait l'emmener de force pour que le capitaine se fasse obéir.

– Sortez-le d'ici, grommela ce dernier.

L'officier Johnson s'approcha de Perideaux. Quand sa main passa à travers le bras du docteur, non pas une fois, mais deux, ses mots s'étranglèrent dans sa bouche.

Comme le docteur considéra sa manche d'un air absolument dégoûté, je répliquai enfin :

– De quelque chose de terriblement ridicule. De sorcellerie.

Un sorcier… peut-être pas. Mais un magicien extrêmement talentueux et créatif, oui, cela aurait pu constituer un excellent portrait.

*
**

Mon évaluation du bon docteur avait été juste. Il était du genre opiniâtre. Il ne s'était pas passé une heure que déjà je le devinais s'entretenant à voix basse avec mon nouveau gardien. Je n'avais même pas besoin de me coller à la porte pour les entendre.

– … des articles que vous aimeriez acheter quand nous atteindrons le port ? disait le docteur.

– Ah, pour sûr, oui, répondit l'autre.

– Alors, peut-être que cela vous sera utile.

– Oh, oui… Pour sûr. Vous n'avez qu'à renifler tout votre saoul autour de la porte de ce sagouin.

Avec un rire étouffé, il ajouta :

– Faut que j'aille à l'avant, et je ne serai pas revenu avant un bout de temps.

L'instant d'après, j'entendis un grattement contre ma porte. Du hublot, j'aperçus alors la moitié inférieure du docteur accroupie devant ma cabine. Il semblait être en train d'examiner les charnières de la porte.

*
**

Le lendemain matin, un vent violent secouait la mer. Le *LeHanna* résistait bravement à l'assaut des vagues. Des nuages opalescents laissaient des traînées brumeuses devant l'horizon violacé. Intéressant… Pourvu que nous ne soyons pas en train de naviguer droit vers une tempête.

Nous croisâmes Tila Dunmati peu après midi et, en une heure, le destin du bateau changea totalement. Cela commença avec une alerte lancée du nid-de-pie. Un autre navire approchait, qui nous arrivait droit dessus.

L'excitation générale à bord du *LeHanna* s'intensifia avec les ordres brusques criés du pont. Du haut de son perchoir, le marin lança de nouveau :

– Pavillon hollandais, monsieur. Et bel et bien armé.

Une information qui ne laissait pas indifférent. Que voulaient-ils au *LeHanna* ?

Près d'une demi-heure plus tard, notre navire ralentit son allure, puis se balança au gré des vagues. Si cela durait, le mal de mer me gagnerait à coup sûr.

L'autre vaisseau avait, lui aussi, ralenti sa course. Il dérivait vers nous sous le vent à environ cent cinquante mètres, se rapprochant à chaque nouvelle vague.

L'appréhension avait rendu notre équipage muet. C'était comme si le bateau retenait son souffle, attendait. Enfin, le capitaine Hume aboya un ordre : que l'équipage assure sa position et attende ses ordres. De mon hublot, je le voyais qui se tenait au milieu du navire, près du bastingage. Il dit quelque chose à Greer, le second, debout à ses côtés. Celui-ci répondit par un salut puis se dirigea vers ma cabine avant de se planter devant mon gardien.

– Ouvrez la porte ! lui ordonna-t-il.

Le garde s'exécuta et, après être entré, il braqua aussitôt son pistolet sur moi. Depuis le meurtre de mon dernier gardien, le mode de surveillance avait changé. À présent, ce n'était plus un mousquet que l'on brandissait sur moi, mais un pistolet.

Greer pénétra alors dans ma cabine et regarda autour de lui avant de dire :
– Prenez vos affaires, Celwyn. Vous partez.
– Où m'emmenez-vous ?
– Ne posez pas de questions. Soit vous réunissez vos affaires, soit vous partez sans elles.

*
**

Lorsque j'émergeai sur le pont, deux hommes me tenaient par les bras tandis qu'un autre traînait mon coffre. Tout en marchant, je me délectai du soleil et inspirai l'air frais comme un veau nouveau-né.

Le temps que je réunisse mes affaires, une chaloupe venant de l'autre bateau avait été mise à l'eau. Elle contenait six hommes d'équipage et celui qui était manifestement leur capitaine. Assis à l'arrière de l'embarcation, il observait le *LeHanna* comme une future possession. Des sabords de l'autre navire, des douzaines de mousquets étaient braqués sur notre vaisseau. Pourquoi notre équipage n'avait-il pas réagi ? Ils étaient moins de trente et, au lieu de se trouver en position de combat, ils attendaient calmement les ordres.

Bras croisés, pieds écartés, ses officiers à ses côtés, Hume se tenait face à la passerelle de commandement. Malgré leur attitude parfaitement droite, ils avaient les yeux partout. La tension parut monter encore d'un cran lorsque les hommes d'équipage de l'autre bateau quittèrent la chaloupe pour grimper à l'échelle de corde. Ils atteignirent le pont et s'avancèrent vers le capitaine sans un regard pour les marins du *LeHanna*. Je franchis la passerelle et les rejoignis.

– Pas d'entrave ? demandai-je à Hume en exhibant mes poignets nus. Je ne vous fais donc plus peur ?

Sans vraiment me regarder, il répondit :
– Taisez-vous, ruffian, sinon Greer fera en sorte de vous réduire au silence.

J'avais une assez bonne idée de ce que mijotait Hume. Et une encore meilleure idée de ce qu'il méritait.

Comme l'équipage du bateau inconnu s'avançait vers nous en plastronnant, je me pris à observer leur capitaine. La quarantaine environ, l'allure fière et la moustache parfaitement lissée, il était d'une stature impressionnante. D'un bras puissant, il repoussa de son chemin l'un des hommes du *LeHanna*, incitant ainsi les autres à s'écarter pour éviter tout contact avec lui.

De plus près, je vis des yeux du bleu le plus innocent du monde se poser sur le capitaine Hume puis sur ses officiers. Prenant le temps d'apprécier le bateau qu'il venait d'aborder, il examina les embrasures de porte, les cloisons, la brillance des cuivres et tout ce qui pouvait l'assurer de l'entretien soigné du bateau. Il avait dû imaginer que le navire disposait d'un bon garde-manger et d'une machinerie efficace en fond de cale. Enfin, il annonça d'une voix de baryton teintée d'un léger accent hollandais :

– Je suis le capitaine Falkenburg, du *Sibylline*.

Une déclaration tout à fait inoffensive mais, du coin de l'œil, je vis Hume s'humecter nerveusement les lèvres. Une goutte de sueur était née sous son chapeau pour lui descendre le long du cou et venir mourir dans le col de sa chemise. Si le reste de l'équipage n'avait pas encore compris, il était encore temps : le vaisseau qui venait de nous aborder était un bateau pirate naviguant sous un pavillon des plus légitimes.

Le capitaine Falkenburg se tourna vers son homologue.

– Que transportez-vous ?

Cette fois, la transpiration gagna la totalité du visage grassouillet de Hume. Derrière lui, le pont du *Sibylline* grouillait de pirates qui, jusque-là, nous étaient restés invisibles. Ils observaient le *LeHanna* sans un bruit, preuve d'une stricte discipline. Hume leur jeta un bref coup d'œil puis s'adressa à l'intrus :

– Des épices et de la canne à sucre. Rien de plus.

– Rien, Hume ?

Il afficha un grand sourire, dévoilant des dents dont il n'hésitait manifestement pas à faire usage pour déboucher des bouteilles. Mais, plus intéressant encore : qui d'autre que moi avait remarqué que notre boucanier connaissait le nom du capitaine Hume ?

Quelques officiers du *LeHanna* jetèrent à ce dernier un regard inquisiteur… que Hume se garda bien de leur rendre. Au lieu de cela, il avala sa salive à plusieurs reprises et resta muet comme une carpe.

Falkenburg partit alors d'un éclat de rire qui parut pétrifier l'équipage du *LeHanna*. Les yeux écarquillés, chacun d'eux fixait maintenant son capitaine. Les paroles que celui-là prononça en stupéfièrent plus d'un :

– Notre marché tient toujours. J'ai ici ce que vous voulez.

Puis il me regarda et ajouta :

– J'ai aussi un autre témoignage de ma bonne foi. Un cadeau, en quelque sorte.

– Hein ?

Le pirate se cura les dents de la pointe d'une lame, cracha puis considéra Hume avec un sourcil levé.

Sans se démonter, le capitaine Hume expliqua :

– M. Celwyn est le cousin de l'ambassadeur britannique du Portugal. Vous pourrez certainement en obtenir une rançon. Il devait être débarqué pour une courte période à Victoria afin d'évaluer la situation là-bas. Ils l'attendront bien quelques jours ou quelques semaines de plus.

Je me tournai vers cette crapule. Qui refusa de me regarder. Seigneur, ce très cher capitaine Hume me laissait entendre que je pouvais obtenir ma liberté en partant avec le *Sibylline* ou me faire débarquer à la date prévue dans la colonie pénitentiaire – au cas où le *LeHanna* réchapperait de cette rencontre au milieu des mers.

Le capitaine Falkenburg ne parut pas impressionné. Son regard se posa sur les cabines sous la passerelle.

– Vous ne transportez pas que cela, Hume.

Avide de lui plaire, Hume se courba devant lui comme une dame d'honneur devant sa reine, puis assura au flibustier :

– Oh, non ! Vous recevrez ce que je vous ai promis. Un instant, si vous le permettez.

Il se tourna vers son second. Je perçus quelques bribes des instructions qu'il lui donna – assez pour savoir que l'équipage du *LeHanna* était prêt à échanger la famille du Dr Perideaux contre leurs propres vies. Apparemment, ce dernier possédait quelque chose que les pirates désiraient.

Le second Greer réunit à la hâte un petit contingent et se dirigea sans attendre vers la cabine du Dr Perideaux. C'est à cet instant que j'ai décidé de me laisser embarquer sur l'autre navire. Ne devais-je pas, après tout, protéger ma nouvelle élève ?

*
**

Une heure plus tard, le Dr Perideaux, sa famille et moi-même embarquâmes sur le *Sibylline*. Je m'efforçai de rassurer Felicity et l'entraînai à ma suite à bord du bateau pirate pendant que le docteur aidait sa mère. Vêtue d'une ample robe bleu pâle, Mme Perideaux avait l'allure angélique et fragile d'une figurine de porcelaine. Sa main blanche agrippée à l'épaule de son époux, elle monta avec lui sur le pont.

Une fois à bord, nous nous tînmes serrés les uns contre les autres pendant que les boucaniers hissaient nos coffres et nos malles à l'aide de cordes. Le regard avide posé sur les nouvelles venues, ils s'approchèrent de nous. L'odeur nauséabonde qui se dégageait d'eux rivalisait avec celle du navire tout entier. Mme Perideaux s'accrocha à son mari, et leur fille fourra la tête dans les jupes de sa mère en gémissant de peur.

M'approchant de Felicity, je lui tapotai doucement le bras.

– Petite, il faut se montrer courageuse, lui soufflai-je. Et calme, surtout.

Elle risqua vers moi un œil bleu chargé de larmes, puis, de nouveau, elle se blottit contre sa mère.

– Tu te rappelles les grenouilles de cristal ? lui dis-je alors.

Sans se retourner, Felicity hocha la tête. Je lui posai une main sur l'épaule et ses pleurs cessèrent.

– Attends, ajoutai-je avant de relever le visage vers nos nouveaux hôtes.

⁂

Comme la dernière malle était embarquée à bord du bateau pirate, nous vîmes le *LeHanna* s'écarter de nous puis s'éloigner en cherchant à prendre au maximum le vent qui forçait. Nous le suivîmes des yeux un long moment avant que le capitaine Falkenburg ne se retourne vers ses victimes.

Debout près de lui, observant le reste des pirates avec dédain, se tenait un homme aux allures d'épouvantail, aussi pâle et froid que la mort. En voyant son regard, je me plaçai entre son point de mire et la famille Perideaux.

– Bien, lança alors le capitaine en contournant les coffres.

Tandis que le vent, qui ne cessait d'augmenter depuis quelques instants, commençait à nous fouetter le visage, les marins grimpèrent sur les vergues afin de déployer les voiles. La bôme balança vers la gauche, craquant sous le poids de la mâture.

L'épouvantail murmura quelque chose à l'oreille du capitaine, qui afficha un sourire approbateur.

– Excellent, Borodin. Détruis-le.

Celui-ci traversa le pont en direction des marins postés devant les canons, leur donna des ordres, puis retourna auprès de Falkenburg.

Devant l'expression de son visage, le docteur recula.

– Dites-moi, docteur, où est-il caché ? lui lança-t-il. Gagnez du temps, épargnez votre famille et dites-le-moi.

Le Dr Perideaux blêmit et ses mâchoires parurent se desserrer d'un coup. Mais il ne dit rien.

Derrière le capitaine, le long du bâbord, les boucaniers amorcèrent les canons tout en jacassant et sautillant comme des criquets. À distance, le navire traître affrontait les vagues, anxieux de s'éloigner au plus vite.

Et nous, spectateurs, savions parfaitement ce qui allait arriver dès que le *Sibylline* aurait tiré son premier coup de canon. Le *LeHanna* chevaucha une autre vague, puis disparut derrière elle. Comme le bout de ses mâts semblait plonger dans les eaux grises, celles-ci semblèrent s'élever plus haut encore. Nettement plus que ce que laissait présager le mouvement naturel de la mer. Puis, lentement, la vague s'arrondit et l'engloutit enfin.

Le caquetage des pirates s'accentua tandis qu'ils comprenaient ce qui venait de se passer. La mer avait avalé le *LeHanna* ; ses marins, son équipage, sa trahison et tout le reste. Comme si le vaisseau n'avait jamais existé.

Des jurons colorés s'élevèrent sur le pont tandis que les marins couraient de la proue à la poupe, cherchant où avait disparu l'autre navire. Certains grimpèrent aux mâts et aux espars pour tenter de mieux apercevoir le navire. Le capitaine Falkenburg arracha une lunette des mains de Borodin et, sans dire un mot, scruta la zone où le bâtiment avait disparu. Mais pas le moindre débris de bois provenant du *LeHanna* ne flottait à la surface de l'eau.

Quel dommage. Ou peut-être pas…

Falkenburg abaissa la longue-vue, puis se tourna vers nous et nous scruta l'un après l'autre. Au bout du compte, ses yeux s'attardèrent sur moi. Mais je l'ignorai. Comment imaginer que la mer avait pu dévorer le *LeHanna* ? Elle est si mystérieuse. Au mieux, ce sont de magnifiques abysses capables de caprices mortels. La noyade n'est pas la seule chose qui menace les inconscients.

Le capitaine se retourna vers son équipage, toujours en train de jacasser sans comprendre.

– Assez ! lança-t-il, autoritaire.

Puis, sans élever la voix, il ajouta :

– Silvestri, recalculez notre route vers le sud. Mettons les voiles, Borodin.

Puis il reporta son attention sur Perideaux.

– Une fois encore, et pour la dernière fois, docteur, où est-il ?

Le ton était menaçant, et l'autre grimaça en le voyant faire quelques pas vers lui.

Une brusque déferlante coucha un instant le navire pirate sur le flanc, soulevant le docteur et le capitaine de la passerelle. Je retins Mme Perideaux et Felicity afin qu'elles ne tombent pas. En quelques secondes, le soleil avait disparu derrière une armée de nuages gris, et la mer n'était plus maintenant qu'un amas de crêtes blanches grimpant à l'assaut du navire. Le vent soufflait autour des boucaniers, encerclant le salon et les cabines, tourbillonnant autour des mâts.

Bientôt, la pluie se mit de la partie, comme si une épée céleste avait déchiré le ciel en deux. Un œil sur le grain qui grossissait, Borodin tira le capitaine de côté. Ils regardèrent une nouvelle déferlante s'élever au niveau du pont, pour en voir cent autres encore se former derrière elle, et cela à perte de vue. À quelques heures seulement du Cap, nous venions tout simplement de pénétrer au cœur d'une violente tempête. Un esprit un peu soupçonneux n'aurait aucun mal à se rappeler combien le temps était calme une heure plus tôt.

Le capitaine Falkenburg aboya quelques ordres, puis nous regarda d'un air noir.

– Mettez-les dans le salon. Plus vite que ça, gredins !

Comme si nous avions répété ces gestes des milliers de fois, le docteur et moi entourâmes sa famille de façon que les pirates ne le fassent pas eux-mêmes. Lorsque la femme et l'enfant furent installées dans le salon, j'indiquai d'un doigt à Perideaux de me suivre sur le pont. Sous la pluie qui tombait à verse, nous eûmes droit à une curieuse vision.

Une demi-douzaine de marins encerclaient nos coffres en jurant tout ce qu'ils savaient. L'un d'eux, un spécimen particulièrement chevelu et primitif, hurlait en brandissant devant les autres sa paume noircie. L'homme qui se tenait près de ma malle y porta la main et, à son tour, poussa un cri de douleur. J'étouffai un bâillement ; ils étaient bien lents à comprendre la leçon.

Agglutinés autour du pirate blessé, les autres semblaient tenir une conférence, tout en jetant des regards inquiets vers le pont où le capitaine faisait les cent pas en s'abreuvant de vin. Quelques instants plus tard, le plus costaud des flibustiers s'approcha du coffre du docteur. Sa main s'enflamma aussitôt, faisant fondre la chair en lui arrachant un hurlement qui alla se perdre dans les flots déchaînés.

Une démonstration qui devrait leur suffire, à présent. Perideaux me suivit vers l'endroit où se trouvaient nos coffres. Le reste des pirates s'écarta vivement pour nous laisser passer. Je saisis mon coffre par la poignée pour l'appuyer contre ma hanche. Le docteur, après une courte hésitation, fit de même avec l'une de ses malles.

– Après vous, docteur, fis-je avec une courbette.

Nous nous hâtâmes ensuite de transporter tous nos bagages jusqu'au salon et, après notre dernier voyage, la porte claqua derrière nous. J'entendis alors le bruit de plusieurs marteaux en train de clouer des planches devant l'ouverture.

Tandis que nous traînions coffres et malles vers le milieu du salon, Felicity et Mme Perideaux nous regardaient, comme fascinées ; elles avaient vu le manège des marins se brûlant les uns après les autres dans leur tentative de toucher à nos bagages. Felicity avait la même expression que lorsqu'elle avait trouvé son verre rempli de lait. Cette fois, elle incluait son père dans le processus ; il était, à coup sûr, tout aussi responsable des brûlures sur les marins.

Mme Perideaux, qui tenait sa fille tout contre elle, ne me quittait pas des yeux.

– Que s'est-il passé, au juste ? finit-elle par demander.

Le vent rugissait autour du navire, comme des démons en train de se pourchasser, rebondissant contre les parois, s'écrasant sur les épars au-dessus de nos têtes. La pluie fouettait les hublots, d'un côté puis de l'autre du salon.

Nos nouveaux appartements me parurent moins crasseux que je ne le craignais. J'en déduisis que seul le capitaine utilisait le salon et qu'il cherchait à montrer ses trésors : des casiers pleins de vins précieux, des tableaux, des rideaux de dentelle, une table d'acajou. Des divans de velours rouge se faisaient face à l'avant du salon et un bar de chêne en occupait tout le fond.

En explorant celui-ci, je me rendis compte que le capitaine avait mis à la disposition de ses hôtes un pichet de lait glacé et une carafe d'eau gazeuse. Le temps que je les pose sur la table entre les canapés et que je remplisse quelques verres, Felicity s'était arrachée des bras de sa mère pour venir s'asseoir sur le divan en face.

– Felicity ! s'exclama Mme Perideaux en l'attirant de nouveau contre elle.

Le docteur resta près du bar, plongé dans ses pensées, me regardant d'un air préoccupé.

– Auriez-vous l'amabilité de m'apporter d'autres verres, monsieur ? lui demandai-je.

Le son de ma voix le fit sursauter mais il parut heureux de l'opportunité d'agir que je lui offrais, lui évitant ainsi de continuer à se morfondre… ou peut-être à se demander par quel prodige les marins s'étaient brûlé les mains en voulant toucher à nos coffres.

Soudain, le navire plongea durement au creux d'une dépression. Perideaux attendit de le sentir regrimper vers le haut de la vague avant d'ôter ses lunettes et de rejoindre sa femme sur le divan. Lentement, il se versa un verre d'eau avant de lever les yeux.

– Je crois que nous nous trouvons au beau milieu d'un ouragan, docteur, lui dis-je.

Comme pour confirmer mes dires, le vent laissa entendre un sifflement aigu qui nous fit tous sursauter. Felicity lâcha un petit cri, les hublots vibrèrent et nous nous accrochâmes à nos rafraîchissements comme à des bouées tandis que le bateau craquait de toutes parts en signe de protestation. Le *Sibylline* prit un peu de vitesse, frémit de la proue à la poupe, ce qui renversa les verres posés sur le bar, puis accéléra encore sa course.

Perideaux tourna les yeux à droite, à gauche, puis posa sur moi un regard plus qu'interrogateur. Ce qui se passait lui semblait inexplicable. Étant donné la tempête qui sévissait, ce n'était pas à elle que le vaisseau devait sa vitesse nouvelle ; pas davantage aux pirates qui semblaient ne plus le maîtriser.

Seul le vent menait le *Sibylline*, à présent ; un navire totalement hors de contrôle, qui prenait une direction, puis l'autre, et cela bien plus vite que n'aurait pu lui dicter une main humaine. Il se ruait en avant, bondissait sur l'eau, plongeait au milieu des flots pour remonter laborieusement vers le haut de la vague.

C'est alors que le Dr Perideaux remarqua la pâleur de sa femme, comme je l'avais moi-même notée un peu plus tôt. Elle portait un enfant en elle, s'était fait enlever par des pirates et se trouvait en compagnie d'un homme qu'elle craignait. Perideaux lui passa un bras autour de la taille et se pencha vers elle.

Elle blêmit encore, de façon dangereuse, à mon goût. La peur se lisait toujours dans son regard quand elle le tourna vers moi.

– Ma chère, déclara alors Perideaux, je vous présente M. Celwyn. Monsieur Celwyn, voici ma femme, Mme Helen Perideaux.

Il hocha la tête dans ma direction, comme s'il n'était pas certain de ce que j'avais fait, tout en sachant que cela les avait aidés.

– Nous vous sommes tellement redevables, monsieur.

– Ce n'est rien, soufflai-je avant de sourire à Felicity qui s'efforça de me rendre la politesse. Nous apprivoiserons cette tempête.

Le menton tremblant, Mme Perideaux agrippa le bras de son époux et me jeta un regard dur. Que je lui rendis. Au bout d'un instant, elle lâcha :

– Je voudrais savoir ce que nous allons faire.

Puis, se tournant vers son mari, elle ajouta :

– C'est notre sécurité qui est en jeu, Jonathan. Ces hommes…

Le docteur la serra dans ses bras, et, avant que les choses ne prennent une tournure dramatique, je répliquai :

– Je vous promets, madame, qu'ils ne vous feront aucun mal. Ni à vous ni à votre famille.

Elle releva la tête, s'écarta légèrement de son mari puis demanda :

– Mais que va-t-on faire ?

Une brusque expression de douleur lui barra soudain le visage et elle blêmit. Aussitôt, le docteur s'alarma ; plus rien ne comptait au monde que sa femme.

– C'est le bébé ? lui demanda-t-il.

– Non, non, mentit-elle en lui tapotant la main.

La fillette se leva alors pour s'approcher des malles.

– Felicity… hasarda son père.

– Ça va, je vous assure, lui répondit-elle.

Elle examina la myriade d'affichettes qui ornait mon coffre et demanda :

– Que veut dire Mary Katch ?

– Marrakech, corrigea Perideaux.

Le soir tombait. Je me levai, allumai une lampe, puis partis à la recherche de bougies. Dans un placard, je trouvai quelques biscuits, puis fis signe au docteur. Avant de me rejoindre, il s'assura que sa femme était confortablement installée contre des coussins.

À voix basse, je lui déclarai :

– Si cela devient nécessaire, il y a ici des couvertures propres. Et une bonne quantité d'eau.

Il n'y avait rien, mais je cherchais à lui remonter le moral.

– J'espère vraiment que nous n'en aurons pas besoin ce soir, me répondit-il après un petit coup d'œil à son épouse. Pensez-vous qu'un moment de franchise nous ferait du tort ? Voilà… monsieur, nous risquons à tout instant de devoir défendre notre vie.

Abaissant la voix, il poursuivit :

– Ou alors, nous pouvons succomber à la tempête. J'aimerais savoir qui se bat à mes côtés. Ou qui va mourir à mes côtés.

Sur le pont résonnèrent alors les pas des marins.

– Bien vu, lui dis-je.

Je posai les deux mains sur le bar, puis les retirai. Une

assiette de fromage et de mets savoureux apparut devant nous.

– Votre femme et votre fille ont peut-être faim.

Je lui tendis l'assiette… qui lui glissa entre les doigts et retomba bruyamment sur le bar.

– S'il vous plaît, apportez-leur cette assiette. Et mangez un morceau, vous aussi. Vous vous sentirez mieux.

Après un regard insistant, Perideaux alla poser l'assiette sur la table, entre les divans. Il croqua dans un morceau de fromage avant de présenter le plat à sa femme. À son expression, je compris qu'il l'appréciait. J'ai très bon goût, je le reconnais.

Lorsqu'il estima sa famille suffisamment distraite, il revint auprès de moi.

– Cette diversion était la bienvenue, monsieur Celwyn, dit-il alors que Felicity se servait une tranche de fromage. Pouvez-vous m'expliquer ?

Je bâillai. Cela exigerait quelque chose de plus fort que de l'eau. Bien que le capitaine semblât très amateur de vin, il y avait aussi une bouteille de whisky cachée sous le bar.

– Il y a tant à dire, et pourtant si peu…

Je remplis deux verres et en offris un au docteur.

– Que savez-vous des sciences occultes ? De la magie ?

Tandis que je parlais, le *Sibylline* fit une violente embardée à tribord. Il parut se faire lentement absorber par la houle puis, peu à peu, reprit le dessus. Le vent hurlait autour de nous, rivalisant de bruit avec les marins sur le pont. Les voiles devaient être entièrement déchirées, à présent, et l'équipage essayait sans doute de naviguer au gouvernail.

Lorsque le docteur put reprendre la parole, il répondit :

– La magie, ce ne sont que des tours de passe-passe. Il n'y a aucun fait concret.

Il se tourna vers sa femme, mais je le devinais qui réfléchissait, cherchant une explication à ce qu'il avait vu avec les coffres, et à ce fromage que son épouse mangeait avec tant de plaisir. Il ne considérait sans doute la tempête que comme un mauvais coup du sort.

– Pas exactement, répliquai-je.

Perideaux semblait avoir abouti à une conclusion ou, du moins, à une question :

– Pourquoi le capitaine Hume a-t-il tenu à vous séparer de son équipage ? Pourquoi étiez-vous enfermé ?

Il s'humecta les lèvres, regarda sa femme, puis ajouta :

– Je préférerais que Helen ne sache rien de tout cela.

– Comme vous voudrez, dis-je en remplissant nos deux verres de whisky.

– Et mes questions ? demanda-t-il.

À voix basse, je lui répondis :

– Durant des siècles, j'ai tellement affûté mes talents que je ne me rends même plus compte de la difficulté de ce que je tente dans le domaine de la magie. Mais je peux comprendre l'effet qu'elle fait sur les gens. Mon sens du bien et du mal a aussi évolué en conséquence.

Le Dr Perideaux me regarda par-dessus ses lunettes tout en achevant le reste de son whisky. Il ne broncha même pas lorsque je lui précisai que je n'avais pas seulement vécu dans ce siècle-ci. Dans son regard, je devinais de la spéculation scientifique et non pas cette terreur que certains avaient exprimée les rares fois où j'avais accepté de livrer quelques parcelles de mon histoire.

– La façon dont j'interprète mes idéaux, ou la moralité, si vous préférez, est aussi personnelle que pour n'importe quel homme, continuai-je. Mais je dois avouer que je n'ai eu aucun scrupule à tuer mon garde. En revanche, je ferais tout pour sauver votre famille.

Le docteur demeura pensif un bon moment.

– Qu'avez-vous fait, exactement ? demanda-t-il enfin.

La pluie s'abattait si fort sur le toit du salon que nous pouvions à peine nous entendre. Et le vent semblait redoubler de fureur.

– Je me suis disputé avec un prêtre dans la cathédrale de Madagascar. Pour tout vous dire, je suis apparu durant un office en lévitation au-dessus de l'hôtel. Quand on a voulu me chasser, je me suis simplement désintégré entre les mains de ceux qui cherchaient à me pousser dehors. Comme de la glace qui fond, ou de l'eau qui s'évapore. Un miracle, diriez-vous…

S'il lui restait une once d'humour après l'éducation sévère qu'il avait reçue, il se serait autorisé un sourire. Mais non.

– Plus tard, quand les autorités ont tenté de m'arrêter, plusieurs de leurs hommes ont été blessés.

Je les avais renvoyés avec un peu trop d'empressement.

– Quand on me provoque, j'ai toujours beaucoup de mal à me contenir.

– Mais qu'avez-vous fait pour les effrayer à ce point ? demanda Perideaux en posant bruyamment son verre sur le bar. Il doit bien y avoir autre chose.

Je le fixai un moment. Quand son regard rencontra finalement le mien, je lui dis :

– J'ai la capacité de m'infiltrer dans l'esprit d'un autre, docteur. Une fois en lui, je peux me promener où je veux, apprendre ses plus noirs secrets et jouir de ses souvenirs les plus plaisants. Et j'en profite aussi pour lui insuffler de nouvelles pensées. De toutes sortes.

Après nous avoir versé une nouvelle rasade de whisky, j'enroulai ses doigts autour du verre et lui demandai sans ouvrir la bouche :

Les pensées sont puissantes, n'est-ce pas, docteur ?

*
**

La tempête redoubla de vigueur au crépuscule, si bien qu'il fut difficile de dire si la nuit était vraiment tombée. Comme je regardais par le hublot, un pirate chuta devant nous contre le bastingage. Une vague cruelle essaya de lui arracher les mains du rail de cuivre, mais il tint bon. L'eau finit par céder et se retirer, laissant derrière elle un autre marin roulé en boule, gisant contre la cloison. Le voyant inerte, le premier le secoua. Une autre vague surgit alors et les balaya tous les deux vers la poupe.

Derrière moi, les vagissements d'un nouveau-né emplirent soudain le salon. Depuis une heure, les gémissements de Mme Perideaux étaient devenus plus fréquents et plus longs. L'ouragan semblait se renforcer à chacun de ses cris. Le docteur avait administré à Felicity un faible sédatif afin de la calmer, et elle dormait maintenant sur l'autre divan. Après notre conversation, il n'avait pratiquement pas dit un mot, tant il paraissait préoccupé. Puis l'état de sa femme avait changé, et il lui avait accordé tous ses soins et son attention.

Alors que l'aube pointait, les premiers cris du bébé s'entendirent, purs et doux, au milieu de la laideur du monde. Le *Sibylline* gîtait encore sévèrement, mais le vent ne rugissait plus et la pluie s'était transformée en bruine.

Les planches de bois qui bloquaient notre porte tombèrent à l'instant où je sortis. Je les enjambai, aussi bien que les pirates morts. Une mer luisante et bleue s'étalait vers l'horizon.

Les marins, occupés à dérouler les voiles pour appareiller, s'adressèrent à moi en me gratifiant du titre de capitaine. D'un discret coup de main, je fis disparaître les débris qui jonchaient encore le pont. Le grand mât brisé se retrouva debout et prêt à recevoir la voilure. Arrivé au milieu du navire, je m'arrêtai pour m'admirer dans un cadran de cuivre luisant, ajuster le chapeau de boucanier qui tenait de travers sur ma tête. Ma veste avait laissé place à une chemise de soie cramoisie, et mes souliers avaient pris la forme de bottes taillées dans le plus souple des cuirs.

Mes hommes d'équipage étaient fraîchement baignés et rasés de près. Le bateau luisait de la cale aux mâts et semblait en parfait état. Il aurait été plus correct d'honorer d'une façon ou d'une autre l'ex-capitaine Falkenburg. Songeur, je tapotai d'un doigt le bastingage. Peut-être devais-je rebaptiser le bateau *Le Hollandais volant*. Je l'imaginais s'envolant au gré du vent, tourbillonnant au-dessus des eaux lointaines. Oui, c'était une excellente idée.

Je retournai dans le salon.

– Docteur, nous arriverons à Séville à la date prévue.

En souvenir du Sibylline

Les vagissements du nouveau-né résonnaient dans la pièce. La vie reprenait ses droits. Le jeu aussi.

Donneront-ils mon nom au bébé ? Je dois attendre et voir.

Certains gestes devraient être naturels… comme des cadeaux offerts en remerciement, par exemple.

Ou en souvenir.

La boîte de Pandore

par Martin Meyers

I

Il attendait de traverser la chaussée vers l'entrée du métro.

Le camion déboucha au coin de la rue.

Un camion de vitrier, avec de grands compartiments obliques pour transporter le verre. Un miroir, en l'occurrence, bien visible du trottoir.

Rusty aperçut Hope et un inconnu dans le miroir qui lui faisait face. Tous deux nus et ensanglantés. Une image répugnante, encadrée d'un côté par un loup noir, et de l'autre par un béhémoth, un chien argenté à trois têtes.

Rusty pensa reconnaître l'homme qui se tortillait par terre. Les animaux, avides de bondir sur le mourant, lapaient le sol mouillé de rouge. Agenouillée à ses côtés, Hope léchait le sang qui lui coulait des lèvres.

Le sang de l'homme.

Dans le miroir, Rusty vit la tête d'une chèvre à chevelure de serpents flotter au-dessus du sol.

Méduse souriait.

*
**

Rusty Harper se redressa sur son lit, le souffle court. Près de lui, Hope Brady dormait tranquillement, un demi-sourire sur les lèvres.

Je suis complètement fou d'elle, songea-t-il en se détendant. Mais, l'instant d'après, il pensa radicalement le contraire. Il n'aimait pas Hope ; l'amour, ce n'était que des foutaises et il n'avait pas de temps à perdre avec ça. Il l'appréciait beaucoup, cependant.

Regrettant de ne pas être le noceur qu'elle aurait aimé voir en lui, il ne la réveilla pas. D'ici à ce soir, il irait mieux. Un bon repas et quelques verres le rendraient d'humeur à se consacrer à elle.

Elle bougea un peu dans son sommeil.

Non sans culpabiliser de la laisser ainsi, il quitta le lit.

Cependant, il préféra s'occuper l'esprit à autre chose. Par exemple, au plaisir que lui procurerait un bon café suivi d'une cigarette. Et à ce que lui réservait son nouveau boulot. L'idée que Hope compte beaucoup pour lui ne le quittait pas. Elle ne s'imposait pas non plus à lui, pas plus qu'elle ne battait en retraite. Elle restait simplement là, attendant qu'il y revienne de lui-même.

Rusty se moucha. Ses sinus le tuaient. Il emplit le lavabo d'eau froide et y plongea le visage.

Lorsqu'il releva la tête, des gouttes de sang tombèrent dans l'eau, pour se diluer en de pâles traînées roses. Rusty se regarda dans la glace. Il saignait du nez. Seigneur, ça ne lui était pas arrivé depuis qu'il s'était fait virer de la maison de courtage où il travaillait et avait dans la foulée arrêté la coke.

– Merde ! lâcha-t-il en attrapant une série de Kleenex.

Déjà, les saignements cessèrent. Il se lava de nouveau le visage et se brossa les dents. Lorsqu'il recracha, la mousse de dentifrice se retrouva rose, elle aussi. C'étaient maintenant ses gencives qui saignaient.

– Rusty, mon pote, tu es en train de te désagréger.

Il se rasa sous la douche et songea au peu de temps passé depuis qu'ils s'étaient rencontrés. Moins de deux semaines. Mais elle faisait à présent tellement partie intégrante de sa vie qu'il avait l'impression de la connaître depuis des siècles.

Oui, les choses s'arrangeaient.

– Admets-le, Rusty, jamais tu ne t'es senti aussi bien.

Donna lui avait rendu un fier service en lui fermant sa

porte. Maintenant, il avait une nouvelle copine, un nouvel endroit où vivre, un nouveau job. Que demander de mieux ?

Après avoir mis en marche la machine à café, il remplit deux verres de jus d'orange, avala le premier d'une traite et apporta l'autre à Hope. À l'instant où il entra dans la chambre, le radio-réveil se mit à sonner. Hope l'éteignit et ouvrit les yeux. Elle souriait.

– On fait l'amour ?

Rusty lui tendit le jus de fruits.

– Bonne idée, mais ça ne va pas nous mettre en retard ?

– Pas si on commence vite fait, répondit-elle en l'attirant sur son corps. Allez, viens.

Cette femme l'excitait plus que toutes celles qu'il avait connues. Elle l'engloutissait, littéralement. En quelques secondes il fut au bord de la jouissance.

Non.

Elle ne serait pas satisfaite. Et il ne pouvait se permettre de la décevoir. Ça devait être l'extase pour elle ; mais il ne pouvait se retenir plus longtemps.

La tête effrayante de Méduse s'imposa à son esprit. Aussi affreuse que fût cette vision, cette distraction était la bienvenue et il se concentra sur elle.

Hope le mordit à l'épaule. Le charme qu'elle portait au cou lui labourait la poitrine. Elle s'agrippa à lui, grognant de plus en plus fort et d'une voix de plus en plus aiguë. Lorsqu'elle atteignit le paroxysme de son chant d'amour, elle en lâcha la dernière note en gémissant et l'attira plus fort encore à elle. Il en avait fini, avait chassé Méduse, la peur, tout.

*
**

Cette étrange aventure, dans laquelle ils se trouvaient tous embarqués, avait débuté ce vendredi, seulement deux semaines avant, quand Hope avait trouvé un appartement.

*
**

– La Boîte de Pandore, annonça la voix rauque à l'accent grec. Et moi, je suis Pandore.

Une Pandore qui n'était autre qu'Asterodeia Alexander, la propriétaire du magasin d'épices de la 11e Rue, là où convergeaient Greenwich et la 7e Avenue. C'était aussi la nouvelle logeuse de Hope.

Cette femme grecque possédait un immeuble de l'autre côté de la rue, face à sa boutique. Elle y habitait elle-même et y louait des appartements. Pour Hope, qui s'apprêtait à emménager dans l'un d'eux, c'était une véritable trouvaille.

Le prix de ce nouveau loyer était si bas qu'elle avait peine à croire à sa chance. L'appartement serait tout à elle, rien qu'à elle. Eh bien, il était grand temps. Elle n'avait pas eu beaucoup de chance depuis sa naissance.

– Je suis Pandore, répéta Asterodeia.

– Et moi, je m'appelle Hope Brady.

– Oui.

– Votre nouvelle locataire. Deuxième étage face.

– Je sais qui vous êtes, Hope.

– Merci, Pandore.

Comme elle le faisait toujours lorsqu'elle était troublée, Hope porta la main à la tache de naissance rouge qui lui entourait l'œil gauche.

Elle avait beau y coller toutes les couches de fond de teint qu'elle voulait, il lui était impossible de cacher ce défaut.

C'était une fille replète au visage boutonneux, aux cheveux filasse, qui travaillait au service courrier d'UBS, une petite société de câblodistribution.

– Je m'appelle Asterodeia, précisa la femme en appuyant distinctement sur chaque syllabe. Pandore, c'est pour le magasin. Tous mes amis m'appellent Aster ; et tous ceux qui vivent dans ma maison sont mes amis.

– Merci, Aster.

– Mais, de rien, Hope.

Il y eut un silence.

– Oui, Hope ?

– Oh, je… j'ai oublié, bafouilla-t-elle. Euh… en fait, non. Est-ce que le monsieur du téléphone est venu, aujourd'hui ?

– Oui. Et le serrurier aussi, pour changer les verrous. Si vous passez à la boutique ou à mon appartement, je vous donnerai les clés.

– Je n'ai pas appelé de serrurier…

– Non, c'est moi. Je le fais pour chaque nouveau locataire. Un petit extra que je ne fais jamais payer. C'est honteux à dire mais, de nos jours dans la ville de New York, on n'est jamais trop prudent.

– Merci, Aster.

Hope ferma les yeux d'un air embarrassé. Pourquoi remerciait-elle constamment cette femme ? Elle se comportait comme une demeurée. Franchement…

– J'apprécie, vraiment.

– C'est normal. Quand emménagez-vous ?

– Ce soir. J'ai apporté mes valises au travail, ce matin ; je n'ai presque plus d'affaires dans mon ancien appartement. Elles tiendront dans quelques sacs à provisions.

– Très bien. Alors, à ce soir.

– Au revoir, répondit Hope avant de raccrocher le téléphone.

– Qui était-ce ?

Surprise, elle leva les yeux. Son cœur battait à tout rompre. Elle leva une main vers sa tache de naissance. M. Kesselring était penché sur elle, son visage tout près du sien. Si près qu'elle voyait ses lentilles qui flottaient sur ses yeux. Des bateaux de plastique sur une eau sale.

– Qui était-ce, Brady ? répéta-t-il d'une voix presque menaçante. Vous étiez encore en train de voler des coups de fil ?

– Non, parvint-elle à articuler en regardant autour d'elle dans l'espoir que quelqu'un entrerait dans la pièce.

– Qui était-ce, alors ? insista-t-il d'un air triomphant.

– M. Porge, du service du personnel, répondit-elle, triomphante à son tour. Il me demandait si une certaine lettre était arrivée.

– Eh bien, elle est arrivée ?

– Oui.

Elle tendit la main vers le panier du courrier du personnel puis, au bout d'un instant d'angoisse, trouva l'enveloppe et la brandit sous le nez de son boss.

– La voilà.

Kesselring était déçu. Il pensait l'avoir coincée.

– Eh bien, ne restez pas assise là à ne rien faire. Allez la lui porter. S'il a jugé important de vous appeler, c'est que ça ne doit pas attendre la prochaine livraison.

Hope se dirigeait vers la porte, quand il la rappela :

– Mais, attendez, ce n'est pas lui qui a appelé. Je n'ai pas entendu de sonnerie.

– C'est vrai, ce n'est pas lui. C'est hier – oui, hier – qu'il m'a demandé de surveiller son arrivée. Et je l'ai rappelé.

Courant vers la sortie, elle lança :

– Je reviens.

Puis, euphorique, elle bondit vers les portes de l'ascenseur qui commençaient à se refermer.

George Porge, Kesselring, Hope Brady et quelques autres personnes travaillaient pour l'Universal Broadcasting System. Une appellation bien vaniteuse.

Malgré l'argent, le quartier du Rockefeller Center et le bâtiment entier de quinze étages qu'elle occupait, UBS n'était qu'une société de câblodistribution.

Cependant, elle possédait l'équipement de communication le plus moderne qui soit tout en abritant une administration particulièrement magouilleuse.

George Porge et le service du personnel se trouvaient au neuvième étage. Hope monta jusqu'au onzième pour rendre visite à son amie Jessica Selby, qui travaillait à la réception du département facturation. Elle avait une splendide chevelure noire et courte qui lui recouvrait tout juste les oreilles. Hope secoua la tête de désespoir. Si seulement elle avait d'aussi beaux cheveux.

– Salut, Jess, lui dit-elle en examinant les visages de ceux qui attendaient leur rendez-vous. Tu as eu des stars, aujourd'hui ?

Le sourire entraîné de Jess ne quittait pratiquement jamais son visage.

– Franchement, Hope, tu vas arrêter un jour de jouer les niaises ? Ici, il n'y a pas de stars. Il n'y a que des gens qui aimeraient en être.

Un homme grand, vêtu d'une veste anthracite et d'un pull à col roulé caramel assorti à ses cheveux, traversa la réception en direction des bureaux. Jess se redressa sur son siège.

– Bonjour, monsieur Lancaster.

– Bonjour, mon cœur. Ils sont là ?

– Oui, monsieur. Ils vous attendent.

– Bien. Distribuez-leur les rôles à travailler. À tout à l'heure, mon cœur.

Hope le suivit du regard.

– C'était Vic Lancaster. Une star. Et il t'appelle « mon cœur ».

– Il appelle tout le monde comme ça. C'est un jeu. Et puis, ce n'est plus une star ; il l'a été. Pas tout à fait, d'ailleurs, ce qui est pire.

– Il a trente-six ans, il est Verseau, et c'est un enragé de voile. J'ai lu ça dans *People.*

– Hope, c'est bon. Tu devrais partir avant de me causer des ennuis. Hé, au fait, ça te dirait de fêter Halloween, ce soir ?

– Je ne sais pas. J'ai tous mes cartons à déballer. À quelle heure ?

– Sept heures et demie.

Hope se gratta le visage et se mordit les lèvres.

– D'accord. Profites-en pour venir voir mon nouveau chez-moi.

– Ce n'est pas pratique. La soirée est dans le Upper West Side, à quelques rues de mon immeuble. Je verrai ton appart une autre fois. Viens plutôt chez moi, et on ira ensemble.

– J'ai encore des affaires à récupérer dans l'autre appartement.

– D'accord ; et tu en as beaucoup ?

– Non, ça ne devrait pas prendre trop de temps.

– Bon.

Le téléphone sonna, Jess y répondit puis annonça à deux femmes en train d'attendre qu'elles pouvaient entrer.

– Le bureau de M. Wilson, c'est la troisième porte sur votre droite.

Son sourire professionnel resplendissait. Lorsque les femmes eurent disparu dans le couloir, elle dit à Hope :

– Fais ce que tu as à faire et rejoins-moi à mon appartement, d'accord ?

– Qu'est-ce que je dois mettre ?

– Hum… fit-elle en levant le sourcil d'un air tout à fait pro, la robe en lamé que tu portais pour l'anniversaire de Madonna. Enfin, ce que tu veux… Ce n'est pas une soirée costumée. Mets-toi à l'aise. Mais pas de jean ; tu as trop de fesses.

– Oh, Jess.

Hope tira sur son gros sweater jaune, tout en regrettant de ne pas avoir la silhouette de son amie, impeccable dans son chemisier blanc, sa veste et son pantalon noirs.

– Arrête avec tes « oh, Jess ». Allez, dehors avant qu'on se fasse virer toutes les deux. On se retrouve tout à l'heure.

Hope descendit donc au neuvième donner sa lettre à George Porge.

– Salut, Kathy. Devine qui j'ai vu au onzième… Vic Lancaster.

– Et alors ? sourit la jolie assistante chinoise de Porge. Il est passé il y a vingt minutes, en braillant tout ce qu'il savait. J'ai cru que Georgie allait exploser. Vic a viré les trois quarts de ses employés, et aujourd'hui, vendredi, il veut que George organise toute une série de rendez-vous pour lundi. Je ne vois pas comment ils font pour continuer à tolérer ce mec ici. Son émission, ce n'est qu'un minable truc local qui ne vaut rien. Pauvre Georgie qui s'arrache les cheveux. Et je le comprends. Où est-ce qu'il va trouver des gens prêts à travailler avec ce dingue ? Moi, je ne le ferais pour rien au monde.

Hope revit le dieu blond qu'elle avait entrevu là-haut. Cette seule pensée lui donna des sueurs.

– Moi, si, articula-t-elle davantage pour elle-même que pour Kathy.

*
**

De retour à son nouvel appartement, Hope se débarrassa de ses affaires et se laissa tomber dans un fauteuil violet abandonné par le précédent locataire.

Elle s'endormit profondément et rêva d'un loup noir et d'un chien argenté à trois têtes.

Au milieu de son sommeil, Hope déclara :

– Quelle rêve étrange, comme s'il s'agissait d'un spectacle télévisé et non d'un rêve.

Elle s'éveilla avec un grand sourire et une très douce impression de satisfaction.

– Allez, on se prépare ! s'exclama-t-elle alors en bondissant de son fauteuil.

Cependant, quand elle s'aperçut qu'il faisait jour dehors, elle comprit qu'elle avait dormi toute la nuit.

Prise de panique, elle se rua dehors sans se changer, ni même se laver le visage ou passer aux toilettes.

D'abord, elle devait se rendre à La Boîte de Pandore pour remercier encore Aster. Non, elle n'avait pas le temps. Elle la verrait plus tard, en retournant à l'appartement.

Sauf qu'Aster était dans la rue, devant sa boutique et lui lançait :

– Bonjour, Hope ! Je suis tellement contente que vous passiez. J'ai un cadeau pour vous.

– Je ne peux pas maintenant…

Cette femme grecque était étrange mais gentille. Malgré sa peau tannée, ses lèvres épaisses et ses bajoues, elle avait dû être une beauté. Mais elle avait toujours ce regard bizarre –

un œil vert, et l'autre noir – semblant refléter une sombre lumière.

– Entrez, dit-elle à Hope. C'est un charme contre les esprits malins qui pourraient vous suivre.

Deux ou trois minutes, qu'est-ce que cela changerait ? Hope pénétra dans La Boîte de Pandore, mais elle s'étonna d'entendre Aster murmurer des paroles incompréhensibles pour elle.

– Je regrette, s'excusa la vieille femme de sa voix rocailleuse. Parfois j'oublie et je me mets à parler en grec.

En hochant la tête, elle ajouta :

– Il va falloir que je vous apprenne, c'est tout.

Elle entraîna Hope vers une psyché au pied de chêne.

– Asseyez-vous, lui dit-elle avant de se placer derrière elle pour lui passer la chaîne autour du cou. C'est la déesse Hécate. Gardez-la sur vous jour et nuit, et vous serez toujours protégée.

Dans le miroir, Hope regarda le talisman qui représentait un petit visage gravé. Il était vert foncé et orné de minuscules taches rouges qui ressemblaient à des gouttelettes de sang. C'était ravissant.

Aster sourit et tourna le miroir afin qu'il ne montre que le visage de Hope.

– Regardez mieux.

Plus fascinant encore était le reflet de Hope dans la glace. Non seulement la plupart de ses boutons avaient disparu, mais la tache de vin qu'elle avait autour de l'œil semblait s'être évanouie.

Stupéfaite, elle se toucha le visage, sourit à son image et se dit qu'une fois encore son imagination lui jouait des tours.

Ses cheveux étaient merveilleux. Elle était beaucoup plus jolie. Et nettement plus fine.

Incrédule, elle se tourna vers Aster, qui lui dit :

– Vous êtes très belle, ma fille.

– Oui… c'est ce que je vois.

En riant, elle courut au-dehors, sauta dans un taxi pour rejoindre le bâtiment d'UBS, dansa comme une folle dans l'ascenseur qui l'emmenait vers le ciel, et se rua vers le bureau de Vic Lancaster.

Elle avait totalement changé. Pas seulement en apparence. Sa transformation avait été aussi rapide qu'une incantation et aussi légère qu'une bouffée de cigarette. Mais il n'y avait pas eu de bouffée de cigarette. Juste un loup noir et un chien argenté à trois têtes.

En s'avançant vers sa table, Hope suggéra à Vic de mettre sur pied une émission concernant les révélations sexuelles des gens.

– Vous m'avez l'air bien sûre de vous.

– Ça, vous pouvez le dire.

– D'accord, c'est vous la productrice. Alors allez-y, produisez-la.

C'est ainsi qu'était née l'émission *Sexploits*.

II

Alors qu'elle rentrait chez elle après sa journée de travail, elle le vit marcher face à elle. C'était le lendemain de la soirée qu'elle avait ratée.

Il était splendide. Elle le désirait. Pas loin de se pâmer d'étonnement, elle lâcha :

– Bonjour.

Il s'arrêta.

– Bonjour… Je m'appelle Rusty. Et vous ?

– Hope.

– Et que puis-je espérer, Hope ?

Tellement surprise qu'elle en eut le vertige, elle s'entendit répondre :

– Si vous montiez avec moi pour qu'on voie ça ensemble ?

Rusty était vraiment beau. Et, bien qu'elle ne soit pas exactement son genre, il ressentait la même chose pour elle.

*
**

Hope força Jess à devenir son assistante et engagea Rusty comme coursier. Au bout du deuxième jour, alors qu'il la faisait rire avec des blagues stupides, elle décida que sa période d'essai était concluante et le promut scénariste en chef.

*
**

Suivit une année de folie. Les taux d'audience de *Sexploits* atteignirent des sommets vertigineux.

Chaque jour, la tache de vin de Hope disparaissait un peu plus pour ne plus devenir qu'un souvenir. Hope perdait du poids et acquérait un ravissant teint de pêche.

Jusqu'au jour où elle comprit qu'elle était plus jolie que Jess.

*
**

Hope se révéla une très bonne productrice, intégrant vite et efficacement chaque aspect du métier. Jamais elle ne semblait vaciller ou se fatiguer, et elle continuait de découvrir des personnes nouvelles et intéressantes, avec de croustillantes histoires sur leur vie sexuelle que le public ne se lassait jamais d'entendre.

Puis, un jour, Hope pensa aux *Star Sexploits*, les exploits sexuels des célébrités. Celles-ci se montrèrent empressées de tout raconter au public, n'hésitant pas à avouer leurs faits d'armes les plus intimes… des déclarations qui, pour certaines, furent passibles de poursuites. L'une de ces stars se retrouva même dans le bureau du procureur immédiatement après l'émission.

Bien sûr, Hope prévoyait toujours un cameraman pour filmer l'arrestation sur le vif. Les musiciens étaient nombreux sur le marché, et les exhibitionnistes ne manquaient pas non plus chez les acteurs ou les sportifs.

Les politiciens réclamèrent à leur tour de se faire inviter à l'émission après qu'il eut été établi qu'une apparition dans

Sexploits avait toutes les chances de les faire grimper dans les sondages ou les aider à se faire élire.

Sûre de son talent de coordinatrice, Hope se chargeait de l'interview finale de chaque invité avant que Vic ne les rencontre. Et, selon Rusty, elle couchait avec autant de stars qu'elle pouvait s'en offrir, les hommes comme les femmes.

Il ne s'écoula guère de temps avant qu'ils fassent tous deux le grand saut : une émission sur toutes les chaînes et en direct. Le seul talk-show de ce genre. La combine avait marché : *Sexploits* – ou, comme certains l'appelaient, *Sexe sans risque* – connut un succès retentissant.

Vic continuait à prétendre qu'il était à l'origine de cette idée. Cet homme était une contradiction à lui tout seul. Il ne cessait de donner de plus en plus de responsabilités à Hope, tout en la débinant, affirmant qu'elle n'était là que pour mettre en pratique ses concepts à lui, incapable qu'elle était d'avoir ses propres idées.

Les dirigeants d'UBS ne prêtaient aucune attention aux insultes dont Vic couvrait Hope. Ils étaient comme enivrés par le show, enivrés par elle.

Hope Brady, l'étrange phénomène, devenait chaque jour plus belle et plus puissante.

Les choses n'allaient pas mal non plus pour Rusty. Il dormait dans le lit de Hope. Et, la plupart du temps, elle était là avec lui. Lui aussi profitait du succès de la jeune femme. Ce qui était bon pour les autres l'était aussi pour lui. Un monde incroyable s'était ouvert à lui et il n'avait pas hésité à y plonger.

Ses rêves étaient horribles. Mais sa nouvelle vie était merveilleuse. Bon sang, lorsqu'il avait rencontré Hope, ses perspectives étaient aussi limitées que les quatre murs de sa chambre. Maintenant, il avait un avenir avec *Sexploits*, la plus belle émission depuis qu'on avait inventé la télé. Et Hope était une maîtresse plus envoûtante que ses fantasmes les plus sauvages.

Cela valait bien quelques cauchemars.

Rusty frissonna et se mit à transpirer. Rien ne valait ces fichus rêves atroces.

Sexploits était un véritable miracle. L'émission était devenue le principal programme en prime time d'UBS.

Et, lorsque Lunar Broadcasting racheta UBS, *Sexploits* devint l'émission phare de Lunar-TV.

*
**

L'une des premières décisions que prit Lunar fut de raser deux étages de l'immeuble Superior Broadcasting pour construire un nouvel auditorium de cinq cents places.

Sport, musique, comédies, téléfilms, talk-shows, on pouvait trouver tout cela sur Lunar-TV. Et, mieux encore, le programme préféré des téléspectateurs, *Sexploits*, en direct, le lundi, mercredi et vendredi.

Alors que le ton de l'émission se faisait de plus en plus osé, aussi bien par le langage utilisé que par les situations plus qu'explicites, les chefs religieux commencèrent à s'insurger. Pour eux, *Sexploits* n'était rien d'autre que du prosélytisme pornographique.

Néanmoins, dans une volte-face aussi rapide qu'inexplicable, leur pouvoir dans le pays sembla diminuer à mesure que la popularité et les revenus de Lunar-TV augmentaient.

Des plaintes parvinrent jusqu'à la Cour suprême, mais celle-ci refusa de s'impliquer, déclarant que le problème de la pornographie regardait les tribunaux.

Fort heureusement pour Vic et ses confrères, un juge plutôt conservateur se révéla partisan de la liberté de parole, et *Sexploits* eut ainsi tout loisir de continuer sa route vers la gloire.

Alors que les réseaux ordinaires programmaient des émissions hebdomadaires, *Sexploits* était diffusé cinq soirs par semaine, à vingt heures trente, luttant à armes égales avec les grandes chaînes dès la nouvelle saison d'automne.

À n'en pas douter, Lunar-TV était le nouveau réseau en vogue, un élément incontournable de l'industrie de la télévision, avec des programmes au succès énorme et des revenus phénoménaux.

Pour les spectateurs, *Sexploits*, le live show totalement novateur, était devenu une part vitale de leur existence. Et Vic Lancaster incarnait *Sexploits*.

*
**

Il rêvait qu'il était dans la rue, à ce même carrefour, découvrant Hope et Vic dans le miroir, étalés au milieu d'une mare de sang. Il entendait les voix qui chantaient : « Hécate, déesse de l'Ombre. Hécate, déesse de la Lune. Hécate, déesse du Sang. »

*
**

Le plus amusant, dans cette ennuyeuse soirée, fut de repérer Jess. Rusty s'alluma un joint. La marijuana l'aidait à calmer sa migraine. Au bout d'un moment, ce ne serait plus qu'un simple et supportable battement dans ses tempes.

– Salut, dit-il en approchant sa bouche pour lui embrasser la joue.

Elle tourna si vite le visage que leurs lèvres se touchèrent. Il releva vivement la tête, elle fit de même, et ses cheveux d'ébène lui caressèrent le menton.

– Quoi, je suis venimeuse ? lui demanda-t-elle.

– Non, mais….

– La première fois qu'on s'est vus, tu étais moins timide.

Il ignorait pourquoi, mais Jess était pour lui comme une ligne à ne pas franchir. Ou alors, c'était à cause de Hope.

– C'était avant que Hope et moi on…

– Avant que Hope et toi vous… quoi ?

– Tu sais très bien.

– Non, je ne sais pas. Ça ne l'arrête pas ; pourquoi ça t'arrêterait ? Elle qui craignait d'attraper le sida rien qu'en respirant, voilà qu'elle saute sur tout ce qui bouge !

Rusty serra le poing puis se détendit. À quoi bon ? Jess

avait raison. Sauf que cela faisait trop mal de l'entendre dire tout haut.

– Hé, on se calme. Je croyais qu'on était amis.

– D'accord, mon ami, lâcha-t-elle sans sourire.

Il sortit deux bières fraîches de la glacière, ouvrit la première et s'empressa d'en avaler une grosse lampée.

Comme pour le défier, Jess but la sienne d'un trait.

Il l'imita, terminant sa cannette avec un rot bruyant.

– Charmant, commenta-t-elle.

Il tapota son jean à la recherche de ses cigarettes.

– Dans la poche de ta chemise, lui dit Jess en pointant vers lui le couteau avec lequel elle mangeait du fromage.

– Hé, attention !

Il sortit son paquet de Lucky, ainsi qu'un autre joint déjà roulé.

– Tu pourrais blesser quelqu'un…

– Pas moi, Rusty. Ici, ce n'est pas moi qui fais du mal aux gens.

Il alluma sa cigarette et en tira une longue bouffée. Il aimait bien Jess. Beaucoup, même. Il se rapprocha d'elle.

– Ne sois pas si sérieuse. La vie est trop courte pour ce genre de merde.

Il l'embrassa et elle lui rendit son baiser.

Un baiser ardent. Et exigeant.

Et il prit peur.

C'était difficile de l'admettre, mais c'était la vérité.

Il avait peur de Hope.

*
**

– Je ne comprends pas, déclara Jess, quelque temps plus tard, dans l'appartement de Hope.

Un appartement qui était devenu le poste de commandement central.

– Elle a changé peu à peu, et je n'ai rien remarqué. Le vilain petit canard est devenu super-cygne. Cette fille au visage boutonneux, au gros cul et aux seins tout plats se retrouve maintenant avec une peau comme de la soie ; elle a une poitrine d'enfer et elle est balancée comme une déesse. Je n'y crois pas... Elle prend des hormones, ou quoi ?

Il tira longuement sur son joint et le passa à Jess.

– Ne t'occupe pas de ça. Laisse tomber. Tu te fais du mal.

– Quelle pétasse...

Elle inspira une longue bouffée, laissa la fumée s'échapper paresseusement de ses narines et demanda :

– Tu sais où elle est, en ce moment ?

– Ne me le dis pas.

– Au lit avec Vic.

La douleur lui inonda les yeux.

– Pourquoi est-ce que tu te prends la tête avec ça ? interrogea-t-elle avant de le saisir par le col pour l'embrasser.

*
**

Derrière la fenêtre, un éclair déchira la nuit, aussitôt suivi d'un violent coup de tonnerre qui sembla faire vibrer la pièce. Un autre encore... Le ciel crépitait et tonnait. Gémissant de plaisir, il leva les yeux. Le plafond était orné d'une longue spirale lumineuse.

Comment avaient-ils modelé le plâtre ? Plus personne ne travaillait comme cela, aujourd'hui. La spirale se mit à bouger. Son esprit l'emmena ailleurs, laissant Jess derrière lui.

– Non, ne t'en va pas... pleura Jess.

La pièce devint noire. À la lueur d'un éclair, deux silhouettes, hideuses et nues. Lors du deuxième éclair, il les vit prendre une forme nouvelle. La femme possédait à présent trois têtes, et l'homme était un loup noir montrant les crocs.

Rusty pouvait à peine respirer. Il regarda les trois têtes. Celle du milieu avait les yeux clos... et les traits de Hope.

Quelque chose lui saisit les jambes. Jess. Il se laissa tomber à ses côtés et la serra contre lui. Le loup fit le tour du lit en grognant et en faisant claquer ses mâchoires. L'horreur à trois têtes s'approcha encore, et encore.

Des chèvres volantes, hurlant et battant des ailes, s'abattirent sur Jess et Rusty.

– Hécate, déesse de l'Ombre. Hécate, déesse de la Lune. Hécate, déesse du Sang.

⁂

– Qu'est-ce que c'est que cette saleté que tu m'as donnée à fumer ? demanda Jess.

– Juste de l'herbe, lâcha-t-il avec un haussement d'épaules.

Ils étaient assis dans la cuisine.

– Salut, les amis ! lança soudain Hope en faisant irruption dans la pièce. Merci de m'avoir attendue.

Puis elle disparut dans la chambre à coucher.

Rusty jeta un regard inquiet à Jess, puis courut après Hope.

– Tu vas bien, mon cœur ? lui demanda-t-elle en se débarrassant de ses vêtements qu'elle abandonna par terre.

– Il ne s'est rien passé, je te le jure.

– Mais je te crois, mon chéri, fit-elle avant de lui planter un baiser juteux sur la bouche.

Comme il reculait d'un pas, elle ajouta :

– Mais je ne te croirai pas si tu refuses que je te touche.

– Désolé, je me sens un peu bizarre.

– Alors, remets-toi. On a du boulot, demain. Viens vite au lit, j'ai de quoi te faire oublier ce qui te turlupine.

S'il y avait quelque chose dont Rusty ne voulait pas, c'était bien d'une partie de jambes en l'air. Il songea un instant à le lui faire comprendre, en prétendant qu'il n'allait pas bien, mais il savait comment elle réagirait et quel mal elle pouvait lui faire. Il s'abstint donc de dire quoi que ce soit.

– Allez, ne me fais pas attendre.

– Euh… et Jess ?

– Jess ! cria Hope. Tu devrais dormir sur le canapé. On a une grosse journée, demain. C'est le jour où Vic Lancaster doit devenir une super star.

Puis elle appela Rusty en claquant des doigts d'un air impatient.

*
**

Rusty était dans un bois avec Hope, le loup noir et le chien argenté à trois têtes. Il faisait l'amour avec Hope. Exactement comme ils l'avaient fait avant de s'endormir.

Quelques secondes avant l'orgasme, les animaux s'immiscèrent entre eux en détruisant leur couple.

Le chien à trois têtes attaqua Hope. Le loup noir s'en prit à Rusty.

Les cris du jeune homme se mêlèrent à ceux de sa compagne.

Il se réveilla en sursaut avec des souvenirs bien trop vivants. Il ne voulait pas, il ne pouvait pas regarder Hope.

Celle-ci souriait. En chantant un petit air gai, elle se glissa sous la douche et glapit de délice sous l'eau froide.

Rusty jeta un bref coup d'œil derrière lui, puis se prépara un café instantané. Il alluma le téléviseur. Encore à moitié endormi, sirotant son café, il passa d'une chaîne d'infos à l'autre.

« L'orage d'hier soir a tué un homme, littéralement foudroyé dans son salon. »

« Charles Hamilton, quarante-trois ans… »

« … la foudre a pénétré par la lucarne de cet appartement du cinquième étage… »

« La pièce était inondée de pluie… »

« En fait, commentait Emmett Nichols, gardien de l'immeuble, j'ai toujours cru que cette lucarne était bloquée par la peinture. Je ne me souviens pas que M. Hamilton l'ait ouverte depuis les dix ans qu'il vivait ici. »

– Attends, lança soudain Hope qui sortait de la salle de bains en se passant une broche dans les cheveux. Qu'est-ce qu'ils racontent sur Charlie Hamilton ?

– Qui ? demanda-t-il en se frottant les yeux.

Jess entra à son tour dans le salon et demanda :

– Qu'est-ce qui est arrivé à Charlie ?

Charles Hamilton était le bras droit de Vic.

La présentatrice répondit à toutes leurs questions :

« La police dit que Hamilton aurait été tué sur le coup. Ses habits étaient en lambeaux et son corps, traversé par la foudre, était littéralement calciné. »

– Oh, noooon ! se lamenta Jess.

La présentatrice poursuivit :

« On aurait entendu un policier dire : “C’est étrange. Il y avait des taches de sang tout autour du cadavre. C’est comme si l’électrocution lui avait fait bouillir le sang avant de le projeter à l’extérieur.” »

*
**

Indifférente aux protestations de Vic, Hope se désigna elle-même comme la remplaçante de Charlie.

Rusty, qui était déjà son esclave, en fut sidéré. Elle était splendide, magnétique. À voir l’assurance et l’aisance qu’elle affichait, on aurait dit qu’elle travaillait à la télévision depuis des années. Bon Dieu, elle se chargea même de l’annonce.

– Bonjour, l’Amérique. Bienvenue à *Sexploits*, le programme qui vous détend le mieux.

– Ha, ha ! s’exclama Rusty.

Malgré le souvenir du loup qui hantait ses nuits, il éclata d’un énorme rire, bientôt imité par les employés dans la cabine de contrôle. Et par le public. Sans être drôle, cela l’était.

Les rires du public furent accompagnés par des applaudissements assourdissants et des tapements de pieds.

Le joli visage de Hope s’illumina.

– Et maintenant, en direct de New York, voici la star de notre show, Vic Lancaster !

Vic apparut, blond et superbe.

– Merci, Hope. J’imagine que vous allez dire au monde entier que je suis un employeur qui respecte l’égalité des chances.

Son mot de la fin ne fut rien d’autre qu’un regard mauvais et chargé de sous-entendus.

Il n'avait pas laissé tomber le public, et le public ne l'avait pas laissé tomber. Les rires se poursuivirent et augmentèrent même à chaque nouvelle ligne du monologue très ordinaire de Vic Lancaster.

*
**

Hope s'agenouilla aux pieds de Vic. Au bout d'un instant, elle tendit les bras vers le ciel.

La vieille chèvre plaça le bol d'argent et la faucille dans ses mains ouvertes. Hope plongea la faucille dans l'entrejambe de Vic en chantant : « Hécate, déesse de l'Ombre, déesse de la Lune, déesse du Sang, que ta vie soit éternelle. »

La blessure de Vic parut exploser tandis qu'un torrent de sang jaillissait dans le bol d'argent. Le liquide en déborda puis aspergea le sol. Cerbère, le chien argenté à trois têtes, vint laper la mare.

Soudain, le chien ne fut plus un chien mais une femme à trois têtes.

Les trois têtes scintillèrent pour bientôt ne former plus qu'une. Le nouveau visage était celui de Hope, et il souriait. D'un sourire d'extase.

III

Hope ouvrit les yeux ; elle s'était endormie assise. La première image qu'elle vit fut la spirale sur le plafond au-dessus d'elle. C'était réconfortant. Elle regarda sa montre. Presque trois heures. Rassemblant son travail, elle repoussa la couverture.

– Bonjour, ma douce, lui dit Rusty d'une voix endormie.

– Bonjour, répondit-elle. Il y en a un de nous deux qui pue, et je crois bien que c'est moi. Je vais prendre une douche et me coucher.

Elle bâilla, puis ajouta :

– J'ai eu une de ces journées !

Mais, lorsque le téléphone sonna, Hope se laissa tomber sur le lit et décrocha.

– Allô ?

– Hope Brady ?

– Oui…

– Harold Garment à l'appareil.

– Oui ?

Harold Garment était le médecin de Vic.

– Qu'est-ce qui se passe ?

– Je suis désolé de vous apprendre cela, mademoiselle Brady, mais M. Lancaster est mort tôt ce matin.

Son corps se raidit. Elle était à la fois triste et heureuse. Pauvre Vic. Mais l'émission était totalement la sienne, maintenant.

Le médecin semblait être en état de choc. Il parlait d'une façon saccadée, d'une voix stridente.

– … incompréhensible. Il m'a été impossible de contenir l'hémorragie. Hémophilie spontanée… Je ne comprends pas. Je ne…

*
**

Ce lundi soir, une Hope tout à fait exquise anima *Sexploits*, et ce fut un triomphe. Les médias la baptisèrent « Reine du stupre et de l'obscène ».

Hope avait atteint son but. D'après les e-mails et les coups de téléphone qui suivirent, on se disait que le taux d'audience de la Reine du stupre dépasserait tous les records. Le Président lui-même, dans une allocution à l'Union américaine pour les libertés civiles, admit que *Sexploits* était une émission formidable.

Rusty, quant à lui, comprit quelque chose de très important.

Hope le protégeait. Elle était son bouclier. À partir d'aujourd'hui, tout irait bien. Il devait croire en elle. C'était ainsi. Hope avait tout. Et lui avait Hope, qui était la servante d'« Hécate, déesse de l'Ombre, Hécate, déesse de la Lune, Hécate, déesse du Sang ».

Hécate était-elle satisfaite ? Bien sûr. Pourquoi ? Hope la servait. Et Rusty servait Hope. Si cela devait être ainsi, ce serait ainsi. Il était un survivant. Oui, un survivant.

Rusty se retourna. Il pensait avoir vu Jess dans un coin. Il aurait voulu le lui dire. Mais c'était stupide ; Jess était partie.

Un jour, elle était partie du bureau et n'était jamais revenue.

Les yeux bleus de Hope avaient changé. L'un était d'un vert glacé, l'autre, d'un noir luisant. Avec un mélange d'appréhension et d'admiration, il s'approcha d'elle. Elle s'adressait dans une langue étrangère au chauffeur qui l'aidait à monter dans la longue limousine Cadillac gris métallisé.

Ses yeux luisaient quand elle les posa sur Rusty. Elle ne pouvait pas le quitter maintenant, puisqu'ils étaient allés si loin ensemble. Il se moquait de qui elle était. Cela n'avait pas d'importance. Tant qu'elle ne l'abandonnait pas.

La porte arrière de la Cadillac s'ouvrit. La jolie tête blonde de Hope apparut.

– Allez, Rusty, bouge-toi.

Elle n'allait pas le laisser. Rusty bondit dans la voiture.

– Merci, dit-il, hors d'haleine.

Désireux de lui faire savoir combien il lui était dévoué, il lui saisit les mains et les embrassa.

– On sera bien ensemble, je te le promets.

Elle retira ses mains et posa un index sur ses lèvres.

Il se cala dans son siège et arrangea sa cravate. Cela n'allait pas trop mal. En fait, cela allait même être incroyable.

Quand ils s'arrêtèrent à un feu rouge, il vit un camion. C'était celui d'un vitrier, avec de grands compartiments obliques pour transporter le verre. Comme celui qu'il se rappelait avoir vu en rêve, ce camion transportait un miroir qui lui faisait face.

Rusty vit Hope et un homme dans le miroir. Tous deux nus et ensanglantés. Un tableau répugnant, encadré d'un côté par un loup noir, et de l'autre par un béhémoth, un chien argenté à trois têtes.

Il pensait reconnaître celui qui, à l'agonie, se tortillait sur le sol tandis que le sang lui jaillissait du corps. Les animaux, avides de se jeter sur le mourant, lapaient le sol rouge et mouillé.

Hope s'agenouilla devant lui, léchant le sang qui s'écoulait de ses lèvres.

Le sang de l'homme.

Dans le miroir, Rusty vit la tête d'une chèvre à chevelure de serpents flotter au-dessus du sol.

Le visage parcheminé de Méduse brillait. Elle souriait.

L'homme leva la tête, et Rusty découvrit le visage de la silhouette agonisante.

C'était le sien.

La conscience

par Terrie Farley Moran

La « conscience » arriva un mardi après-midi.

Je rédigeais un article pour mon bulletin de généalogie lorsque je sentis une turbulence dans mon esprit, et je sus alors avec certitude qu'avant le cycle complet du soleil, le *keening*, mon chant funèbre de *banshee*, se mêlerait au hurlement du vent ou viendrait troubler le silence d'une atmosphère jusque-là tranquille. Ce serait ainsi que j'annoncerais le passage dans l'autre monde.

Tout Américain descendant de Rory Dev O'Conor était sous ma responsabilité. Aucune mort ne devait rester méconnue. Cela avait toujours été ainsi.

Je me préparai une tasse de thé et attendis, assise sur un tabouret recouvert d'une tapisserie si usée que la petite ferme irlandaise qu'elle représentait était à peine visible. Mes yeux d'émeraude, signe certain que j'avais hérité de mon père mon sang de mortelle, se fermèrent d'eux-mêmes. Tous ceux qui viennent du pays des sidhes – ces légendaires muses celtes qui, par l'amour et la beauté emprisonnent le cœur de leurs amants artistes – ont les yeux gris-bleu de l'océan qui dévore peu à peu le pied des falaises de Moher. Parmi les banshees, celles d'entre nous qui ont un héritage mixte seront toujours reconnaissables à leur seul regard.

J'attendis assise, sans bouger, que vienne l'heure.

Alors, je me levai, touchai mon épaule gauche de ma main droite, et mon épaule droite de ma main gauche. Le temps et l'espace s'unirent. Je flottais à une trentaine de mètres au-dessus d'un jardin installé sur les toits. Une vieille femme, agenouillée sur un coussin, arrachait avec application les mauvaises herbes. Elle n'aurait pas besoin de ma voix, aujourd'hui. Je planais tranquillement, tout en me délectant du parfum des clématites et de la vue de quelques tournesols encore en fleur, tournés vers l'ouest comme le voulait leur nom, tandis que le soleil continuait de traverser le ciel.

La porte de la terrasse s'ouvrit. La lumière chatoyante de la mort imminente précédait l'homme massif qui en traversait le seuil. Ses cheveux en bataille étaient d'un roux plus foncé que les miens et striés de gris. Je sentis son nom envahir mon cœur. Cela ne tarderait pas. Une chanson naquit tout au fond de ma gorge pour se muer en un gémissement sourd. Le chant funèbre s'éleva, octave par octave, jusqu'à ce que ma voix ne fasse plus qu'un avec les anges du ciel, et la tristesse s'abattit sur les alentours. Mes larmes tombèrent du ciel comme les gouttes d'une douche de soleil inattendue.

Puis la turbulence s'estompa et je me retrouvai sur mon tabouret. À côté de moi, mon thé était quasiment froid. Dans l'armoire, je pris le châle de Galway qui me venait de ma mère et passai les doigts sur la laine d'agneau si souple, tissée des siècles plus tôt selon un point celtique élaboré. Je le plaçai sur le lit et le dépliai soigneusement, révélant ainsi mon manuscrit O'Conor. Comment les noms et les dates s'y étaient-ils inscrits ? Je ne sais qu'une chose, c'est qu'ils y sont. Un nom. Une date de naissance. Et, après la « conscience », une date de décès. Je le déroulai pour m'arrêter sur le nom de l'homme massif aux cheveux roux. Casey Rheingold descendait de sept générations, par Jane, la fille de Rory. Sa date de naissance avait été écrite quelque cinquante étranges années plus tôt, et la date d'aujourd'hui, récemment ajoutée d'une écriture ancienne très ornementée. Ses derniers instants étaient déjà mentionnés. Mais pour quelles raisons ? Je ne comprenais pas bien. La mort de Casey Rheingold avait quelque chose d'anormal, et cela attisait ma curiosité d'humaine – les banshees ne possèdent pas de tels attributs.

Je m'enveloppai du châle, attrapai mon sac de toile chargé

de tout ce que pouvait emporter un écrivain en free-lance, et courus vers la station de taxis de la 2e Avenue. Le chauffeur, un Africain coiffé d'une casquette des Yankees, avait collé sur la vitre de séparation une affichette annonçant que son village familial se trouvait à vingt kilomètres de celui où était né le père du président Obama.

Je lui demandai de prendre la 72e Rue à travers Central Park, vers l'ouest de Manhattan.

Puis nous remontâmes vers le nord en longeant Broadway. Je regardais vers l'Hudson River à chaque intersection, en cherchant un signe quelconque. À la 83e Rue, j'aperçus les gyrophares d'une demi-douzaine de véhicules garés un peu partout au milieu de la voie. Après avoir réglé mon chauffeur, je rejoignis le splendide immeuble Art déco où se jouait manifestement le drame.

Je brandis ma carte de presse sous le nez du flic qui gardait l'entrée du bâtiment sécurisé par un ruban jaune. Il me repoussa d'un geste du bras qui menaça sérieusement de faire craquer les coutures de sa chemise bleu marine.

– L'inspecteur fera une déclaration sous peu, me dit-il. Aucune info avant.

Puis il me tourna le dos, ignorant d'avance toute protestation de ma part.

Les reporters qui travaillaient avec la criminelle faisaient les cent pas, se plaignant du fait que le commissaire divisionnaire se pointait régulièrement en retard sur les scènes de crime pour répondre à leurs questions.

Je cherchais un moyen de me glisser sous le ruban jaune, quand je vis la vieille femme du toit, installée sur une chaise pliante près de la façade ornementée de l'immeuble. Une policière appuyée contre le mur se redressa vivement lorsqu'elle me vit avancer vers elle. Je me penchai vers celle qui était assise, sortis une bouteille d'eau de mon grand sac et lui demandai :

– On vous a donné quelque chose à boire ou à manger ? On ne peut pas vous laisser vous déshydrater comme ça. Tenez, prenez un peu d'eau.

Ses yeux chassieux s'arrondirent puis clignèrent d'étonnement. Mon cœur s'arrêta presque de battre tant j'étais surprise de ma propre impudence ; c'est alors qu'elle me tendit les vieux gants de jardin qu'elle tenait, prit la bouteille et en dévissa le bouchon.

– Merci, ma chère. Cela fait une éternité, croyez-moi.

Se tournant vers la policière, elle ajouta :

– Cette jeune femme bien prévenante est l'une de nos plus récentes voisines. Il y en a que je connais depuis quarante ans, qui sont passés devant moi sans même m'adresser la parole.

L'autre claqua de la langue pour montrer sa désapprobation, puis s'appuya de nouveau contre le mur de l'immeuble. Je m'accroupis près de la vieille femme pendant qu'elle avalait de petites gorgées d'eau.

Elle remit le bouchon en place et se cala contre le dossier de sa chaise, avant de me demander :

– Vous connaissiez M. Rheingold ? Celui du dernier étage, avec la grande terrasse ? Plutôt du genre froid, réservé. De toutes les années qu'il a passées ici, le peu de fois qu'il a daigné émettre un son, c'était pour grogner ou rugir. Pas franchement agréable, comme voisin, mais au moins il ne rentrait pas chez lui complètement ivre, comme celui du 5D, ou pour battre sa femme, comme l'autre du 3F. Enfin, il est mort, maintenant…

– Il avait une femme ? C'est terrible, pour elle.

– Une femme, oui… si l'on peut dire. Elle entre et sort de l'immeuble couverte de bijoux, avec des tenues plus voyantes les unes que les autres. Où va-t-elle, dans sa vie tourbillonnante ? Clara, la femme du sixième, dit qu'elle a vu Linda Rheingold monter un soir dans une belle voiture jaune qui l'attendait là-bas au coin, près de la bouche d'incendie. Le chauffeur était un jeune homme. Un très jeune homme…

Elle hocha la tête d'un air entendu. Puis, brusquement, les événements de la terrasse lui revinrent en mémoire.

– Il y a eu un coup de feu. Un bruit très fort, très puissant.

Je croyais que c'était l'équipe d'entretien. Vous savez le bruit qu'ils font, quand ils nettoient ou réparent quelque chose.

– Oh, oui…

– Eh bien, laissez-moi vous dire : quand j'ai vu M. Rheingold pousser la porte du toit en se tenant la poitrine, avec du sang partout, j'ai d'abord pensé que la patronne et son jeune gars avaient décidé de précipiter son départ pour le ciel. Quoique… je ne suis pas certaine que c'est bien là qu'il atterrira.

Elle rouvrit la bouteille d'eau et en avala une courte gorgée.

– Il est tombé pile à mes pieds. Mais c'était trop tard pour lui venir en aide. Il a dit quelque chose comme « Cladder », vous voyez, un nom dans ce genre. Puis ses yeux se sont mis à briller, comme ceux de mon second mari, à l'hôpital des Vétérans, sur la 24e.

Je la sentis revivre la mort de son époux, disparu la semaine passée ou dix ans plus tôt, je n'aurais pu le deviner.

Puis elle s'efforça de chasser ce souvenir de sa mémoire.

– J'ai dit à la police de chercher du côté du jeune homme avec qui Linda semble se prendre du bon temps. Je suis sûre qu'il s'appelle Cladder, ou quelque chose du genre.

Non, pas Cladder mais Claddagh ! Le vieux village de Claddagh, dans la ville de Galway City. Les mots prononcés par Casey Rheingold à l'instant de sa mort avaient un lien avec notre héritage. Si seulement je savais pourquoi…

Prenant appui sur la chaise de la vieille femme, je me redressai et lui proposai d'aller lui acheter quelque chose à grignoter au coin de la rue.

– Vous êtes gentille mais je suis bien trop retournée pour avaler quoi que ce soit. Quand le calme sera revenu, passez me voir.

Elle me tendit sa main et me précisa :

– Mildred Stresky, appartement 2D.

Je serrai avec chaleur sa main dans les deux miennes, sans doute pour lui faire oublier ma réponse évasive :

– Je m'appelle Rynne Bannon. Je viendrai vous rendre visite un de ces jours.

Une sirène de police approchait. Je vis les reporters et les équipes de télé se rassembler. Peut-être l'inspecteur s'était-il décidé à envoyer un porte-parole ? Je m'écartai de Mme Stresky puis, abandonnant le rôle de voisine attentionnée pour celui de journaliste avide d'informations, je rejoignis la foule agglutinée devant une estrade de fortune. Un homme d'âge moyen aux cheveux bruns et aux lunettes à monture noire y grimpa lestement et tendit les mains pour nous calmer. Il se présenta comme étant le capitaine, marmonna un nom incompréhensible, puis revint sur les événements de la journée.

– Répondant à un appel d'urgence lancé à dix-huit heures vingt, deux policiers du 20e commissariat se sont rendus sur place et ont découvert le corps de Casey Rheingold, de sexe masculin, âgé de cinquante-deux ans. M. Rheingold travaillait pour le cabinet d'avocats Stoddard et Weiss. Il est décédé sur le toit de l'immeuble où il habitait.

Le capitaine « marmonneur » indiqua du doigt la plaque fixée au-dessus de l'entrée.

– Les médecins urgentistes l'ont déclaré mort sur les lieux mêmes, vraisemblablement d'un coup de feu porté à la poitrine. Le corps de M. Rheingold a été transporté dans les locaux du médecin légiste.

Une voix s'éleva de la foule devant lui :

– Alors, on peut parler de meurtre, capitaine ? Oui ? Et, pouvez-vous nous épeler votre nom ?

– Nous attendons du légiste l'annonce officielle d'un homicide et nous lançons une enquête dans ce sens. Je m'appelle Morales. M-O-R-A-L-E-S.

Depuis près de trois siècles, sur les deux continents, je chantais pour des milliers de O'Conor, morts de maladie ou de vieillesse. La famine, les accidents et quelques batailles sanglantes et sauvages avaient entraîné leur lot de victimes. Les guerres ne faisaient qu'augmenter le nombre de morts. Cependant, j'en avais toujours su la raison.

Combien de fois ma mère, Roisin, reine banshee de Connaught, m'avait-elle répété : « Peu importe la façon dont ils meurent ; un mort est un mort » ?

Mais je reste autant la fille de mon père. Après chaque « conscience », que ce soit sur un champ de bataille ou un lit d'hôpital, je savoure le moment où je peux intervenir pour que les O'Conor reposent en paix.

Pas une seule fois, au cours de ces siècles où j'ai croisé des milliers de morts, je n'ai soupçonné le moindre meurtre. Comment, dans ce cas, refermer le rouleau des banshees, en sachant que la mort de Casey Rheingold n'était pas dans l'ordre naturel des choses ?

La conférence de presse s'acheva et les gens commençaient à s'éparpiller, lorsqu'une femme plantureuse, vêtue d'un haut imprimé léopard ultra moulant, descendit d'un taxi, attirant l'attention de tous. Elle se dirigea vers l'entrée de l'immeuble. Assis au bord du siège arrière de la voiture, un jeune homme en sueur passa une main dans sa chevelure qui se raréfiait, avant de recompter une poignée de pièces.

Le portier se précipita, effleura sa casquette et offrit son bras à la nouvelle venue. Le nom qu'il prononça en lui parlant poussa les journalistes à s'agglutiner autour d'elle, comme des vautours attendant le dernier souffle d'un mourant.

– Madame Rheingold ?

– Bonjour, Linda, vous avez quelque chose à dire sur votre mari ?

– Quel effet ça fait de devenir veuve par la faute d'un assassin ?

Linda Rheingold pivota sur la pointe de ses escarpins à bouts ouverts et aux talons de neuf centimètres. Ses cheveux peroxydés se balançaient autour de son visage, tandis qu'elle articulait des paroles aigres comme du lait tourné :

– Comment je me sens, d'après vous ?

Elle balaya la foule du regard, puis laissa tomber :

– Entrons, Jeremy.

Le jeune homme jeta un nouveau billet au chauffeur de taxi, puis rejoignit Linda Rheingold à l'instant même où le capitaine Morales arrivait à sa hauteur. Ils entrèrent ensemble dans l'immeuble.

Je n'en revenais pas que la nouvelle veuve ose amener ainsi son amant chez elle. Je devais m'en assurer. Je me frayai un chemin parmi la foule jusqu'à Mme Stresky, qui se tenait debout, les deux mains appuyées sur le dossier de sa chaise pliante.

– Je suis libre de remonter chez moi, me dit-elle. Vous voyez, ils commencent à enlever le ruban jaune, et dans quelques minutes, tout sera redevenu normal. Je m'offrirais bien un petit verre de sherry. Vous acceptez de me tenir compagnie ?

Bien sûr, j'acceptais. C'était l'occasion idéale pour bavarder un peu.

– Rynne, ma chère, voudriez-vous rapporter cette chaise à Ivan, je vous prie ?

Un petit instant de silence avant que je comprenne qu'Ivan n'était autre que le portier. La chaise dans une main et Mme Stresky lourdement pendue à mon bras, je traversai sans me faire questionner la foule de policiers, journalistes, voisins et spectateurs.

Tout dans l'appartement était recouvert de napperons ou d'appuis-tête, donnant ainsi une idée de ce que devait être un salon du temps de la reine Victoria ; chacun des vieux meubles étincelait à force d'être ciré.

Je m'installai dans une bergère de velours, tandis que Mme Stresky, debout près d'un buffet recouvert de dentelle, nous servait du sherry dans deux minuscules verres à pied en cristal.

Elle disposa avec élégance le plateau d'argent sur la table basse, me tendit un verre avant de prendre l'autre, qu'elle brandit comme pour porter un toast silencieux.

J'approchai mon verre pour trinquer, bus une gorgée et faillis m'étrangler quand mon hôtesse me demanda :

– Qui êtes-vous, vraiment ? Pas une journaliste, j'espère. Je sais que vous n'habitez pas cet immeuble. Pourquoi m'avez-vous abordée ?

J'inspirai longuement et répondis :

– Je suis venue ici pour prendre un rendez-vous. Puis, j'ai

vu toutes ces voitures de police, cette foule, et je vous ai aperçue, l'air épuisé, près de cette policière… Je voulais juste m'assurer que vous alliez bien.

Ma réponse semblait maladroite, même à moi, mais Mme Stresky parut l'accepter.

– Je savais que vous étiez quelqu'un de gentil, dit-elle, satisfaite de m'avoir correctement évaluée. Qui deviez-vous rencontrer ? Aviez-vous annulé votre rendez-vous ?

– En fait, répondis-je en sachant que je m'enlisais davantage, c'est en vous parlant que j'ai su que quelqu'un l'avait annulé pour moi. C'est avec M. Rheingold que j'avais rendez-vous.

– Non, s'étrangla-t-elle, c'est incroyable ! Et pourquoi aviez-vous rendez-vous avec lui ?

Je m'approchai tout doucement de la vérité.

– Je suis généalogiste. Nous devions discuter ensemble de son lien avec les O'Conor.

– Quel genre de lien ?

– Il appartient à la lignée O'Conor. Juste après la guerre de Sécession, Rory Dev O'Conor, son frère John et leur sœur Kate ont embarqué à bord du paquebot *Colorado* pour rejoindre l'Amérique, laissant tout ce qu'ils possédaient derrière eux, dans le petit village de Crosskil, dans le comté de Galway. M. Rheingold descend de l'un des enfants de Rory Dev.

– Fascinant. Établissez-vous les arbres généalogiques de nombreuses familles ?

Inutile de lui préciser que la lignée de banshees royales de ma mère était liée à celle des O'Conor depuis plus de mille ans ; ni que c'était elle qui m'avait envoyée faire en sorte que chacun des membres de la famille de Rory Dev ait droit à un passage convenable après la mort.

– Je peux m'occuper de n'importe quelle famille, mais ma spécialité reste les Galway O'Conor.

Je glissai alors dans la conversation une question qui me taraudait.

– Ce Jeremy, qui est arrivé en compagnie de Mme Rheingold, c'est un membre de la famille ?

– Non, il travaille avec elle. Il est là si souvent que les Rheingold louent une place de parking supplémentaire dans le garage de l'immeuble pour son usage personnel. Les mallettes et les cartons qu'il trimballe en permanence sont si lourds qu'ils doivent être attachés avec des tendeurs pour éviter qu'ils ne cèdent.

Quelques minutes plus tard, je repartis de chez Mme Stresky sans savoir si ce que j'avais appris pourrait m'aider à élucider le mystère du meurtre de Casey Rheingold.

De retour à la maison, je consacrai des heures à établir la généalogie allant de Rory Dev jusqu'à Casey Rheingold. Les instants tranquilles que je passai à copier les noms et les dates en écriture cursive m'empêchèrent de songer plus avant à mes projets. Et des projets, j'en avais.

*
**

Le lendemain matin, forte d'une énergie toute nouvelle, je me sentais d'humeur à traquer un meurtrier. Et comment mieux débuter qu'en me penchant sur la veuve Rheingold ?

Lorsqu'une banshee décide de se révéler aux humains, elle prend l'une de ces trois apparences : la jeune femme, la matrone d'âge moyen ou la vieille bique. Étant de celles que les pures banshees se plaisent à appeler les « hybrides », j'avais décidé quelques siècles plus tôt de suivre le processus des mortels : je prends les trois formes successives pendant un certain nombre d'années, puis je recommence le cycle. J'ai un moment songé à me transformer, pensant que Linda Rheingold répondrait mieux à une personne de son âge ou un peu plus âgée, mais les apparences provisoires laissent en général peu de temps pour s'inventer une histoire de vie.

Après avoir pris la décision de rester comme j'étais, j'appelai Mme Rheingold et eus la surprise de l'entendre me proposer de passer la voir chez elle à midi.

Linda Rheingold se tenait sur le pas de sa porte lorsque je sortis de l'ascenseur. Je pensais la trouver entourée de membres de sa famille et d'amis pressés de lui venir en aide en ces moments difficiles, mais elle était seule chez elle.

Sa tenue de deuil, une tunique et un pantalon de soie noire, était égayée par ses ballerines léopard. Elle me conduisit dans un salon joliment décoré et pourvu de hautes fenêtres ornées de shantung crème. Comme nous prenions chacune place dans un fauteuil, je remarquai à son doigt une bague de Claddagh irlandaise. Les mains, le cœur et la couronne qui la formaient signifiaient amitié, amour et loyauté. L'anneau de Mme Rheingold avait néanmoins pour particularité de comporter un gros diamant au centre du cœur.

Je tentai de lui exprimer mes condoléances, mais elle semblait très préoccupée par ce qu'elle avait à me dire.

– Mme Bannon, vous avez mentionné un arbre généalogique sur lequel vous travailliez avec mon mari. J'imagine que vous désirez être payée pour cela. S'il vous plaît, faites parvenir à notre comptable votre facture en souffrance.

Elle me tendit une carte de visite, puis se montra clairement prête à me renvoyer chez moi.

Dans l'espoir de sauver quelques précieux instants avec elle, je sortis de mon sac de toile la généalogie des O'Conor.

– Accepteriez-vous d'y jeter un coup d'œil, madame Rheingold ?

Sans attendre sa réponse, j'ouvris devant elle le rouleau de papier cartonné, écrit à la main à l'encre anthracite sur un fond gris pâle.

– Je vous en prie, insistai-je. Vous vous méprenez, je ne viens chercher aucun règlement. Je n'ai achevé cet arbre qu'hier. Puis, quand j'ai appris la terrible nouvelle, j'ai pensé qu'il serait peut-être bon de l'exposer lors de la veillée mortuaire. Le pauvre M. Rheingold n'a pas eu la chance d'en voir la version ultime, mais je suis certaine que ses amis et sa famille aimeraient le consulter.

Posant alors l'index sur le nom de Rory Dev, j'ajoutai :

– C'est ici que la famille a traversé l'océan vers l'Amérique.

Mme Rheingold examina le graphique durant un long

moment, non sans me demander des détails sur tel ou tel ancêtre.

– C'est extraordinaire, commenta-t-elle alors. Cela a dû vous prendre des mois pour reconstituer un tel arbre. Mon mari était fier de ses racines irlandaises. Et tout autant de ses racines allemandes. Vous a-t-il demandé d'établir aussi la généalogie de la famille Rheingold ?

– Nous n'avons pas eu l'occasion d'en arriver là. Ces derniers temps, il ne répondait que très rarement à mes coups de fil et, quand il le faisait, c'était pour se montrer bourru et raccrocher au plus vite.

– Bourru et pressé… C'était exactement Casey.

Linda sourit et, l'espace d'un instant, je la trouvai très proche de son époux, qu'elle ait ou non un jeune amant. Puis elle ferma les yeux et lâcha :

– Ce fichu cabinet d'avocats… S'il avait eu une maîtresse comme tout homme normal, il l'avait bien cachée et continuait de m'honorer à la maison. Par culpabilité, au moins. Mais j'étais incapable de rivaliser avec son travail, ses clients, la complexité de ses affaires.

– La complexité ?

– Oui, ses problèmes de joaillerie, par exemple. Des appels téléphoniques incessants. Des recherches constantes. On aurait dit que Casey était un débutant, plutôt qu'un associé principal. Jeremy aurait dû gérer tout cela. Casey et moi aurions dû pouvoir prendre nos repas tranquillement, sans être interrompus en permanence.

– Jeremy ?

– Oui, Jeremy Lycroft, le lèche-bottes de Casey. Enfin, je suis sûre que le cabinet lui avait attribué un rôle important, mais c'est ainsi que je le voyais. Casey et Jeremy étaient si liés que, lorsque la police a prévenu la société pour mon mari, les associés ont demandé à Jeremy de me trouver et de me raccompagner à la maison. Il aurait été plus normal de s'adresser pour cela à un associé principal.

Elle s'éclaircit la gorge.

– Vous devriez parler à Jeremy. Il saura pourquoi Casey voulait l'arbre généalogique et s'il en désirait un pour ses ancêtres allemands. Si oui, je vous demanderai de l'établir. Je pourrai facilement en accrocher deux dans le salon. Vous ne pensez pas que cela ferait bien ?

Craignant de lui faire perdre le fil de sa pensée, je me contentai de hocher la tête.

– Appelez-le et dites-lui que je lui demande de s'entretenir avec vous. Être mariée avec Casey me donne aujourd'hui un droit de procuration sur Jeremy.

– Oui, je parlerai à M. Lycroft, promis-je à Linda.

Sentant qu'elle en avait fini avec moi, je passai sans attendre au sujet le plus délicat :

– Il devait être difficile d'être mariée à un homme aussi investi dans son travail, lui dis-je tranquillement en laissant un vide béant.

Son visage s'adoucit quelques secondes, puis se durcit à nouveau.

– Quand nous étions jeunes, il était plus facile d'accepter les horaires infernaux de Casey. Nous construisions une vie ensemble et il avait décidé d'en faire une existence confortable. Il est devenu principal associé, mais son obsession du travail n'a jamais cessé. J'ai demandé une fois à Millie Cranepool, la femme de l'administrateur, si ce serait toujours ainsi, et elle a paru sincèrement surprise. Son mari rentrait chaque soir pour dîner depuis qu'il était devenu associé, vingt-deux ans plus tôt. Je me suis donc dit qu'il devait me manquer quelque chose, et j'ai fini par accepter mon sort.

– Vous deviez être très seule. Personne ne pouvait vous reprocher d'avoir cherché un peu de compagnie.

– Ce que vous sous-entendez ne vous regarde pas.

Tout en me poussant vers la porte, Linda se lança dans une diatribe contre ceux qui mettaient leur nez dans les affaires des autres.

J'étais allée trop loin. Je devais pour l'instant abandonner l'idée d'un éventuel associé extérieur de Linda, mais elle venait de me donner une excellente raison de rendre visite à

Stoddard et Weiss. Et qui savait ce que je pouvais trouver là-bas ?

Dans le métro qui me ramenait chez moi, je passai en revue les nombreuses façons dont je pourrais amener les questions sur les mystérieux bijoux qui contrariaient tant Casey.

*
**

Le 350 Park Avenue était un de ces immeubles de verre abritant toutes sortes de sociétés. Selon le tableau d'affichage du lobby, Stoddard et Weiss occupait les vingt-cinquième, vingt-sixième et vingt-septième étages. Je mentionnai à la réceptionniste le nom de Linda Rheingold et lui tendis sa carte de visite. Elle tapota quelques touches sur sa console téléphonique et parla dans le micro fixé à son casque. L'instant d'après, la porte de l'ascenseur s'ouvrit et Jeremy trottina vers moi, la main tendue et me disant combien il lui était agréable de rencontrer une amie de Linda. Il enchaîna aussitôt avec des paroles de condoléances pour la mort tragique de Casey. Dès l'instant où j'eus glissé un « bonjour » dans la conversation, je n'eus l'occasion de prononcer un autre mot que lorsque nous nous retrouvâmes dans son bureau d'acajou, au vingt-sixième étage.

Jeremy montrait autrement plus d'assurance que la veille, lors de son arrivée en taxi avec Linda. Peut-être était-il ainsi tant que Mme Rheingold ne se trouvait pas à ses côtés. Il me fit asseoir dans un confortable fauteuil de cuir.

– Maintenant, que puis-je faire pour vous ?

Je lui sortis mon laïus sur la généalogie, sans varier de ce que j'avais dit à Mme Rheingold.

Jeremy bascula en arrière le dossier de sa chaise et tapota des doigts sur sa table, l'air totalement concentré. Mon récit terminé, il se pencha en avant et appuya les coudes sur son bureau.

– Je n'ai jamais entendu Casey parler de sa famille, encore moins d'un arbre généalogique. Si vous cherchez des archives familiales, je doute que vous en trouviez dans ces bureaux, mais je demanderai à quelqu'un de vérifier et d'en informer Linda.

– En fait, si vous m'en parliez directement, je pourrais soulager Linda de cette charge et prendre moi-même les dossiers. Elle est encore très stressée par les questions de ce travail qui occupait tellement M. Rheingold.

– Mais pourquoi ? Oh, comment savoir ce qui paraîtra important à une épouse dépossédée ? Je ne devrais pas vous le dire, mais cela pourra peut-être réconforter Linda... Inquiet au sujet des droits de succession, il essayait de faire en sorte que sa femme soit à l'abri au cas où... enfin, vous voyez. Comme si elle n'était pas déjà à l'abri.

Je levai un sourcil interrogateur.

– Aucune veuve d'un associé n'aura à chercher de tickets de nourriture. Linda n'aura jamais de soucis d'argent. Casey y a veillé, mais sans cesser de s'inquiéter pour son avenir. La semaine dernière encore, il a eu des mots, dirons-nous, avec son administrateur quant aux parts des associés. Rien de bien sérieux. Juste une petite discussion.

Linda ayant évoqué l'épouse de l'administrateur, je savais que le nom de son époux était Cranepool. S'il avait croisé l'épée avec Casey, cela faisait de lui un autre suspect potentiel. Je notai cela et continuai sur la véritable piste que je possédais.

– C'est un soulagement de savoir que Linda n'aura à se soucier de rien. Cependant, elle a l'impression que son mari était profondément inquiet au sujet de bijoux de valeur et elle se demande si le problème a été résolu.

Les yeux de Jeremy parcoururent la pièce comme pour y trouver la vérité.

– Ça ne me dit rien, lâcha-t-il enfin. Et puis, si cela concerne un client... avec toute la confidentialité que cela implique.

Il se leva et me proposa de donner ma carte à une personne du nom de Naomi, qui pourrait dénicher quelques archives familiales dans les dossiers de M. Rheingold et me contacter ensuite. Puis il m'accompagna jusqu'à l'ascenseur, comme pour s'assurer que je ne chercherais pas à m'aventurer ailleurs. Mais, que j'atterrisse à la réception ou en enfer, cela ne regardait en rien Jeremy Lycroft.

Je traversais le lobby lorsque j'entendis le vigile posté à l'entrée lancer :

– Bonjour, monsieur Cranepool. Comment s'est passé votre voyage ? Vous avez attrapé de nouveaux clients dans vos filets ?

Un sémillant personnage d'une soixantaine d'années, vêtu d'un costume anthracite parfaitement coupé, assorti d'une cravate rayée de rouge et jaune, répondit :

– Non, je n'ai fait que consolider d'anciens rapports. Les correspondances à O'Hare, c'est d'habitude un véritable cauchemar, mais pas cette fois-ci. Donc, oui, le voyage a été bon.

En m'entendant appeler son nom, Cranepool se retourna automatiquement. Dès qu'il m'aperçut coiffée de boucles rousses, son regard me toisa de haut en bas, de façon assez peu discrète, je dois l'avouer. Puis il m'offrit sa main.

– Oui, mademoiselle… ?

– Bannon. Je suis la généalogiste de Rheingold.

Aussitôt, je le devinai en train de spéculer sur la possibilité que le mot « généalogiste » puisse signifier « maîtresse ».

– Mme Rheingold m'a envoyée ici afin de consulter certains dossiers concernant la famille.

– Mais bien sûr, fit-il en me prenant le bras pour m'entraîner vers l'ascenseur.

Le dernier endroit où j'aurais désiré me trouver. Dans un ascenseur. Avec lui. Je me tins bien droite et me protégeai derrière un air confus.

– M. Lycroft m'a déjà un peu aidée à ce sujet, mais il y a une autre chose…

Il me serra le bras tout en me promettant de tout faire pour me venir en aide. Je n'en doutais pas un seul instant car, même si M. Cranepool n'avait pratiquement jamais manqué un dîner le soir chez lui avec son épouse, il se réservait certainement des moments de distraction durant les heures de travail.

J'augmentai de quelques centimètres l'espace entre nous et mis un soupçon d'intonation irlandaise dans ma voix quand je lui dis :

– Ce sont les parents, vous comprenez. Les parents de Galway. Toute cette semaine, M. Rheingold s'est entretenu au téléphone avec des cousins qui habitent le vieux Claddagh, à Galway City. Il était très préoccupé par une entreprise commerciale qui semblait les concerner tous, et les cousins en question aimeraient savoir si le problème a été résolu, et si Casey Rheingold a pu mourir en paix. Ils ne veulent pas déranger la pauvre Mme Rheingold en lui parlant de tout cela. Peut-être sauriez-vous me dire si les récents problèmes de M. Rheingold ont été résolus.

Cranepool parut surpris.

– Galway ? Il a de la famille à Galway, en Irlande ? Ça explique tout. Ces derniers temps, Casey était stressé un maximum à propos d'une histoire insignifiante. Il négociait un contrat pour un client qui acceptait de prêter des bijoux au musée de Galway. Il travaillait constamment dessus, au détriment de ce qui était plus important pour le cabinet. Et c'est vrai, on s'est disputés à ce propos. C'était une affaire si négligeable, mais aujourd'hui je comprends. Il voulait faire en sorte que tout soit parfait pour briller devant sa famille. Je vous en prie, rassurez ses cousins et parents. Casey était hyper angoissé. Rien de plus.

Puis la lubricité se remit à luire dans son regard.

– Mais je pourrais me renseigner davantage. Si nous nous rencontrions devant un déjeuner, en fin de semaine, je pourrais vous raconter ce que j'ai découvert.

– Merci, vraiment… mais, non.

Je m'inclinai en une demi-révérence avant de retirer mon bras pour me dégager de l'étreinte de ce vieux fou.

Je remontai vers Madison Avenue et grimpai dans un bus jusqu'à la maison. Durant le trajet, je me posai mille questions. Linda savait Casey extrêmement stressé au sujet d'un projet qui avait trait à la joaillerie. Et pourtant, son assistant Jeremy avait feint une parfaite ignorance à ce sujet. Pourquoi ?

***

Ma recette composée d'une goutte de Yahoo, d'un soupçon de Google et d'un zeste de Ask.com me donna en un rien de temps le nom du client de Casey Rheingold. Mme Anna Curry était une collectionneuse de bagues de Claddagh, connue et respectée dans le monde entier. Pas le genre de bague que l'on trouvait dans les magasins d'importation irlandaise classiques, mais les anneaux lourds fabriqués à la main des siècles auparavant, dans le village de Claddagh. Sur une photo, Mme Curry tenait un plateau tendu de velours sur lequel reposaient des bagues en or fabriquées par Richard Joyce qui, selon les dires, en avait inventé le dessin à la fin du XVIIe siècle. J'avais vu beaucoup de ces anneaux au cours de mon enfance à Galway.

L'article accompagnant la photo parlait des autres anneaux de la collection de Mme Curry. Certains portaient les poinçons des joailliers George et Andrew Robinson, et d'autres avaient été confectionnés par les trois Dillon. La collection entière était sous la protection de son avocat de toujours, Casey Rheingold, qui posait en souriant, le bras passé autour de Mme Curry, sur une série de photos prises lors de son dix-neuvième anniversaire. Sur l'un des clichés, j'aperçus Linda et Jeremy à l'arrière-plan. Ni l'un ni l'autre ne semblait prendre du plaisir à cette petite fête.

Je me calai contre mon dossier. C'était le travail de la vieille bique. Elle pouvait facilement passer pour Anna Curry. Je me fis une antisèche et y attachai quelques photos qui me seraient utiles.

J'appelai ensuite tous ceux qui pourraient me chercher durant les jours suivants en leur annonçant que je serais absente pour raisons familiales. Puis je pris une douche et filai au lit.

*
**

Je mangeai mon yaourt et mes céréales pendant qu'un œuf à la coque cuisait dans la casserole. La vieille bique ne dédaignait pas les protéines de haute qualité pour débuter la journée. Lorsque mon œuf fut prêt, je regardai autour de moi et, satisfaite de voir que tout était prêt, je la convoquai.

Les bras croisés et les doigts sur mes épaules, j'appelai la vieille bonne femme et, l'instant d'après, elle se retrouva assise sur ma chaise tandis que la jeune femme que j'étais avait disparu. Mes cheveux bouclés étaient toujours longs, mais leur roux flamboyant avait viré au gris.

Je brisai l'œuf à la coque et, tout en mangeant, étudiai mon plan pour la journée.

J'examinai les photos. Je devais faire quelque chose pour dissimuler mes cheveux. Je passai une robe de serge bleue rehaussée d'une veste de laine, enfilai de solides chaussures de marche et, ainsi vêtue, me trouvai prête à passer mon coup de téléphone.

La jeune femme qui me répondit me passa immédiatement mon interlocuteur.

– Madame Curry, je suis heureux de vous entendre. C'est si triste, ce qui est arrivé à M. Rheingold. Naturellement, j'assiste Mme Rheingold dans son malheur. Vous voulez connaître les arrangements, c'est cela ? Nous n'avons…

Si je le laissais parler, nous serions encore là demain.

– Monsieur Lycroft, l'interrompis-je, M. Rheingold m'a appelée hier et m'a laissé un message. Il disait qu'il était urgent que nous parlions de ma collection. Y a-t-il un problème ? Mes bagues sont-elles en sécurité ?

Jeremy laissa échapper un petit cri, comme si sa cravate n'était plus qu'une corde passée autour de son cou.

– En sécurité ? Bien sûr qu'elles sont en sécurité ! Le coffre que nous avons ici chez Stoddard et Weiss est impénétrable.

– Très bien. Je vais donc passer m'en assurer par moi-même.

– Je serais heureux de vous les montrer, mais j'ai plusieurs rendez-vous à l'extérieur, aujourd'hui. Nous ferons cela le plus vite possible, je vous…

– Demain, dans ce cas, lâchai-je sur un ton péremptoire. Nous devons nous rencontrer demain. Je n'attendrai pas davantage. Je désire que vous envoyiez immédiatement ma collection Claddagh au musée de Galway City.

Jeremy tenta de différer la chose, mais je restai intraitable.

– Monsieur Lycroft, ne discutons pas. C'est l'heure de mon exercice quotidien. Le docteur dit que, si je marche une demi-heure par jour le long de l'étang de Central Park, je dépasserai tranquillement les cent ans. Et j'ai bien l'intention de ne pas le faire mentir. À demain, donc. Dans votre bureau. À dix heures précises.

J'entortillai mes cheveux gris en un chignon serré, les recouvris d'un chapeau assorti à ma veste, me cachai le visage derrière d'énormes lunettes noires et sortis.

Appuyée sur la canne de prunellier de mon père, je descendis du bus sur la 5e Avenue, près de l'entrée sud de Central Park.

J'évitai la foule qui circulait à cet endroit autour de la statue du général Sherman, et continuai vers la 60e Rue, où je suivis le chemin qui descendait vers l'étang en forme de virgule, situé bien en contrebas du niveau de la rue.

Un couple de promeneurs poussant une voiture d'enfant à la forme étrange me fit un petit signe en me croisant.

Je venais d'atteindre le monstrueux rocher qui forme l'angle du chemin, et j'avisai l'allée déserte sur ma gauche, lorsque Jeremy se matérialisa devant moi.

Je m'arrêtai et plantai ma canne dans le sol, m'appuyant des deux mains sur la poignée de bois noueux.

– Madame Curry, je suis heureux de vous voir.

Il me prit le bras et m'attira hors du sentier.

– Vous paraissiez si anxieuse à propos de vos bagues que

j'ai préféré vous retrouver ici. Approchons-nous un peu de l'étang, afin de discuter plus au calme.

Incapable de me dégager de sa puissante étreinte, je me vis entraînée de force derrière le gros rocher, en direction du bassin.

– Franchement, monsieur Lycroft, nous aurions pu aussi bien avoir cette conversation dans votre bureau. Et j'aurais pu ainsi voir ma collection.

Il continuait d'avancer vers le bord de l'eau, et, lorsque nous fûmes tout près de la rive, il déclara :

– Justement, j'ai bien peur, madame Curry, que vous ne puissiez pas jeter un œil sur votre collection. Il y a eu en effet quelques changements. Beaucoup de vos bagues ne sont plus ce qu'elles étaient.

Et, d'un brusque coup dans le dos, il me poussa dans l'étang, où je me retrouvai avec de l'eau jusqu'aux mollets. Mes chaussures s'enfonçaient dans le fond vaseux, et seule ma canne irlandaise m'empêcha de tomber.

Levant brusquement celle-ci, je frappai Jeremy au niveau des hanches. Il sortit alors une arme à feu de sa poche et la braqua sur moi, à quelques centimètres de mon visage. Puis il m'ordonna d'avancer plus profond dans l'eau.

– J'ai prévu de vous noyer. Je vois déjà les gros titres : « Une vieille femme décrépite, qui se promenait chaque jour au bord de l'étang, finit par y tomber ». Mais je vous abattrai d'une balle, s'il le faut.

J'approchai le front jusqu'à ce qu'il touche le canon de son arme puis déclarai :

– Si c'est le pistolet qui a tué Casey Rheingold, alors allez-y, petit.

– Oui, c'est le même, effectivement. Casey ne m'a pas laissé le choix. Il me disait que vous aviez le droit d'envoyer votre collection en Irlande. Et moi, je ne voulais pas. Il est devenu soupçonneux et, quand il a demandé de faire authentifier les bijoux, il a signé son arrêt de mort… et le vôtre, puisque vous persistez à vouloir envoyer en Irlande des bagues qui ne vous appartiennent plus.

– Vous avez volé les anciens anneaux de Claddagh ?

– J'en ai emprunté une douzaine et les ai remplacés par d'excellentes copies. Je misais sur votre mort avant que quelqu'un ne repose les yeux dessus ; et alors, qui aurait su ce que contenait exactement votre collection ? Mais cette idée d'une authentification par le conservateur du musée de Galway City m'a rendu nerveux. Ne cherchez pas à résister. Restez dans l'étang. La fin viendra vite.

Il voulait la fin. Parfait.

– Vous allez devoir m'abattre, petit.

Et je lui flanquai un violent coup de canne dans la poitrine.

Sa réaction fut de tirer par deux fois. Le bruit des coups de feu rebondit sur les buissons et les arbres alentour. Les balles me traversèrent le crâne.

Jeremy se figea, incrédule.

Puis il s'étrangla :

– Vous… vous n'êtes pas morte ?

Et il me visa trois fois de suite en pleine tête.

Derrière Jeremy, deux policiers à cheval, qui se dirigeaient au son des coups de feu, surgirent au galop de derrière le rocher.

Les bras croisés, les doigts sur les épaules, je m'évanouis en laissant Jeremy expliquer à la police montée comment il s'était mis à tirer sur les canards de l'étang de Central Park, avec le pistolet qui avait servi à tuer Casey Rheingold.

Jadesville
par Jack Fredrickson

Si vous lisez ceci, c'est que vous avez trouvé ma petite boîte brillante.

Si elle gisait par terre, sa ficelle rongée par le temps, ça peut vouloir dire que tout est fini.

Mais, si vous la trouvez suspendue à la branche d'un arbre, sa ficelle bien lisse comme j'ai pu le vérifier tout récemment, autant vous enfuir en courant.

Si vous le pouvez encore.

*
* *

De toutes les choses que j'ai faites dans ma vie, celle qui m'a le plus marqué, c'est d'avoir été musicien. J'en resterais encore tout ébahi, si j'avais le cœur à ça.

Le problème, c'est que la plupart des parents ne considèrent pas le banjo à cinq cordes comme un instrument de musique. Je ne parle pas du classique banjo gratté à toute vitesse par des gars bien sapés, vêtus d'une veste rayée et coiffés d'un canotier, et qui font « doo-dah, doo-dah ». Non, le cinq cordes, c'est un instrument de plouc, qui nous vient tout droit des Appalaches, joué par des ouvriers en jean et avec casquette souillée de transpiration. Du temps où je pouvais encore me promener, le banjo à cinq cordes était un peu comme une verrue sur la main d'une dame – on en voyait très peu, sauf dans les séries télé stupides comme

The Beverly Hillbillies, ou sur les genoux du demeuré au regard glauque du film *Délivrance.*

Dans les orchestres qui sillonnaient le pays, le joueur de banjo, c'était aussi celui qui conduisait la voiture et faisait la vidange. Sur scène, il se tenait derrière et marquait la pulsation. Et tout le monde se moquait de lui. Justement, vous savez comment on voit si la scène est bien horizontale ? C'est quand le banjo bave autant d'un côté que de l'autre.

En avril 1954, j'avais vingt-deux ans et je me baladais avec trois vétérans de la guerre de Corée. On formait un groupe de musiciens – une occupation assez inhabituelle pour des garçons blancs – qui se trimballaient dans une vieille Plymouth de 1937, à la peinture bleu délavé et sans plus aucune suspension, en tirant derrière nous une remorque à plateforme munie de roues à rayons rouges qui nous servait de scène. On divisait nos gains en cinq, Arnie, le guitariste, se prenant deux parts, car c'était sa voiture.

Des montagnes Catskill, dans l'État de New York, on était partis vers l'Ouest, en jouant dans des patelins trop petits pour espérer entendre quelque chose de mieux. Voici la façon dont ça marchait : on s'arrêtait dans un trou perdu, au milieu de l'après-midi ; quatre mecs en tenue d'avant-guerre, ça ne passait pas inaperçu. D'abord, on se pavanait dehors, on saluait les dames, on souriait aux gamins, on se faisait remarquer. À quatre heures trente, on virait tout de la remorque et on y grimpait. Arnie et moi, on se mettait à jouer des airs, mais c'étaient le gratteur de planche à laver et le *jug blower* [1] qui attiraient les gens. Jamais ils n'avaient vu des ustensiles ménagers servir d'instruments, et ils s'agglutinaient autour de nous comme des ours devant une poubelle. Sur notre scène improvisée, on hurlait et plaisantait comme si on était les gars les plus joyeux du monde, laissant la foule se masser devant nous.

À cinq heures, on commençait à chanter *Divin' Duck* : « Si la rivière était du whisky, et si je nageais comme un canard, je plongerais au fond sans jamais remonter… »

1. Littéralement : « Souffleur de cruche ».

Ça les faisait toujours rigoler. Alors, Arnie se lançait dans des blagues sur le banjo, et je m'avançais, l'air crétin – ce qui, pour être franc, ne me demandait aucun effort. Ils riaient encore plus et on passait à *Pig Ankle Strut.* À la troisième chanson, *Rooster Crowing Blues*, le public était chaud, et c'est là que Billy, le jug blower, sautait de la plateforme et se mettait à improviser au milieu de l'assistance. Il soufflait dans une petite carafe en taule de façon à pouvoir la tenir d'une seule main et, de l'autre, ôter son chapeau et commencer à faire la manche. Il n'était pas timide ; il vous secouait son canotier sous le nez jusqu'à ce que vous vous sentiez obligé d'y laisser tomber une pièce. Et, si ça ne suffisait pas – disons que tout ce qu'on aurait perdu, c'étaient quelques centimes – il insistait en secouant son chapeau devant vous jusqu'à vous soutirer une pièce de vingt-cinq cents. Et nous, toujours sur la remorque, on continuait à jouer, les yeux rivés sur le canotier comme des chasseurs traquant leur dîner… Car on n'était rien d'autre que des chasseurs.

Si on avait droit à un bon public, Billy sautait de la scène une demi-douzaine de fois. Même dans les villes chrétiennes, on recevait presque toujours de quoi s'acheter un sandwich et un litre de la gnôle locale, si on acceptait de nous en vendre, et aussi assez d'essence pour nous emmener jusqu'au patelin suivant.

Mais Tadesville ne ressemblait à rien de ce qu'on avait vu jusque-là…

La bourgade précédente, à quatre-vingts kilomètres de Detroit, était une « deux clochers »… le nom qu'on donnait aux endroits avec deux églises visibles de la place principale. Là-bas, le chef de la police avait un regard d'aigle et il ne nous a pas lâchés des yeux. *Divin' Duck* n'ayant aucun succès, on a enchaîné avec le gospel. Mais ça n'a pas marché non plus ; les gens gardaient sans doute leur argent pour une autre vie, et Billy ne recueillit que deux malheureuses pièces. À cinq heures trente, on avait tout remballé et on repartait, en espérant avoir le temps de se frotter à une nouvelle ville.

Au bout d'une heure, cependant, tout ce qu'on voyait,

c'étaient des arbres, si serrés le long de la route qu'ils nous cachaient presque la lumière du jour.

– Il ne faudrait pas qu'on se retrouve à sec une fois la nuit tombée sur ce genre de route, déclara Arnie.

Comme moi, il voyait l'aiguille du niveau d'essence osciller dangereusement vers le bas.

Je stoppai la voiture. Bien qu'on n'ait rien avalé depuis le déjeuner et qu'on n'ait plus que les deux litres de l'alcool que Whiffer avait barbotés dans une boutique de Detroit, personne ne rouspéta. Ce n'était pas normal de ne croiser aucune ville sur cette route sombre, et la perspective de nous arroser le gosier avec une ou deux gorgées, même à jeun, ne nous déplaisait pas. On prit notre temps, en buvant et en débitant des balivernes, et on s'endormit comme on put, pas loin de mourir de faim.

Le lendemain matin, lorsque Arnie eut l'esprit assez clair pour se mettre à conduire, on reprit la route. Au début, personne ne dit mot et je mis ça sur le compte de la nervosité, car on roulait encore au milieu d'arbres plus sombres les uns que les autres. Je ne m'étais d'abord pas rendu compte de cette bizarrerie, affalé que j'étais à l'arrière de la voiture, puni par l'abus d'alcool, ma tête douloureuse bien calée sur ma veste roulée en boule, et ne désirant qu'une chose : que la route soit un peu moins cahoteuse.

Au bout d'un moment, Arnie ralentit alors que Billy partait d'un grand rire soulagé. J'ouvris un œil pour découvrir à mon tour la lumière flamboyante du soleil de midi.

Tadesville n'était qu'un autre bled paumé sur la route : une épicerie qui ne ressemblait à rien, un magasin général sinistre et un long bâtiment sans aucun signe de vie, des constructions comme figées dans la poussière. Il n'y avait même pas de station d'essence. Et, bon Dieu, pas de voitures non plus. Je refermai les yeux.

– C'est des amish, Arnie, souffla Billy, assis à l'avant avec lui. Tout le monde a des voitures, sinon.

– Des amish au milieu du Michigan ?

– Une « deux clochers »… lâcha Whiffer à côté de moi.

– Vaudrait mieux pas que ce soit des amish, reprit Arnie avant de s'arrêter. On a besoin d'essence.

Je me retournai sur mon siège, fourrant la tête encore plus profond dans ma veste.

– Regardez, lança Whiffer dont l'haleine alcoolisée me fouettait les narines. Le cœur de Jimcrack s'est remis à battre !

Mon nom, c'est Henry Olton. Mais, avec le banjo, les surnoms, ça vous tombe dessus sans que vous ayez le temps de réagir. Je me suis fait appeler Huskweed, Bobby Barn, Twangin' Tom, et combien d'autres noms encore… Jimcrack, comme dans *Jimmy Crack Corn*, ce n'était que le dernier en date.

Arnie coupa le moteur. Les battements dans ma tête résonnèrent moins.

– Il n'y a personne, dit Whiffer.

– On est chez des amish, répéta Billy.

– Non, c'est juste des gens qui travaillent, trop occupés pour glander en pleine journée, corrigea Arnie.

En descendant de voiture, il fit grimper mon siège de dix mètres au moins ; puis, quand il claqua sa fichue portière, j'eus l'impression que la foudre me traversait le crâne.

Je gardai les yeux hermétiquement fermés en me jurant de ne plus jamais avaler une seule goutte d'alcool.

– Il y a forcément des gens, murmura Billy à Whiffer et moi, encore vautrés à l'arrière.

Mais on aurait dit qu'il le souhaitait plus qu'il ne le disait.

– C'est pas normal de rencontrer aucun bled sur des dizaines de kilomètres, et puis d'arriver ici et de trouver le patelin désert.

Les bruits de pas d'Arnie résonnaient sourdement sur le sol poussiéreux pendant qu'il observait les alentours. Puis on entendit ses chaussures s'approcher.

– Il doit bien y avoir des habitants, ici, laissa entendre sa voix par la fenêtre ouverte. Le mieux, c'est de se la couler douce en attendant quatre heures et demie.

Whiffer laissa échapper un soupir. Arnie ouvrit la portière

côté chauffeur et remonta dans la voiture. Par bonheur, cette fois, il la referma doucement.

On finit par s'endormir dans la chaleur de l'après-midi. Je suis allé me perdre dans des endroits bizarres, mais Tadesville les battait tous. Pas de voiture, pas de chevaux attelés à des carrioles, pas âme qui vive… Même l'air était immobile.

D'habitude, ce genre de silence me chatouille. Mais pas ce jour-là. Comme je luttai pour faire taire le derrick qui grinçait dans ma tête, ce silence, j'appréciais.

*
**

– Quatre heures et demie ! cria Arnie.

Peut-être qu'il n'avait pas crié, finalement ; peut-être qu'il n'avait même pas élevé la voix, mais moi, je n'étais pas encore guéri de ma gueule de bois.

Mes trois compères sortirent de la Plymouth, la secouant comme une barque prise au milieu d'une tempête. Je me retins au siège comme à une bouée.

– Jimcrack ! me hurla Arnie par la fenêtre. En scène !

Ma porte s'ouvrit avec fracas. Ils allaient me faire mourir debout.

Je n'avais pas le choix. Avec d'infinies précautions, je m'agenouillai au pied du siège et sortis de la voiture les fesses en premier. Après un bref instant de confusion, je réussis à me déplier, en m'accrochant à la carrosserie, jusqu'à trouver une concordance entre le sol et moi-même.

Quelqu'un posa l'étui de mon banjo contre ma jambe.

– Cramponne-toi, Jimcrack, me dit Arnie. C'est le moment de yodler.

M'aidant de la poignée pour reprendre mon équilibre, j'ouvris les yeux juste assez pour me hisser en position verticale et attraper le banjo. Ces instruments ont beaucoup de métal qui les font résonner fort, et même saisis par une main assurée, ils pèsent une tonne. Cet après-midi-là, il ne fallut pas moins de Billy et de Whiffer pour m'aider à monter sur la plateforme. Les yeux toujours fermés, je commençai à m'accorder tout en jouant des petits riffs qui ne me demandaient pas trop d'efforts.

– *Si la rivière était du whisky, et si je nageais comme un canard…*

Ils se mirent à chanter pendant que je massacrais les accords de base.

– *… je plongerais au fond sans jamais remonter…*

Comme je disais, dans la plupart des villes, cette chanson nous attirait immanquablement un public bon enfant et ravi. Mais pas cet après-midi-là. Pas à Tadesville.

J'ouvris mon deuxième œil pour écouter le silence. Il n'y avait personne d'autre que nous.

– C'est peut-être une ville à un clocher, hasarda Whiffer en écartant la main de son washboard, la planche à laver qui lui servait d'instrument. Ce serait bien la première fois…

– C'est pas possible, un truc pareil, lâcha Arnie en avisant la rue totalement vide. On a besoin d'essence.

Il attaqua *Sweet Low, Sweet Chariot* sur sa guitare, et on embraya. Dans le plupart des villes, les gospels étaient ce qui marchait le mieux. On joua *Go Tell it on the Mountain* puis *Amazing Grace*, avec un solo de banjo à vous déchirer le cœur, d'autant que mes doigts vibraient à une vitesse différente. Ces trucs religieux, on les aura joués avec une force à réveiller les morts. Billy, notre jug blower, souffla comme un malade dans sa carafe en taule, sautant et bondissant comme s'il invoquait le ciel pour faire tomber la pluie sur une terre desséchée, mais il aurait pu tout aussi bien jouer dans une cave. Personne ne se pointa.

– Il va falloir aller se servir, laissa tomber Arnie en reposant sa guitare.

– Peut-être qu'ils sont tous à un enterrement, suggérai-je en continuant de gratouiller quelques notes sur mon banjo.

Whiffer se joignit aussitôt à moi en frottant sa planche à laver pour marquer le rythme. Il savait que je détestais « aller me servir ». Arnie soupira, reprit sa guitare et enchaîna derrière nous pendant que Billy reprenait ses sauts de cabri. Mais tout ça ne servit à rien. Les rues restèrent désespérément vides.

On arrêta de chanter et on se tourna vers Arnie. Il observait l'épicerie et le magasin général. Rien. Même pas le moindre mouvement de rideaux à la fenêtre au-dessus de la boutique.

– Facile pour se servir, dit-il.

« Se servir », c'était voler, et ça me faisait honte. Pour être franc, on était des voleurs plus que des musiciens ; on se servait dans tous les patelins où on jouait – des montres, des bijoux, de l'argenterie, tout ce qu'on pouvait glisser dans nos poches et revendre ensuite dans une autre ville.

On avait fait ça tant de fois que c'était devenu chez nous une seconde nature. Arnie attendait, assis au volant de la Plymouth, moteur tournant, pied sur l'accélérateur, pendant que Billy, Whiffer et moi on se déployait, nos instruments à la main comme si on essayait de battre le rappel avant de monter sur scène. Mais, en réalité, on cherchait un magasin sans surveillance ou une maison ouverte. Quarante-cinq minutes plus tard – ni plus, ni moins, quoi qu'on ait pu récolter – on retournait dans la Plymouth. Arnie démarrait alors et on disparaissait.

Déserte comme ça, Tadesville devenait tentante, c'était sûr.

– Jimcrack, me lança Arnie en me regardant droit dans les yeux, il faudrait aussi aller voir du côté des garages pour trouver de l'essence.

Il me faisait comprendre par là que je n'avais pas intérêt à revenir les mains vides, cette fois, même si je ne faisais que trimballer de l'essence.

Je hochai la tête et saisis par la courroie l'étui de mon banjo.

Billy se dirigea vers l'épicerie, et Whiffer vers le magasin général. Sans même me demander ce qu'il pourrait trouver là-bas, je partis dans le sens opposé et tournai au coin de la rue.

Nouveau tunnel d'arbres ; la petite route latérale se révéla nettement plus fraîche et sombre. Mon cerveau encore imbibé d'alcool pulsait douloureusement au rythme de mes pas, ce qui me rendait à la fois furieux et honteux. Moi qui m'étais fait un honneur de combattre en Corée, voilà que je me retrouvais en train de rôder dans une ville miteuse, avec l'intention de chaparder un jerrican d'essence, un collier de perles en plastique ou une montre à un dollar, à des gens trop pauvres et trop confiants pour songer à fermer leur porte. Je gagnai le milieu de la route, sans regarder ni à droite ni à gauche... et tant pis pour ce que dirait Arnie.

– Tu es cupide, le banjo ? me souffla à l'oreille une voix féminine.

Mon cœur cessa de battre et je pivotai brusquement. La route était vide dans les deux directions.

– Cupide comme tes amis ? résonna de nouveau la voix.

Une caresse soyeuse, qu'adoucissait encore un léger accent du Sud.

Je scrutai les bois autour de moi. La silhouette floue d'une femme, blanche et vaporeuse, se déplaçait comme dans un rêve devant la masse sombre d'une chaumière presque totalement cachée par les arbres.

– Je ne crois pas, m'ame... répondis-je.

Mal à l'aise, j'avais cependant la certitude qu'elle savait exactement où notre petit orchestre voulait en venir.

Elle s'avança de quelques pas. Dans l'ombre, ses cheveux étaient noirs comme l'ébène, ses lèvres, pleines et rouge cendré. À cette distance, elle pouvait avoir vingt ans comme cinquante. Elle était très belle.

– Alors, joue-moi un morceau, le banjo.

J'aurais pu jurer que son souffle m'avait effleuré la joue.

Sans hésiter devant le ridicule de la situation – moi, debout au milieu de la route, jouant devant quelqu'un à moitié planqué derrière les arbres – je sortis mon cinq cordes de son étui et entonnai *Soldier's Joy*, un standard de la révolution américaine. Elle se mit à rire et commença à se balancer au rythme de la musique, formant un halo blanc et lumineux devant le mur sombre des arbres. Je poursuivis en enchaînant ainsi une dizaine de titres. Elle semblait les connaître par cœur et dansait dans les bois pendant que je continuais à jouer au milieu de la route.

Après le dernier accord de *Eight of January*, elle s'arrêta brusquement, se mit une main sur la hanche et inclina la tête d'un air boudeur en disant :

– Tu es bien sûr de ne pas être cupide comme les autres, le banjo ?

– Je ne crois pas…

Je tentai de me détourner, de plus en plus gêné par son regard entendu.

– Les gens cupides sont pour toujours les bienvenus à Tadesville, tu sais.

– Non, m'ame.

Elle marqua une pause puis, soudain, sa main se leva et un petit objet s'envola à travers les arbres avant d'atterrir à mes pieds sur la route.

– C'est ce qu'on va voir, lança-t-elle.

Je me baissai et l'attrapai. C'était un petit écrin, recouvert de feutre bleu. À l'intérieur se trouvait une bague d'homme, au placage en argent bon marché, et ornée d'un caillou plutôt clinquant.

Quand je relevai les yeux, l'apparition avait disparu.

Je n'eus alors qu'une envie : marcher vers ces arbres, pour la remercier. Pour voir si sa beauté était bien réelle.

Comme je retournais la boîte entre mes mains, mes yeux tombèrent sur ma montre. Ça faisait plus d'une heure que je me baladais seul ici. « Ceux qui laissent passer trois quarts d'heure, on les plante là et on se tire », disait toujours Arnie. Trop risqué pour les autres d'attendre.

Ils seraient donc partis.

Je laissai tomber l'écrin dans mon étui, y rangeai le banjo et le refermai. La tête toujours douloureuse, je me sentais plus nul que jamais, à chaparder et traîner comme ça avec Arnie et les deux autres. Mais quelque chose de nouveau cherchait maintenant à s'immiscer entre le whisky et la honte.

Le soulagement.

Un homme n'a pas trente-six chances de se racheter, me susurrait une mince partie de mon cerveau. Cette voix ne m'avait jamais beaucoup parlé, mais, ce soir-là sur la route, je l'entendis claire et nette.

Les alentours étaient tout noirs, à présent, les arbres se mêlant les uns aux autres. Je pris mon banjo et me remis à marcher, loin de la ville désertée, m'efforçant de ne pas penser à l'alcool, au chapardage ou aux yeux avisés de la dame dans les bois.

Au bout de quelques kilomètres, la route de terre se recouvrit peu à peu de graviers, et un fermier dans une vieille camionnette Ford d'où s'échappaient des brins de paille me saisit dans la lumière de ses phares.

– Vous venez d'où, avec ce banjo que vous trimballez ? me demanda-t-il après avoir abaissé sa vitre.

– De Tadesville.

– Tadesville ? répéta-t-il avant de m'ouvrir la portière opposée. Jamais entendu parler…

– C'est une ville étrange, lui dis-je en grimpant à ses côtés. Il n'y a pas un rat, là-bas, sauf une dame qui a l'air de vivre dans les bois.

Mon chauffeur n'ayant visiblement pas très envie de parler, on poursuivit notre chemin en silence dans la nuit, jusqu'à ce qu'il me dépose à l'est de Kalamazoo.

*
**

Je laissai le banjo chez ma sœur et partis en mer comme mécano, pensant mettre un océan entre moi et le whisky et toutes autres tentations susceptibles de me conduire en enfer. Mais, après trois ans à respirer le fond de cale sur l'un des plus immondes cargos flottant entre New York et Liverpool, je n'avais fait qu'aggraver ma soif d'alcool et mon envie de me la couler douce. Je laissai donc tomber la mer et roulai ma bosse à travers le Sud, me défonçant à tout ce qui avait connu une distillerie, tout en cherchant un travail qui ne demandait aucun effort. Mais on n'embauchait pas beaucoup les ivrognes, et je me suis retrouvé la plupart du temps à réparer les routes pour quelques prisons d'Alabama ou de

Georgie. Les vols, l'ivresse publique et la malchance me poussèrent ainsi à travailler pour l'État, jusqu'à ce qu'une complicité de vol de voiture me précipite dans la lingerie d'une prison pour trois ans.

J'en sortis à l'âge de trente ans, résolu, cette fois, à jouer le jeu plus finement. Je retournai chez ma sœur. Bien que ce soit elle qui ait gardé mon banjo toutes ces années, je crois aujourd'hui que c'était sa propre force vitale qui maintenait son existence.

Pour me sauver, ou pour me condamner, ça dépendait.

*
**

Le monde que je réintégrai était plein de distractions. Des astronautes passaient leur temps à se promener en fusées, les voitures avaient l'air conditionné, et de la musique sortait de radios pas plus grandes qu'un paquet de cigarettes. Mais, le plus incroyable à mes yeux, c'était que le banjo à cinq cordes était devenu à la mode. Quelques doux dingues de Greenwich Village, portant barbe et sandales, l'avaient traîné jusqu'au nord et le traitaient avec respect. Et soudain, chaque festival, chaque fête country, chaque concert folk devait avoir son joueur de banjo. Un vrai, pas un plaisantin.

Je n'étais pas assez bon pour le grand jeu, mais ce n'était pas nécessaire. Le pays regorgeait de vendeurs de voitures ou de petites foires ayant juste besoin d'un peu de son pour s'attirer de la clientèle, et je voyageais avec des groupes montés ici et là, à travers tout le Middle West. Je gagnais trois fois rien, mais les horaires me convenaient à merveille – c'étaient les cartes et l'alcool qui engloutissaient les trois quarts de mon maigre salaire – et je n'avais plus besoin de me risquer à voler.

Je me mis à porter l'anneau que j'avais découvert dans l'étui de mon banjo, parce qu'il scintillait particulièrement. Quand je jouais sous le soleil ou sur une scène vivement éclairée, les mille feux de ma bague attiraient les foules et faisaient rire le public. Partout où j'allais, je connaissais grâce à elle le même succès.

Mais jamais je ne m'étais posé la question de savoir d'où provenait ce bijou de pacotille. Tout souvenir de Tadesville et de la dame dans les bois avait depuis longtemps disparu de ma mémoire, comme tant d'autres de mes hallucinations dues au gin, d'ailleurs.

Jusqu'à ce que j'atterrisse à Saint Louis, en cette année 1964.

Le joueur de mandoline et moi-même nous trouvions dans une chambre d'hôtel, en pleine partie de poker avec quelques types du coin. J'avais lâché mon dernier billet de vingt, ma flasque était vide et je m'apprêtais à les planter là quand l'un d'eux, un petit gars en costume noir qui avait passé la nuit à gagner, me demanda s'il pouvait voir ma bague. Je l'ôtai de mon doigt et la lui tendis par-dessus la table.

Plus vite qu'un pélican piquant du bec vers son repas, il sortit de sa veste une loupe de joaillier, se la fixa sur l'œil et se plaça sous l'éclairage du plafonnier.

– Je vous en donne mille dollars, me dit-il dans les secondes qui suivirent.

J'ai dû rester quelques instants bouche bée. De toute ma vie de misère, jamais je n'avais empoché mille dollars.

– Mille dollars, oui, m'assura-t-il. Tout de suite, si vous voulez.

Penché en avant, il plissait ses tout petits yeux de furet.

Silence de mort autour de la table.

– Ça me vient de ma famille.

J'articulai ces mots en espérant qu'il ne remarque pas ma main tremblante tandis que je la tendais vers lui pour récupérer la bague, lentement, en lui laissant tout le temps de me la rendre.

– Mille cinq cents, lâcha-t-il en refermant sa paume autour de l'anneau.

– Même pas pour cinq mille, m'entendis-je répondre.

Tout le monde suspendait sa respiration. Le joueur de mandoline me regardait comme si j'arrivais de la planète

Mars. Soir après soir, il m'avait vu laisser tomber cette bague comme un vulgaire objet dans l'étui de mon banjo, sans plus y penser. Mais, ce soir, j'avais simplement oublié de l'ôter. Et, maintenant, il me voyait en train de refuser mille cinq cents dollars pour ce bijou de pacotille.

Le petit homme en noir resta pensif un long instant, puis ouvrit sa main et poussa l'anneau vers le centre de la table.

– Ça ne vaut pas cinq mille dollars.

J'étais au bord de l'étouffement. Mon cerveau me hurlait que je plaisantais, que mille cinq cents dollars, c'était le rêve. Mais mes tripes me disaient de récupérer la bague, de me lever tranquillement et de décamper sans attendre.

Ce que je fis, en croyant à peine à ce qui venait de se passer.

*
**

Cette fois-ci, mes tripes ne me trompèrent pas. Le lendemain, j'obtins d'un prêteur sur gages trois mille deux cents dollars pour la bague. J'avais d'abord commencé par une luxueuse bijouterie, en haut de la rue principale.

– Où avez-vous eu cela ? me demanda le bijoutier en posant la bague sur un petit plateau de feutre noir.

– Un héritage familial.

Comme la veille, cette explication me paraissait tout à fait raisonnable.

– La pierre pèse quatre carats, elle est pure, bien taillée.

Avisant mon costume peu reluisant, il ajouta :

– Si vous pouvez me prouver que vous en êtes bien le propriétaire, je vous en donnerai six mille dollars.

– Pour cette bague ?

– Pour le diamant. La monture ne vaut rien.

Mais il refusa de lâcher le moindre centime sans voir mes papiers ; comme, d'ailleurs, les six autres bijoutiers que j'allai voir. Je me rendis donc chez le prêteur le plus proche et en obtins trois mille deux cents. Pas autant que les boutiques chic, mais c'était mieux que rien.

J'achetai une vieille Pontiac décapotable blanche et noire, avec des sièges en plastique rouge et des enjoliveurs à motif en spirale. Avec l'argent qui me restait, je me lançai dans une virée whisky-cartes haut de gamme. L'orchestre, lui, continua sa tournée, mais ça ne me regardait plus. J'allais mener la grande vie.

Je dépensai tout mon pognon en quelques jours. Les neuf dixièmes partirent sur les tables de jeu, et les trois cents derniers dollars me furent barbotés par deux gars en bonnets de laine, à la sortie d'un bar. J'avais trop frimé en payant la tournée à tous ceux qui entraient.

Complètement fauché, sans savoir si j'allais retrouver du boulot grâce à mon banjo, je me vis bientôt obligé de dormir dans ma voiture.

Et je me remis à voler.

Au début, j'avais visé les bijouteries des grands magasins, au moment où les vendeurs étaient le plus occupé. Je pensais jouer les maris confus, indécis devant tant de bijoux étalés devant lui, comptant sur le fait que les vendeuses, de très jeunes filles pour la plupart, s'ennuieraient bien trop pour remarquer qu'une babiole avait disparu à l'instant où je leur dirais que j'avais besoin de réfléchir avant de m'éloigner.

Mais le whisky avait agi sur mes nerfs. Je fus saisi d'irrépressibles tremblements, ce qui finit par interpeller les vendeurs. Et, deux fois, des hommes qui n'avaient pas l'air de rigoler me suivirent en dehors du magasin. Les deux fois, je réussis à leur fausser compagnie, mais je ne pouvais désormais plus compter sur les bijouteries de luxe.

Je visai donc plus bas, me mettant à voler dans les quincailleries et les boutiques de babioles. Mais le travail n'avançait pas vite, et il me fallait en général une journée entière pour avoir de quoi échanger mon butin contre un demi-litre de vin et un peu de nourriture.

Ce dernier jour de juillet était détestable, avec ses quinze degrés et sa pluie grise qui vous transperçait jusqu'aux os. Je m'étais réfugié sous un auvent à l'entrée de la gare, afin de reprendre mon souffle après une petite virée dans la bijouterie d'en face. Le vendeur m'avait tout de suite eu à l'œil, mais une demi-douzaine d'adolescentes m'avaient suivi à l'intérieur. En bavardant et gesticulant, elles avaient envahi le comptoir comme des abeilles, me donnant ainsi tout loisir de chaparder un ou deux objets avant de décamper. Pourtant, je n'avais pas été assez stupide pour piquer quelque chose alors que je me savais surveillé par le gérant. Et cet épisode m'avait laissé tout secoué.

Cette année, les imperméables noirs étaient à la mode. Et, sous la pluie battante, les gens qui entraient dans la gare ressemblaient à des croque-morts en train de se ruer vers les victimes d'un train venant de dérailler. À l'exception d'une femme dont le trench blanc au col relevé contrastait nettement avec les autres. Les cheveux noirs, les lèvres pourpres, elle m'envoya littéralement une décharge dans le dos. Passant tout près de moi, elle murmura :

– Cupide, maintenant, le banjo ?

Ce n'était pas seulement sa bouche qui parlait. C'étaient aussi ses lèvres rouges, son imper au blanc immaculé. Cela faisait longtemps que j'avais tout oublié, mais en cet après-midi pluvieux, un souvenir me revint brusquement.

Tadesville. 1954.

– Oui, je crois bien, soufflai-je.

Je voulus crier ces mots dans son dos, alors qu'elle disparaissait à l'intérieur de la gare, mais je me contentai de répéter pour moi-même :

– Oui, je crois bien…

Comme les gens me regardaient, je me frayai un chemin vers le viaduc pour leur échapper.

Une hallucination, me dis-je. *Encore un coup de l'alcool.*

Non, une simple vision.

Ça fait dix ans.

Elle n'avait alors que vingt ans, ou trente. Elle est toujours là, elle vit dans les bois, dans une chaumière bourrée de diamants.

Cette bague était la seule. Bien sûr, elle ne savait pas qu'elle avait de la valeur, sinon elle ne me l'aurait pas jetée pour que je lui chante un peu de musique. C'était juste un coup de chance.

Je fis taire toutes ces voix en moi. Quand on est fauché au point de voler pour un peu d'alcool dans le but de faire cesser ses tremblements, les coups de chance prennent une importance terrible. Ils se transforment en probabilités.

Je sortis de sous le viaduc au grand soleil. L'obscurité et la pluie avaient disparu. Je pris ça comme un bon présage, un prodige, l'annonce de jours meilleurs.

Tadesville.

⁂

La carte du Michigan dégotée au drugstore n'indiquait aucun Tadesville, ni à l'ouest de Detroit ni ailleurs. C'était logique puisque, à part la dame, il n'y avait pas un rat là-bas. Je glissai la carte dans ma poche et sortis réfléchir.

L'ennui, c'était que je ne connaissais pas la route, car j'avais passé mon temps vautré à l'arrière de la voiture, la tête enfouie dans ma veste, comptant les bosses sur lesquelles Arnie faisait exprès de rouler.

Arnie. Arnie Norris, de Randall's Corners, dans l'Illinois.

Si je lui téléphonais en prétendant que c'était en souvenir du bon vieux temps, il pouvait peut-être se rappeler la route pour Tadesville.

Il y avait une cabine téléphonique au coin de la rue. L'opératrice me dit qu'il existait bien un Norris à Randall's Corners. Mais, saisi d'une meilleure idée, je raccrochai. Ce serait peut-être mieux de l'aider à retrouver la mémoire face à face, surtout s'il avait empilé assez de dollars depuis nos tournées de concerts ensemble pour en prêter vingt à son vieux pote joueur de banjo – de l'argent qui me servirait à voyager.

Je retournai au drugstore pour consulter une carte de l'Illinois. Randall's Corners se trouvait au milieu de l'État, pile sur la route vers le Michigan. Je rangeai la carte sur son présentoir et m'en allai.

Je mis au clou ce que je pus, sauf le banjo, je vendis mes enjoliveurs spiralés à une casse et partis vers le nord dans ma Pontiac décapotée, en chantant la sérénade aux poteaux télégraphiques, aux voitures que je croisais et aux camions. Des chansons qui parlaient de whisky, de rivières, de canards dans les mares.

Et de chaumières remplies de diamants.

*
**

Randall's Corners semblait souffrir de non-prospérité. Deux hommes bavardaient devant une station d'essence.

– Je cherche Arnie Norris, lançai-je à celui qui s'avançait vers la pompe.

– Vous êtes un ami ? me demanda-t-il d'un air soupçonneux.

– De la Corée, oui.

– Arnie, on ne l'a jamais revu ici.

La chaleur du gin dans mon gosier s'évanouit aussitôt.

– Et le Norris que j'ai trouvé dans l'annuaire ?

– C'est le fils de son frère.

J'achetai pour un dollar d'essence et suivis les directions qu'il me donna pour trouver la maison du neveu d'Arnie.

Celui-là ne parut pas apprécier l'idée que j'aie pu servir dans l'armée avec son oncle.

– Vous ne savez vraiment pas où il est ? lui demandai-je derrière la moustiquaire, les mains dans le dos pour ne pas trahir mon agitation.

– Il n'est jamais revenu, après la Corée.

Je repartis vers la cabine téléphonique du garage, m'efforçant de ne pas céder à la panique. J'avais compté sur vingt dollars que m'aurait donnés Arnie.

Je ne me rappelais pas où habitait Whiffer, mais je savais que Billy Dabbert était de Cedar Rapids. L'opératrice me donna un numéro.

– Billy ? m'écriai-je presque lorsque quelqu'un décrocha.

– C'est toi, Billy ? résonna alors une voix rocailleuse.

– Euh… non, je cherche Billy.

– Où diable étais-tu passé, depuis tout ce temps ?

Le vieux monsieur n'avait plus sa tête. Et moi, je n'avais

plus un sou. Je raccrochai. Il fallait que je retrouve le chemin tout seul.

Je poursuivis vers le nord, fouillant ma mémoire pour reconnaître quelque chose. On avait joué près de Detroit avant de nous diriger vers l'ouest. À la limite de la panne d'essence, effrayés de n'avoir encore croisé aucune ville, on s'était arrêtés au coucher du soleil, on avait bu et dormi dans la voiture. Le lendemain, pris par la gueule de bois, j'avais gardé la tête enfouie dans ma veste jusqu'à Tadesville. Après ça, j'avais fait du stop et profité de la camionnette d'un gars qui allait à Kalamazoo. Tadesville devait se trouver sur la route entre Detroit et Kalamazoo.

Il me fallut quatre jours pour arriver à Ann Arbor, à l'ouest de Detroit, car je devais chaque fois chercher une station d'essence assez pleine de gens pour me permettre de me servir discrètement et repartir sans payer. Là-bas, on ne connaissait pas Tadesville, mais, au syndicat d'initiative, je pus consulter une carte routière géante montrant les routes qu'on avait vraisemblablement empruntées. Je mis alors le cap vers l'ouest, sur une petite route qui traversait Bridgewater, Norvelle et Napoleon. Je passai la nuit dans la voiture, près de Joppa. Et, enfin, j'arrivai à Rasden. Cette bourgade avait deux clochers visibles de la place centrale.

C'était peut-être bien là qu'on avait joué devant un public pour la dernière fois.

Le soleil continuait de grimper dans le ciel tandis que je poursuivis mon chemin vers l'ouest, en longeant des bois et des fermes abandonnées depuis longtemps. Puis les arbres se firent plus hauts, plus épais, jusqu'à se mêler entre eux et finir par me cacher le soleil et les champs derrière la route.

Je continuai à rouler, inquiet de voir mon niveau d'essence baisser dangereusement, et, surtout, d'avoir peut-être imaginé toute cette histoire sur Tadesville et la femme dans les bois. J'étais sous influence, ce jour-là, et mon esprit avait alors une fâcheuse tendance à inventer des choses. Peut-être que Tadesville faisait partie de ces inventions ; peut-être que j'avais volé cette bague autre part et que mon cerveau en lambeaux avait imaginé cette dame pour ne pas se souvenir du vol que j'avais commis.

Je me mis à trembler. Ça faisait des heures que j'avais avalé mes dernières provisions. Je remis le toit sur ma Pontiac et poussai le chauffage à fond. Mes tremblements ne cessèrent pas pour autant. Mieux valait sortir de cette maudite forêt, arrêter de courir après un souvenir qui n'existait pas. Je pris de la vitesse, guettant la route que je devais emprunter vers le sud afin de rejoindre l'autoroute, et, si la chance me souriait, trouver un magasin d'alcool peu surveillé.

Brusquement, le bitume craquelé disparut et je me retrouvai en train de conduire sur une route de terre, soulevant un nuage de poussière derrière moi. Puis il y eut un virage, le mur d'arbres épais s'estompa, et je la vis enfin, à une cinquantaine de mètres devant moi, qui semblait griller sous un soleil lumineux.

Tadesville.

Et plus encore.

Les bras tendus sur le volant, j'écrasai la pédale de frein, les pneus laissant entendre un long crissement sur le sable.

La Plymouth d'Arnie était là, garée sur le côté de la route.

Le bleu délavé de sa peinture était devenu quasi invisible, exposant ici et là de grossières taches de rouille, et les pneus ratatinés ne formaient plus que de minces cercles de caoutchouc autour des jantes. Mais, ça ne faisait aucun doute, c'était bien la voiture d'Arnie. Et derrière, toujours fixée à son attache sous le pare-chocs, se trouvait la remorque qui nous servait de scène, sur laquelle s'empilaient les restes pourris de nos sacs en toile de l'armée.

Un frisson glacé me parcourut l'échine. Je fermai les yeux et serrai violemment les doigts autour du volant. Dingue. Le whisky et le gin m'avaient rendu dingue. Je voulus rire, mais je n'en eus pas le courage. Je me mis alors à supplier Dieu, à qui je n'avais pas parlé depuis des siècles : *Faites que ce ne soit qu'une hallucination !*

Je rouvris lentement les paupières.

La Plymouth d'Arnie... la remorque... Elles étaient toujours là.

Je coupai le moteur.

Rien ne bougeait dans le silence torride qui m'entourait. Personne, aucune voiture, même pas une fichue mouche. L'air était mort, comme la première fois où on s'était arrêtés à Tadesville.

Je descendis, fermai doucement la portière, et pourtant le bruit résonna comme un tambour sur les façades des trois commerces qui me faisaient face : l'épicerie, le magasin général et le long bâtiment qui n'avait pas de nom. Ils avaient encore perdu de leur couleur, depuis la dernière fois, aussi desséchés qu'un cadavre qui aurait séjourné trop longtemps dans le désert. Au-dessus de l'épicerie, des ficelles jaunes – des restes de rideaux – pendaient lamentablement à la fenêtre, telles les entrailles d'un mort.

Tandis que je traversais la rue, mes pieds laissaient derrière eux de petits nuages de poussière blanche.

Les vitres de la Plymouth étaient baissées. Je me penchai à l'intérieur. Les clés d'Arnie, retenues par une chaînette où pendait sa plaque d'immatriculation militaire, étaient encore sur le contact. Le tissu usé du siège laissait apparaître les ressorts encore luisants. Quelqu'un s'était assis là récemment, empêchant la rouille de s'y installer.

Ma vieille veste de costume gisait, roulée en boule sur le siège arrière, et mangée par la moisissure. Je tendis le bras et la saisis. L'étoffe pourrie se délita littéralement entre mes mains.

Je la laissai tomber et m'approchai de la remorque. Mon sac se trouvait sous la pile de nos affaires, mon nom, « Olton », à demi effacé sur la toile verte de l'armée. J'écartai les anneaux de laiton et ouvris le tissu pourri. Mes chemises blanches, avec leur grand col en pointe, reposaient sur le dessus, bien jaunies à présent. Fouillant un peu plus, je sortis un pantalon de gabardine noire, une cravate à fleurs et mon autre costume. Tout était imprégné de moisissure. Au fond du sac, je dénichai une bouteille d'un demi-litre de Jack, dont il restait deux gorgées. Grands dieux…

Je remis tout dans le sac puis tentai de m'ôter des mains les traces de moisissure qui y traînaient.

Cours vers la voiture. Mets le contact. Tire-toi au plus vite de cet endroit.

Un jour, j'en avais eu la force. Mais pas maintenant. Maintenant que j'en avais besoin.

C'était le jour idéal pour aller « me servir ».

Je retraversai la rue, chacun de mes pas soulevant inévitablement un peu de poussière. J'ouvris le coffre de la Pontiac, en sortis l'étui de mon banjo, et le bruit du capot qui se refermait résonna de nouveau comme un battement de tambour contre la façade des magasins. Arrivé à l'intersection, je tournai dans l'allée latérale. Comme la première fois, il faisait plus frais sous la canopée sombre des feuilles. Presque froid.

Je parcourus un kilomètre.

*
**

Arnie, Billy et Whiffer n'ont plus que la peau sur les os. Une peau qui pendouille, molle et jaune, tel un suaire pourri par le temps. Ils ressemblent à des rescapés d'Auschwitz, des fantômes qui auraient connu l'enfer. Ma peau, elle, est un peu plus tendue. Je n'ai pas erré aussi longtemps qu'eux.

On vient ici chaque jour à quatre heures et demie, on jette par terre ce qui reste de nos sacs et on se hisse sur la plateforme de la remorque. On commence alors à faire de la musique. Arnie n'a plus que deux cordes rouillées sur sa guitare, mais ça ne fait rien. On a toujours compté sur Billy et Whiffer. La plupart des gens n'ont jamais vu de carafe et de planche à laver musicales.

On commence avec *Divin' Duck*, l'air qui, à l'époque, nous attirait les foules. Mais personne ne vient. De l'autre côté de la rue, ma Pontiac noire et blanche avec son intérieur de vinyle rouge gît sur ses roues pleines de rouille. Les pneus sont à plat depuis des années, et le toit est grillé et décoloré par le soleil. C'est là que je dors. Pour les trois autres, je ne sais pas.

Arnie lance une blague sur le banjo. Je m'avance en traînant des pieds, je fais semblant de plaisanter. Personne ne rit. Il n'y a personne pour nous écouter.

On essaie de chanter les gospels : *Swing Low*, *Go Tell It*, *Amazing Grace*. D'habitude, ce genre de chants, ça leur parlait, mais c'était dans des villes chrétiennes. À Tadesville, il n'y a pas de Dieu.

Arnie repose sa guitare, fait mine de regarder les bâtiments et articule :

– On va devoir « se servir ».

Je commence à jouer *Will the Circle*, mais juste pour le spectacle, comme avant. On doit aller « se servir ».

Arnie descend de la plateforme, lentement car il n'a plus rien dans les hanches. S'accrochant aux poignées de la voiture, il se hisse vers la portière avant et se laisse tomber sur les ressorts du siège du conducteur. Il soupire à travers les dents qui lui restent. Il nous attendra comme ça, assis au volant.

Billy se laisse descendre en s'aidant de sa jambe encore en état. La droite, il l'a cassée des années plus tôt, et il la garde repliée sous lui à l'aide de sa ceinture. Il se dirige en boitant vers l'épicerie.

Whiffer, lui, part vers le magasin général, même si je n'ose pas me demander ce qu'il espère trouver là-bas.

Je referme mon étui, le prends sous le bras, m'avance vers l'intersection et tourne dans l'allée. Il fait toujours plus frais, là-bas, sous les branches.

Je franchis mon kilomètre. Les arbres, épais et tordus, s'entremêlent comme des vipères.

Je connais l'endroit. Je pose mon instrument par terre.

– Tu es cupide, le banjo ?

La douce voix à l'accent du Sud me fait l'effet d'une caresse froide et soyeuse. Elle sent la moisissure. Je ne la vois pas. Seul le vent fait bouger les feuilles.

Je me glisse entre les troncs, si épais qu'ils se touchent presque. Cent mètres, deux cents mètres… je regarde partout autour de moi. Il n'y a pas de chaumière, aucune ruine. Pourtant, je continue de progresser sous les arbres. J'en ai besoin.

Les taches de soleil sur les feuilles virent à l'orange, puis au gris, et des odeurs de feu de bois mourant m'enveloppent les narines. Je me fraie un chemin parmi les ronces, aussi vite que me le permettent mon arthrite et mes poumons en vrac, criant tandis que les épines me déchirent la peau. Il n'y a pas de chaumière. Il n'y en a jamais eu, sauf en ombre ; une ombre que ma cupidité naissante avait désespérément besoin d'entrevoir.

– Tu es cupide, le banjo ? murmure-t-elle à travers le vent et les feuilles.

– Tu sais bien que oui, espèce de garce !

C'est ma réponse, celle d'un habitant de l'enfer.

Je poursuis mon chemin.

Quand les derniers reflets des feuilles virent au noir, quand le vent se lève et commence à glacer mes vêtements trempés de sueur et que du sang s'écoule de ma peau, quand je tremble si fort qu'il m'est impossible d'avancer, je me mets à chercher une issue dans l'obscurité. Et cette nouvelle journée touche presque à sa fin.

Parfois, je l'aperçois alors, dans ce qui reste de lumière. À peine visible, une traînée de brume devant les bois. Elle rit et oscille entre les arbres, raillant la faiblesse qu'elle a fini par obtenir de moi.

Debout au milieu de la route, j'attends de reprendre mon souffle. Je regarde ma montre. Elle ne marche pas, mais je sais que ça fait plus d'une heure. Arnie, Billy et Whiffer seront partis pour quelque part. Arnie est intraitable quant à l'horaire : pas plus de trois quarts d'heure. Je me baisse, trouve la corde fixée à l'étui de mon banjo. Pour le traîner. Après mon errance dans les bois, je n'ai plus la force de le porter.

Je reprends mon chemin vers la ville. Il n'y a pas moyen de partir de l'autre côté, de trouver une route vers Kalamazoo.

Cet épisode est terminé. Je suis cupide, maintenant, et le bienvenu à Tadesville.

Je m'arrête toujours devant le grand chêne où est accrochée la boîte brillante. Je fais en sorte qu'elle soit bien visible, comme lorsque j'espérais que quelqu'un passe par là. Avant que je ne comprenne que cet endroit n'était réservé qu'à nous – à Arnie, Whiffer, Billy et moi.

Et à elle. Surtout à elle.

Je cherche dedans le papier – ce papier – et je reconnais la petite mort tandis que mes doigts se referment sur lui. Personne ne viendra.

Je secoue un peu la ficelle pour m'assurer qu'elle est bien tendue, puis je retourne vers la Pontiac, en tirant mon banjo derrière moi et en me consolant comme je peux des taches sombres et spongieuses qui me maculent la peau, et de la grosseur de la taille d'une noisette qui me pousse sur le front.

Je me dis que tout ça finira bientôt, quand les taches spongieuses et la noisette auront mûri. Que plus rien ne viendra après… seulement la paix.

– Ça ne peut pas durer éternellement, dis-je à l'obscurité qui m'entoure.

Pas si sûr…

Limbes

par Steve Brewer

Je me réveillai brusquement sur une table d'autopsie glacée.

Un homme aux cheveux blancs et à fines lunettes se tenait au-dessus de moi, un scalpel à la main, prêt à me découper la poitrine. Je lui saisis les poignets avant qu'il ne s'attaque à ma peau.

La surprise fut trop grande pour le vieil homme, dont le visage devint aussi pâle que la blouse qu'il portait. Il roula des yeux blancs et s'effondra sur le sol, échappant à mon étreinte.

Je m'assis et regardai autour de moi. La pièce était froide, fermée, éclairée par une seule lampe suspendue au-dessus de ma tête douloureuse. La table d'acier brillant disposait d'une rigole d'écoulement. Frissons.

J'étais nu et, à part un vague mal de tête, ne souffrais de rien. Mon corps était le même, trapu et poilu. Un tatouage sur mon avant-bras disait « Semper Fi ». Et j'avais sur le genou une cicatrice datant de mes exploits au football.

Je glissai les jambes de côté et posai les pieds sur le sol de béton. Je m'accroupis et appuyai la main sur la gorge du vieil homme pour lui sentir le pouls. Mais un seul coup d'œil suffit à me dire qu'il était mort. Mérité, pour ce salaud qui s'apprêtait à me découper…

Comme je me redressais, une lueur au coin de mon œil gauche attira mon attention. Je regardai par-dessus mon épaule, mais ne vis rien. Légèrement instable, je me tournai complètement, cherchant d'où pouvait provenir cette lumière, mais celle-ci resta hors de mon champ de vision.

Un évier se trouvait dans le coin, surmonté d'un miroir ; j'enjambai le cadavre du légiste pour m'en approcher. Mon visage était le même, avec un nez épaté et des mâchoires carrées, marqué par une vie passée à me battre à coups de poing. Mais j'avais besoin d'un bon rasage.

Un rai de lumière jaune s'échappait de ma tête, juste au-dessus de mon oreille gauche. Qu'est-ce que c'était que ça ? Je levai la main et fis jouer la lumière sur ma paume. D'où cela provenait-il ? Délicatement, je posai les doigts sur mes cheveux, couvrant ainsi le rayon pour en définir la source.

C'est là que je découvris l'orifice d'entrée d'une balle.

Je faillis rejoindre l'homme allongé par terre. Qu'est-ce qui se passait, ici ? Pas de sang, pratiquement pas de douleur et, cependant, le trou dans mon crâne ne laissait aucune place au doute. J'y plongeai le bout de mon index. Un trou bien net, bien rond, vraisemblablement laissé par un .38. Lorsque je ressortis mon doigt, de la lumière jaune s'échappa de l'orifice.

Je n'aimais pas ça. D'autant que je commençais à me sentir faible et pris de vertige. Je couvris la blessure de ma paume, me regardai dans le miroir, écartai ma main. Un rayon de lumière s'entêtait à fuser du trou laissé par l'impact de balle. Je le couvris de nouveau.

– Je suis un illuminé, murmurai-je à mon reflet dans la glace.

Mais ni lui ni moi n'eûmes envie de rire.

Je fus néanmoins soulagé d'entendre que ma voix fonctionnait toujours. De toute évidence, j'avais survécu à un coup de pistolet dans la tête. Cette lumière devait être une hallucination, ou provenir d'une lésion cérébrale.

Peut-être étais-je simplement en train de rêver. De ma main libre, je me frappai la joue. Je sentis la force du coup, mais ni les picotements ni l'impression de brûlure qu'aurait dû m'occasionner une bonne gifle. Je recommençai. Même résultat.

Je me penchai vers le miroir. Je paraissais pâle, comme si j'avais perdu beaucoup de sang après m'être pris une balle dans la tête.

L'idée me vint alors de vérifier mon pouls. Je m'appliquai la main sur la gorge, puis sur la poitrine. Aucun battement de cœur, rien. Pris de panique, je me saisis le poignet pour y sentir le sang battre dans mes veines. Là non plus, aucun pouls.

Miséricorde. J'étais mort. Debout sur mes deux pieds, en assez bonne forme en dépit de ma migraine et de cet étrange rayon jaune qui me sortait du crâne. Mais bien mort…

Ce qui expliquait la salle d'autopsie. Je baissai les yeux sur le médecin légiste toujours étalé par terre. Il ne faisait que son travail. Pas étonnant qu'il soit tombé à la renverse quand le cadavre qu'il examinait avait ouvert les yeux. J'aurais préféré le voir encore en vie. Peut-être aurait-il su m'expliquer pourquoi j'avais ce rayon qui me sortait de la tête.

Je me dirigeai vers un placard de métal blanc, au fond de la salle, et l'ouvris. Du matériel médical, bien sûr. Je fouillai dedans, trouvai de la gaze et du sparadrap. La lumière continuait de s'écouler de mon crâne pendant que je me fabriquais un bandage. J'appliquai celui-ci sur l'orifice et le fixai avec de l'adhésif blanc plaqué sur mes cheveux hirsutes. Le pansement brillait de l'intérieur. J'y ajoutai plusieurs couches de sparadrap jusqu'à ce que plus aucun rai de lumière ne le traverse. Je ne savais pas ce que signifiait cette lumière intérieure, mais il me paraissait important de la garder en moi.

Pas vraiment grande et sans aucune fenêtre, la salle était vieille et ne faisait manifestement pas partie d'un hôpital. On devait se trouver dans une petite ville ou à la campagne, quelque part où le toubib du coin faisait aussi office de légiste. Mais comment avais-je atterri ici ? Y avait-il eu une ambulance ? Des flics ? Pas moyen de m'en souvenir.

Une chose était certaine, il fallait que je sorte d'ici. On allait finir par chercher le légiste, et je risquais de me voir accusé de…

Mais au fait, qu'est-ce qu'on pouvait me faire ? J'étais déjà mort. Un fantôme, un zombie, un ange… D'accord, peut-être pas un ange ; pas avec la vie que j'avais menée. Mais, quelle que soit l'explication, il ne pouvait rien m'arriver de pire. Vrai ?

Cependant, je n'avais nullement envie de me faire prendre. J'ignorais combien de temps allait durer la situation. Et j'avais des choses à régler.

Je fouillai la pièce, mais ne trouvai aucun de mes vêtements. Les flics avaient dû les emporter comme indices, ainsi que mon portefeuille, mes clés et l'arme à feu que je portais sur moi. Bon Dieu, je repartais de zéro.

Un chapeau et un pardessus étaient pendus à une patère, près de la porte. Je m'en emparai, puis hésitai. Le manteau m'arrivait aux genoux, mais je ne pouvais pas circuler sans pantalon ni chaussures. On était en hiver, ça, je m'en souvenais.

Le légiste et moi faisions sensiblement la même taille. Il était un peu plus grand, un peu plus mince, mais ça restait assez proche.

Je vérifiai dans le miroir que mon bandage ne laissait rien fuir, puis je me mis au travail en débarrassant le médecin de ses habits. La chemise à carreaux qu'il portait sous sa blouse m'allait bien ; le pantalon gris était un peu long ; mais ses chaussures étaient exactement à ma pointure. Son portefeuille contenait quarante-sept dollars, ainsi que quelques cartes de crédit. Je les pris – il n'en avait plus besoin, à présent – et j'empochai ses clés.

Pour finir, je repris le pardessus sur la patère et l'enfilai. Brun foncé, de belle qualité, il était fait dans un très beau drap de laine. Le feutre marron qui l'accompagnait était ce qu'on appelait un *porkpie*. Je m'en coiffai et, devant la glace, lui donnai un petit air canaille en en abaissant le bord de façon à dissimuler mon bandage. J'avais ainsi l'air de jouer les gangsters dans un vieux film.

Je pris le scalpel qui gisait par terre et le glissai dans la poche de mon manteau. Je me sentais toujours un peu nu sans arme sur moi, mais une lame, c'était mieux que rien.

Je me glissai alors à l'extérieur du bâtiment, dans la nuit glacée, avec une seule idée en tête : mettre la main sur le fumier qui m'avait tué.

*
**

Les clés du légiste étaient celles d'un vieux modèle de Buick. Au bout de quelques carrefours, j'atteignis la route principale et reconnus l'endroit où j'avais atterri : un petit bourg du nom de LaPorte. La carte postale typique, avec ses arbres toujours verts, ses petits cottages et une rivière glacée serpentant au milieu. Quelques taches de neige scintillaient sous les lampadaires.

Gino D'Ambrozio avait un chalet pas loin de là, qui donnait sur un petit lac. Je n'avais jamais compris comment un garçon de Brooklyn comme Gino pouvait aimer un endroit qui avait tout d'une colonie de vacances. Lui et ses copains parlaient souvent de leurs week-ends là-bas, passés à jouer aux cartes et boire de la bière, sans leurs épouses pour les embêter.

J'avais dû aller retrouver Gino. Je ne voyais aucune autre raison de me rendre à LaPorte. Si je n'arrivais pas à me rappeler ce qui m'était arrivé, je me souvenais au moins du chemin pour arriver chez lui. Je quittai donc la ville pour me diriger vers le nord.

Jamais je n'avais fait partie des hommes de Gino, même si j'avais traité avec lui, de temps à autre. Toujours en indépendant, et toujours pour de l'argent honnêtement gagné. Je n'avais pas l'intention d'entrer dans leur ronde, surtout quand je m'appelais Mercer. Les Guido n'acceptaient que des gars dont le nom se terminait par une voyelle. Mais, parfois, il leur fallait un intermédiaire.

On ne peut pas mettre des gangs rivaux dans la même pièce sans finir par créer des tensions qui poussent l'un ou l'autre à dégainer son flingue. Les Guido ne peuvent pas voir les Ivan, les Jamaïcains n'encadrent pas les Portoricains, et ces foutus Colombiens haïssent tout le monde. Mais ils ont besoin, à certaines occasions, de faire du business ensemble ou de discuter de problèmes de territoires. C'est alors qu'il leur faut un gars comme moi – solide, pratique, sans attaches, et dont on peut se passer – pour créer un terrain d'entente et mettre un peu d'ordre dans leurs embrouilles.

Je n'appartiens à personne, mais ils savent tous qu'ils peuvent me faire confiance. Je ne parle jamais aux flics. Je garde leurs secrets. Je suis un pro.

Ces derniers temps, j'ai travaillé pour un gros lard siffleur de vodka, du nom de Dmitri Tourmeniev. Tout le monde l'appelait Tout-Bénef, ce qui caractérisait bien ses pratiques commerciales, mais son argent était propre. Dmitri m'avait-il envoyé voir Gino ? Pour lui parler de quoi ? J'avais bien l'intention de le découvrir.

Au bout de deux kilomètres, je passai devant le Shady Rest Motel, une construction en béton qui s'étalait en L autour d'un parking truffé de nids-de-poule, et dont le bureau se trouvait tout près de la route. Malgré le panneau lumineux « LIBRE » qui se reflétait sur la vitre de l'entrée, je distinguai à l'intérieur une femme aux yeux de biche et aux cheveux noirs et ondulés.

Un brusque éclair de mémoire me poussa à ralentir. Le visage de cette femme en gros plan… Je l'avais déjà vue. Elle avait quitté la ville pour venir s'installer ici. Dmitri avait acheté le motel afin que lui et ses hommes aient un endroit où dormir après leurs réunions au sommet, pour narguer Gino, et il avait fait d'elle la manageuse de l'hôtel.

Elle avait un lien quelconque avec le gang de Dmitri. La sœur de l'un d'eux, peut-être. Je ne me souvenais pas exactement. Je poursuivis néanmoins ma route.

Je n'eus aucun problème pour trouver l'embranchement vers la cachette de Gino. Mes phares perçaient la nuit en éclairant la végétation du bord de route. Cela me fit penser à ma blessure par balle. Je regardai dans le rétroviseur, mais le bandage et le chapeau faisaient leur boulot. Aucun signe de l'étrange lumière que j'avais à l'intérieur.

À mi-chemin du lac, j'aperçus le 4 × 4 de Gino, garé sur le côté. La porte du conducteur s'ouvrit au moment où j'arrivais à sa hauteur, et une des sentinelles de Gino, un malabar nommé Chuck Graziano, descendit du véhicule. Il leva une main gantée pour se protéger les yeux de la lumière de mes phares, tandis que l'autre se glissait dans son blouson de cuir, à coup sûr vers une arme à feu.

Quelle importance ? J'avais moi-même une arme mortelle à disposition. Je la conduisais.

J'écrasai l'accélérateur. Chuck bondit de côté, mais pas assez vite. Le lourd véhicule le renversa, et les roues laissèrent entendre deux claquements sourds comme si je venais de passer sur un cassis. *Blonk-blonk*. Je freinai et, pour faire bonne mesure, reculai en lui passant à nouveau dessus. *Clomp-clomp*. Lorsque je distinguai sous mes phares sa forme aplatie, je me garai et descendis de voiture.

Les pneus lui avaient écrasé la tête, ce n'était pas beau à voir. Pas de service funèbre pour Chuckie. Je plongeai une main dans son blouson et en sortis un lourd colt .45 chromé. Je vérifiai le chargeur puis glissai sous ma ceinture ce flingue tape-à-l'œil. Je me sentis aussitôt mieux.

Je tirai Chuck vers les hautes herbes du bord de la route puis remontai dans la Buick et continuai vers le chalet de Gino. Arrivé au bord de la clairière, j'éteignis les phares. Une pleine lune se levait, et son blanc laiteux se reflétait dans le lac.

Je restai quelques instants assis au volant, à observer la maison. De la lumière brillait à quelques fenêtres, mais je ne voyais personne bouger à l'intérieur. Je descendis de voiture et m'approchai sans bruit de la porte.

Un épais tapis d'aiguilles de pin étouffait mes pas. Mon pistolet à la main, je fis le tour du chalet, jetant au passage un discret coup d'œil à chaque fenêtre.

Dans le salon, cernés par des volutes de cigares, quatre hommes de Gino se concentraient sur leur partie de poker. Gino n'était pas avec eux. Il devait être dans son « bureau », une chambre où il appréciait se retrouver seul. Il aimait s'asseoir derrière sa table de travail, s'absorber dans ses paperasses et compter son argent.

Je vérifiai d'abord chacune des autres fenêtres, puis sortis la tête au niveau de celle du petit bureau. Gino avait beau me tourner le dos, il était impossible de ne pas reconnaître la banane noire qui lui ornait le front. Il avait en effet la chevelure épaisse et quasi biblique d'un télévangéliste.

La porte de derrière était verrouillée, mais j'utilisai le scalpel pour en faire glisser le loquet. Je traversai alors la cuisine jusqu'au couloir central. Les joueurs de poker lâchaient de gros éclats de rire, et je profitai du bruit pour passer en silence devant leur porte ouverte. Puis, me figeant un instant, j'écoutai et attendis ; mais ils continuèrent à rire devant leur jeu. Bande de crétins !

Je pénétrai alors dans le bureau de Gino et fermai la porte derrière moi. Il leva les yeux, irrité de se voir interrompre, mais quand il vit que c'était moi, son visage mou se ramollit encore plus et il demeura bouche bée.

– Qu'est-ce qui se passe, Gino ? On dirait que tu as vu un fantôme.

– Tu… tu…

– Je… quoi ? Je suis mort ?

Il regarda derrière moi, songeant sans doute à ses hommes en train de jouer au poker. Sans lui laisser le temps d'appeler, je braquai sur lui mon arme à feu.

– Les flics ont dit que tu étais mort…

– On se sera trompé, Gino. Je suis toujours debout. Et je voudrais bien savoir qui m'a abattu.

– Tu ne sais pas ?

– C'était toi ?

– Tu crois que je t'ai fait tuer ? demanda-t-il en levant un sourcil.

Je haussai les épaules.

– Si on t'avait descendu, Mercer, tu ne serais pas là en train de me parler. Mes gars se gourent peut-être parfois, mais ils savent descendre quelqu'un.

– J'étais venu à LaPorte pour te voir…

– Nos affaires étaient réglées. Personne n'a été plus surpris que moi quand Dmitri m'a appelé pour me dire que tu avais acheté la ferme.

– J'ai été abattu dans le motel ?

Gino parut m'observer un instant, sans doute à la recherche de traces de balles. Comme je portais encore le feutre du légiste, il ne voyait pas mon bandage.

– Tu ne te rappelles pas si c'était dans le motel ? insistai-je en agitant mon arme avec impatience.

– Si, si, c'était dans le motel. Et ça devrait justement te prouver que je n'avais rien à voir avec ça. Si je voulais me débarrasser de toi, je t'aurais balancé au fond du lac.

Ça paraissait logique. Les Guido évitent de laisser des cadavres aux légistes. Ils les jettent dans des lacs ou les enterrent dans du ciment. Ils savent y faire.

– C'est Dmitri qui m'a envoyé te parler, hasardai-je.

– Exactement. Quelques-uns de nos gars s'étaient frités, et il voulait que tu viennes arranger les choses.

– Et on les a arrangées, ces choses ?

– J'ai cru comprendre, oui. Tu étais censé parler à Dmitri, t'assurer qu'on était d'accord.

Un brusque souvenir : Dmitri appuyé sur la table, en face de moi, se plaignant qu'un de ses gars s'était fait descendre lors d'une bagarre. Comment s'appelait-il, déjà ? Alexeï. Un gamin…

– Et Alexeï ? demandai-je à Gino.

– Quoi… Alexeï ? C'était un petit voyou. Il s'en est pris à Chuck, dans le night-club de Dmitri, à Coney Island. Chuck était dans son droit…

– On a réussi à cacher tout ça ?

– Oui. La mémoire te revient ?

– Je m'en souviens, c'est tout.

Les yeux de Gino se posèrent sur le .45 que je tenais toujours pointé sur lui.

– À propos de Chuck, dit-il, ce n'est pas son flingue ?

– Si.

– Et lui, où est-il ?

– Il a eu un accident de la route. Si tu ne veux pas le rejoindre, tu as intérêt à rester assis sagement ici jusqu'à ce que je sois parti.

– Je croyais que tu avais mieux à faire que de menacer les gens.

– Je n'ai surtout rien à perdre.

Je reculai vers la porte et posai la main sur la poignée. Dès que je l'ouvris, j'entendis les gars se disputer à propos de leurs cartes. Ils ne se doutaient de rien.

– Ne dis à personne que tu m'as vu, conseillai-je à Gino.

– Personne ne me croirait, de toute façon.

Je me glissai dans le couloir et refermai la porte derrière moi. Puis je me faufilai dehors, aussi silencieux qu'un fantôme.

*
**

Lorsque je pénétrai sur le parking du Shady Rest Motel, le bureau me parut vide. Quelques chambres plus bas, une des portes était bloquée par un ruban jaune de scène de crime. Je me garai devant et restai dans la Buick à observer le coin. Je ne me rappelais pas être entré dans cette chambre, mais ce devait être l'endroit où je m'étais fait descendre.

Je sortis, arrachai le ruban de plastique et tournai la poignée. Celle-ci céda et la porte s'ouvrit. Mal à l'aise, je pénétrai dans la chambre et allumai.

Les draps étaient froissés et chaque surface avait été poudrée afin d'y relever des empreintes. Mais ce qui m'attira l'œil, c'était une grande tache rouge-brun sur la moquette, pas loin du pied du lit. Du sang. Mon sang.

Il y en avait eu beaucoup. Je contournai soigneusement la tache, la mesurant du regard. J'avais dû saigner ici, avant que l'ambulance n'arrive, avant qu'on essaie de me venir en aide.

La gérante aux cheveux ondulés apparut à la porte. Elle portait un jean et une épaisse chemise à carreaux, et elle parlait avec un fort accent russe.

– Qu'est-ce que vous faites ici ?

Je la regardai par-dessous mon chapeau. Quand nos yeux se rencontrèrent, elle blêmit. Elle murmura un vague « niet » puis tourna de l'œil.

Merde. Ma vue leur faisait à tous le même effet.

En évitant soigneusement la tache de sang, je repartis vers la porte et regardai du côté du parking. Personne, excepté la jeune femme russe qui gisait à mes pieds. Je la saisis sous les épaules et la soulevai.

Elle me parut légère et désarticulée. Je la portai jusqu'au lit et l'y posai doucement avant de lui repousser les cheveux du visage. Elle avait un teint de crème, les pommettes saillantes de toute Slave qui se respecte, et des lèvres joliment pleines. J'eus envie de l'embrasser sur la bouche.

Ses paupières frémirent alors et je reculai. Qu'elle ait au moins une chance de m'apercevoir sans retomber en pâmoison. Je refermai la porte au cas où elle se mettrait à crier.

Elle fixa le plafond durant une seconde, puis elle se crispa en comprenant où elle était. Son regard se figea quand elle me vit au-dessus d'elle.

– C'est… toi… articula-t-elle.

Nouvel éclair de mémoire. Elle, dans le même lit, nue sous les draps, qui me souriait. Un nom surgit dans mon esprit. Irina… Elle s'appelait Irina.

Comment avait-on atterri au lit ensemble ? Que représentions-nous l'un pour l'autre ? Savait-elle pourquoi j'étais à LaPorte, ce que je faisais dans la vie ? Connaissait-elle le salaud qui m'avait tué ?

Je n'eus pas le temps de lui poser la question. Des voitures rugirent au-dehors, leurs pneus crissant sur l'asphalte. Des portières claquèrent. Merde…

Je courus à la fenêtre et jetai un coup d'œil entre les rideaux. Gino était là avec quatre de ses hommes, accroupis derrière une Cadillac et un 4 × 4 noir. Le néon leur donnait un visage vert à faire peur. Deux d'entre eux étaient des ritals classiques, mais je reconnus les deux autres : Frankie, le grand copain de Gino, et un costaud nourri aux stéroïdes, dénommé Vinnie, qui n'était autre que le frère de feu Chuck Graziano. Ils avaient dû trouver son corps et venaient me chercher. Ce qui expliquait la ribambelle de flingues qui les accompagnait.

– Va dans la salle de bains, dis-je à Irina en sortant le .45 de sous ma ceinture.

Dès qu'elle fut à l'abri, j'ouvris violemment la porte et sortis dans l'air froid de la nuit.

– Qu'est-ce qui se passe, Gino ?

– Je pensais bien te trouver ici, Mercer ! cria-t-il de derrière le 4 × 4. Cette fois, tu es mort pour de bon.

Je n'attendis pas qu'ils se mettent à me canarder. Je brandis mon .45 et tirai partout devant moi. Une balle transperça l'épaule de Gino et l'envoya rouler en arrière. Une autre atterrit dans le front de Frankie, lui explosant la cervelle.

Des balles sifflaient autour de moi. Vinnie avait un flingue automatique, qui crépita comme des applaudissements tout en imprimant une ligne de petits trous sur la façade du motel. Quelques balles m'atteignirent en pleine poitrine avant de me précipiter contre le chambranle de la porte, mais je ne sentis rien.

Je logeai une balle dans la gorge de Vinnie, et il oublia son espèce de mitraillette, trop occupé qu'il était à se prendre le cou et à chercher de l'air. L'un des Ritals poussa un cri en tombant à la renverse, une gerbe de sang lui giclant de la poitrine.

Le dernier gars me tira une nouvelle fois dessus, en plein dans les tripes, avant de stopper net en me regardant d'un air ahuri. De luisants faisceaux jaune vif s'échappaient de ma chemise fraîchement trouée.

Le tireur prit peur. Il tenta de s'enfuir, mais je le visai soigneusement et l'atteignis pile entre les deux omoplates. Il plongea en avant, puis s'effondra.

Les coups de feu résonnaient dans mes oreilles. L'air empestait la fumée de flingue. Comme je me retournai pour regarder à l'intérieur, j'entendis un grognement résonner de l'autre côté des voitures.

Je m'avançai vers les véhicules, les contournai et trouvai Gino étalé par terre, se tortillant et gémissant. Je me baissai vers lui, le canon de mon colt à un demi-centimètre de son nez. Il roula de côté et regarda, sidéré, les rayons jaunes qui me jaillissaient de la poitrine.

– C'est quoi ces put... ?

Je le fis taire d'une balle dans l'œil.

C'était la dernière du .45, et je le jetai au loin avant de courir vers la chambre du motel. Il fallait absolument que je bouche ces trous. Je m'affaiblissais à chaque seconde qui passait.

Irina se tenait sur le seuil de la salle de bains, tremblante de peur.

– C'est fini, lui dis-je. Ils sont tous morts.

Les yeux rivés sur les faisceaux lumineux qui me sortaient du corps, elle demanda :

– Qu'est-ce que c'est que *ça* ?

– Pas le temps de t'expliquer, soufflai-je. Il me faut des bandages...

Saisi d'un puissant vertige, je tombai à genoux en évitant de m'affaler la tête la première. Je ne ressentais aucune douleur, mais la lumière continuait de jaillir des trous de mon torse. J'eus beau en couvrir deux de mes mains, j'avais toujours l'impression de me vider de mon énergie. Je levai les yeux vers Irina, qui n'avait pas bougé.

– Aide-moi...

Une grimace lui tordit le visage et elle cracha par terre.

– Comme tu as aidé mon frère ?

Son frère ?

– Ils ont laissé Alexeï se vider de son sang au bord de la route, m'expliqua-t-elle. Sa vie s'en allait. Et toi, qu'est-ce que tu as fait pour lui ? Rien. Pour toi, ce n'étaient que les affaires.

Alexeï... Le gamin que Chuck avait tué à Coney Island.

Je me souvenais, à présent, qu'elle m'avait raconté la triste histoire de son frère. Elle avait voulu se venger des Italiens.

Elle voulait que Dmitri leur déclare la guerre. Mais je n'étais pas venu ici pour ça…

– Maintenant, ajouta-t-elle, tu les as fait payer.

Je fléchis d'un coup. Comment n'avais-je pas compris ça plus tôt ? Quelqu'un était entré dans ma chambre de motel pour me tirer dessus. Quelqu'un en qui j'avais confiance. Elle. Je lui avais tourné le dos, ce que je n'aurais jamais fait avec les Guido ou les Ivan, et elle m'avait envoyé une balle derrière l'oreille avec un .38. Sans doute mon propre flingue. Puis elle m'avait froidement regardé me vider de mon sang avant d'appeler les flics.

Comme elle le faisait en ce moment.

À genoux près de la tache de sang, je tentai de retenir la lumière en moi, mais elle jaillissait de partout. La lumière jaune emplissait toute la chambre de motel, en m'aveuglant.

Je tombai en avant, à l'endroit même où j'étais mort quelque temps plus tôt. Pile à ses pieds.

Mais, autour de moi, je ne voyais que de la lumière.

Délit d'initié

par Mike Wiecek

C'était bon de récupérer mon bureau.

Pas vraiment un bureau, remarquez, et pas vraiment le mien non plus. Dans notre profession, personne n'accepterait de payer pour neuf mètres carrés derrière un mur en carreaux de verre. Mais cela faisait longtemps que le café Tasty-Time n'avait pas été envahi par les Nouveaux Sans-Emploi. Vous voyez de qui je veux parler – les banquiers au chômage, pour la plupart, accaparant les fauteuils, rivés sur leur ordinateur portable, faisant durer leur café au caramel menthe jusqu'au déjeuner. Le gérant du Tasty-Time avait bien essayé de débrancher le Wi-Fi, mais ce n'est que lorsqu'il posa des plaques sur chacune des prises que les parasites ont compris le message.

Aujourd'hui, même la meilleure table de la maison était libre, tout devant, près de la baie vitrée. J'entraînai mon client avec moi – on était arrivés en même temps – et achetai deux beignets rassis et du café.

– Ernest Eppleworth, dit-il.

Il n'avait pas une tête à s'appeler Ernest, avec sa mâchoire de star de cinéma et ses cheveux dont l'effet grisonnant était du dernier branché.

– Merci d'avoir accepté de me voir, monsieur Clark.

Ernest dirigeait une petite boîte de *hedge fund* – autrement dit, des fonds spéculatifs – et il connaissait un homme dont la sœur avait un ami que j'avais aidé l'année précédente. Ce n'avait pas été un cas difficile – le fantôme s'évanouissait déjà, et l'ami s'accrochait à son mariage – mais tout le monde semblait heureux, finalement. On m'avait apparemment recommandé à lui.

Enfin, j'étais content pour mes affaires.

– Alors, que puis-je faire pour vous ?

– Eh bien, hésita Ernest, l'histoire, c'est que… je gagne beaucoup trop d'argent.

– Ah.

Une solution évidente se présentait, mais…

– Racontez-moi.

– Depuis novembre, nous avons récupéré cent trente fois notre mise.

– Waouh !

Je manquais de m'étrangler avec mon beignet.

– Sur un peu plus d'une demi-année… vous avez doublé chaque mois votre mise ?

– Oui.

– Comment ?

– Grâce au marché des changes à court terme.

– Impossible, lâchai-je platement.

Vous voyez, j'ai été banquier moi-même. Lehman Brothers… peut-être en avez-vous entendu parler ? Après mon licenciement, je suis passé à la sécurité privée. Le crime, c'est encore la seule industrie capable de prendre de l'ampleur, ces derniers temps. La spécialisation dans les histoires de fantômes, ça m'est venu plus tard.

Quoi qu'il en soit, c'est comme ça que je me suis orienté vers les marchés. Le marché des changes au jour le jour ? Autant empiler ses billets de banque et y mettre le feu… Ernest ne me disait pas tout.

– Mais enfin… ajoutai-je, de quelles devises s'agissait-il ?

– Toute une gamme. Le naira, tout récemment, et une bonne opération en hrivnas, en kyats et en riyals qataris.

– Il y a un *marché* pour ces monnaies ?

Le naira était nigérien et, si je ne me trompais pas, le hrivna était biélorusse ou ukrainien ; quant au kyat, je n'en avais jamais entendu parler.

– On a plus de poids avec les activités déréglementées.

Notant mon scepticisme, il précisa :

– Tout est écrit noir sur blanc. On utilise une chambre de compensation basée à Londres, on rend compte de chaque affaire, on paie nos impôts. C'est totalement régulier.

Je commençais à y voir un peu plus clair.

– Alors, vous êtes juste de très bons traders, c'est ça ? Jamais pris à contre-pied par le marché, toujours calmes même sous la pression, tout ça ?

Ernest eut la grâce de paraître embarrassé.

– Plus ou moins, oui.

– Quelqu'un ferait-il prospérer vos affaires ?

– Non.

– Non ?

– Pas quelqu'un, avoua-t-il. *Quelque chose.*

*
**

Étant donné l'énergie physique et mentale qu'on investit dans l'analyse des marchés, il est surprenant que personne n'ait fait le lien des dizaines d'années plus tôt. On n'a remarqué que récemment que la volatilité du marché était étroitement liée aux phénomènes parapsychologiques.

En d'autres termes, plus il se montrait de fantômes, plus le Dow Jones devenait loufoque.

Ouija et séances de spiritisme ? Ils ont connu leur apogée à la fin des années 1920 et au début des années 1930, et vous savez ce qui s'est passé, alors ? L'ère du Verseau… Peut-être était-ce toute cette dope que fumaient les gamins, mais les cas d'apparitions paranormales ont grimpé en flèche quand les marchés se sont effondrés au début des années 1970. Ce qui a directement conduit à ces ridicules expériences New Age de sortie de corps et à la première récession Reagan. Quand cette fameuse économie s'est effondrée, tous les gens, et même leurs chiens, semblaient avoir un ange gardien.

De l'histoire condensée, bien sûr, mais maintenant qu'on se trouve dans la dépression numéro deux, les ectoplasmes semblent débarquer partout. Au fond, un désastre économique se traduit souvent par des flopées de morts malheureuses, suivies d'assez près par toutes sortes d'apparitions.

– Je ne sais pas qui c'est, déclara Ernest. Je n'en ai jamais vu… jusque-là.

– À quoi ressemble-t-il ?

– Vous savez… un peu comme un fantôme. Sa chemise est toute déchirée, il a du sang partout, sur la tête, sur le torse… et puis il scintille et on distingue comme des meubles derrière lui.

– Alors, il n'est pas mort dans son sommeil.

Voilà comment ça marche – c'est du moins l'explication la plus courante, mais qui ne vaut peut-être pas grand-chose. Quand ils meurent, la plupart des gens s'en vont tout de suite. Personne ne sait ce qu'il y a au bout de ce long tunnel dont la fin est baignée de lumière. Mais, parfois, si quelqu'un est vraiment contrarié, s'il a l'impression de partir sans avoir résolu une affaire vitale – bref, s'il est furieux de devoir mourir maintenant – il peut arriver qu'il reste encore à traîner quelque temps chez les vivants, en leur empoisonnant l'existence.

Il s'agit presque toujours de vengeance. Bien sûr, il se peut qu'un Roméo n'accepte pas d'être mort avant sa bien-aimée et qu'il revienne la hanter ici et là, jusqu'au moment où Juliette se lasse de ces apparitions et lui dise de décamper. Mais, le plus souvent, les fantômes sont des losers vindicatifs et amers, trop heureux de retarder leur entrée au ciel pour se donner encore une petite chance d'enquiquiner leurs ennemis restés sur terre.

Je n'avais jamais entendu parler d'un fantôme qui restait là juste pour aider les autres.

– Pourquoi vous ? lui demandai-je.

– Je n'en sais rien. Et puis, pour tout vous dire, je n'ai pas essayé de lui poser la question. Ce gars est en train de faire ma fortune ; je n'ai aucune raison de mettre le bateau en péril.

Joli. En résumé, les fonds spéculatifs ne sont qu'une coquille de noix – si quelqu'un n'a toujours pas compris pourquoi Wall Street a récemment flanqué l'économie en l'air. Mais on peut laisser ça de côté, pour l'instant.

– Il m'apparaît au bureau, poursuivit Ernest. Toujours tard le soir, quand j'y suis seul à travailler encore.

– À quel rythme ?

– Au début, toutes les semaines ou tous les quinze jours. Et puis de plus en plus fréquemment. Cette semaine, par exemple, il est venu lundi et jeudi.

– Et il… ?

– Me donne un conseil. Telle ou telle devise, qui aura grimpé ou dégringolé, pour le lendemain à la première heure.

Le Forex, surtout quand ça touchait aux devises bizarres qu'Ernest avait mentionnées, était plus que volatile. C'était comme miser chaque fois tout son argent sur le rouge ou sur le noir. Et avec le leverage – un emprunt pour acheter, avec l'aide d'un courtier coopératif – c'était comme jouer sa voiture, sa maison… et sa petite amie aussi.

– Attendez, attendez… comment vous communique-t-il les détails ?

– Il a dû mourir un stylo à la main, répondit Ernest. Il écrit sur le pan de sa chemise et me le montre ensuite.

Une autre règle, encore : les fantômes apparaissent toujours avec ce qu'ils portaient sur eux ou tenaient à la main à l'instant de leur mort. Pour la plupart, bien sûr, ça veut dire avec le haricot qu'ils ont sous les fesses dans leur lit d'hôpital et le bouton pour sonner l'infirmière. Ou, si une crise cardiaque vous surprend en train de pelleter de la neige, vous apparaissez aux autres avec votre parka et votre pelle.

Le fantôme qui hantait Ernest avait dû être tué à son bureau.

– Et combien de temps reste-t-il ?

– La première fois, peut-être une demi-heure. Il m'a fallu quelques minutes pour comprendre, vous imaginez bien. Et, après, à peine plus d'une minute ; juste le temps de me lâcher le tuyau.

– Il a l'air très efficace, votre ectoplasme.

– Les dernières fois, ça a été un peu plus long, quand même. Cinq ou dix minutes. Je ne sais pas pourquoi.

– Et chaque tuyau qu'il vous donne est bon ?

– Parfaitement. Jamais il ne s'est trompé.

J'avalai un peu de beignet et lui dis :

– Votre fonds accepte encore des investisseurs ?

– Quoi ?

– Non, laissez tomber.

Je ne pourrais même pas apporter la mise minimum… Je repris :

– Vous savez, la plupart de mes clients veulent qu'on les aide à se débarrasser de leur fantôme. Votre histoire de poule aux œufs d'or… je ne vois pas où est le problème, finalement.

– J'ai un avocat, reprit Ernest, l'air préoccupé. Il estime que cette situation pourrait être considérée comme un délit d'initié, selon ce que c'est… ou ce qu'*il* est… Enfin *était*, plus exactement.

– Vraiment ?

Franchement, je ne voyais pas comment. La Commission des actions en Bourse allait-elle maintenant fouiller du côté des médiums et des chiromanciens ? Porter devant les tribunaux des litiges concernant des phénomènes paranormaux, c'était tout nouveau ; et la loi à ce sujet était bien pauvre.

– Mais je crois savoir de quoi vous parlez, ajoutai-je.

– C'est vrai… tout le monde dit que vous êtes le meilleur, me dit-il en me regardant droit dans les yeux. Il faut que je sache qui est ce fantôme.

*
**

Ce sont toujours des escroqueries ou des vengeances.

Peut-être pas de quoi gagner son pain, mais c'était vrai pour la plupart des affaires que j'étudiais.

Sauf aujourd'hui. Je ne voyais pas ce qui motivait ce fantôme. Je ne voyais *rien*. Un type mort – tué, d'après ce qu'on m'en avait dit – descend brusquement du Paradis Express pour aider Ernest à devenir très, très riche.

Au moins ne me sentais-je pas coupable de tripler mes honoraires habituels.

C'était lundi, et comme Ernest attendait son fantôme le soir même, je me rendis à son bureau après le dîner. Vingtième étage, en pleine ville, à un pâté de maisons de la 5e Avenue. Trois gardiens composaient le bureau de sécurité de la réception. Avec leurs boots, leurs mitraillettes et leurs gilets pare-balles, tous semblaient effectuer ici un travail au noir après leur job officiel comme paramilitaires antiterroristes. Une bonne chose qu'Ernest les ait prévenus de mon arrivée.

À la sortie de l'ascenseur, tout autour de moi n'était que teck, marbre et tapis en cachemire tissés à la main. Ernest avait le bureau du coin, éclairé par une seule lampe posée sur sa table, ce qui nous permettait de parfaitement jouir de la vue scintillante de Manhattan.

Et une surprise m'attendait.

– Voici Jake Tims, m'annonça Ernest, tandis qu'un homme émergeait de l'ombre.

La trentaine, un peu plus jeune que mon client, il était vêtu hedge fund, comme tous ceux de son espèce : pantalon gris, chemise ouverte au niveau du col, mocassins John Lobb et montre Breguet au poignet.

– Enchanté.

– Jake est en train d'investir, m'expliqua Ernest. Un investissement *majeur.*

– Six cents millions, précisa Jake.

J'acquiesçai, comme si pour moi aussi il s'agissait du genre de petite monnaie que je pouvais perdre au pressing.

– Laissez-moi deviner, vous êtes ici pour la diligence qui doit arriver sous peu ?

– Exactement, sourit Jake. Si je déplace 90 % d'actifs de roulement, il faut que je voie le génie au travail.

– Bien sûr, fit Ernest en se tournant vers moi. Vous permettez ?

– Je vous en prie.

Nous nous assîmes dans d'incroyables fauteuils de cuir, près des fenêtres, et j'essayai d'entrevoir le jeu d'Ernest.

M'utilisait-il pour se protéger ? Pour évaluer Jake ? Pour affirmer en quelque sorte la légitimité du fantôme ?

Sans réponse évidente, je me contentai de les écouter discuter de propriétés. Imaginez donc, des hommes aussi riches que ces deux lascars devraient vivre sur une autre planète. Mais non, ce n'étaient que les complaintes habituelles à propos de parking, de courtiers et autres problèmes de propriétaires.

Les mètres carrés mentionnés étaient nettement supérieurs, bien sûr.

Au bout d'une demi-heure, Ernest regarda sa montre – une Patek Philippe, peut-être… je n'en étais pas certain, dans cette obscurité – et déclara :

– C'est l'affaire de quelques minutes, tout au plus.

En effet, le fantôme se matérialisa au-dessus de l'étagère. Il mit trois ou quatre secondes pour devenir presque totalement opaque, avec des blessures sanguinolentes sur sa chemise et sa cravate, comme l'avait dit Ernest. Apparemment, il s'était pris une balle dans la poitrine et une autre directement dans le nez. Son visage était un carnage à lui tout seul, un œil encore valide nous regardait à travers une bouillie d'os et de chair rouge.

Il examina la pièce, nous aperçut et sursauta. L'espace d'un instant, il scintilla puis commença à perdre de sa luminosité.

– C'est bon, lui lança Ernest en bondissant de son fauteuil. Ce sont des investisseurs. De l'argent pour ma boîte. Ça va, comme ça ?

Le spectre hésita, puis se matérialisa de nouveau. Il parut me regarder, puis observa Jake avant de finalement hausser les épaules et lâcher :

– Pas de problème.

D'un geste de la main, Ernest nous fit signe de rester tranquilles.

– D'accord ?

Un instant de silence, puis un nouveau haussement d'épaules.

– Bien. Alors, qu'avez-vous à nous recommander, ce soir ?

Après un dernier regard dur dans notre direction, le fantôme souleva sa chemise. Un pan avait été déchiré par le coup de feu, mais l'autre était encore à peu près entier. Un stylo ou un crayon dans une main, il écrivit sur le tissu puis le tendit vers nous.

Ernest s'approcha et se pencha pour déchiffrer son écriture.

– Des forints ? articula-t-il. Une bonne hausse ?

– Excellente, fit-il en hochant la tête.

Et ce fut tout.

*
**

Le lendemain matin, je ne pus m'empêcher d'allumer l'ordinateur dès le réveil pour vérifier le marché des changes. Les marchés européens étaient ouverts depuis deux heures.

BidAskChangeHighLowTime
USD/HUF244.10244.60+13.28275.11239.5711:39:04

Effectivement, le forint hongrois avait grimpé de plus de 5 %. Bien vu, le fantôme.

Et je dois admettre que j'en ai eu le frisson. Même après tout ce qu'Ernest m'avait dit, j'avais du mal à le croire.

Ma douche prise, j'avais deux choix : je pouvais me lancer à la recherche de l'identité du spectre – en fait, me plonger dans les bases de données, consulter les archives des morgues, les rapports de police et autres. Le problème, c'était que beaucoup de gens mouraient chaque jour, et même les morts les plus violentes n'arrivaient pas à la cheville de notre fantôme. On vivait une ère meurtrière.

Ou alors, je pouvais suivre Jake Tims.

Il s'était montré remarquablement calme, la veille au soir. On avait beau descendre des milliers de zombies dans les jeux vidéo, voir un vrai cadavre terrifiait la plupart des gens. D'autant qu'Ernest avait dit que Jake s'était présenté comme cela, sans être au courant de la visite de ce fantôme.

Évidemment, les incroyables profits du fonds spéculatif d'Ernest créaient le buzz, mais cela semblait tomber particulièrement à point pour Jake.

Incontestablement.

Et, cerise sur le gâteau, sans aucun effort de sa part. Un seul coup de fil me rappela pourquoi le nom de Jake me semblait familier.

– Vous ne vous souvenez pas ?

L'inspecteur Gatling bâilla au bout du fil. J'entendais derrière lui les bruits d'un local de garde à vue – la sonnerie d'un portable, des plaintes étouffées, des raclements de chaises.

– Jake Tims avait un associé, Randall, ajouta Gatling. Ils tenaient à eux deux une boîte d'investissement, mais l'année dernière Randall a disparu avec la totalité du compte d'excédents.

– Ah oui ?

Les traders gardaient leur trésorerie d'exploitation sur un compte séparé, qui proposait un taux d'intérêts légèrement supérieur.

– Et avec combien s'est-il fait la belle ?

– Plus ou moins trois millions.

– Maintenant, je me rappelle.

Il fut un temps où le chapardage de Randall aurait fait la une de tous les journaux ; mais, après les exploits de Madoff ou de Standford et Lewis, la nouvelle n'avait donné droit qu'à un petit article en fin de page.

– Vous ne l'avez jamais retrouvé ?

– Non.

Gatling n'eut pas besoin d'ajouter : *Et on ne l'a pas vraiment cherché non plus.* Dans le paysage nihiliste du Wall Street de l'après-effondrement, il y avait pléthore de plus gros poissons à attraper.

– Jake est sur le point de faire passer la plupart de ses actifs chez Ernest Eppleworth, lui annonçai-je.

– Vraiment ? lâcha-t-il sur un ton plat qui ne parvint pas à dissimuler son intérêt grandissant.

– Qu'est-ce que vous savez d'Eppleworth ?

– Rien, répondit Gatling.

Mais, et surtout pour un flic, il mentait très, très mal.

– Je ne vous crois pas, fis-je, en fermant les yeux. Une enquête a été ouverte, je me trompe ?

– Ce n'est pas à moi de le dire. En quoi ça vous intéresse ?

J'hésitai, puis lui expliquai l'*existence* du fantôme. Dissimuler des indices n'était pas dans mes habitudes.

– Oui… articula Gatling au bout d'un moment. Les profits sont trop énormes pour être vrais. On pensait qu'Eppleworth faisait des opérations directes et totalement illégales, en se soustrayant à tout contrôle.

L'illégalité, ça n'a jamais stoppé les filous.

– Alors qu'un fantôme… je ne sais même pas si c'est interdit par la loi.

– Exactement.

En raccrochant, je savais que l'horloge tournait. Gatling était ennuyé de perdre le coup des opérations illégales et j'étais certain que, dans les cinq secondes qui suivraient, il parlerait au procureur pour décider des mesures à prendre au sujet du pronostiqueur pas catholique d'Ernest.

Maintenant, non seulement je devais résoudre l'affaire avant que le service de la répression des fraudes ne tombe sur le paletot d'Ernest, mais j'allais aussi devoir insister pour me faire payer comptant. L'indice de solvabilité d'Ernest venait de tomber au troisième sous-sol.

*
**

– Vous le reconnaissez ? s'exclama Jake. On lui a explosé le visage.

– J'ai remarqué.

On se trouvait dans le bureau de Jake, en cette fin de matinée. J'avais attendu dans la rue devant les locaux – également situés en ville, à quelques blocs seulement de la boîte d'Ernest, mais avec une sécurité moins agressive – et j'avais alpagué Jake lorsque sa limousine blindée l'avait déposé à l'entrée. Il m'avait emmené là-haut avec lui, principalement dans le but d'éviter une scène publique.

– Vous n'avez pas eu l'air très surpris de le voir, continuai-je. Ce qui m'a étonné, justement.

Il opposa quelque résistance mais, lorsque je lui parlai de l'intérêt que manifestait Gatling, on sut tous les deux que ce n'était plus qu'une question de temps. La police se montrerait nettement plus tenace que moi.

– Le fantôme, c'est Randall, bien sûr, dit-il enfin. Mon ancien associé.

– Aah…

Je m'en doutais – les gens disparaissent rarement en continuant de vivre – mais c'était agréable de voir Jake ne pas le nier. D'un autre côté, le visage du fantôme était totalement explosé et ruisselant de sang.

– Comment pouvez-vous en être certain ?

– Parce qu'il m'a rendu visite aussi.

D'accord, là, c'était une surprise.

– Quand ?

– Il y a deux jours. Au milieu de la nuit.

En grimaçant, il ajouta :

– Pourquoi est-ce qu'ils ne se manifestent pas pendant les heures de bureau ?

– Ce n'est pas l'habitude, disons. Alors, il n'a pas disparu avec seulement trois francs six sous, finalement ?

Jake laissa échapper un grognement. Le fantôme – autant l'appeler Randall, à présent – lui avait expliqué s'être fait enlever et torturer afin qu'il révèle le mot de passe de la banque, puis s'être fait descendre et jeter dans une péniche poubelle de l'Hudson.

– Randall est vraiment très en colère, me dit-il. Mais les kidnappeurs portaient des masques et il n'a donc aucune idée de leur identité.

– Ce qui veut dire qu'il ne peut pas se lancer à leur poursuite. Je comprends.

– Il ne supporte pas l'idée que tout le monde le prenne pour un voleur en train de vivre la belle vie aux Fidji ou ailleurs. C'est pour ça qu'il essaie de se racheter vis-à-vis de moi, avec ce système de garantie de profits.

– C'est Randall qui vous a dirigé vers Ernest ?

– Oui. Bien sûr, j'avais soigneusement vérifié les fonds d'Eppleworth. Les profits sont honnêtes – les tendances du Forex sont réelles, comme le disait Randall.

– Hmm... Et comment Randall vous a-t-il dit tout ça ?

– En l'écrivant sur sa chemise, comme vous l'avez vu hier soir. Ça a pris un temps fou.

– J'imagine. Mais ça pose des questions évidentes...

– Oui, je sais.

Jake se cala contre le dossier de son fauteuil ergonomique tendu de cuir souple.

– Comme celle, par exemple, de passer par Ernest plutôt que de me donner directement les tuyaux, suggéra Jake.

– C'en est une, effectivement.

– Il ne veut pas attirer de soupçons sur la firme. Vous avez dit que les flics commençaient à mettre leur nez autour de ça ; il a dû penser qu'il valait mieux les laisser mettre la pression sur Ernest, et que moi, je pouvais toujours garder les gains.

– D'accord, ça s'explique. Mais comment le sait-il ? Comment peut-il lire aujourd'hui les indices de demain ?

– Ça, ce sont les mystères de la vie après la mort. La dilatation du temps à court terme, les effets du saut quantique. Je n'ai pas compris son explication, mais quelle importance ? L'intérêt, c'est que ça marche.

– Hum, oui... fis-je en regardant un pigeon se promener sur le rebord de la fenêtre. Alors, avez-vous doublé votre mise sur ces forints ?

– Non, répondit-il avec, de nouveau l'air ennuyé. Je n'étais pas vraiment convaincu. C'est stupide, hein ? Mais Ernest attend la visite de Randall, ce soir, et je serai là-bas avec lui.

***

Je me replongeai dans le fichier Rolodex.

Jake avait répondu à deux questions, mais il y en avait une

autre à laquelle il semblait ne pas avoir pensé : si c'était aussi facile, pourquoi n'était-ce pas déjà arrivé ?

Si vraiment on pouvait s'amuser à jouer les day traders, quelqu'un l'aurait fait depuis longtemps. Après une dizaine de coups de fil, je découvris qu'en fait ils ne s'en étaient pas privés. Mais personne ne voulait en parler.

– C'est comme ça, me dit l'un de mes ex-collègues de Lehman. J'ai des amis qui m'avoueront des choses devant un verre, mais jamais ils ne l'admettront publiquement.

– Et pourquoi ? Même si c'est un fantôme qui fait tout le travail sur le terrain, un profit reste un profit. Les types de Wall Street sont prêts à manger à tous les râteliers – spectres, vampires, zombies, quelle importance ?

– Mais ça ne dure jamais longtemps, m'expliqua-t-il. Trois personnes m'ont dit qu'elles avaient eu… euh… des *visiteurs*, mais tous se sont volatilisés juste après quelques tuyaux seulement. Et, après, tu fais quoi ? Tu envoies une lettre aux actionnaires pour leur expliquer que tu as perdu un paquet de fric en écoutant les conseils d'un fantôme ? Pas question. Voilà pourquoi ils se taisent.

– Ah, d'accord. Donc, personne ne s'est vraiment enrichi en écoutant les conseils de ces zombies ?

– Personne. Et ces prétendus conseils ne concernaient que des opérations de change, ces derniers mois. Mais le spectre a toujours fini par merder, au bout d'un moment.

– Une dernière question : c'était le même fantôme, chaque fois ?

– Je ne leur ai pas demandé. Mais tous disaient qu'il avait été assassiné ; et si salement amoché qu'il était impossible de l'identifier, de savoir qui il avait été dans la vraie vie.

*
**

Il était trop tard.

J'attendis le lendemain matin pour parler à Ernest. Et puis, les Knicks jouaient les prolongations ; je n'allais pas rater cette fin de match.

Désolé, Ernest. Vraiment.

Lorsque j'arrivai à son bureau, il y avait deux voitures de police devant l'immeuble, deux camions de télévision, et une horde de piétons en train de photographier avec leur téléphone tandis qu'un brancard couvert était hissé dans le véhicule du légiste. Ne parvenant pas à obtenir des flics qu'ils me laissent franchir le ruban jaune, j'attendis que l'inspecteur Gatling réapparaisse. Quand je lui fis signe, il fronça les sourcils puis me fit sortir de la foule.

On resta dans le lobby, à l'écart des gars de la police scientifique tout vêtus de blanc, qui pénétrèrent dans l'ascenseur, leur mallette à la main.

– Les caméras de sécurité ont tout filmé, me dit Gatling. La vidéo aura sans doute circulé sur Internet avant le déjeuner. Jake Tims est entré dans le bureau d'Ernest, s'est mis à hurler et ensuite il a sorti un Glock. Onze balles dont huit dans la poitrine.

– Qu'est-ce qu'ils faisaient ? demandai-je en indiquant les hommes de la sécurité de l'autre côté du lobby.

Apparemment, un autre inspecteur les interrogeait.

– Il n'y a pas de détecteurs de métaux ici, répondit-il avec un haussement d'épaules. Ils l'ont attrapé dès la fin de la fusillade.

– J'en conclus que Jake a perdu de l'argent, ce matin.

– Oui, pratiquement jusqu'au dernier centime. Il s'est trompé… mais, attendez un instant.

Il feuilleta son carnet.

– Oui, c'est ça… Le ringgit, une monnaie malaisienne. Je ne connais pas les détails mais il a perdu tout le paquet dans le change.

– Randall… fis-je avant de marmonner une série de jurons. Le fantôme…

J'expliquai alors à Gatling comment Jake croyait que son ancien associé allait faire de lui un homme riche.

– Incroyable.

– Oui. Randall devait recommander les mêmes positions de change aux traders de toute la ville. Mais ils ne se connaissaient pas entre eux.

– L'arnaque type.

– Exactement.

– Et Randall a fait couler Eppleworth de façon spectaculaire. Mais pourquoi ?

– Pas Eppleworth. Il se trouve que lui, il était le dernier à continuer à se faire de l'argent. La cible, c'était Jake.

– Mais pourquoi ?

– Parce que c'est Jake qui a tué Randall.

Gatling resta songeur un instant, puis lâcha :

– Mais, si c'était vrai, pourquoi Randall serait-il venu hanter Jake – et, surtout, pourquoi Jake a-t-il eu la naïveté de suivre les conseils du type qu'il venait de tuer ?

– Parce que Jake avait dû payer les gars qui ont kidnappé Randall. Tout s'est vraiment passé comme il l'a dit – les ongles arrachés, le mot de passe de la banque, la péniche poubelle. C'est seulement quand il s'est retrouvé de l'autre côté que Randall a compris. S'il a élaboré tout ce plan, c'était tout simplement pour ruiner Jake. Et Jake a marché, parce qu'il a cru que Randall ignorait tout de ce qui s'était passé.

On resta silencieux un instant. Dehors, la camionnette du légiste finit par démarrer et s'éloigner.

– En cherchant bien, vous découvrirez le motif, dis-je à l'inspecteur. À mon avis, Jake voulait le gâteau entier pour lui tout seul. Et les trois millions du compte d'excédents, ce n'était qu'une prime.

– Vous avez sans doute raison, admit Gatling en rangeant son carnet dans sa poche. Remettons à plus tard l'interrogatoire officiel, quand j'aurai jeté un coup d'œil là-dedans.

– Comme vous voudrez.

On se dirigea vers la porte. Le sol ciré du lobby étincelait sous le soleil.

– Heureusement que la peine de mort n'existe pas à New York, dit Gatling. Je suis sûr que votre nouveau copain Jake aimerait vous parler ; mais il devra attendre… combien ? Dans les quarante ans ?

– Oui, lâchai-je d'un air las.

– Pourquoi ce soupir ?

– Ernest… Il va sans doute venir me rendre visite ce soir.

Équipe de nuit

par Dana Cameron

Jake Steuben savait qu'il serait facile de repérer Harry au milieu du grand hall de North Station. Il n'avait qu'à chercher un attroupement de jolies filles ; son ami ne serait pas loin...

En effet, il l'aperçut à quelques mètres d'un groupe de secrétaires, près du kiosque à journaux, en train de les regarder faire des commentaires sur les stars en couverture de *Life*. Jake saisit sa valise, se fraya un chemin à travers la foule et, arrivé à sa hauteur, il se pencha pour glisser à l'oreille de Harry :

– Si tu as des ennuis un jour et que tu te retrouves coincé, ce sera à cause d'une fille.

– Il y a pire, comme raison, répliqua Harry en quittant aussitôt son air morose.

Il se leva pour serrer la main de Jake et demanda :

– Le train était à l'heure. Pas de problème ?

– Quel problème y aurait-il eu ? C'était assez encombré, mais tranquille. La plupart du temps, je suis resté dans le couloir.

Harry jeta un regard de côté et déclara :

– Ça ne m'étonne pas que le chauffeur t'ait fait attendre là ; ton couvre-chef... je n'en ai jamais vu d'aussi laid, mon vieux.

Jake ôta son chapeau et lui jeta un regard presque tendre. Il était luisant, encore rigide, et le bord avait besoin de se casser un peu.

– Il commence à se faire doucement.

Ils sortirent de la gare, traversèrent Scollay Square en croisant des marins enivrés titubants, puis se dirigèrent vers le jardin public de Boston Common.

– Comment va ta femme ? demanda Harry.

– Sophia va bien, merci. Et où en est l'effort de guerre, à Washingt... ?

– Et le bébé va bien ?

Ce qui arracha un sourire à Jake.

– Il nous sort sa première dent, alors tu imagines les dégâts. Mais, dis-moi, Harry, qu'est-ce que tu voulais me... ?

– Ah, très bien, je suis ravi de l'entendre. Et tout ce petit monde, à Salem ?

Jake scruta les environs. Personne ne pouvait surprendre leur conversation, pourquoi Harry persistait-il à l'interrompre ? La politesse, c'était très bien, mais il était venu à Boston au pas de course et il n'allait pas s'y éterniser.

– Vraiment bien, dit-il avec lenteur. Merci de t'en inquiéter.

Ils s'installèrent sur un banc du parc. Les feuilles commençaient à virer au jaune et se mettraient bientôt à tourbillonner, emportées par le vent. Mais aujourd'hui, le soleil brillait encore haut dans le ciel.

Harry jeta un regard prudent autour de lui, puis soupira. Il repoussa son chapeau en arrière, se tamponna le front avec un mouchoir, puis se pencha légèrement en avant, joignit les mains en les faisant claquer. Mais il ne disait toujours rien.

Jake, lui, avait assez attendu.

– Alors, ce problème dont tu hésites à me faire part, qu'est-ce que c'est ?

Harry paraissait mal à l'aise.

– Une affaire que je ne peux pas dévoiler. Un sacré truc. Et toi, tu sais t'y prendre avec ce genre de choses, voir les aspects qui m'échappent.

– Raconte-moi.

Ils avaient à plusieurs reprises travaillé comme adjoints du shérif du comté d'Essex, jusqu'au moment où Harry avait été engagé au Bureau, pendant que Jake héritait de la ferme familiale, près de Salem.

– Ce n'est pas facile. Tu sais que je m'occupe de… secrets gouvernementaux.

– Tu es sûr de pouvoir m'en parler, dans ce cas ?

Jake goûtait avec délice aux caresses du soleil sur son visage. Ses pieds le faisaient souffrir et l'herbe du jardin semblait l'inviter à ôter ses chaussures.

– C'est bon, reprit Harry avec un petit geste d'impatience. J'ai l'accord de mes supérieurs. Et j'ai obtenu carte blanche pour toi aussi.

Il prit une longue inspiration puis enchaîna :

– Cela concerne un laboratoire de recherche, à Cambridge. Il y a des fuites, et je n'arrive pas à trouver d'où elles proviennent.

– Et tu penses que je peux faire mieux que le FBI ?

– Je… je crois que je suis trop près de l'affaire. Toi, tu viens de l'extérieur. Je te l'ai dit, tu vois des aspects que personne ne remarque. Rappelle-toi le Beverly Slasher… Comment savais-tu que c'était le gars qui avait trouvé le premier corps ? C'est comme au base-ball, deux coups dedans, deux coups dehors. Si je ne trouve pas bientôt un DiMaggio, ça va barder pour moi.

– Bien sûr, Harry. Tu sais que je ferai tout ce que je pourrai.

– Merci, Jake.

Pour la première fois depuis que Jake était descendu du train, Harry esquissa un sourire. Mais ses yeux gardèrent leur sérieux.

– La sécurité est costaud ; je les surveille depuis des semaines. Ce que j'ignore, c'est comment sortent les informations.

– Qu'est-ce qui se passe, d'après toi ? Ils auraient appris à traverser les murs ? Une formule magique pour laisser échapper des secrets ?

– Cesse de me mettre en boîte, Jake. Tu sais que les Krauts se sont lancés dans des enquêtes peu ragoûtantes sur le paranormal et le mystique. Les voyages au Tibet, l'archéologie, leur obsession des crânes… ils ne plaisantent pas avec ça. Mon boss, M. Roundtree, connaît des histoires à te faire dresser les cheveux sur la tête.

Il frissonna, puis continua :

– Non, j'espère de tout mon cœur qu'il ne s'agit ici que de sournoiserie et de cupidité humaine. Je voudrais que tu mettes ton nez là-dedans, que tu décèles ce que je ne vois pas.

Harry sortit une enveloppe de sa veste et la tendit à son ami.

– Tes pièces d'identité, la location de ta chambre dans une pension de famille, tous les détails sur ton boulot. Et ton nom d'emprunt, aussi ; on ne va pas tout d'un coup présenter un nouveau gars qui porte un nom allemand. Sans vouloir t'offenser.

– Où dois-je aller, et qu'est-ce que j'y ferai ?

– Tu seras portier dans un labo de statistiques. On voudrait quelqu'un qui sache se mêler aux autres, que personne ne prendra vraiment au sérieux. Tout est dans le dossier.

Il se leva et se mit à marcher.

– Je dois y aller, maintenant.

Jake fut surpris, mais hocha la tête. Il se demanda quand son ami avait pu dormir une nuit entière, avaler un repas décent ou prendre une douche – il sentait vaguement la transpiration.

– Hé, attends ! lui lança-t-il alors qu'Harry s'éloignait déjà. Qu'est-ce qui se passe, ensuite ? Quelqu'un va s'approcher et me proposer : « Hé, ça t'intéresserait, des secrets gouvernementaux ? » Tu vas devoir m'en dire un peu plus.

– Écoute, tout est dans le dossier… Réveille-toi ! J'ai fait appel à toi parce que j'ai besoin d'aide. Je ne vais pas rester à te baby-sitter. J'ai un boulot qui m'attend ; un boulot *important*. On est en guerre.

Il s'essuya de nouveau le visage et ajouta :

– Désolé, Jake. Toute cette pression, ça me tue. Je passerai te voir dans quelques jours et on reparlera de tout ça. D'accord ?

Harry lui tendit la main. Jake le regarda, acquiesça sans rien dire, puis la serra. Il était réellement inquiet, à présent. Son ami ne lui disait pas toute la vérité.

– Oui, je t'attendrai. Ne te fais pas rouler, Harry.

*
**

Plus tard, ce soir-là, assis sur le couvre-lit en patchwork, Jake lut le dossier que lui avait confié Harry. Son ami avait raison ; il avait pensé à tout – les broyeurs à ordures, les livraisons, les réparations – et vérifié pas mal de points de moindre importance. Harry était aussi bon agent qu'il avait été bon adjoint du shérif : il réfléchissait comme un criminel et, bien qu'il n'hésitât pas à aller jusqu'aux extrêmes, il était méthodique. Il avait déjà suivi plusieurs des suspects potentiels : la secrétaire, qui se plaignait du rationnement mais aussi de tout le reste ; le technicien, qui semblait obtenir toute l'essence qu'il voulait pour une voiture portant un A sur son pare-brise, avait été surpris en train de siphonner du carburant dans l'entreprise de transport de son frère. Personne ne savait comment il avait pu le voir.

Jake estima qu'il était temps de faire venir du renfort. Il descendit au drugstore et appela son cousin Vic, à qui il donna rendez-vous à la pension deux heures plus tard.

Lorsque Vic arriva, les cousins partirent pour une promenade le long de Charles River. Jake lui expliqua tout, ne passant sur aucun détail.

– Je veux que tu revoies tout ce qu'Harry a déjà fait. Avec Rosalie, vous allez espionner les employés, fouiner là où vous pourrez, essayer de voir ce qui se passe. Ces secrets qui s'échappent, ça n'est pas de la magie.

– Ça peut être des vampires, suggéra Vic en agitant des doigts griffus. Qui se transforment en fumée et se glissent sous les portes…

– Arrête de faire le clown, Vic. Tu n'as peut-être pas compris le sérieux de la chose…

– Si, ne t'inquiète pas. Tu veux que la sœur de Rosie – Olivia, tu te souviens ? – fasse du charme à quelqu'un ? Elle a le truc avec les hommes, tu sais bien.

Jake resta songeur. Olivia pouvait peut-être soutirer à Harry ce qu'il n'avait pas voulu lui révéler. Mais, malgré sa terrible envie de le savoir, il secoua la tête.

– Non merci. Autant garder profil bas au maximum.

Après avoir mis leur plan au point, Vic repartit en ville et Jake s'entraîna à se familiariser avec sa nouvelle identité.

*
**

Chaque jour, pendant deux semaines, en bleu de travail et épaisses lunettes blanches, Jake balaya, vida les poubelles et accomplit toutes sortes de petits boulots dans le centre de statistiques. Bien qu'il ait accès à tout et à tout le monde, il ne parvenait toujours pas à savoir comment les informations quittaient le labo. De leur côté, Rosalie et Vic n'avaient pas plus de succès.

Au bout de deux semaines à travailler de jour, Jake changea pour l'équipe de nuit. Le deuxième soir, il balayait dans la zone des bureaux lorsqu'il entendit un chuintement à l'entrée de la section seize.

– *Pst* ! Hé, vous, là !

Se demandant si Harry n'était pas en train de lui faire une blague, il leva la tête de son seau pour découvrir une rouquine vêtue d'une blouse blanche, qui lui faisait signe. Il reconnut celle qui opérait devant les impossibles machines analytiques, aussi énormes que compliquées, installées dans une pièce verrouillée.

Il jeta sur elle un regard surpris. Était-ce *lui* qu'elle appelait ? Elle hocha vigoureusement la tête et lui fit signe de se dépêcher. Jake n'en croyait pas sa chance. Soi-disant, toutes les informaticiennes, des femmes pour la plupart, avaient leurs entrées partout, mais…

– Hé, je ne cherche pas à voler de l'argent, lui expliqua-t-elle. J'ai simplement besoin de quelqu'un qui ait de la force.

Il savait ce qu'elle voulait dire, mais préféra garder son rôle… et ses distances. Reculant de quelques pas, il leva les mains devant lui.

– Écoutez, je ne suis peut-être qu'un homme de service ici, mais vous allez trop vite pour moi.

Elle rougit jusqu'aux oreilles, mortifiée par ce qu'elle venait de comprendre.

– Je… je ne… non, jamais… oh, mon Dieu… je voulais simplement que vous m'aidiez à réparer quelque chose. Il n'y en aura pas pour longtemps.

– Je ne suis pas censé entrer là, rétorqua Jake.

Surtout, éviter de montrer sa joie.

– Je n'ai pas le droit, ajouta-t-il encore.

– J'ai caché tout le matériel sensible, le rassura-t-elle en sautillant d'impatience. À moins que vous n'estimiez qu'un palier qui sort d'un rotor, c'est top secret. Et puis vous avez le droit d'être ici, pas vrai ? Il faut que je finisse cette série de calculs ce soir, monsieur. S'il vous plaît !

– D'accord, c'est vous le boss.

Quand il pénétra dans la longue pièce spacieuse, le vacarme des machines le figea presque sur place. Le long de l'un des murs s'alignait un incroyable ensemble d'étagères chargées d'électronique, de myriades d'ampoules et d'autant de boutons qui, à eux seuls, auraient pu équiper dix mille radios. Sur le mur d'en face, une masse de fils électriques regroupés en gerbes étaient savamment disposée contre le mur. La chaleur qui se dégageait de l'installation était impressionnante. D'ailleurs, quelques gouttes de sueur scintillaient sur les joues de la jeune femme rousse.

– C'est là-bas, dit-elle à Jake avant de lui tendre un tournevis. Si vous pouviez remettre ce palier en place, vous me rendriez un fier service.

Jake comprit tout de suite le problème et fit aussitôt la grimace. Sa main était trop grande pour que le geste lui paraisse aisé, mais elle avait raison : il ne suffisait que d'une force démoniaque pour reloger ce palier. Lorsque celui-là eut retrouvé sa place, le visage de la jeune femme s'éclaira.

– Oh, merci, merci ! Je venais d'avoir le… non, je ne peux rien dire. Mais si vous n'aviez pas été là, j'aurais perdu des heures et des heures de travail de préparation et beaucoup de nos hommes ici auraient été dans le pétrin.

Satisfaite de savoir tout en ordre, elle reconduisit Jake hors de la pièce.

La porte soigneusement fermée derrière eux, elle laissa échapper un profond soupir.

– Ouf ! Je remercie le ciel de vous avoir trouvé là. Ces machines sont si capricieuses. Enfin… merci encore.

– Tout le plaisir était pour moi, fit Jake alors qu'une idée lui traversait l'esprit.

Inclinant la tête, il demanda :

– Mais, dites-moi, comment faites-vous quand je ne suis pas là ?

– Oh, je suis de l'équipe de jour, d'habitude. Et il y a un surveillant pour nous aider. Le plus drôle, c'est qu'ils pensent qu'à partir de cinq heures, on n'a plus besoin de personne. Parfois, c'est le pompier de service – vous avez vu comme ça peut chauffer, là-dedans – qui m'aide pour ci ou ça.

Lui tendant la main, elle se présenta :

– Je m'appelle Ginny.

Jake l'accepta et s'efforça de ne pas écraser ses doigts délicats.

– Et moi, Stuart, sourit-il. Mais appelez-moi Stu.

– Eh bien, Stu, je serais ravie de vous offrir une tasse de café. J'ai une pause de dix minutes qui m'attend.

Heureusement qu'il avait caché son alliance dans la doublure de son sac, laissé dans sa chambre à la pension de famille.

– Oh, merci, Ginny. C'est très gentil.

Ils burent un café sans sucre, ce qui ne sembla pas les perturber, et Ginny sortit d'une feuille de journal un cookie à la mélasse qu'elle offrit à Jake.

– Je ne suis pas mécontent qu'on se soit rencontrés, soupira-t-il alors. Quelles gâteries !

Soudain timide, Ginny repartit :

– Je remplace ma copine Ida. Son petit ami a obtenu un congé, ce soir, et ils sont allés écouter Duke Ellington au Roseland. Et demain, ils vont voir Sabby Lewis, au Club Martinique.

Jake s'anima tout d'un coup. Il adorait le jazz et les big bands.

– Ce petit ami, il lui manque un œil ou une jambe, ou alors il a cent quarante-sept ans ? plaisanta-t-il.

– Non, ce n'est pas si grave, reprit-elle en riant. Il a essayé de se faire embaucher dans trois centres de recrutement différents, mais ils ont tous tiqué sur sa jambe boiteuse et l'ont déclaré inapte au service. Mais, ici, on a besoin de toutes les mains possibles. Cet endroit bourdonne en permanence, il y a toujours quelque chose de nouveau. Eddie – c'est son nom – est le chef du service au sol.

Elle sourit puis serra les lèvres avant d'ajouter :

– Il y a tant de garçons qui sont partis... Alors, quand une fille a un rendez-vous amoureux, on s'arrange pour la remplacer.

Il y avait tellement de mélancolie dans sa voix que Jake ne put se retenir de lui demander :

– Et votre ami à vous ?

– Oh, ça se voit tant que ça ? Il est en Italie. Ce sont du moins les dernières nouvelles que j'ai eues de lui... il y a deux mois de ça.

– C'est dur, je sais. Mais la guerre ne durera pas éternellement.

Il resta pensif un instant, puis déclara :

– Ida et Eddie doivent prendre leurs repas et leurs pauses ensemble. Ça lui arrive de l'aider dans... avec toutes ces machines, ici ?

– Mais oui, fit-elle en jetant un regard nerveux autour d'elle, c'est comme ça qu'ils se sont rencontrés, en fait. Et c'est pour ça qu'ils n'en parlent pas, non plus. On est censées se montrer très strictes quant à l'accès de la salle.

– Oui, bouche cousue, j'imagine.

– Mais vous et lui, vous ne pourriez pas vous trouver dans ce bâtiment sans vous faire contrôler à la sortie, de toute façon.

Elle dit cela comme pour se rassurer, se demandant si elle n'avait pas commis une erreur en le faisant venir ici.

– Et puis, je suis capable de voir si quelqu'un a de mauvaises intentions.

Jake la croyait volontiers. Lui aussi était assez doué pour lire dans la tête des gens. En riant, il lui dit :

– J'ai plus de papiers qu'un chien de concours, et pour quoi faire ? Pousser un balai devant moi, laver les vitres. Même avec ces carreaux que j'ai devant les yeux, je ne vois pas à un mètre devant moi. Non, faites juste attention aux autres.

Il se leva.

– Merci pour le café, Ginny.

– Merci de m'avoir tenu compagnie, répliqua-t-elle. Et pour votre aide, aussi…

Jake acheva sa période de travail, puis retourna à la pension de famille. Pour le petit déjeuner, il avala un repas réchauffé – des boulettes accompagnées de haricots verts – puis monta dans sa chambre, ôta ses chaussures, s'allongea sur le lit et contempla les fissures du plafond. Au bout d'une heure, il estima avoir cerné la situation.

Mais cela lui semblait un peu trop facile, comme si les choses lui étaient tombées toutes cuites entre les mains. Et cela le rendait nerveux. C'était décidé : ce soir, il se rendait au Club Martinique.

*
**

Jake traversa le pont sur la Charles Rivers, puis descendit Massachusetts Avenue. Le quartier était encore animé, même après la fermeture des bureaux, six heures plus tôt. Les clubs et les bars de l'extrémité de Boston attiraient les Blancs comme les Noirs, tous sur leur trente-et-un. La musique semblait créer des endroits, des atmosphères où Jim Crow se voyait contraint de cligner des yeux. Et Jake appréciait la chose ; ne pas cadrer avec les lieux qui l'entouraient, cela lui était familier.

Vers Colombus Avenue, après avoir passé le Savoy et le Hi-Hat, se dressait l'endroit que cherchait Jake. Le Club Martinique n'avait peut-être pas la taille ni la splendeur tapageuse du Roseland Ballroom, mais il y avait de l'ambiance. Chaque fois que la porte s'ouvrait, un puissant son de trompettes menaçait de renverser les piétons qui passaient par là. Jake se promit d'y venir en spectateur une fois qu'il aurait terminé son petit travail d'agent d'entretien. Et peut-être même parviendrait-il à y entraîner ce cher Harry qui n'avait aucune oreille. C'était le genre d'endroit où des musiciens célèbres venaient se détendre après leurs jam-sessions de la nuit.

Un portier en habit porta la main à son chapeau galonné pour saluer Jake lorsqu'il entra. Un big band jouait sur la scène. Ils étaient bons et n'avaient pas jugé utile de s'encombrer d'un chanteur dont ils pouvaient fort bien se passer. Sur la piste, les danseurs rivalisaient d'audace avec leurs petits sauts et leurs pirouettes, laissant la musique les emmener loin de leurs soucis et leur faire oublier tout le reste. Ils en paieraient les conséquences plus tard mais, pour l'instant, ce n'étaient pas les pieds douloureux et la gueule de bois du lendemain qui les préoccupaient.

Dans le club, Jake découvrit un nombre extravagant de zazous. Il se demanda si les soldats en uniforme qui les côtoyaient les taxeraient d'antipatriotisme tandis que la bière coulait à flots et que la soirée n'en finissait pas de s'animer.

Son attention fut subitement attirée par un couple assis à l'écart… qui correspondait à la description que Ginny avait faite d'Ida et de son petit ami Eddie.

L'orchestre entonna à cet instant une version de *Cotton Tail* qui n'aurait pas déplu à Duke Ellington. On posa les boissons sur les tables et la piste fut de nouveau envahie de danseurs.

Le couple, quant à lui, resta tranquille, même si Ida montrait nettement le désir d'aller danser elle aussi. Eddie tourna vers elle son visage de fouine et lui souffla quelque chose à l'oreille. Elle fit la moue. Il lui remplit sa coupe de champagne – une marque française – et lui tapota la main. Ida sourit et son ami se leva pour aller rejoindre une autre table en boitant.

Eddie, le chef du service au sol, qui servait du champagne français à sa petite amie…

À moins que la poupée assise à la table en question ne soit la sœur d'Eddie, Jake comprenait pourquoi Ida faisait la moue. L'autre fille était vêtue de satin bleu et avait les lèvres outrageusement peintes de rouge. Était-ce une impression – l'odeur de bière à laquelle se mêlait celle de poulet grillé, de cigarettes et d'alcool – ou portait-elle également beaucoup trop de parfum ? Lorsque Eddie s'approcha un peu trop, elle le laissa faire. Lorsque leurs mains disparurent ensemble sous la table et y restèrent trop longtemps, Jake commença à saisir ce qui se passait.

Le solo de batterie cessa, les cuivres reprirent avec force et une énergie nouvelle enflamma de nouveau le club. Eddie fourra quelque chose dans sa poche. La fille glissa une enveloppe dans une pochette de satin ornée de strass plus gros que des phares de Packard. Tous les yeux étant rivés sur les danseurs ou sur l'orchestre, Jake était le seul à avoir remarqué la transaction.

Le couple que formaient Eddie et Ida quitta alors la salle. Elle protesta bien un peu, mais il ne voulut rien entendre. Jake songea un instant à les suivre, mais se rappela qu'il y avait un plus gros poisson à attraper. Il devait garder les yeux sur la jolie souris en satin bleu. Il attendit une vingtaine de minutes.

En voyant Harry pénétrer dans le club, Jake lâcha un juron et bondit derrière une colonne.

Si les choses lui avaient paru si évidentes – comment et pourquoi Eddie travaillait –, pourquoi n'avaient-elles pas paru aussi évidentes pour Harry ? Et puis, que faisait-il là, dans ce club ? Jake se prit soudain à *détester* le jazz.

Craignant de compromettre les plans de son ami, il demeura caché… pour le voir accomplir les mêmes gestes avec Jolie Souris, mains sous la table, échange d'enveloppes. Seulement, cette fois, la fille ne parut pas vraiment contente. À en juger par leurs expressions, elle échangea des mots haineux avec Harry. Heureusement pour eux, l'orchestre venait d'entamer une bruyante version de *Bugle Blues*, qui couvrit largement leur dispute.

Pour finir, Harry se leva et quitta le club, Jolie Souris paraissant plus contrariée que jamais.

Jake savait qu'il pouvait revenir n'importe quel soir et la retrouver là, dans sa robe du soir, assise à la même table. En revanche, il n'avait qu'une chance de découvrir ce que tramait Harry ; et c'était maintenant. Il décida donc de le suivre, avec l'intention de résoudre la chose une fois pour toutes.

C'est alors que deux malabars empoignèrent Harry au moment où il atteignait la porte d'entrée. Comme ils l'entraînaient dehors, la musique se termina et les danseurs envahirent le bar. Jake dut se frayer un chemin vers la sortie.

Une fois dans la rue, il hésita. Il avait brièvement plu pendant qu'il se trouvait à l'intérieur, mais ce n'était pas ce qui l'arrêtait. Qu'était-il censé faire ? Laisser son meilleur ami se faire tabasser – peut-être même tuer – ou se griller ? La discrétion, il le savait, était aussi essentielle pour lui que pour Harry.

S'il devait se trahir pour sauver son ami, Jake était prêt à le faire. C'était le risque à courir.

Mais il allait choisir son moment, s'il le pouvait. Inutile de se précipiter.

Jake cracha son chewing-gum et suivit les deux costauds qui avaient embarqué Harry. C'étaient des professionnels, à n'en pas douter, qui savaient donner le change pendant qu'ils se trouvaient en pleine rue. Harry avait-il été assez stupide pour se laisser avoir par un truand ? Jake repensa à la fille en robe de satin. Son ami aurait dû se méfier lors de cet échange avec elle. Les dames comme celle-là ne s'asseyaient pas seules dans un bar sans raison.

Si tu as des ennuis un jour et que tu te retrouves coincé, ce sera à cause d'une fille.

Jake accéléra le pas ; le trio se dirigeait vers un quartier à l'allure sombre, plus obscur encore à cause des *black-out* obligatoires. Les choses allaient se passer très vite.

Ils se trouvaient à présent dans une ruelle et il n'y avait plus de temps à perdre. D'abord, Harry fit le malin et se prit une belle série de coups de poing. Jake espérait qu'il s'en tirerait sans trop de dommages. Mais le combat était inégal et il finit par se plier en deux avant de s'effondrer. L'obscurité faisait de ce lieu l'endroit idéal pour régler ses comptes, et il était inutile d'espérer un secours quelconque.

Jake ne pouvait plus attendre. Il devait venir en aide à son ami.

Prenant une longue inspiration, il se concentra, bondit et effectua sa transformation en chemin. Sa peau se mit à onduler, ses os s'allongèrent, ses membres se musclèrent et se recouvrirent d'une fourrure épaisse et rêche. Le loup, trop longtemps contenu par la vie en ville, par des chaussures bon marché, par la fausse identité de Jake, se libérait enfin de ses chaînes. La joie vibrante de la métamorphose se propagea dans tout son corps, de ses dents et ses oreilles nouvellement pointues jusqu'à ses griffes à présent acérées. Il ne put résister à l'envie de rire, un cri rauque, guttural, inhumain. Les deux brutes qui s'attaquaient à Harry empestaient le mal.

Imprégné d'une puissance nouvelle, il fondit sur les deux hommes. Le premier avait la taille d'un grand singe et un couteau aussi affûté que long. L'autre, plus trapu, avait un visage à la James Cagney, et surtout venait d'abattre son gourdin sur le crâne de Harry qui, à terre, ne bougeait plus.

Bien, pensa Jake, *ça va me faciliter les choses.*

Il laissa échapper un grognement. Les deux malfrats l'ignorèrent. Il en fallait plus pour les effrayer ; et puis, ils étaient occupés.

Il leur bondit dessus. Et, cette fois, ils ne purent l'ignorer.

Jake atterrit sur le dos de King Kong, cherchant à lui faire lâcher au plus vite son couteau avant qu'il ne puisse s'en servir. Plaqué contre le mur de brique, il révéla un crâne luisant, non seulement de pluie, mais d'une autre matière visqueuse que son assaillant préféra ne pas chercher à identifier. Il se retourna avec la vitesse de l'éclair et, ignorant le sang qui s'écoulait de sa tempe, planta sa lame dans le bras de Jake. Celui-ci approcha alors son visage du sien, si près que l'autre put voir des dents qui n'étaient pas humaines, et sentir l'haleine fétide d'une gueule qui lui déchirait maintenant l'oreille.

King Kong hurla de douleur, se prit la tête entre les mains tandis que Jake s'emparait du couteau et le brisait comme un vulgaire jouet avant de le laisser tomber au sol avec un cliquetis métallique. Sans demander son reste, l'homme prit ses jambes à son cou, hurlant au meurtre et saignant comme un cochon égorgé.

Pas de temps à perdre ; même dans un quartier aussi miteux, leur bagarre risquait d'attirer l'attention. Son chapeau s'envola tandis que Jake se lançait à sa poursuite et plaquait King Kong. D'un puissant coup de griffe, il lui trancha les cordes vocales. Suivit un gargouillement, cette fois quasi inaudible de la rue voisine.

Jake se tourna alors vers Cagney, qu'il surprit en train de faire les poches de Harry. La crainte de son boss devait être grande, car il n'avait cessé de fouiller Harry pendant que les deux autres se bagarraient.

Mais il leva soudain les yeux, les écarquilla et resta bouche bée. D'abord, Jake crut qu'il était ivre, ou alors quelque peu demeuré, mais c'est alors qu'un parfum douceâtre lui parvint aux narines, recouvrant même l'odeur nauséabonde de la ruelle. Et Jake comprit que Cagney était défoncé à l'opium.

Puis, il renifla une autre odeur. Celle de l'après-rasage de Harry, écœurante à souhait.

D'un violent coup de patte, il fit sauter le gourdin de la main de Cagney avant de lui griffer cruellement la joue. Sa victime beugla littéralement, en se plaquant les mains sur le visage, autant pour stopper le sang que pour se protéger du monstre à tête d'Anubis qui s'en prenait à lui.

Quant à la figure de Jake, elle avait perdu toute trace d'humanité : museau allongé, crocs acérés, oreilles en pointe lui remontant jusqu'au-dessus du crâne. Sa fourrure ou ses moustaches n'étaient pas ce qu'il y avait de pire, lui avait-on dit. C'était son regard. Il semblait tellement fou qu'une gueule dégoulinante de bave puisse encore abriter des yeux à la lueur aussi humaine.

Mais les braillements de King Kong avaient fini par réveiller tout le quartier. Des voitures de police aux sirènes hurlantes approchaient déjà. Il ne pouvait pourtant pas laisser Harry dans la ruelle ; d'une façon ou d'une autre, c'était à lui de le tirer du pétrin dans lequel il l'avait involontairement plongé.

Après avoir récupéré son précieux chapeau, il se pencha sur son ami et le souleva sans effort avant de le balancer sur son épaule. Il s'apprêtait à quitter les lieux, lorsqu'un véhicule au toit muni de gyrophares lui barra la sortie de la ruelle. Il bondit à l'autre bout, mais ce fut cette fois une Cadillac qui, en crissant des pneus, vint se placer en travers de son chemin. Les phares des deux voitures éclairaient à présent la ruelle entière. Pris au piège, Jake se plaqua contre deux bennes à ordures poussées devant le mur. Les cinq hommes qui émergèrent des véhicules brandissaient des pistolets qu'ils pointèrent sur Jake et son ami inconscient. Des ombres folles de monstres armés se dessinèrent alors sur les parois de béton.

Les trois costauds trébuchèrent ensemble sur les corps que Jake avait laissés derrière lui. Résonnèrent alors exclamations et cris, tandis que l'un des hommes reculait brusquement, révulsé par le spectacle et la puanteur.

– C'est lui, monsieur MacLaren !

À l'autre bout de l'étroite ruelle, Eddie arrivait en

claudiquant derrière un homme vêtu d'un costume croisé. Il indiqua l'endroit où Jake tentait de se fondre avec l'obscurité.

– Je reconnaîtrais n'importe où ce costume bas de gamme, dit-il. Je l'ai vu en train de mater Sadie, au club, pendant qu'elle dealait. Et je l'ai suivi jusqu'ici quand je l'ai vu emboîter le pas à Sid et Joey qui embarquaient ce mauvais payeur de Harry Gray.

Puis, Eddie jeta un œil sur ce qui restait de Sid et Joey, au bout de l'allée. Il se rapprocha alors de MacLaren… qui lui lança soudain :

– Attends… c'est Gray, notre junkie ? C'est un fed – enfin, il était aux affaires il y a deux ans. Le nouveau boss sera ravi d'apprendre tout ce qu'il sait de nous !

Jake était coincé. Il pouvait bien évidemment s'enfuir pour sauver sa peau, mais abandonner Harry à ces truands équivaudrait à le tuer. Il pouvait bien sûr reprendre sa forme humaine, garder le secret de son identité. Mais dans ce cas, même s'il était tout à fait capable de se battre, leurs chances de survivre à ce gang armé resteraient très minces.

Il cala solidement son ami sur son épaule et abaissa son chapeau. Il allait tenter de faire diversion, en espérant que dans le grabuge qui s'ensuivrait, personne ne remarquerait la présence d'un loup-garou.

Le risque était gros.

Il se rassembla, prêt à bondir, lorsqu'il entendit le cliquetis de talons féminins en haut de la ruelle.

Il se figea. C'étaient Rosalie et sa sœur Olivia.

Ce ne fut que lorsqu'elles appelèrent que les hommes armés comprirent qu'elles étaient passées devant les voitures et se trouvaient maintenant au beau milieu de la scène.

– Jake, tu es là ? Cousin Jake ?

Ces voix ne pouvaient détonner mieux au milieu de cette allée obscure et malsaine.

Sans abaisser son pistolet, MacLaren leur lança :

– Mesdames, on est en privé, ici ! Je vous conseille de faire demi-tour et de rentrer gentiment chez vous.

– Je ne crois pas, rétorqua Rosalie. Pas sans Jake et son ami, en tout cas.

Dans leur tenue du soir, vêtues d'un élégant manteau et d'un joli chapeau, toutes deux étaient maintenant plantées au milieu du groupe de gangsters. Se tenant par le bras, leurs mains gantées sagement repliées sur leur sac, elles auraient aussi bien pu se rendre à l'église.

Les hommes en face d'elles ne cherchèrent pas à étouffer des rires gras. MacLaren lui-même sourit devant le ridicule de la situation. Puis il claqua des doigts.

– Walt, Jonesy, Studs !

Les trois sbires s'avancèrent rapidement jusqu'à lui. Walt se posta derrière Rosalie et l'envoya sauvagement rouler à terre. Tremblant comme une feuille, elle ne chercha pas à relever la tête.

Au même instant, Jonesy saisit Olivia par le bras.

– Enlève tes sales pattes ! lui cria-t-elle.

Riant de plus belle, il fit ce qu'elle lui demandait.

– Jonesy, qu'est-ce que tu fais ?

Lorsqu'il comprit ce qui se passait, Jonesy regarda sa main et secoua la tête.

– Je… je ne sais pas ! C'est comme si… je n'avais pas décidé de faire ça !

– Bon, eh bien, en attendant, sors-les de là ! Ou descends-les. On n'a pas que ça à faire.

Jonesy attrapa de nouveau Olivia et l'attira contre lui.

– Allez, viens, toi ! T'as intérêt à… Aargh !

Elle venait de se tourner vers lui pour lui mordre profondément le cou. Comme il lâchait un braillement de douleur, Jake fut peut-être le seul à voir à cet instant la peau de la jeune femme se modifier, se couvrir d'écailles de serpent aux reflets violets. Ses yeux s'élargirent, son nez s'effaça, et ses dents se muèrent en quelque chose de… vampirique.

Studs et Walt tentèrent de délivrer Jonesy de l'emprise d'Olivia, mais celle-ci se débattait maintenant à coups de griffes aussi aiguisées que des lames de rasoir. Avec un grognement, Rosalie s'arracha du sol et bondit sur le dos d'un de ceux qui avaient attaqué son cousin. Son visage avait la même apparence que celui de Jake, à présent : recouvert de duvet, armé de crocs pointus, écumant de fureur. Son petit chapeau tomba dans la boue, et Olivia et elle s'acharnèrent sur les deux gangsters. Des os claquèrent en se brisant, du sang jaillit.

Aussi subrepticement que possible, Jake déposa Harry derrière les poubelles.

MacLaren était plus intelligent que ses sbires. Il considéra la scène, puis pointa son pistolet sur Jake.

Celui-là se redressa et lui jeta une poubelle à la figure, le renversant en arrière. Il se tourna alors vers Eddie qui s'était mis dans la tête de décamper. Il hésita une seconde : Eddie savait maintenant que Harry était un agent du gouvernement… drogué à l'opium. Jake ne pouvait pas le laisser partir avec cette info. Mais MacLaren continuait de le menacer de son arme à feu, prêt à tirer.

Il y eut un éclair de fourrure luisante. Quelque chose bondit par-dessus la Cadillac, flanquant Eddie par terre. Un gros loup, portant l'uniforme rouge de l'Union, attrapa le dealer à la nuque et le secoua violemment.

Jake en profita pour plonger vers MacLaren, qui parvint malgré tout à tirer un coup de feu. Son adversaire lui saisit l'épaule mais ne fit que lui atterrir sur le dos. Les yeux exorbités de frayeur, le truand poussa un cri rauque tandis que Jake approchait de lui sa tête de loup en montrant les dents…

– Jake, non ! s'écria Olivia en lui posant une main sur le dos. Ne le tue pas !

Il lâcha un grognement de frustration, sachant que Mac Laren était prêt, lui, à tuer Harry. Véritable poison pour la communauté, il trahissait son pays en volant des secrets.

– Depuis quand fais-tu la délicate ? lui demanda Jake d'une voix rocailleuse.

– On a besoin que le FBI l'interroge. Pour que Harry puisse monter son dossier contre lui.

Incapable de voir ce qui se passait derrière la tête de Jake,

MacLaren acceptait très mal de se retrouver à la merci d'une dame.

– Qu'est-ce qui te fait croire que je vais parler, petite sœur ?

Olivia se baissa afin qu'il la voie. Ses yeux noirs se mirent à luire et elle inclina la tête pour plonger son regard dans le sien. Il étouffa un cri et la fixa comme s'il était en transe.

– Tu auras la cervelle d'un canari quand j'en aurai fini avec toi, lui cracha-t-elle.

Une vibration de puissance déchira soudain l'air. Vic venait de reprendre sa forme humaine, frémissant dans la nuit glacée alors qu'il ne portait que son uniforme de l'Union.

– Bon, Jake, il ne faut pas s'éterniser. J'ai laissé la voiture à deux pas d'ici, après avoir déposé les filles, et je me suis arrangé pour que la voie soit libre. Mais on ne va pas tarder à avoir de la visite, si on traîne.

– C'est vrai, reconnut Jake.

Il se redressa, se dépêcha de retrouver sa peau d'humain et tendit sa veste à Vic qui tremblait de froid.

– Toi et Rosalie, déplacez les corps pour qu'on croie qu'ils se battaient entre eux. Le grand gars, en haut de la ruelle, avait un couteau ; utilise-le pour couvrir les plus grosses traces de griffes et de dents.

Puis, se tournant vers Olivia, il ajouta :

– Et si tu utilisais l'un de tes pouvoirs de persuasion sur MacLaren ? Suggère-lui de se souvenir qu'il y a eu une bagarre entre ses hommes et qu'on n'est jamais venus ici… Et qu'il meure d'envie d'avouer au FBI qui est le « nouveau » boss. Je suis prêt à parier que c'est un nazi, ou qu'il est lié à eux, s'il fait du commerce de ce genre dans le plus grand secret.

– Très bien, Jake.

Elle souleva MacLaren par le col de sa veste et le flanqua debout contre le mur.

– Je sais quel démon se cache dans le cœur de chaque homme.

Elle lui plongea les doigts dans le cou, et MacLaren, le regard vide, perdit toute consistance.

– Jake… ? résonna une faible voix, au fond de la ruelle. Celle de Harry, qui avait réussi à se mettre debout.

– Jake, qu'est-ce qui se passe… ?

– Tout va bien, Harry ! tenta-t-il de le rassurer.

Mais il aperçut alors Vic, vêtu de son long caleçon et d'une veste qui n'était pas la sienne ; Rosalie qui reprenait sa forme humaine en se lamentant d'avoir filé sa dernière paire de bas ; et Olivia, toujours aussi vampire, dans son manteau maculé de boue, en train de murmurer des paroles à MacLaren qui hochait la tête d'un air abruti.

Harry se frotta le crâne avec mollesse et articula :

– Jake, il y avait un loup-garou… qui portait ton affreux chapeau…

– Harry, lui répondit-il, on est des loups-garous, et on est là pour venir en aide aux autres. Tu veux bien nous aider, Olivia ?

Elle se détourna de MacLaren en léchant le sang qui perlait de ses crocs.

– Il faudrait nettoyer un peu le cerveau de mon ami. Tu vois ce que je veux dire ? Et, s'il te plaît, raconte-lui comment il a suivi Eddie en sortant du club, juste à temps pour voir les hommes de MacLaren se bagarrer. Et comment il a ensuite averti les flics et les a conduits ici.

– Ça va être coton, répliqua-t-elle. C'est plus difficile d'altérer la chimie du sang d'un accro à l'opium. D'autant qu'il est commotionné.

– Fais de ton mieux. On va prévenir la Famille, en Virginie, et leur recommander d'avoir un œil sur lui. Ils lui donneront un peu plus de « jus d'oubli », si les souvenirs ont tendance à lui revenir.

*
**

Une fois qu'ils eurent réarrangé les corps de façon à rendre leur histoire plausible, ils installèrent à l'arrière de la Cadillac de MacLaren un Harry encore dans les vapes, sa tête reposant sur les genoux d'Olivia.

Jake proposa à Rosalie de s'asseoir à l'avant avec Vic, pendant que lui prenait place au volant. Avant de démarrer, il se retourna et demanda :

– Hé, Harry, que dirais-tu d'un baiser de la part de ma gentille cousine Olivia ?

Sa tête le faisait encore souffrir et le besoin d'un bon shoot d'opium le paralysait presque. Il leva un œil hébété vers la femme qui lui caressait les cheveux dans le noir. Il ne la distinguait pas bien, mais devinait qu'elle était très belle.

Il aimait les jolies filles.

– D'accord, murmura-t-il.

Était-ce son imagination ou la douleur qui le diminuait ainsi ?

Olivia se pencha sur lui, les lèvres entrouvertes. Dans son demi-délire, Harry crut voir luire une dent. De sa bouche, elle effleura la sienne puis, lentement, descendit vers son cou.

Lorsque ses crocs eurent percé sa peau et que le sang eut commencé à s'écouler dans la bouche d'Olivia, Harry se sentit submergé par une telle impression de bien-être et de confort que la douleur et son état de manque se dissipèrent presque totalement. Il n'avait plus qu'une pensée en tête :

Un baiser d'enfer…

*
**

Assis à l'avant, Vic scrutait les rues obscures tandis qu'ils partaient ensemble rejoindre sa voiture.

– Alors, la fille des machines… Ida… elle laissait Eddie, son petit ami, entrer dans le labo ?

– Elle pensait qu'il ne faisait que l'aider, répondit Jake. Mais c'était lui-même qu'il aidait à récupérer des informations sur celui qui les intéressait. On cherchait un génie criminel et on se retrouve avec un Eddie qui voulait satisfaire son fournisseur de dope à tout prix. Quant aux hommes de MacLaren, disons qu'ils ne faisaient pas que vendre de la drogue. Je ne serais pas étonné d'apprendre que les nazis les encourageaient à étendre leur commerce. Le Bureau se chargera de traquer les autres et de les mettre au frais dès qu'ils trouveront le « nouveau » boss de MacLaren.

Après un rapide regard dans le rétroviseur, Jake poursuivit :

– Harry ne pouvait pas se permettre de se faire démasquer par les gars de MacLaren. Il ne pouvait pas non plus avouer à son boss qu'il prenait de l'opium. C'est pour ça qu'il m'a fait venir ici afin de trouver les preuves pendant qu'il gardait profil bas.

Une voix étrangement lointaine et brumeuse leur parvint du siège arrière :

– Waouh… !

– Comment tu te sens, Harry ? lui demanda Jake pendant que Vic et Rosalie échangeaient un regard nerveux.

– Eh bien, je vais te dire, Jakey, je me sens fort bien. Mais, si tu veux savoir, ce soir j'ai vu une femme loup-garou qui portait ton foutu chapeau ; et aussi un chien géant tuer ce fumier d'Eddie ; et Olivia, hum… je crois que c'est une vampire… mais pas comme celles qu'on voit dans les films, attention ! D'abord, j'ai cru que j'étais défoncé – qui sait ce que cette jolie et méchante Sadie avait mis dans mon verre ? – mais je n'avais rien pris. Et, maintenant, tout me paraît si clair. Comme au bon vieux temps à Salem, avec toi…

Il était temps pour Jake d'entrer en scène.

– Oui, Harry, ma famille est pleine de loups-garous et de vampires, mais tu as raison, pas comme dans les films. Nous, on est du côté des gentils.

– Waouh ! Fantastique !

– Olivia, fit doucement Vic, on dirait que tu t'es un peu trompée dans ton mélange. Tu es allée un peu fort avec ton sérum de vérité et pas assez avec les bloqueurs de mémoire, je crois.

– Hé, ce n'est pas simple, tu sais, se défendit-elle.

Elle se sentait vidée et un peu étourdie par le travail qu'elle venait de fournir.

– Mais je m'offrirais bien une petite resucée, sourit-elle en baissant les yeux sur Harry. Viens là, mon beau.

***

Une semaine plus tard, Harry était de retour à Washington, et descendait en sifflotant Pennsylvania Avenue, son deuxième plus beau costume parfaitement nettoyé et repassé et un feutre tout neuf posé sur le crâne. Sa démarche féline et élastique aurait détonné en période de guerre, sauf que tous ceux qui le croisaient se sentaient brusquement pleins de courage. Tout dans son attitude semblait crier : *On peut y arriver !*

Quelque chose l'avait changé, à Boston. Peut-être était-ce le fait d'avoir résolu cette affaire, d'avoir revu son vieil ami, ou encore de s'être pris des coups à la tête dans cette fichue ruelle ; toujours est-il qu'il ne se sentait plus du tout en état de manque. Il lui avait d'ailleurs fallu plusieurs jours pour s'en rendre compte. Avant Boston, il se serait décrit lui-même comme quelqu'un de totalement accro à l'opium.

Mais aujourd'hui, c'était fini. Fini pour toujours.

Il avait déjà convaincu son boss, M. Roundtree, de le garder. Dans un mois ou deux, Harry serait de nouveau sur les rails pour conduire ses propres projets. Bon sang, n'avait-il pas gagné la guerre, de ce côté de l'Atlantique ?!

Il sifflotait encore en pénétrant dans les locaux du ministère de la Justice. Il passerait la nuit à se servir de la Smith Corona et ses doigts seraient douloureux d'avoir tapé et retapé sur les touches de la vieille machine à écrire. Mais son travail – grâce à Jake – avait été récompensé. Il était désormais sur la piste d'un trafic de drogue et d'un espionnage industriel et militaire dans le Nord-Est.

Quelque chose l'arrêta net. Il lui fallut quelques secondes pour comprendre qu'il n'était pas en plein délire. Mais alors, quel était le problème ? Il n'y en avait pas. C'était tout simplement l'image d'une famille assise devant une table recouverte d'une nappe blanche, en train de partager gaiement un repas. À leur gauche se trouvait un gros chien style berger, la tête levée vers la femme qui leur servait du café.

Chaque jour, il passait devant cette peinture murale sans jamais avoir pris le temps de la regarder. Trop occupé par son travail et, plus tard, par la quête d'une seringue, il n'avait pas une seule fois songé à lever les yeux. Et, aujourd'hui, il l'avait finalement fait. Étonnant.

C'était le chien qui avait attiré son attention. Il ne les adorait pas, pour tout dire ; il n'aimait pas la façon dont ils bavaient et sautaient partout autour de vous…

Dans la ruelle, à Boston, quelque chose avait attaqué les hommes de MacLaren. Harry avait été violemment frappé à la tête, mais il n'était pas défoncé alors, et savait ce qu'il avait vu. Un loup, debout sur deux pattes, portant un costume et un foutu chapeau bien laid…

Le chapeau de Jake Steuben. Il l'aurait reconnu sur n'importe qui.

Et, en contemplant cette peinture, il se souvint brusquement de tout.

Dans la ruelle, Jake avait pris le visage de Lon Chaney, puis s'était transformé en loup-garou. Et son amie Olivia l'avait mordu dans le cou, tout comme Dracula. Seulement, Harry était dans une forme qu'il ne se connaissait plus depuis des années, et il ne touchait plus à l'opium.

Oh, non, se dit-il soudain avec horreur, *je ne veux pas avoir envie de me défoncer à nouveau…*

Et, quand il comprit que cette seule idée le dégoûtait plutôt que de provoquer chez lui une envie brûlante, il souffla un grand coup et réfléchit. Il avait trouvé de drôles de combines pour satisfaire son addiction, vu bien des horreurs au cours de son travail. Et aujourd'hui, il réalisait que Jake et sa famille représentaient autre chose qu'une simple sortie dominicale.

À plus d'une occasion, il avait confié sa vie à son ami. Et Jake s'en était toujours sorti. Olivia l'avait débarrassé d'un terrible fardeau, lui avait rendu la vie.

Jake et sa famille étaient des *gentils*. Ils étaient patriotes, et discrets, aussi. Ils devaient l'être.

Harry décida donc qu'il n'y avait rien de monstrueux chez eux. Il leur serait éternellement reconnaissant.

En contemplant de nouveau la peinture, il se demanda pourquoi le peintre y avait inclus un chien. Et, aussi, combien d'autres « possesseurs de crocs » existaient autour de lui.

Il réfléchit longuement. Si Jake et sa famille pouvaient détruire un homme comme MacLaren et sauver une cause perdue telle que lui-même, on imaginait aisément ce qu'ils pouvaient faire avec l'aide du FBI…

Il se promit d'en parler avec M. Roundtree. Il avait le sentiment qu'après avoir appris ce dont ils étaient capables, son boss saurait comment utiliser ces « loups » sur le terrain.

Le Secours Express

par Carolyn Hart

Je voltigeais au-dessus d'Adelaïde, la chère ville de mon enfance, par une de ces délicieuses soirées d'été où le soleil jetait encore ses feux sur la terrasse du country club. Les femmes en robe d'été et les hommes en tenue sportive élégante étaient réunis pour une soirée. J'aurais aimé plonger parmi eux pour m'offrir un verre de vin accompagné de quelques crackers au brie, et bavarder avec ce beau jeune homme en train de commenter son swing de golf devant ses amis.

Voltiger ? Cela m'est facile. Non, je ne possède pas de jet privé. La réalité est en même temps plus et moins saisissante.

Je suis Bailey Ruth Raeburn, une ancienne d'Adelaïde, une rouquine aux yeux verts et aux taches de rousseur, qui aime rire, passer du bon temps, adore les beaux vêtements et l'aventure.

Vous n'avez pas remarqué le terme « ancienne » que je viens d'employer ? En fait, je suis un fantôme.

Chut, ça reste entre nous. Mon chef, au ministère des Bonnes Intentions, refuse de considérer comme des fantômes ces gens qui ne se trouvent que temporairement sur terre. Wiggins insiste sur le fait que nous sommes des agents célestes, chargés de venir en aide à ceux qui ont des ennuis. Selon lui, les fantômes ont sur la terre une réputation plutôt louche. Vous savez, ces chaînes qui cliquètent, ces protoplasmes qui pulsent, ces entités froides qui se faufilent chez vous, alors que portes et fenêtres sont fermées.

Fantôme ou émissaire, j'adore revenir sur terre pour porter assistance à quelqu'un. Je devrais peut-être me montrer franche – je suis aussi connue pour ça – et admettre que j'ai fait plusieurs tentatives pour devenir l'un des fidèles de Wiggins. Wiggins est un très bon ami, mais qui veut toujours tout faire à sa façon. Sur terre, il était chef de gare. Puisque son idée du ciel, c'était une gare bien gérée, le ministère des Bonnes Intentions n'est, pour lui, qu'une station et ses émissaires sont envoyés sur terre dans le *Secours Express*, un splendide train qui marche au charbon. Un train chargé de fournir des mains secourables, mais avec circonspection. Wiggins oblige ainsi tous ses émissaires à observer les préceptes du ministère pour les visites sur terre :

1. Évitez de vous faire remarquer.
2. Ne fréquentez pas d'autres esprits disparus.
3. Opérez sans faire connaître votre présence.
4. Ne devenez visible que lorsque c'est indispensable.
5. Ne succombez pas à la tentation de déconcerter ceux qui semblent s'opposer à vous.
6. Efforcez-vous de ne pas alarmer les créatures terrestres.
7. Divulguer des informations sur le ciel n'est pas de votre ressort. Contentez-vous de sourire et de dire : « Seul l'avenir le dira. »
8. N'oubliez jamais que vous êtes *sur* terre, et non pas *de* la terre.

J'imagine que ces restrictions vous paraissent simples, mais je peux vous assurer que l'observation de ces règles me demande de sacrés efforts.

Et en outre, j'ai le regret de vous avouer qu'au cours de mes précédentes visites sur terre, je n'ai pas cessé de violer ces préceptes.

Mais pas cette fois-ci.

Je pourrais écrire cela en lettres capitales (PAS CETTE FOIS), mais je ne voudrais pas me vanter. La fierté ne sied pas à un émissaire du ciel. Me vanter signifierait que je me sentais trop *de* la terre. S'il vous plaît, n'en prenez pas ombrage. Nous savons tous que les créatures terrestres font montre de fierté, de cupidité, d'avarice, de colère, et de toutes autres manières dépourvues de noblesse.

Donc, bien sûr, je ne suis pas fière.

CETTE FOIS, J'AI SUIVI LES RÈGLES.

Mais revenons tout de suite aux minuscules.

Cependant, je pense avoir le droit d'admettre que j'ai éprouvé du plaisir. Cette fois, je n'ai violé aucun précepte. Pas un seul. J'étais venue sur terre, j'avais fait mon devoir et j'attendais l'arrivée du *Secours Express* qui devait me ramener au ciel. Je reconnais qu'Ogden m'avait ouvert la voie. Ogden, un gamin de dix-sept ans, mince comme un fil, avec ses cheveux couleur d'ébène, ses lunettes épaisses et sa folie des gadgets électroniques. On avait sauvé son père d'une fausse accusation de détournements de fonds, et je n'avais pas eu à apparaître une seule fois. Avec mon aide, il était remonté jusqu'à un comptable bigleux, qui avait un penchant pour les messages écrits. Bien évidemment, Ogden ignorait ma participation à cette enquête. Son goût pour l'électronique avait facilité l'utilisation d'une fausse identité pour envoyer au fraudeur des textos destinés à le trahir.

Grâce à Ogden, j'en avais appris des tonnes sur le nouveau monde électronique : le stylo numérique qui transformait l'écriture en un fichier informatique ; la carte qui chargeait les photos d'un appareil sans utiliser de fil ; et même un robot animal de compagnie, Willie, qui parlait et répondait aux humeurs d'Ogden. Dans le piège que je l'avais aidé à élaborer, il avait filmé tout le processus avec une minicaméra vidéo. La suggestion, envoyée par texto, venait de moi, bien sûr. Je m'étais familiarisée avec les caméras lors de mon association avec la police d'Adelaïde, où j'étais apparue sous le nom d'agent Loy. Tous les agents en uniforme avaient sur eux ce genre de caméra. Une image avec des mots vaut son pesant d'or, dans un tribunal. En somme, ma mission avait été couronnée de succès.

Grâce à Ogden, ma bonne attitude devrait convaincre Wiggins de ne plus me considérer comme un élément « à l'essai ».

– Ouiiii !

Les quelques visages qui se levèrent, sur la terrasse, me révélèrent que j'avais sans doute crié un peu fort. Mon Dieu, encore une violation du précepte Un.

Néanmoins, les conversations reprirent, ponctuées par d'occasionnels éclats de rire.

Rien de mal, donc.

Le *Secours Express* serait bientôt là et je ferais à Wiggins un rapport sur mon remarquable comportement. Pourtant, je me sentais vaguement insatisfaite. J'avais réussi dans ma mission, mais je n'avais jamais eu la sensation d'être présente et d'avoir mis la main à la pâte.

Parce que, bien évidemment, je ne l'avais pas fait.

Je n'étais pas apparue en personne. Je ne m'étais pas transformée en être humain, je n'avais jamais eu le doux plaisir de revêtir de beaux habits. Je n'avais parlé à quiconque. Je n'avais pas eu la chance de me montrer ici ou là. Pas de poursuite en voiture. Pas de confrontation. Pas de défi.

Pour être franche (ce que recherchent toujours les émissaires), cette mission trop parfaite avait été ennuyeuse.

Oui, je m'ennuyais à mort.

Sans le vouloir – je vous assure que je n'ai pas volontairement violé une nouvelle fois le premier précepte – je marmonnai à voix haute :

– MAM.

Fort heureusement, le son de ma voix se perdit dans le bruit de la fête, en bas. Et pourtant, ce que je venais de me dire me fit peur. Étais-je moi aussi en train de succomber au langage SMS ?

Quelle terrible perspective pour un ancien professeur d'anglais. Manifestement, la solution était de m'immerger dans le vrai monde plutôt que dans cette espèce de réalité virtuelle qui me rappelait les ombres de Platon sur le mur.

À dire vrai, je suis quelqu'un de grégaire. J'aime les choses vivantes, entraînantes. Mon mari, Bobby Mac – feu Robert McNeil Raeburn, de son vrai nom –, disait que je profitais toujours de la moindre occasion pour ajouter des bulles au champagne. Croyez-moi, du temps où nous étions sur terre, Bobby Mac et moi avions l'habitude de pétiller. Littéralement. Alors qu'au ciel… Ah, oui, le septième Précepte… Je me contenterai de dire que des tas de bonnes choses vous y attendent.

Je descendis en piqué au-dessus de la terrasse. Un thème latino égayait la soirée, sur les tables, des ponchos faisaient office de nappes, des lampions colorés bordaient le balcon, des maracas avaient été distribuées aux invités et, bien sûr, la musique sud-américaine était au rendez-vous. Serait-ce vraiment grave si je me joignais aux convives ? Je méritais bien un peu de distraction…

J'atterris derrière un palmier en pot et me changeai en invitée, vêtue d'une tunique et d'une jupe à fleurs rouge vif sur fond noir. J'optai d'abord pour des sandales, puis me ravisai et changeai pour une adorable paire de chaussures en crochet noir que je venais d'apercevoir aux pieds d'une femme.

En un rien de temps, je me retrouvai à danser une samba, avec un séduisant jeune homme dont le nez un peu rose me disait qu'il avait dû abuser du golf sous le soleil de juillet de l'Oklahoma.

– … et mon lie était juste au bord du bunker…

J'émis un murmure admiratif et me laissai enivrer par la musique. Je ne mis pas longtemps à comprendre que la plupart des invités n'étaient pas d'ici, mais avaient été conviés à un tournoi de golf organisé par le country club. Ce qui atténua ma crainte de devoir répondre à une hôtesse qui viendrait me demander qui diable j'étais. Je me vis bientôt proposer une partie de golf. Je dois vous avouer que je danse plutôt bien – une observation qui n'a rien à voir avec de la fierté, soit dit en passant. La samba, la rumba, le tango et le cha-cha-cha n'ont pas de secrets pour moi.

C'était un tel plaisir de se retrouver avec des gens ! Je savais aussi que mon temps à cette soirée était compté. L'*Express* passait à minuit, et je devais alors être haut dans le ciel, prête à me glisser à bord. Il me restait quand même une heure pour m'amuser.

Est-il prudent de dire que le Destin est intervenu ? Était-il écrit dans les étoiles que je devais atterrir dans cette soirée sur cette terrasse ? Ou Wiggins en avait-il considéré l'éventualité et jugé inutile d'envoyer un autre agent ? Comme j'avais un peu de temps devant moi avant de rejoindre l'*Express*, savait-il que je ne pourrais résister à la tentation de m'introduire dans une soirée ? Wiggins était-il aussi rusé ?

Je le voyais avec son képi rigide et noir sur la tête, le visage ouvert et encore jeune, malgré son énorme moustache de morse, sa chemise blanche au col montant, et son pantalon de flanelle grise, retenu par de larges bretelles. Oui, Wiggins avait cette espèce de sévérité du siècle dernier – du début du XXe, j'entends – mais il me surprenait souvent par une lueur d'humour dans le regard.

J'avais certainement l'air très innocent, lorsque je pénétrai dans les toilettes pour femmes pour vérifier ma coiffure. Je craignais que mon dernier tango m'ait laissée plus qu'ébouriffée. (Il n'y a aucun orgueil à vouloir apparaître sous votre meilleur jour, n'est-ce pas ?)

De plus, un bref regard dans le miroir me rappellerait d'être reconnaissante de toujours apparaître avec un physique de vingt-sept ans, même si j'étais nettement plus âgée en quittant la terre. C'est le côté attentionné du ciel que de toujours nous montrer au meilleur de nous-mêmes. Vingt-sept ans était pour moi un âge magnifique. Il y a aussi tant d'autres surprises agréables au ciel, comme le fait de voir la joie en couleur. Imaginez, par exemple, un violet incandescent avec… Oh, désolée… le précepte Sept. Un de ces jours, vous le constaterez par vous-même.

Comme je traversais le couloir, une femme aux cheveux noirs, d'une trentaine d'années, se précipita vers les toilettes en jetant un regard inquiet derrière elle. D'une main tremblante, elle ouvrit la porte et se rua à l'intérieur.

Des pas rapides résonnèrent dans mon dos.

Je fis mine de m'arrêter pour admirer une tapisserie – une de ces représentations prétentieuses et brunâtres d'une scène de chasse anglaise.

Une blonde replète en jogging rose, l'air crispée, ouvrit la porte à son tour, me laissant le temps d'apercevoir la brune et son regard terrifié. Comme elle se retournait, son chemisier de soie beige, largement ouvert, glissa de son épaule, dévoilant un énorme hématome violacé sur le haut de son bras. Elle sursauta et, d'un geste hâtif, ramena sa manche pour cacher la marque. Le battant se referma.

Je disparus. L'instant d'après, je me retrouvai dans l'antichambre avec ses miroirs et ses gros coussins. J'ai toujours un frisson quand je traverse un mur. Cela me donne une drôle de sensation de liberté.

Une main toujours crispée sur son chemisier, la jeune femme brune se laissa tomber sur le canapé et esquissa un sourire forcé.

– Salut, Joan, dit-elle à l'adresse de la blonde. Ça fait un bout de temps qu'on ne s'est pas vues.

Sa voix était fragile, comme brisée.

– J'ai entendu dire que toi et Jack, vous étiez allés en Alaska. C'était bien ?

– Qu'est-ce que tu as au bras, Eleanor ?

– Au bras… ? Oh…

Elle eut un rire nerveux.

– C'est juste un petit accident… mais ça va.

Joan ne se contenta pas de cette réponse. Elle regarda la jeune femme d'un air inquiet.

– Écoute, toi et Brad, vous n'aviez pas l'air de vous amuser, ce soir.

Eleanor ouvrit son sac d'une main fébrile, sortit son rouge à lèvres, l'observa un instant puis le rangea brusquement. Craignait-elle que sa main ne tremble trop pour lui permettre de se maquiller correctement ? Elle se leva, considéra Joan avec un regard vide et répondit :

– Brad ? Oh, ça n'a rien à voir avec lui. Je crois que c'est ma migraine qui me reprend. Je vais lui demander de me ramener à la maison.

Comme elle se dirigeait vers la porte, Joan se leva à son tour et s'interposa.

– Tu es sûre, Eleanor ? Écoute, si on peut faire quelque chose… si tu préfères rentrer avec nous…

– Non, coupa-t-elle avec un rire rauque. Ça va très bien, je t'assure. C'est juste que…

Elle lui prit le bras et ajouta :

– S'il te plaît, ne dis rien à personne. Ça me retomberait dessus. Je t'en prie, Joan. Il faut que tu me le promettes.

– Ne pars pas avec Brad. Rentre avec nous. Ou alors, laisse-moi appeler la police.

Eleanor lui lâcha le bras.

– La police ? Non, mon Dieu, pas ça ! Tu ne comprends pas. Tout va bien. Je te le jure. Mais je n'arrive pas à penser correctement quand j'ai mal à la tête. Tu te trompes… Brad ne me ferait jamais… Non, ce n'est pas ça du tout.

Elle se retourna vivement. Joan fit un pas vers elle, mais alors que la porte se refermait, elle s'arrêta, l'air dépitée. Elle avait proposé son aide à son amie et celle-ci refusait de l'accepter. Que pouvait-elle faire ? Si elle appelait la police, il leur faudrait davantage que ses soupçons.

Mais il existait peut-être un autre moyen d'éviter la maltraitance.

En quelques secondes, je me retrouvai aux côtés d'Eleanor. Elle marchait d'un pas décidé, esquissant des sourires de convenance aux connaissances qu'elle croisait. Réalisait-elle que sa détresse était flagrante ?

En approchant de la terrasse, elle ralentit le pas puis, après un bref soupir, la tête haute, elle fit le tour de quelques tables.

Un homme athlétique, sans doute du même âge qu'elle, se tenait près d'une fontaine. Il me rappelait le jeune Van

Johnson, un Américain aux cheveux de feu et à la figure constellée de taches de rousseur. Mais au lieu de respirer charme et bonne humeur, ce visage était dur et fermé, et les yeux bleus qui l'ornaient luisaient de colère.

Elle s'arrêta à moins d'un mètre de lui.

– Je voudrais rentrer. J'ai la migraine.

– C'est ce que tu racontes à tout le monde ?

L'air effrayée, elle croisa les bras comme pour se protéger.

– Bon sang ! Arrête ça ! reprit-il. Si quelqu'un te voit comme ça…

Des chaussures claquèrent derrière elle. Joan s'avançait vers eux d'un pas décidé. Elle se planta devant Brad et lui jeta un regard sans complaisance.

– Désolée, mais Eleanor ne se sent pas bien. Il vaudrait peut-être mieux qu'elle rentre avec nous pour avoir une bonne nuit de repos. J'ai moi-même des migraines, je sais que c'est carrément insupportable.

– Mais non, elle ira très bien, fit-il en rougissant.

La blonde le fixa un long instant puis lâcha :

– J'appellerai demain. J'espère qu'elle sera rétablie.

J'avais sous-estimé Joan. Son air autoritaire le mettait en garde.

Brad lança un regard noir à Eleanor puis articula sèchement :

– On y va, maintenant.

La jeune femme baissa les yeux en passant devant son amie.

*
**

J'eus ma première surprise en les voyant rejoindre une Mercedes coupé… qu'Eleanor ouvrit de loin avec la télécommande de sa clé, avant de s'installer au volant.

Brad se glissa sur le siège passager et fixa devant lui un regard morne, tandis qu'elle manœuvrait pour sortir du parking.

Elle conduisit le toit ouvert, ses cheveux ébouriffés par le vent tiède. Brad se détourna alors et contempla la nuit éclairée par la lune.

En chemin, ils ne prononcèrent pas un seul mot.

Au bout de quelques minutes (Adelaïde est une petite ville), elle s'engagea dans une allée circulaire, devant une immense maison à l'aspect clinquant et au toit hérissé d'une multitude de flèches inutiles.

Lorsque la voiture s'arrêta, il ouvrit la portière et se dirigea vers les marches du porche, en ignorant délibérément sa femme.

Elle le suivit dans le grand vestibule de marbre et abandonna son sac sur une table. Son reflet dans le grand miroir biseauté n'avait plus rien à voir avec son apparence, un peu plus tôt sur la terrasse. Elle paraissait tranquille, amusée et pleine d'assurance.

Un double escalier central embrassait une fontaine ornée d'un bouquet de plantes vertes. Brad se trouvait à la moitié des marches, les épaules courbées et les poings crispés, quand elle lança :

– Tu ne m'as pas demandé si j'avais passé une bonne soirée.

Il s'arrêta, le dos raide, puis se retourna lentement et lâcha :

– Tu n'es qu'une garce.

Elle continua de sourire.

– La bave du crapaud… Descends, j'ai à te parler.

Il resta au milieu de l'escalier.

– Je veux arrêter.

– Sûrement pas, lui dit-elle avec calme.

– J'ai la preuve, pour toi et Roger, articula-t-il, la mâchoire serrée.

– Un détective privé ? répliqua-t-elle avec un haussement d'épaules. Je me demande toujours s'ils prennent leur pied en imaginant ce qui se passe derrière des portes closes. Quant à moi, je me moque de savoir si tu as une photo de nous au lit ; ça ne te servira à rien. En revanche, toi qui cherches à te faire réélire l'année prochaine, crois-tu que quelqu'un votera pour un juge qui bat sa femme ? Tu sais que j'ai bien travaillé à la soirée tout à l'heure…

Il agrippa la rampe, comme pour s'empêcher de redescendre quatre à quatre.

– Je suis surpris que personne ne t'ait encore tuée, Eleanor.

Elle partit d'un grand rire moqueur.

– Tu es trop gentil pour commettre un meurtre.

La tête haute, elle était belle, arrogante et terrible. J'ignorais ce qui les avait amenés jusque-là, mais il n'y avait pas à se tromper sur ses intentions à elle. Devant tous, elle avait joué la femme terrifiée par son mari, dissimulant comme elle pouvait le fait qu'il la battait. Il pouvait proclamer son innocence, mais les murmures, les regards en biais, l'incrédulité, tout cela le poursuivrait à jamais.

– Je dirai à tout le monde que tu mens.

– Comme tu veux, fit-elle en agitant une main. Personne ne te croira. J'ai déjà bien avancé de ce côté-là. Tu ferais mieux de descendre.

D'une voix puissante et glaciale, à présent, elle ajouta :

– Je vais t'expliquer ce que je veux et pourquoi tu seras heureux de coopérer.

Sans attendre de voir s'il obéissait, elle tourna sur sa gauche, alluma et entra dans un salon confortable.

Brad descendit quelques marches, et je me sentis désolée pour lui. Il semblait dérouté, perdu, sans aucun moyen de s'échapper du piège où sa femme l'enfermait.

J'oubliai alors le précepte numéro Trois, qui me recommandait de toujours opérer en coulisses. Je sentais que cette fois, je devais faire connaître ma présence. Il n'y avait qu'une seule occasion pour déjouer les plans de son adversaire sans scrupules.

J'apparus à côté de Brad, sur les marches, lui saisis le bras et murmurai :

– Laissez-la parler. Je vais filmer tout ce qu'elle dira.

Il se figea net.

On entendit les glaçons cliqueter en bas.

Brad était pétrifié.

– Tu ferais bien de descendre, maintenant, lui lança-t-elle d'une voix métallique. Je pourrais appeler quelqu'un à la rescousse. Le grand méchant Brad qui brutalise sa femme… ce n'est quand même pas ça que tu veux.

– Faites ce que je vous dis, insistai-je en lui secouant le bras.

Il tourna la tête dans tous les sens sans me voir.

Franchement, il y en a certains qui sont trop difficiles à gérer ! Avec un petit soupir d'exaspération, je lui apparus vêtue de l'uniforme d'un policier d'Adelaïde. Le bleu, c'est vraiment une couleur flatteuse pour les rousses…

Brad se pencha de nouveau au-dessus de la rampe.

Le pouce levé, je lui lançai :

– Je suis ici pour vous aider. Descendez et allez lui parler.

Tapotant la petite caméra vidéo que je portais à la ceinture, je lui précisai :

– Toutes vos paroles seront enregistrées. Vous n'avez pas le temps de réfléchir.

Sur ces mots, je disparus à nouveau.

Dans le vestibule, le cliquetis des chaussures d'Eleanor annonça son arrivée impatiente au bas des marches.

– Qu'est-ce que tu attends ?

Il se frotta la tête puis, avec un geste d'impuissance, lui répondit :

– Voilà, je descends.

Il s'engagea dans l'escalier, non sans jeter des regards brefs et inquiets derrière lui.

Les bras croisés, elle lui demanda :

– Qui cherches-tu ?

Elle aussi scrutait le palier, l'air incommodée.

– Je ne sais pas… J'ai cru entendre quelque chose.

– C'est peut-être ce que tu aurais voulu. Tu aimerais qu'on t'écoute, c'est ça ? Désolée de ne pas t'offrir ce plaisir.

Lentement, la mine confuse, il la suivit dans le salon.

Eleanor achevait de se préparer un verre devant le mini bar.

– Qu'est-ce que tu voudrais ? interrogea-t-elle.

Je passai derrière elle, me laissai tomber dans un canapé de cuir brun, et apparus. Je défis la caméra de ma ceinture et la mis en route. Wiggins ne m'avait jamais exactement expliqué la façon d'apparaître avec les accessoires dont je pourrais avoir besoin. J'avais juste appris qu'un objet séparé de ma personne restait en place lorsque je m'évanouissais. Et maintenant, j'avais l'instrument qui allait confondre Eleanor.

Je l'installai près d'un vase, l'objectif dirigé vers la femme.

Brad ignora sa question et se planta devant un palmier en pot, croisant les bras à son tour.

– Je vais dire à tout le monde que tu mens. Tu sais très bien que je ne t'ai jamais battue.

Elle se pencha en avant et ouvrit le col de son chemisier, dévoilant une tache violacée.

– Et ça, ça te plaît ?

Incrédule, il s'avança vers elle.

Je hochai la tête, contente de ce qui se passait. Il se trouvait à présent dans le champ de vision de la caméra.

– D'où ça vient ? demanda-t-il en levant une main tremblante.

Elle sortit du mini bar un rouleau de papier absorbant, en déchira une feuille et la passa sous l'eau du petit robinet.

– Là, tu vois.

Elle essuya alors la tache rougeâtre, et ajouta :

– Là, tu ne vois plus rien. C'est toute la magie du maquillage, Brad.

Elle remit son chemisier et déclara :

– Ce qui compte, c'est que Joan Grainger ait pu voir cet horrible hématome, ce soir, dans les toilettes du club. Elle a bien compris la chose. Bien sûr, je lui ai dit d'une voix tremblante que tout allait bien quand elle a proposé de me ramener chez eux.

– Elle pense que je t'ai frappée ? demanda-t-il, choqué.

– J'en ai peur, oui.

– Tu ne peux pas me faire ça.

– Mais si. Ce soir, je me suis arrangée pour qu'on dise partout que je suis une femme battue. Joan a vu le bleu sur mon bras. Alors, voilà ce qui va se passer, maintenant. Joan ne parle pas, en général. Elle ne dit jamais rien de négatif à personne. Ton secret est en sécurité, avec elle. Elle va juste s'assurer que je vais bien. Si tu joues le jeu, j'arriverai à la persuader que ce bleu provient d'une chute et que, si j'étais si mal, ce soir, c'était à cause de cette fichue migraine.

– Moi, jouer le jeu ? Qu'est-ce que tu veux dire ?

– Pas de divorce. Tu as des preuves me concernant, mais tu ne les utiliseras jamais. Ça me plaît d'être la femme du juge. J'aime que tu sois assez riche pour me permettre de faire ce que je veux, voyages, shopping, sorties. Tu vas t'efforcer d'être le meilleur mari qui soit, agréable en public et loin de moi en privé.

– Et si je refuse ?

– Tu commettrais une grave erreur. Tu vois, la plupart des femmes que je connais ne sont pas aussi réticentes que Joan. Demain soir, je joue au bridge avec quelques amies dont la bouche ne reste jamais fermée et qui ont le commérage dans les tripes. Je peux leur préparer un hématome spectaculaire pour appuyer mes dires.

Elle avala une longue gorgée du verre qu'elle venait de se verser et continua :

– Donc, ça dépend de toi, Brad. Si tu demandes le divorce, je raconterai à tout le gratin d'Adelaïde que tu me prends pour ton punching-ball.

– C'est du chantage pur et simple !

– Disons plutôt que c'est… un compromis. Tu fais ce que je te dis, ou je fais de toi un mari qui bat sa femme.

Levant son verre pour porter un toast, Eleanor ajouta sur un ton railleur :

– À nous deux, Brad.

Dans le lointain, je perçus le gémissement caractéristique du *Secours Express*. Dans quelques minutes, je devrais en avoir fini.

Je ramassai la caméra vidéo et me dirigeai vers la porte-fenêtre qui, je l'espérais, donnait sur une terrasse. La caméra parut flotter dans l'air. Je l'agitai un peu, ce qui attira l'attention de Brad. L'air stupéfait qu'il prit fut interprété par Eleanor comme le résultat du marché qu'elle lui proposait.

Caméra en main, je me transformai en être humain.

En me voyant, Brad se pétrifia de nouveau.

J'ouvris doucement la porte-fenêtre.

Surprise par le grincement derrière elle, la jeune femme se retourna brusquement. Elle aussi écarquilla les yeux, à ma vue.

Je veux bien reconnaître que l'apparition soudaine d'un officier de police dans votre salon puisse perturber un brin.

Brad avait l'air toujours aussi incrédule, mais une lueur d'espoir brillait maintenant dans son regard bleu.

– Le chantage est un délit punissable de quatre ans de prison et d'une amende en conséquence, déclarai-je alors, caméra toujours au poing.

– Vous… vous n'avez pas le droit d'être ici ! s'étrangla Eleanor. On n'entre pas chez les gens comme ça pour les filmer…

– J'ai tout enregistré de votre tentative d'extorsion.

– … sans leur permission, acheva-t-elle mollement.

– Je suis ici sur l'invitation de votre mari, fis-je en jetant à ce dernier un regard brûlant de signification. Votre mari qui avait des raisons de croire qu'il pouvait être le sujet de menaces. Je suis donc ici en toute légalité et la preuve contenue dans cette caméra est parfaitement recevable au tribunal.

Me tournant vers Brad pour le prendre à témoin, j'ajoutai :

– N'importe quel juge vous le dira.

Le train siffla de nouveau, mais, bien évidemment, j'étais la seule à pouvoir l'entendre. L'*Express* allait-il partir sans moi ?

– Je me trompe, monsieur le juge ?

Je parlais d'une voix sèche. Il fallait que je parte.

– Non, vous ne vous trompez pas, admit-il enfin.

Se tournant vers sa femme, il précisa :

– Cette preuve peut effectivement être présentée et acceptée par le tribunal, si tu es traduite en justice.

– Dans ce cas, continuai-je, je vais rédiger mon rapport, après quoi une convocation vous sera adressée.

J'ignorais totalement les procédures de la police, à ce niveau. Brad, en tant que juge, les connaissait sûrement, mais je comptais sur lui pour se rappeler que je n'étais pas là. Était-il assez intelligent pour le comprendre ?

Je commençais à me poser des questions, quand il laissa soudain tomber :

– Je ne vais peut-être pas engager de poursuites.

– Votre Honneur, souvenez-vous qu'il y a eu extorsion. Ai-je besoin de vous rappeler que c'est un délit ?

– Je sais, mais je désire régler cette affaire sans avoir à porter plainte.

Il se tourna vers sa femme et lui lança :

– Eleanor, ça ne tient qu'à toi.

Je croisai les bras et pris l'air aussi menaçant que me le permettait mon allure de rouquine.

– Tu m'as bien eue, Brad, lâcha-t-elle en le toisant du regard. Je ne m'attendais pas à ce que tu te montres aussi malin. Qu'est-ce que tu veux ?

– Tout d'abord, que tu appelles Joan. Essaie de lui paraître heureuse et insouciante. Voilà ce que je voudrais que tu lui dises…

Le *Secours Express* siffla de nouveau à mes oreilles, nettement plus près, cette fois.

Eleanor n'attendit pas pour prendre le téléphone. L'air plutôt à l'aise, elle déclara :

– Joan, désolée de t'appeler si tard, mais j'ai peur de t'avoir laissé une mauvaise impression, ce soir. Ce bleu que tu as vu n'a rien à voir avec Brad. Je me suis pris cette fameuse porte automatique, au supermarché, hier. Tu vois de laquelle je parle ? On risque carrément sa vie chaque fois qu'on la passe ! Ce soir, je ne me sentais pas bien parce que je savais que j'allais demander le divorce à Brad… En fait, ce n'est pas à cause de lui, c'est que… j'ai rencontré un homme, et je ne savais pas comment il allait prendre la chose. Mais si tu voyais, il se comporte… en parfait gentleman.

Les yeux brûlants, elle se tourna vers lui.

Brad leva le pouce pour lui signifier sa satisfaction.

Le sifflet du train se fit de nouveau entendre.

– Enfin, ça fait toujours du bien de s'expliquer. Je pars pour Dallas ce soir. Tout est réglé… Oui… Je t'appelle dès que possible.

Elle raccrocha, puis lâcha :

– Ça va ? C'est ce que tu voulais ?

– Oui. En échange, je vais me montrer beau joueur avec toi : fais ta valise et va-t'en.

Elle fixa d'un air furieux l'objectif de ma caméra.

– Et la vidéo ? Qu'est-ce que vous allez en faire ?

– Elle appartient à la police. Elle sera sous ma garde.

Eleanor avait l'air mal à l'aise. De toute évidence, si la caméra demeurait aux mains de la police, la vidéo risquait de ressurgir un jour ou l'autre.

Elle pivota, courut dans le vestibule et se hâta de grimper au premier.

Rapide comme l'éclair, je me ruai vers Brad et lui fourrai la caméra entre les mains.

– Ne lui faites surtout pas confiance. Gardez ça à l'abri dans un coffre. Désolée, je dois m'éclipser.

Sur ces belles paroles, je disparus et fonçai vers le ciel, où je ne tardai pas à apercevoir les rails du train.

Mais… oh, non… je ne pouvais pas l'attraper !

Qu'arrivait-il aux émissaires qui rataient leur train ? Serais-je mise de côté ? Deviendrais-je l'un de ces fantômes qui errent sans but en hantant le monde ?

– Et c'est parti ! résonna la voix robuste de Wiggins, qui me tendit la main pour me faire monter à bord.

Lorsque je me retrouvai face à lui, un peu hors d'haleine, il croisa les bras en faisant mine de me gronder, mais ses yeux pétillaient, presque autant que les étoiles qui nous entouraient.

– C'était moins une, Bailey Ruth. Cependant, je dois reconnaître que tu as parfaitement réussi ta mission. Quant à ton retard pour nous rejoindre à bord, disons que… moins on en dit, mieux c'est.

– Oh… d'accord. Merci.

– Toutefois… j'aurai une question.

Je savais bien qu'il n'en avait pas fini avec moi. Instinctivement, je me blindai.

– Ce « MAM », qu'est-ce que c'était ?

Soulagée, j'éclatai de rire.

– Les choses ont changé sur terre, Wiggins. Les jeunes s'écrivent des messages sur leurs téléphones portables, et ils utilisent pour ça tout un tas d'abréviations. « MAM », ça veut dire « m'ennuie à mourir ».

– MAM, répéta-t-il avec délice. Ah, je m'en souviendrai. MAM… une chose que tu n'étais pas prête à supporter longtemps. Épatant, Bailey Ruth.

Épatant… ? Chaque âge avait son style.

– Merci, Wiggins.

Je faillis lui dire à quel point il était gentil, mais je me ravisai en estimant que c'était présomptueux. Cependant, j'étais trop heureuse pour ne pas fêter la chose.

– Wiggins, fis-je en lui prenant la main, puisqu'on a encore un peu de temps avant de rentrer au ciel… vous dansez le cha-cha-cha ?

Les disparus de Hopeful
par Mike Hammer

Si je n'avais pas été en colère, je n'aurais pas conduit aussi vite sous cette pluie battante et par cette nuit noire, mes misérables phares n'illuminant que piteusement des gerbes d'eau sur mon passage ; j'aurais eu le temps de freiner correctement en débouchant en haut de la colline où, à la lueur d'un éclair, je me suis tout à coup aperçu que le pont n'était plus visible ou avait disparu dans le torrent furieux de la rivière en contrebas. Lorsque les freins ne répondirent pas, je donnai un brusque coup de volant. Ma voiture fit une embardée de côté et plongea dans un fossé plein d'eau, les roues de mon véhicule tournant dans le vide. Comme ma tête.

Je sortis par le côté conducteur, sinon j'aurais dû nager sous l'eau, et je me hissai comme je pus sur la route glissante, non sans exécuter malgré moi quelques jolies figures de patinage artistique, tandis que la pluie me bombardait sans merci. Puis je relevai le col de mon trench et me mis à marcher en rebroussant chemin. Si la pluie venait des larmes de Dieu, notre Vieux Père était certainement en train de gueuler contre quelque chose qui Lui avait déplu.

Je savais ce qu'Il ressentait. J'avais passé l'après-midi dans le bourg de Hopeful, afin d'y trouver des réponses à mes questions. Dont celle-ci : comment un type qui s'était fait décorer d'une médaille d'argent pour avoir attaqué une tête de pont pouvait-il se retrouver à l'état de cadavre en charpie, abandonné comme un vulgaire tas d'ordure au milieu d'un jardin public ?

Bill Reynolds avait eu sa dose de problèmes. En temps de paix, il était mécanicien dans un garage de Hopeful. Beau gosse brun et athlétique, il serait devenu footballeur professionnel si la guerre n'en avait pas décidé autrement. Bill avait épousé sa douce amie du lycée avant d'embarquer pour l'Europe. Mais, lorsqu'il était rentré avec une jambe et un bras en moins, il comprit que ce qui restait de lui n'intéressait plus sa femme. Malgré les prothèses qu'il s'était fait poser, il n'avait jamais pu reprendre son travail.

La dernière fois que je lui avais parlé, à New York, lorsqu'il était venu voir boxer Marciano et Jersey Joe, au Madison Square Garden, il m'avait annoncé que les choses s'amélioraient. Il disait avoir trouvé un boulot d'homme à tout faire et que ça paierait mieux que son travail au garage.

– Et puis, avait-il ajouté entre deux rounds, tu devrais voir ma patronne. Toi-même tu ferais des heures sup.

– Tu veux dire que tu travailles pour une femme ?

– Et quelle femme ! Elle a des courbes plus girondes que la route de Mohonk Mountain.

– Attention de ne pas te flanquer dans un ravin.

Ce fut tout ce qu'on se dit sur le sujet, parce que Marciano venait de monter sur le ring. Après ça, la seule fois où j'entendis parler de lui, ce fut pour apprendre qu'il était mort.

Sa famille à Hopeful se limitait à une tante célibataire. Elle m'appela en PCV pour m'annoncer en pleurant qu'on avait trouvé le corps de Bill dans un jardin public. La colonne vertébrale brisée.

– Comment une chose pareille peut-elle arriver, chef ?

Thadeous Dolbert était l'un des quatre flics à temps plein de Hopeful. Malgré son poste de chef, il portait le même uniforme bleu que celui de ses subalternes et avait un bureau dans le petit plateau paysagé de l'hôtel de ville de Hopeful. Un double placard scellé se trouvait contre le mur, et le soleil de printemps, filtré par les barreaux des fenêtres, dessinait des bandes d'ombre sur sa table et sur son visage rougeaud. Calé contre le dossier de sa chaise pivotante, les yeux mi-clos, il me faisait penser à un gros iguane dont la langue menaçait à tout instant de fuser de sa bouche pour capturer une mouche.

– On pense qu'il s'est fait heurter par une voiture, lâcha-t-il d'une voix neutre.

– On a découvert son corps dans le parc, c'est ça ?

– Oui, tout bouffi, comme s'il s'était fait salement tabasser avant d'être balancé là.

– Et l'enquête, qu'est-ce que ça a donné ?

Dolbert sortit du paquet glissé dans sa poche poitrine, sous son badge, une dernière cigarette qu'il accrocha aussitôt sur sa lèvre humide.

– On n'aime pas trop les cérémonies ici, monsieur. Le légiste du comté a conclu à une mort accidentelle sur les lieux.

– C'est tout ce qu'on a obtenu sur la mort de Bill ?

Dolbert haussa les épaules, souffla un rond de fumée et lâcha :

– C'est tout ce qu'on a de sûr, en tout cas.

Je me penchai en avant.

– Tout ce qu'on a de sûr ? Un garçon du coin, qui a donné un bras et une jambe pour son pays, qui a gagné une foutue médaille d'argent, et qui se laisserait débiter en morceaux comme un vulgaire bout de bois… c'est bien l'habitude ici, à Hopeful, de tirer ce genre de conclusion.

Le chef de la police lui jeta un regard incendiaire sous ses lourdes paupières.

– Vous pensiez connaître Bill Reynolds ? C'est l'ancien Bill que vous me décrivez là. Vous ne connaissiez pas l'ivrogne abruti qu'il était devenu : le premier candidat au suicide, prêt à se jeter sous les roues d'une voiture.

– Je n'ai jamais vu Bill boire à l'excès…

– Et vous avez passé combien de temps avec lui, dernièrement ?

Un brusque sentiment de honte m'envahit soudain. J'avais vu Bill de temps à autre, en ville, quand il était venu me voir ; mais je n'étais jamais allé jusqu'à Hopeful. Jamais je n'avais réellement fourni d'effort pour lui, depuis la guerre…

Jusqu'à aujourd'hui.

– Vous avez cherché à retrouver le conducteur qui lui a fait ça avant de décamper ?

– Personne n'a rien vu.

– Vous ne savez donc même pas si c'est une voiture qui l'a mis dans cet état ?

– Comment ça aurait pu arriver autrement ?

Je me levai en repoussant ma chaise qui crissa sur le sol comme des ongles sur un tableau noir.

– C'est bien ce que j'ai l'intention de découvrir.

Le doigt brandi vers moi, Dolbert éructa :

– Ne vous avisez pas de mettre le nez dans nos affaires, Hammer, je vous préviens !

– Je suis enquêteur officiel pour l'État de New York, monsieur le chef. Et je travaille pour la tante de Bill Reynolds.

Il lâcha un grognement sec.

– Cette vieille chouette sénile ? Elle est à l'hôpital. Elle est foutue ! Elle n'a même pas pu lui offrir des funérailles décentes… on a dû l'enterrer dans le cimetière des pauvres.

Une des spécialités de Hopeful : c'était là, dans un terrain vague, que l'État enterrait ses inconnus, ses sans famille, ses pauvres.

– Pourquoi ne pas l'avoir dit à Oncle Sam ? m'étranglai-je. Bill était un héros de guerre. On aurait dû le mettre à Arlington.

– C'est pas mon boulot.

– Mais c'est *quoi*, votre boulot ?!

– Surveillez vos paroles, monsieur de New York.

Il fit un signe de tête vers les scellés et sa cigarette vacilla entre ses grosses lèvres.

– N'oubliez pas que vous êtes *chez moi*, ici.

Peut-être Bill Reynolds n'avait-il eu ni funérailles ni stèle, mais mon enquête allait au moins lui obtenir un mémorial.

*
**

Seulement, personne ne voulait me parler, à Hopeful. L'accident supposé était arrivé au milieu de la nuit et ma seule chance de dégoter un témoin éventuel se trouvait peut-être dans le restaurant ouvert jour et nuit, situé face au canon de la guerre de Sécession, dans le parc municipal.

Le gérant de l'établissement, un maigrichon au visage chevalin orné d'une barbe de plusieurs jours, portait un tablier graisseux sur un tee-shirt tout aussi graisseux. Comme le chef de la police, il avait une cigarette collée à la lèvre, dont la cendre faillit tomber dans le café qu'il me servit alors que je venais de m'asseoir au bar, près d'une demi-douzaine de gars du coin.

– On a un juke-box, m'sieur, me dit-il. Il y a pas mal de gamins qui atterrissent ici, le samedi soir. Et c'était un samedi soir, justement, que le pauvre Bill s'est fait amocher, vous savez ça ? La musique qui gueulait, les joints qui circulaient… un train aurait déraillé dans le coin que personne n'aurait rien capté.

– Personne n'aurait vu un accident de vos fenêtres ?

– Peut-être que ce vieux Bill s'est fait taper dessus à l'autre bout du parc.

Mais il n'y avait là que quelques mètres carrés d'herbe et un ou deux bancs ; l'« autre bout du parc » était bien visible des fenêtres alignées le long des box du restaurant.

Je parlai avec deux serveuses, qui prétendirent ne pas avoir travaillé ce soir-là. L'une d'elles – Gladys, d'après le badge sur sa poitrine –, une blonde grassouillette aux yeux bleu clair et aux cheveux décolorés, sans doute assez mignonne vingt ans plus tôt, me servit une tarte aux pommes… accompagnée de quelques renseignements.

– Bill disait qu'il allait travailler comme homme à tout faire pour une très belle fille, lui déclarai-je. Vous avez une idée de qui ça pourrait être ?

– Oui.

Elle sourit en dévoilant des dents jaunies de nicotine.

– Il travaillait au manoir.

– Au quoi ?

– Au manoir. L'ancienne baraque des Riddle. Vous avez dû passer devant, sur l'autoroute, en arrivant en ville.

– J'ai aperçu un portail et un chemin qui en partait, effectivement. Et j'ai vu une vieille bâtisse de brique, un peu gothique…

– C'est exactement ça, fit-elle en me servant une deuxième tasse de café. Les Riddle possèdent cette ville depuis toujours. Il n'y a pas une seule construction à Hopeful qui ne leur appartienne pas, et ça depuis le début des temps. Mais M. Riddle, c'était le dernier de la lignée. Lui et sa femme sont morts dans un accident d'avion… oh, il y a dix ans de ça. La seule qui reste, maintenant, c'est leur fille, Victoria.

– Et que faisait Bill dans ce manoir ?

– Qui sait ? Tout le monde s'en moque. Peut-être que la miss Riddle, elle voulait un peu de compagnie. Bill avait encore de beaux restes, même avec une jambe et un bras en moins. J'en aurais bien fait mon quatre-heures.

– Victoria Riddle n'est pas mariée ? Elle vit seule ?

– Oui… à part cette grande brute sans un poil sur le caillou.

– Qui donc ?

– Elle a une sorte de valet, vous savez… un domestique. C'était le chauffeur de son père. Un gars immense. Muet. Il vient en ville, de temps en temps, pour lui faire ses courses. Miss Riddle, on ne la voit jamais, sauf quand elle a rendez-vous avec son avocat ou qu'elle va à la banque pour rendre visite à ses sous.

– Qu'est-ce qu'elle fait, là-bas ?

– Qu'est-ce que j'en sais, moi ? Les affaires, ça ne l'intéresse pas. Son père mettait son nez partout. Miss Riddle, elle laisse son avocat s'occuper de tout, et de l'argent de la famille aussi. Et c'est d'ailleurs lui qui… comment on dit ? Qui finance… – c'est ça, le mot ?

– Oui, peut-être…

– Qui finance ses recherches.

– Ses recherches ?

– Oui. Miss Riddle, c'est un docteur.
– Un docteur… médical ?
– Oui, mais pas de ceux qui reçoivent dans leur cabinet. Elle, c'est un peu un génie de la science.
– Alors, elle fait de la recherche médicale dans son manoir, c'est ça ?
– Quelque chose comme ça, oui. Dommage pour Bill ; c'était un gars sympa.
– Il buvait beaucoup ?
– Bill ? Non. Enfin, si, il aimait bien boire un verre de temps en temps. Il devait se faire quelques bars le samedi soir, comme tout le monde, mais ce n'était pas un alcoolo. Pas comme l'autre type.
– Quel « autre type » ?
– Hum… c'est drôle, lâcha-t-elle, soudain distante.
– Qu'est-ce qui est drôle ? Quel « autre type » ?
– Non pas drôle dans le sens rigolo, mais drôle dans le sens bizarre. L'autre gars – je ne me rappelle pas son nom –, c'était une espèce de clodo qui passait ici de temps en temps. Un handicapé, aussi.
– Un handicapé ?
– Oui, il lui manquait un bras. Il avait dû le perdre à la guerre. Il bossait au manoir, comme homme-à-tout-faire-manchot. Celui-là, c'était un vrai poivrot.
– Et qu'est-ce qu'il est devenu ?
– C'est ça qui est bizarre. Il y a trois ou quatre mois, il a fini comme Bill. On l'a trouvé dans le caniveau, sur Main Street, tout bouffi, plus mort qu'une batterie morte. Victime d'un chauffard qui a pris la fuite – tout comme Bill.

*
**

Le portail en fer forgé encadré d'un mur de pierres grises était ouvert, et je fis grimper à mon tas de ferraille une allée sans arbres, qui montait en pente douce vers une maison de briques jaunes à l'allure gothique et au toit hérissé de pignons, tapie comme un lion prêt à bondir. La pelouse, digne d'un terrain de golf, changeait nettement d'aspect derrière le manoir, pour devenir une véritable forêt qui semblait comme étaler ses tentacules sur les murs de la demeure.

Quelques marches menaient à un porche de ciment orné d'une porte de bois plutôt massive, où j'avais le choix entre un heurtoir de cuivre ou une simple sonnette. Je choisis cette dernière.

J'attendis en écoutant les oiseaux qui gazouillaient et semblaient apprécier un petit vent frais annonceur de pluie, malgré le soleil qui s'épanchait encore sur le gazon. Je sonnai de nouveau.

Sans réponse, je m'apprêtais à faire le tour du manoir afin de voir s'il existait une autre entrée, lorsque la porte s'entrouvrit en grinçant. L'apparition de cent soixante kilos qui se retrouva soudain devant moi aurait pu sortir tout droit d'un film d'horreur.

Ses deux mètres dominaient aisément mon petit mètre quatre-vingt-cinq. Il portait l'uniforme noir d'un chauffeur, mais pas de casquette, et sa cravate n'était qu'un fin ruban noir passé autour de son col. Le crâne totalement chauve, les arcades dépourvues de sourcils, le nez épaté, il me considérait de ses gros yeux globuleux, la bouche à demi ouverte.

– Unnggh… marmonna-t-il.

– J'aimerais voir miss Riddle.

– Unnggh… répéta-t-il.

– C'est au sujet de Bill Reynolds. Je représente sa famille. Je voudrais lui poser quelques questions.

Son front se plissa en une mimique qui ressemblait à de la réflexion.

Puis il me claqua la porte au nez.

Normalement, je ne supporte pas ce genre de réaction. J'ai été poli. Il s'est montré impoli. La seule chose à faire aurait été de repousser le battant du pied en le lui envoyant dans les dents. Seulement, ce garçon n'avait que l'ombre d'un cerveau et je jugeai plus utile d'attendre un peu, en réfléchissant à une solution.

J'hésitais entre sonner une nouvelle fois, faire le tour par l'arrière ou remonter dans mon tas de ferraille et ficher le camp de là, quand la porte se rouvrit… sur une déesse qui avait remplacé ma créature de Frankenstein.

Elle était grande, de ma taille en fait, et bien qu'elle portât une longue blouse blanche sur une jupe noire toute simple, des bas nylon et des chaussures plates, les courbes que Bill m'avait si bien décrites se devinaient aisément. Ses cheveux blond foncé étaient noués en chignon, et des lunettes à grosses montures sombres chevauchaient son petit nez parfait. Elle n'avait aucun maquillage, peut-être juste une touche de rouge à lèvres… ou alors était-ce leur couleur naturelle ? Quoi qu'il en soit, les efforts qu'elle avait pu faire pour cacher sa beauté derrière un masque de stérilité scientifique restaient vains. Ses immenses yeux verts, ses cils interminables, ses pommettes saillantes, son teint de rose, sa poitrine pleine, sa taille de guêpe, sa silhouette élancée, tout conspirait à faire de cette femme une créature divine.

– Je suis désolée, articula-t-elle d'une voix soyeuse de contralto, c'est une résidence privée et un centre de recherche. Nous ne recevons que sur rendez-vous.

– Le portail était ouvert.

– Nous attendons une livraison ce soir. Je suis à court de personnel, voyez-vous. Mais pourquoi vous ennuyer avec toutes ces explications ? Bonsoir, monsieur.

Et la porte commença à se refermer.

Du plat de ma main, je retins le battant.

– Je m'appelle Michael Hammer.

– L'inspecteur ? fit-elle en arrondissant ses grands yeux verts.

– Vous recevez donc les journaux de New York, répondis-je avec un sourire.

– Oui. Hopeful n'est pas le bout du monde.

– Non, mais pour Bill Reynolds, c'en a été la fin.

Son expression se radoucit et elle rouvrit la porte en grand.

– Ce pauvre Bill… Vous étiez un de ses amis ?

– Oui.

– Alors, vous êtes venu vous renseigner sur sa mort.

– C'est un peu ça, oui. Je suis inspecteur.

– Bien sûr, dit-elle en s'écartant. Et vous cherchez à savoir dans quelles circonstances il est mort. Une façon naturelle pour vous de faire votre deuil…

Elle me fit signe d'entrer et je la suivis dans un vestibule au plafond haut. La brute chauve apparut de nulle part et me prit mon imperméable. Je gardai mon chapeau mais l'ôtai, par déférence envers mon hôtesse.

Face à moi, un escalier orné de tableaux aux cadres dorés menait au premier étage, puis au second. Sur un côté se trouvait une bibliothèque en acajou, et de l'autre, un salon élégamment meublé d'ancien, éclairé par un lustre de cristal.

Elle m'emmena vers le fond de la maison, où j'eus la surprise de découvrir un véritable appartement décoré de peintures et de meubles modernes, avec poste de télévision et chaîne stéréo, bar tendu de tissu zébré et tabourets hauts. Mais la pièce faisait tout de même partie intégrante de la maison ; la cheminée ancienne en était la preuve. Au-dessus d'elle trônait la seule œuvre d'art non abstraite : un portrait en pied de mon hôtesse en robe de soirée décolletée, une peinture absolument charmante sans aucune exagération de la part de l'artiste.

Elle ôta sa blouse de labo qu'elle jeta sur une chaise, dévoilant un chemisier blanc à manches courtes, qui moulait joliment son opulente poitrine. Défaisant ses cheveux, elle les laissa retomber souplement sur ses épaules. Elle garda en revanche ses lunettes à monture sévère.

D'une démarche féline, elle se dirigea vers le bar et se servit un verre de Martini.

– Je vous offre quelque chose ?

– Vous avez de la bière ?

– Blonde ou brune ?

– Brune, s'il vous plaît.

Nous nous assîmes sur un divan à pieds métalliques, qui n'aurait pas dû être confortable mais l'était. Tout en sirotant son Martini, elle croisa des jambes habillées de nylon sombre et aux mollets délicatement musclés. Pour une scientifique, elle formait un beau spécimen.

Je dégustais moi aussi ma bière, une bouteille importée d'Allemagne, un peu amère à mon goût, mais très froide.

– Vous avez un domestique… curieux, lâchai-je alors.

– Oui, il faut excuser Bolo, dit-elle en mélangeant son cocktail avec son cure-dent orné d'une olive. Il a eu la langue coupée par des Indiens d'Amazonie. Mon père était en voyage d'exploration, il les a mis en colère d'une manière ou d'une autre, et Bolo a intercédé en sa faveur. En s'offrant lui-même, selon la coutume des Indiens, il a racheté la vie de mon père – mais l'a payée de sa langue.

Mordant dans son olive comme si elle allait l'embrasser, elle la mastiqua d'un air tranquille.

– Il ne ressemble pas à un Indien d'Amérique du Sud, pourtant.

– Il n'est pas indien. C'était un missionnaire suédois. Mon père ne m'a jamais dit son vrai nom, mais Bolo… c'est comme ça que les Indiens l'appelaient.

– Et j'imagine que Bolo ne vous l'a jamais révélé non plus.

– Non, mais il peut communiquer. Il sait écrire. En anglais. Ses capacités mentales sont un peu diminuées, mais il comprend ce qu'on lui dit.

– C'est très gentil à vous de garder quelqu'un comme ça.

– Comme quoi ?

– Un handicapé, fis-je avec un haussement d'épaules.

– Monsieur Hammer…

– Appelez-moi Mike… et je vous appellerai Victoria. Ou préférez-vous Vicki ?

– Comment savez-vous si je ne préférerais pas « docteur » ?

– D'accord, ça me va. J'ai déjà joué au docteur.

– Seriez-vous en train de flirter avec moi, Mike ?

– C'est possible.

– Ou alors essayez-vous de me faire baisser ma garde ?

– Pourquoi ? Elle est levée ?

Ce fut à moi de croiser les jambes.

– Où se trouve votre labo de recherches ?

– Dans le fond.

– Désolé de vous avoir interrompue…

– Non, une petite pause ne me fait pas de mal. Et j'aimerais vous aider. Vous voyez, j'ai beaucoup pensé à Bill. Il travaillait bien. Ce n'était peut-être pas le plus brillant, mais il compensait ça avec son enthousiasme et son énergie. Certains se laissent dominer par leurs limites physiques. Pas Bill.

– Vous devez avoir le truc pour récupérer les égarés.

– Qu'est-ce que vous voulez dire ?

– Eh bien… comme Bolo, comme Bill, je me suis laissé dire que vous avez hébergé un autre handicapé il n'y a pas si longtemps.

– C'est vrai. George Wilson. Quel dommage ; il travaillait si bien, lui aussi…

– Il est mort de la même façon que Bill.

– Oui.

– Ça ne vous semble pas… un peu étrange ? C'est quand même une sacrée coïncidence, non ?

– George buvait beaucoup, et Bill était connu pour se soûler aussi. C'est peut-être une coïncidence, mais je suis sûre que ce ne sont pas les premiers clients à sortir d'un bar en ne marchant pas droit pour se faire ensuite heurter par une voiture.

– Personne ne les a vus se faire heurter par une voiture.

– Au milieu de la nuit, ça arrive.

– Pas deux fois.

– D'après vous, Mike, qu'est-ce qui s'est passé ? me demanda-t-elle en plongeant ses yeux verts dans les miens.

– Je n'en sais rien… pour l'instant. Mais je dirais que tout le monde semblait aimer Bill. J'ai parlé à beaucoup de gens aujourd'hui et personne, sauf peut-être le chef de la police, n'a eu de parole négative à son sujet. Ce qui me pousse à penser que c'est dans les points communs entre Bill et ce George Wilson que réside la réponse. Et vous faites partie de ces points communs.

– Mais je ne suis certainement pas le seul.

– Certainement pas. Tous deux étaient des vétérans de guerre qui traversaient une mauvaise passe.

– Ça, c'est sûr.

– Et tous deux étaient handicapés.

La scientifique qu'elle était hocha la tête en considérant la chose.

– Vous êtes à Hopeful, ce soir ?

– Non. J'ai une audience qui m'attend demain en ville. Je serai de retour pour le week-end. Pour essayer de glaner d'autres renseignements.

Une main sur ma cuisse, elle demanda :

– Si je pense à quelque chose, comment puis-je vous joindre ?

Je lui tapotai la main, l'ôtai de ma cuisse et me levai.

– Gardez votre portail ouvert.

Je mis mon chapeau et ajoutai :

– C'est moi qui vous ferai signe.

Elle se lécha les lèvres ; qui se mirent à briller.

– Je ferai en sorte de laisser la grille ouverte, samedi.

*
**

Retourné à Hopeful pour avoir une petite conversation avec l'équipe du soir au restaurant, je n'avais rien obtenu et avais décidé de rentrer chez moi sous une pluie battante, furieux du peu que j'avais récolté. Et maintenant, avec ma voiture dans le fossé et cette pluie qui ne cessait pas, je me retrouvais au manoir des Riddle bien avant le samedi prévu. La grille était encore ouverte. Victoria n'avait pas dû recevoir la livraison qu'elle attendait.

Pataugeant dans les flaques, je gardai mon col relevé et remontai l'allée en direction de la maison de brique. De jour, celle-ci m'avait paru impressionnante, un peu étrange ; mais, ce soir, sa façade gothique qui prenait une teinte blafarde à chaque éclair lui donnait un aspect irréel, quasi fantomatique.

Cette fois, j'utilisai le heurtoir et frappai fort. Il n'était pas très tard – neuf heures à peine passées, peut-être – mais j'avais l'impression qu'il était minuit et, instinctivement, je ressentis le besoin de réveiller les morts en me faisant entendre.

Ce fut Bolo qui vint m'ouvrir. Les lumières du vestibule étaient éteintes, et il ne formait qu'une grosse tache au milieu de l'obscurité. Puis tout devint blanc, et lui aussi. Lorsque le coup de tonnerre suivit l'éclair, je sursautai.

– Dites à votre maîtresse que M. Hammer est de retour, dis-je à Bolo. Ma voiture est dans le fossé et j'aurais besoin d'un…

C'est alors que ce crétin me claqua la porte au nez. La deuxième fois, aujourd'hui. Une sourde colère me saisit, mais ce n'était pas cela qui allait me sécher, même si l'abri de la marquise au-dessus de moi m'empêchait de me mouiller davantage. Si toutefois il était possible de se mouiller plus que je ne l'étais déjà…

Lorsque la porte se rouvrit, ce fut Victoria qui apparut. Elle portait une robe de soie rouge dont la ceinture ultra serrée lui faisait une taille de guêpe. Le lustre et le drapé de l'étoffe épousaient merveilleusement ses courbes. Ainsi vêtue, elle était étourdissante.

– Monsieur Hammer… Mike ! Entrez, entrez.

Ce que je fis. La lumière était revenue dans l'entrée et Bolo était là, me débarrassant de mon imper trempé et de mon chapeau. J'expliquai rapidement à Victoria ce qui s'était passé.

– Avec cet orage, me dit-elle, et ce pont qui a disparu, vous allez devoir passer la nuit ici.

– Avec plaisir, répondis-je.

Maman Hammer n'avait pas élevé des idiots.

– Mais vous allez vous débarrasser de ces vêtements trempés. Je crois que j'ai une vieille chemise de nuit de mon grand-père…

Elle m'entraîna dans le salon moderne, et bientôt je me retrouvai dans la chemise de son papy, assis bien au chaud sous une couverture, devant la cheminée. Le feu qui crépitait avait un effet reposant et sa lueur semblait donner une âme au portrait de Victoria suspendu juste au-dessus. Elle avait un sourire immensément séducteur, et sa poitrine au décolleté plongeant paraissait se soulever comme si elle respirait. Secouant la tête pour me ressaisir, me demandant si je n'avais pas totalement perdu l'esprit, je fourrai mon .45 sous un coussin – ce genre de quincaillerie peut secouer la sensibilité de certaines femmes.

Quand elle entrouvrit la porte pour me demander si j'étais visible, je répondis :

– Jusqu'ici, on ne m'a jamais taxé d'exhibitionnisme, alors je crois que vous pouvez entrer.

Elle se retrouva assise à mes côtés, la soie rouge de sa robe jouant délicatement de ses reflets avec le feu.

– Puis-je vous dire quelque chose de terrible ? me demanda-t-elle alors, comme une enfant prête à révéler un épouvantable secret.

– Allez-y, je vous en prie.

– Je suis heureuse que votre voiture soit tombée dans le fossé.

– Et moi qui croyais que vous m'appréciiez…

– Mais je vous apprécie, affirma-t-elle en se rapprochant de moi. C'est pour ça que je suis contente.

Elle semblait avoir envie que je l'embrasse. Je m'exécutai donc et nous échangeâmes un long et profond baiser, plus brûlant que le feu, plus mouillé que la nuit, et bientôt mes mains se promenèrent sur la douceur satinée de sa robe de soie. Puis sous la douceur de sa robe de soie…

Plus tard, lorsqu'elle m'offrit de coucher dans la chambre d'amis du premier, je déclinai l'invitation.

– Ça va très bien, lui dis-je alors qu'elle se préparait un verre et m'apportait une autre bière. Je vais dormir ici. Et puis, j'aime bien le feu.

Elle me tendit la bouteille, son humidité glacée dans ma paume contrastant avec la chaleur de la pièce et du moment. Assis tout près de moi, elle se mit à siroter sa boisson.

– Demain matin à la première heure, déclara-t-elle, on appelle un dépanneur pour qu'il sorte ta voiture du fossé.

– Ça ne presse pas.
– Tu ne m'as pas dit que tu avais une audience, demain ?
– Oh, je trouverai une excuse, dis-je en posant ma bière sur une table basse en forme d'amibe.

Puis je me penchai vers elle et l'embrassai de nouveau. Juste un petit baiser amical.

– Tu n'as pas soif ? s'étonna-t-elle.

Pourquoi tenait-elle tant à ce que je boive ce breuvage ?

– Si, je meurs de soif, fis-je avant de reprendre la bouteille.

Je la portai à mes lèvres et fit mine d'en avaler une gorgée. Je fis mine, seulement.

À son tour, elle me gratifia d'un petit baiser puis me dit :

– À demain, au petit déjeuner.

Elle se leva et se glissa dehors tout en rajustant sa robe. Si quelqu'un pouvait marcher de cette façon, alors cela valait le coup de faire des recherches sur lui.

Me retrouvant seul, je reniflai la bière. Mon cerveau, qui n'avait rien de celui d'un scientifique, ne détecta rien, mais j'étais pratiquement certain qu'elle était droguée. Victoria voulait que je passe la nuit ici. J'ignorais pourquoi, mais quelque chose allait se passer qu'un invité tel que moi ne pouvait voir – même si j'avais été attiré ici avec un faux sentiment de sécurité par une hôtesse aussi généreuse que charmante.

Je versai ma bière dans le lavabo du bar et retournai vite sur le canapé, me glissai sous la couverture et fis mine de dormir.

Mais je n'aurais pas été plus alerte sur le front en première ligne. Mes yeux, pratiquement clos, l'aperçurent quand elle glissa la tête dans la pièce pour s'assurer que je dormais. Je vis même sa bouche et ses paupières se serrer de satisfaction avant que la porte ne se referme, suivie par le déclic d'un verrou que l'on tournait… et qui m'emprisonnait dans le salon.

La pluie continuait de tomber à verse quand, seulement vêtu de la chemise de nuit du grand-père, je sortis par la fenêtre et, mon .45 à la main, me dirigeai vers l'arrière de la demeure, où l'on avait ajouté un nouveau corps de bâtiment en brique, sans aucune fenêtre. Le coton fin de ma chemise n'était plus qu'un linge transparent lorsque je découvris un grand garage ouvert, qui longeait le prolongement de l'allée vers la forêt. Un véhicule s'y trouvait – une camionnette portant l'insigne de la police de Hopeful – encore dégoulinant d'eau.

Avec mille précautions, je me glissai à l'intérieur, heureux de m'abriter enfin de la pluie. Le long des murs, je découvris divers cartons et boîtes portant le nom de fournisseurs de matériel médical. C'est alors que je perçus des bruits de pas et que je m'accroupis derrière une série de caisses.

Jetant un coup d'œil discret, je vis le chef Dolbert, vêtu d'un ciré, arriver en compagnie de Bolo, qui portait encore son uniforme de chauffeur. Le policier ouvrit la porte arrière de la camionnette et Bolo y plongea.

Mais, lorsqu'il en ressortit, il avait une personne dans les bras. Une femme. Nue. Alors, il s'éloigna du véhicule et repartit vers la porte menant à l'intérieur du bâtiment, laissée entrouverte par les bons soins du chef de la police. C'était comme si Bolo faisait passer à une mariée le seuil de sa maison.

Une mariée qui était morte.

Durant dix minutes, je vis Bolo faire des allers et retours entre le bâtiment et la camionnette. Avec l'aide de Dolbert, il emportait des corps nus à l'intérieur. Horrifié, je ne savais plus que penser. Je tremblais, mais pas seulement à cause du froid. D'une certaine façon, me retrouver dans cette tenue, nu sous ma chemise trempée, me donnait une impression de lien de parenté avec ces pauvres bougres morts, dont beaucoup paraissaient desséchés, les cheveux broussailleux, le corps maigre et décharné… Et, enfin, je compris.

Je savais qui étaient ces gens. Et je savais – du moins vaguement – pourquoi le chef Dolbert les apportait ici.

Lorsque enfin les portes de la camionnette se refermèrent, le policier et Bolo rentrèrent dans le bâtiment. Ce qui me rassura car je craignais que Dolbert ne reparte sous la pluie en pleine nuit.

Je le voulais ici.

Je laissai passer quelques instants, puis les suivis à l'intérieur.

Et en enfer.

Un enfer lumineux qui avait tout d'un bloc opératoire, mais en plus grand. Proprement alignés sur des meubles roulants, brillaient toutes sortes d'instruments chirurgicaux. Les murs étaient tapissés de boutons, de claviers et d'appareils de mesures. Et, au centre, sur des tables d'autopsie, des corps nus, leurs yeux vides fixant les scialytiques au-dessus d'eux.

Et le démon sensuel qui dirigeait cet enfer – j'ai nommé Victoria Riddle –, revêtue de sa longue blouse blanche, les cheveux sagement tirés en chignon, déposait dans les mains tendues du chef Dolbert des paquets de dollars.

Mais où était Bolo ?

Me retournant légèrement, je l'aperçus du coin de l'œil, dissimulé derrière la porte, prêt à se jeter sur celui qui osait faire intrusion chez sa maîtresse, toutes griffes dehors, les yeux exorbités, la bouche ouverte sur un grognement muet.

– Stop ! ordonnai-je à la silhouette sombre qui me fondait dessus.

Mais il ne s'arrêta pas.

D'un coup de feu, je lui fis exploser le haut du crâne, éclaboussant les murs de l'étrange matière qu'il contenait – du rouge, du gris et du blanc, qui formèrent un nouveau tableau abstrait. Cela ne l'empêcha pas de se ruer sur moi pour m'écraser de son corps lourd et gras. J'eus à peine le temps d'écarter de moi sa tête massive, que je vis un autre gros costaud se précipiter sur moi, mais bien vivant celui-là : le chef de la police de Hopeful, son revolver pointé dans ma direction.

– Lâche ça ! me cria-t-il.

Il aurait dû me tuer tout de suite, car je profitai du temps qu'il perdit à parler pour lui tirer une balle dans la tête. Sous l'effet du choc, il bascula en arrière et alla s'effondrer sur l'un des corps exposés dans la salle, partageant avec lui sa table d'autopsie. Puis il s'immobilisa, le regard tourné vers le plafond. Le trou écarlate dans son front lui faisant comme un œil supplémentaire.

– Espèce de fou ! me lança-t-elle, son beau visage se tordant en une grimace cruelle.

– J'ai décidé que je n'avais pas soif, finalement, lui répliquai-je en me frayant un chemin entre les cadavres étalés sur les tables.

– Tu ne comprends rien ! C'est de la recherche pure ! Ça va servir l'humanité…

– Ce que je comprends, c'est que tu payais le chef de la police pour t'amener des cadavres tout frais. Comme il avait la charge du cimetière des pauvres, tu ne manquais pas de cobayes morts. Mais ce que je ne saisis pas, c'est pourquoi tu as tué Bill et George Wilson alors que tu pouvais te contenter d'eux.

Je faisais allusion aux indigents décédés qui nous entouraient.

Son visage retrouva sa beauté originelle. Son esprit de scientifique lui avait apparemment dit qu'elle avait tout intérêt à me raisonner. Calmement. De façon détendue.

J'étais assez près d'elle, maintenant, pour l'embrasser… seulement, je n'en avais pas vraiment envie. Et puis, le .45 que je lui pointais sur l'estomac se serait trouvé entre nous.

– George Wilson a essayé de me faire chanter, m'expliqua-t-elle. Quant à Bill, il… ne voulait pas coopérer. Il menaçait de tout raconter à la police.

– De leur parler de ton petit marché avec Dolbert, tu veux dire ?

Elle acquiesça. Sa voix prit alors une teinte grave quand elle déclara :

– Mike, je ne faisais qu'aider Bill, et George, et… l'humanité. Tu comprends ? Je voulais leur rendre leur *entièreté* !

– Seigneur Jésus ! lâchai-je d'une voix étranglée. Bill était un cobaye vivant ?! Et Wilson aussi…

– Ce n'est pas exactement ce que je dirais, mais…

– Tu voulais faire d'eux des créatures de Frankenstein ?! Tu voulais leur coudre les membres de ces pauvres bougres…

Ses yeux se mirent à briller, à la fois d'enthousiasme et d'espoir. Et de folie, aussi.

– Oui ! Oui ! En Amérique du Sud, j'ai appris ces fameuses techniques vaudoues qui raniment les morts et en font ce qu'on appelle des zombies. Mais la communauté scientifique n'a rien voulu savoir de ces expériences et a refusé ces merveilles au monde entier. J'ai donc été forcée d'aller chercher la vérité avec mon mélange personnel de surnaturel et de science. Avec les bonnes compatibilités de tissus humains et mes propres recherches sur les techniques de transplantation électrochimiques…

C'est à cet instant que la lumière s'éteignit.

L'électricité de Dieu avait anéanti celle de l'homme, et le rugissement qui survint peu après ne suffit pas à couvrir le cri qui s'échappa de la gorge de Victoria. Dans l'espoir de s'échapper, courant au milieu des tables où reposaient ses chers cadavres, elle cherchait fébrilement la porte donnant sur le garage.

Je la poursuivis, mais elle connaissait mieux que moi la disposition des lieux, et je ne cessai de buter sur les corps.

C'est alors qu'elle poussa un cri.

L'espace d'une demi-seconde. Car un cognement sourd l'interrompit net.

Sans me laisser le temps de me demander ce qui se passait, la lumière revint brutalement.

Et je la vis.

Allongée par terre sur le dos, la tête reposant contre le pied métallique d'une des tables, le crâne explosé, une mare de sang se formant sous elle. Comme les autres, elle fixait le plafond de ses yeux grands ouverts.

Juste un autre cadavre parmi d'autres.

Le corps de Bolo, que j'avais repoussé un peu plus tôt, était, comme il se doit, étendu aux pieds de sa maîtresse.

J'esquissai un sourire involontaire.

Bolo n'avait peut-être pas beaucoup de cervelle dans cette caboche de chrome, mais assez tout de même pour parvenir à la tromper.

Mort d'un vampire

par Parnell Hall

Le sergent MacAullif n'était pas content. Il n'y avait là rien de surprenant, à vrai dire, car c'était l'attitude qu'il prenait par défaut, celle qu'il présentait chaque fois que j'entrais dans son bureau. Ce qui me semblait injuste. Je lui avais rendu un service, un jour, et lui-même m'avait sorti du pétrin à plusieurs reprises ; et, quand on y pensait, on ne s'était jamais non plus tapé dessus. Sauf la fois où il m'avait projeté contre ma voiture, ou encore lorsqu'il avait tenté de me faire traverser un mur.

À la vérité, je pense que la rituelle expression de dégoût qu'il montrait n'était rien de plus que cela : un air éternellement bougon, qui ne signifiait rien à part le fait que tout allait bien, que tout était normal. Si MacAullif devait un jour afficher une mine satisfaite, là, je m'inquiéterais.

Mais, cette fois, il avait des raisons d'être contrarié.

– Un vampire ? s'exclama-t-il.

Impossible de traduire le scepticisme, le sarcasme et la méfiance que le sergent avait mis dans ce terme.

– Exactement.

– Vous voulez que je retrouve un vampire ?

– Ça me soulagerait, oui. J'ai bien peur qu'il ne soit mort.

– Un vampire, ce n'est pas déjà mort ?

– Bien vu. Je constate que vous vous y connaissez. Ça pourra nous aider.

– Je n'y connais rien en vampires, protesta-t-il, les dents serrées. Je ne faisais que tourner la chose en ridicule.

– J'avais remarqué.
– Pourquoi est-ce que vous êtes là, en fait ?
– Je suis détective privé, rappelez-vous. Je n'ai pas les ressources que vous avez à la police.
– Merde, alors.
– Est-ce que vous pouvez me retrouver un type ?
– C'est vraiment un vampire ?
– Je refuse de répondre, pour la bonne raison que ça pourrait me ridiculiser.
– Et ce vampire, qui est-ce ? insista-t-il.
– Morris Feldman.
– Ce n'est pas Valmont ? Ou le comte Gootsagoo ? Ou qui d'autre, encore… ?
– Non, désolé.
– Mais qui est-ce ?
– C'est ce que j'aimerais déterminer.
– Qu'est-ce qui vous fait croire qu'il est mort ?
– Sa petite amie n'a plus de nouvelles.
– Vous pensez qu'on l'a tué ?
– C'est une possibilité.
– Comment est-ce qu'on tue un vampire ? Avec des balles en argent ?
– Ça, c'est pour les loups-garous.
– Des gousses d'ail, alors ?
– C'est pour les Italiens.
– Allez, dites-moi. Comment on tue un vampire ?
– En lui enfonçant un pieu dans le cœur.
– Ah, oui… évidemment.

MacAullif ouvrit le tiroir de son bureau et en sortit un cigare. Son médecin l'avait forcé à arrêter de fumer, mais il aimait jouer avec quand il était stressé. Et je l'avais beaucoup vu jouer avec un cigare.

– Qui vous a engagé ?
– Sa petite amie.
– Qui est-ce ?
– Debbie Dwyer.
– Pourquoi ce nom me dit-il quelque chose ?

– Elle dirige un service d'escorte... dont vous avez dû être client un jour.

– Vous voulez que je m'en occupe ou pas ?

– Oui, oui... Elle fait ses études à l'université Columbia.

– Des études de quoi ?

– De droit.

– Vous rigolez ?

– Pas du tout.

– Et comment est-ce qu'elle a pu s'acoquiner avec un vampire ? fit-il en grimaçant. Bon sang, et c'est moi qui pose cette question...

– Elle est gothique.

– Elle est quoi ?

– Gothique. Vous savez, ces jeunes avec du maquillage noir et blanc ; ça pue la mort réchauffée.

– Et vous en concluez qu'elle est gothique ?

– Pas difficile, comme déduction.

– C'est votre expérience qui vous dit ça. Mais on peut aussi penser qu'elle n'est pas du tout ce qu'on croit, et que vous vous êtes planté. Comment est-ce que vous avez accepté de bosser pour elle ?

*
**

Je repensai à notre première rencontre.

Ça faisait presque une semaine qu'elle était venue me voir, et, déjà, ça m'avait surpris. En effet, je ne vois pas beaucoup de clients pénétrer dans mon bureau. L'agence de détectives privés Stanley Hastings travaille en priorité pour la firme Rosenberg et Stone. Richard Rosenberg est l'un des premiers avocats de New York, et je suis son principal enquêteur, ce qui ne veut pas dire grand-chose. Les cas qu'il défend sont, pour la plupart, des plaintes contre la ville de New York ; par exemple, un trou mal signalé sur le trottoir, qui aurait provoqué une chute entraînant elle-même une jambe cassée.

Je passe chaque matin regarder mes messages et ramasser mon courrier, mais, le plus souvent, mon bureau est fermé.

Ainsi donc, les clients qui viennent me voir n'ont que de rares occasions de m'y trouver.

Debbie Dwyer, elle, y arriva.

Ses coups à ma porte ressemblèrent aux grattements d'un chat. J'ouvris la porte en m'attendant à trouver le couloir vide. Mais non, je découvris une jeune femme aux cheveux noirs et hérissés, et dont le teint quasiment blanc était accentué par le charbon qui lui ombrait les paupières et le trait noir qui lui soulignait les lèvres.

– Oui ? demandai-je, plutôt interloqué par cette apparition.

– Monsieur Hastings ?

Je déteste ça. D'accord, elle avait l'âge d'une étudiante, et pas moi. Cependant, s'il y a une chose que je ne supporte pas, c'est de me faire appeler « monsieur », sachant que le pire est encore à venir, à savoir l'effroyable « jeune homme ».

– Vous désirez ?

– J'aurai peut-être besoin de vous engager.

Ce « peut-être » était décevant. En revanche, j'aimais le mot « engager ». J'avais besoin d'argent.

– Entrez.

Je la fis asseoir dans le fauteuil des visiteurs, puis allai m'installer à mon bureau, comme si le fait d'interroger des clients potentiels n'était pour moi qu'une routine journalière.

– Alors, qu'est-ce qui vous amène ? lui demandai-je.

– Un problème avec mon petit ami.

– Oui ?

– Vous me promettez de ne pas rire ?

– Pourquoi ?

– C'est un vampire.

– Je n'ai rien promis.

– Ne soyez pas comme ça, fit-elle avec une petite grimace.

– Comme quoi ?

– L'esprit étroit. Pensez aux films.

– Aux films ?

– Vous savez, au cinéma, quand une personne essaie d'avertir les autres ou demande de l'aide, par exemple, et que la police refuse de la croire parce que son histoire sort un peu de l'ordinaire… Disons qu'elle a des prémonitions.

Elle se gratta le nez puis continua :

– Parfois, ça paraît surnaturel. Les fantômes, les morts-vivants, les zombies… et tout le monde dans la salle sait que ce qu'elle dit est absolument vrai, et ils sont furieux, car les flics ne l'écoutent pas. Vous avez déjà vu des films de ce genre, et vous pensez : « Comment les flics peuvent-ils être aussi stupides ? » Vous voyez ce que je veux dire ?

Je voyais *exactement* ce qu'elle voulait dire. Je connaissais aussi la différence entre le cinéma et la vraie vie.

Pourtant, il y avait peut-être de l'argent en perspective.

– Continuez, lui dis-je.

– Donc, voilà : Morris est un vampire.

– D'accord.

– Oui… je ne m'attendais pas à ce que vous me croyiez. Je sais que personne ne peut me croire.

– Qu'est-ce que vous voulez, exactement ?

– Je voudrais savoir s'il est réel.

– Qu'est-ce que vous entendez par « réel » ?

– Je veux savoir si c'est un vampire.

– Vous plaisantez ?

– J'ai l'air de plaisanter ? J'ai besoin de vos services. Vous acceptez de travailler pour moi ?

– Que voulez-vous que je fasse ?

– J'ai un rendez-vous, ce soir. Quand il me laissera devant ma chambre, à la cité universitaire, je voudrais que vous le suiviez pour voir où il va.

– Pourquoi ne pas le faire vous-même ?

Elle fit une moue.

– Oh, je vois, enchaînai-je. Vous avez déjà essayé.

– Il se méfie ; il a peur que je le suive. Il faut que ce soit quelqu'un d'autre.

– Vous voulez dire que vous ignorez où il habite ?

– Oui.

– Vous avez son nom. Vous n'avez pas cherché sur Internet ?

– Je n'ai rien trouvé.
– Ce n'est pas déjà intéressant en soi ?
– Fascinant, lâcha-t-elle sèchement. Écoutez, vous acceptez ce boulot ou pas ?
Oui, je le voulais, ce boulot.
Il n'y avait qu'un problème.

*
**

Alice était amusée. Je m'y attendais d'ailleurs. Seulement, je ne savais pas de quelle façon elle serait amusée. D'un côté, ma femme a un assez bon sens de l'humour ; d'un autre, elle est tout à fait capable de tourner en ridicule ce que je lui raconte.
– Tu fréquentes un vampire ?
– En un sens, oui.
– Et je peux savoir quel est ce sens ?
– Je vois sa petite amie.
– Oh, quelle surprise.
– Je la vois parce qu'elle a loué mes services.
– Et quel âge a cette petite amie ?
– Euh…
– D'accord, sourit-elle, on peut donc dire qu'elle est jeune. Autour de la trentaine, c'est ça ?
– Je ne vois pas comment son âge peut entrer en compte.
– Grands dieux, c'est une ado ?
– Je ne pense pas.
– Tu ne *penses* pas ?
– Elle est étudiante. À l'université Columbia. En première année de droit.
– Ah. Et à quoi ressemble-t-elle, cette étudiante ?
– Euh…
Je lui fis une petite description du style gothique, chez les jeunes, et je dois avouer que son commentaire fut plutôt méprisant, pour ne pas dire destructeur.
Lorsque j'eus fini, elle mit comme d'habitude la chose en perspective.

– C'est vrai qu'on a besoin d'argent.
– C'est aussi ce que je pensais.
– Elle te règle d'avance ?
– Euh...

*
**

Ce soir-là, j'étais à l'université Columbia, devant la résidence où logeait notre étudiante-gothique-amoureuse-d'un-vampire. J'avais troqué mon costume et ma cravate, ma panoplie de détective, pour un blouson de cuir et un jean, ma tenue de chasseur de vampires. J'essayais de passer inaperçu, ce qui n'était pas si facile. Le problème avec cette université Columbia, c'est qu'elle est pleine d'étudiants, assez jeunes en général, alors que moi, je vieillis chaque année. Les élèves que je croisais me regardaient bizarrement. Et, au bout d'un moment, il me vint à l'idée qu'ils me prenaient peut-être pour un pervers à la recherche de jeunes filles. J'aurais dû porter une veste de tweed, me faire passer pour un professeur.

L'ennui, c'est que je ne me trouve pas assez vieux pour être prof. Alors qu'en fait je suis probablement assez vieux pour être le père d'un prof.

Mes deux tourtereaux rentrèrent de leur soirée à onze heures et demie. C'est d'abord lui que je remarquai. Étonnant, dans la mesure où c'est elle que je connaissais. Et là, je vis effectivement un vampire. Non, il ne portait ni cape ni capuche. Il n'avait pas de crocs non plus, ni le genre d'attirail qu'on trouve chez ces créatures. Il était vêtu d'un blouson de cuir, pas très différent du mien... qui était brun alors que le sien était noir, bien sûr. D'accord, son col était relevé, mais ce n'était pas caractéristique d'un vampire ; il pouvait aussi bien être un motard, avec son tee-shirt et son jean noirs. En somme, sa tenue de vampire n'était pas plus extraordinaire que l'accoutrement gothique de Debbie. Non, en fait, ce qui attirait l'œil, c'était son visage émacié, ses yeux d'un bleu délavé et ses lèvres ultra fines.

Celles-ci méritaient une attention particulière. Elles semblaient inhabituellement minces, comme s'il les aspirait, en quelque sorte, afin qu'elles lui couvrent les dents.

Il lui dit bonsoir devant la porte, en l'embrassant. Puis, l'instant d'après, il disparut dans l'allée qui longeait le bâtiment des dortoirs.

Bon sang ! Moi qui m'attendais à le voir ressortir comme il était venu… Ce salaud avait pris un raccourci par la ruelle latérale. Je me lançai à sa poursuite, mais le temps que j'arrive à l'angle de la rue, il avait disparu.

Comment demander à qui que ce soit par où était parti le vampire ?

*
**

Debbie était vraiment énervée.

– Alors, vous l'avez perdu ?

– Je ne l'ai jamais eu.

– Quoi ?

– « Vous l'avez perdu », ça veut dire que je le suivais et qu'il m'a filé entre les doigts. Ça ne s'est pas passé comme ça. Il avait disparu avant que je ne tente le moindre geste.

Elle grimaça. Et, croyez-moi, une gothique qui fait la grimace, ça n'est pas très joli à voir.

– Franchement, ce n'est pas malin. Vous n'êtes pas très futé. Vous ne nous avez pas vus rentrer à la résidence ?

– Si.

– Alors, vous avez vu Morris. Si vous l'avez vu, c'est que vous l'avez eu. Vous l'avez eu et vous l'avez perdu, point barre.

– J'en conclus que vous me virez ?

– Vous virer ? Vous virer de quoi ? Vous n'avez encore rien fait !

– J'ai fait la planque devant le dortoir d'une résidence universitaire.

– Et vous voulez que je vous paie pour ça ?

Non, je ne m'attendais pas à ce qu'elle me paie pour quoi que ce soit. Mais elle commençait à me taper sur les nerfs.

– Dans ce genre d'affaire, on ne peut jamais rien vous promettre. Il n'y a pas de garanties.

– Des garanties... répéta-t-elle en m'incendiant du regard. Mais de quoi parlez-vous, là ? Vous n'avez même pas essayé et échoué ; vous n'avez rien fait du tout !

– Désolé que vous pensiez ça.

– D'après vous, combien je vous dois ?

– Vous ne me devez rien. Bonne chance avec votre vampire. J'espère que le prochain détective que vous engagerez se débrouillera mieux que moi.

Aussitôt, elle fit marche arrière.

– Oh, ne jouez pas les vieux bougons !

Je n'étais pas ravi du qualificatif.

– Ça n'a pas marché hier soir, mais maintenant, vous êtes prévenu. Vous savez à quoi vous attendre. Je revois Morris ce soir. Soyez là quand il me ramènera.

Après s'être gracieusement laissé toucher et m'avoir donné une nouvelle chance de surprendre son vampire, ma cliente gothique se lança dans une diatribe destinée à me faire comprendre que, cette fois, je ne devais pas échouer dans ma mission.

J'aurais pu lui répliquer beaucoup de choses, alors, mais j'aurais été forcé de l'interrompre. Et ça n'aurait rien arrangé. Je fermai la bouche et la laissai pérorer.

*
**

Le vampire portait une veste sport, ce soir-là. Le fait que cela me déconcerte était assez perturbant. Ça signifiait que j'en avais accepté le principe ; que je trouvais déconcertant qu'un vampire porte une veste sport.

J'étais habillé différemment, moi aussi, d'un polo et d'un pantalon kaki. J'avais déplacé ma raie de gauche à droite, et ça me mettait mal à l'aise ; comme si je m'étais déguisé pour ne pas me faire reconnaître du vampire. Mais, même sans le mot « vampire », ça me faisait drôle. Dans mon travail de détective, le déguisement est bien la dernière chose que j'utilise, en général. J'essayais donc de me dire que ce n'était ni une perruque ni une moustache, que je n'avais fait que changer ma raie de côté, mais je n'y croyais pas. Rien n'allait m'empêcher de me sentir comme un idiot, ainsi accoutré.

Contrairement au soir précédent, je m'étais cette fois positionné à l'entrée de l'allée. S'il repartait par là, il était à moi. S'il empruntait un autre chemin, je n'aurais qu'à le suivre.

Après un long baiser – non, sa bouche ne s'est pas aventurée du côté du cou de Debbie – il se retourna et s'en alla comme si de rien n'était.

Je le suivis sur la 116e Rue, où il ignora les stations de bus et de métro, traversa Broadway et regarda vers le haut de la ville pour héler le premier taxi qui descendrait vers le centre.

Un problème pour moi. Si je voulais le suivre, je devrais faire comme lui. Si, comme lui, je traversais Broadway pour en trouver un, il me repérerait. C'est pourquoi je n'en fis rien. Je restai là où j'étais… avec l'intention de sauter dans un taxi qui viendrait en sens inverse, puis de lui demander de faire demi-tour au niveau de la 116e. Mais aucun véhicule ne venait dans ma direction pour l'instant, ce qui m'inquiétait.

C'est en observant discrètement mon vampire que j'aperçus l'autre homme. Il traversait Broadway, exactement comme j'avais évité de le faire, pour atteindre le côté nord de la 116e et se préparer à héler un taxi.

Seulement, ce n'était pas du tout ce qu'il cherchait. Il espionnait mon vampire, tout en faisant mine de s'intéresser à tout autre chose, avec l'allure que je craignais précisément d'avoir et qui finirait par me tomber dessus un jour ou l'autre. C'était un homme d'âge mûr, plus âgé que le vampire, mais sans doute pas plus vieux que moi. Personne ne peut être plus vieux que moi, aujourd'hui… Il portait une barbe de plusieurs jours et arborait un costume gris et une chemise blanche ouverte sur le cou.

Des taxis arrivaient ; une bonne nouvelle pour eux deux, mais pas pour moi, car tous se dirigeaient vers le centre-ville.

Ce qui me forcerait à traverser Broadway au galop, en espérant peut-être finir troisième dans cette course.

Le vampire en héla un. Et, au moment où il quitta le bord du trottoir, son chasseur barbu surgit comme un diable de sa boîte et en appela un à son tour.

Je m'apprêtais à finalement traverser, quand un taxi émergea d'une rue latérale. Je l'arrêtai, sautai dedans puis lançai au chauffeur :

– Faites demi-tour à droite ici, et suivez l'homme qui monte dans le taxi de l'autre côté de l'avenue.

Le chauffeur était un hispanique rondouillard qui n'avait pas envie de s'attirer des ennuis.

– Hé là, qu'est-ce qui se passe ?

Je lui brandis ma licence sous le nez. Je me sentais idiot, comme d'habitude, c'est la raison pour laquelle je ne fais ça que très rarement.

– Je suis détective privé. C'est une histoire entre une fille et un garçon ; il n'y a aucun danger.

Mais il ne l'entendait pas de cette oreille.

– Qu'est-ce que vous lui voulez à ce type ?

– Rien. Ce qui m'intéresse, c'est l'homme qu'il suit.

– Et alors ?

– Vous acceptez cette course ou pas ?

Ce qui mit fin à la discussion. Il enclencha son compteur, s'éloigna du trottoir, fit demi-tour au niveau de la 116e Rue et se lança dans l'avenue.

Il ne mit pas longtemps à rattraper les deux autres. Le vampire descendait Broadway, et son poursuivant était sur ses talons. Mais il le suivait de bien trop près. Si j'avais été à sa place dans le taxi, j'aurais demandé au chauffeur de le laisser un peu filer. Ce que je fis d'ailleurs avec le mien. Je me trouvais à un demi-pâté de maisons derrière lui lorsque le taxi du vampire clignota vers la gauche.

– Il tourne, ne le lâchez pas ! lançai-je à mon chauffeur.

Son grognement fut éloquent. Je lui demandais de ralentir et, en même temps, je m'affolais car j'avais peur de me trouver bloqué au feu rouge avant de tourner à gauche. Et si mon vampire parvenait à passer en me plantant là, c'était mort pour moi.

On parvint à s'infiltrer, mais de justesse. Mon taxi traversa le passage piétons quelque part entre la dernière seconde du feu orange et la première du feu rouge.

Contrairement à mon attente, le vampire ne tourna pas à gauche sur la 108ᵉ. Son taxi fit demi-tour en pleine rue pour reprendre l'avenue. Ce qui ne me posa pas de problème car le feu entre la 109ᵉ et Broadway était passé au rouge ; il ne pouvait donc pas s'échapper, et j'avais le temps de le rattraper.

Mais la manœuvre signifiait qu'il avait peut-être repéré celui qui le suivait.

C'était le cas.

Mon vampire sauta de son véhicule, bondit sur Broadway et appela un autre taxi qui venait de déboucher de la 109ᵉ en direction du centre-ville. Lorsque le feu passa au vert, il avait disparu, laissant ses deux poursuivants bloqués au carrefour, frustrés, sans aucun espoir, cette fois, de mettre la main sur leur proie.

*
**

Debbie n'en croyait pas ses oreilles.

– Vous l'avez encore perdu !

– Oui. Mais pas par ma faute.

– C'est ça, oui.

– Je ne plaisante pas. Je ne crois pas qu'il m'ait vu. Je crois qu'il a vu l'autre type.

– Quel autre type ?

– Celui qui le poursuivait.

– Quoi ?

– Je comprends ce que vous ressentez. Je n'y croyais pas non plus. Je le sens comme un privé embarqué dans une sombre histoire de vampire. Morris a appelé un taxi. Le gars a fait comme lui et l'a suivi. Morris l'a repéré et l'a semé.

Comme j'étais dans le troisième taxi, je ne pouvais pas faire grand-chose.

– Vous n'êtes pas en train de me raconter des histoires, là ?

– Si je vous racontais des histoires, ce serait bien mieux que ça. C'est la vérité, c'est pour ça que ça vous paraît nul.

– L'autre type… il ressemblait à quoi ?

– Taille moyenne. Trapu. La cinquantaine. D'épais cheveux noirs, légèrement grisonnants. Une barbe de plusieurs jours.

– Papa ! souffla-t-elle avec exaspération.

– Cet homme est votre père ?

– Merde !

– J'en conclus qu'il n'approuve pas votre vampire.

– Il ne sait pas que c'est un vampire.

– Qu'est-ce qu'il croit que c'est, alors ?

– Un garçon.

– Je comprends.

– Hé, n'essayez pas de jouer aux amis avec moi. Vous n'êtes pas mon copain.

– Non, je suis votre employé. Mais, dites-moi, comment ça marche ? Je sais que, quand je perds le vampire, je ne suis pas payé. Mais quand c'est votre papa qui le perd ?

Elle ne répondit rien et se contenta de me fusiller du regard.

– De toute façon, c'est fichu. Pas question de continuer si votre père s'en mêle.

– Je m'en occupe. Je vais lui parler.

– Et si ça ne marche pas ?

– Ça marchera.

– J'aimerais le croire.

– Hé, je vais faire mon boulot ; vous, vous faites le vôtre.

– Vous voulez dire par là que vous me donnez une seconde chance ? demandai-je sur un ton ironique.

– Vous dites que c'est la faute de papa. J'imagine que je dois vous laisser le bénéfice du doute.

– Vous m'en voyez enchanté. Quel est le marché, cette fois ?
– Même chose. J'ai rendez-vous avec Morris ce soir.
– Après quoi il vous déposera devant votre résidence ?
– Exactement.
– Mais il ne montera pas dans votre chambre.
– Non.
– Et vous n'êtes jamais allée chez lui.
– Où voulez-vous en venir ?
– J'essaie simplement de définir votre relation.
– Qu'est-ce qui se passe ? Je n'ai pas de mœurs assez légères, d'après vous ?
– Ne soyez pas bête. C'est la première fois que je rencontre quelqu'un qui sort avec un vampire. Il est normal que je me montre un peu curieux. Si vous ne partagez pas votre lit, qu'est-ce que vous faites ? Vous vous baladez dans le parc et vous vous sucez mutuellement le sang ?
– Vous voulez voir mon cou ? interrogea-t-elle, sarcastique.
– Pas nécessairement.
– Si, allez-y, regardez.

Elle portait un col roulé noir. Elle le fit glisser au-dessus de sa tête, ce qui me permit de voir clairement son cou. Entre autres choses. Elle portait un soutien-gorge brassière… qui faisait son boulot. En somme, c'était une gothique très séduisante.

La porte s'ouvrit soudain, et je vis apparaître un visage assombri par une barbe de plusieurs jours.

Comme timing, il n'y avait pas pire ! On ne pouvait compter sur les doigts d'aucune main le nombre de jeunes filles qui entraient dans mon bureau pour s'y déshabiller. Le père de celle-ci allait me tuer.

Sans plus réfléchir, je plongeai à terre.
– Papa ! s'écria Debbie.

Je ne la voyais pas, mais j'espérais qu'elle remettait son pull. Je bondis sur mes pieds, saisis une chaise pliante et me transformai en dresseur de lions.

– Ne faites pas l'imbécile, lui dis-je. Elle essayait juste de me montrer qu'il ne l'avait pas mordue.

Ce qui l'arrêta net. Bouche bée, il se tourna vers sa fille.

– Qu'est-ce qu'il raconte ?

– Grande gueule ! s'exclama-t-elle en me jetant un regard noir.

Mais le papa avait déjà oublié ma présence.

– Debbie, ma chérie, qu'est-ce qui se passe ?

Elle lui raconta. Plus ou moins. Il se montra à la fois sceptique et papa poule. Enfin… papa poule, je n'en suis pas si sûr.

Le plus incroyable, c'est qu'elle parvint à le faire sortir. Son pouvoir de persuasion était considérable. Elle aurait fait une bonne avocate, si elle en avait eu l'occasion. La façon dont elle lui montra la porte fut assez impressionnante.

Dès qu'il fut dehors, cependant, elle fondit en larmes comme une petite fille.

– Mon Dieu, c'est atroce ! Atroce !

Je la voyais déjà en train de m'accuser de tous les maux, et je n'avais pas envie d'entendre ça.

– Non, tout va bien, lui dis-je. Tout va même très bien.

– Comment ça, « très bien » ? s'indigna-t-elle en me décochant le regard classique de celle qui a affaire à un crétin.

– Je n'allais nulle part, avec vous. J'avais les mains liées parce que vous ne vouliez pas que votre vampire sache que vous enquêtiez sur lui.

– Et alors ?

– Alors, vous n'enquêtez pas sur lui, répliquai-je avec un immense sourire. C'est votre père qui enquête sur lui.

*
**

Je pus rejoindre le petit ami, ce soir-là, au moment où il appelait un taxi. Ma cliente gothique avait dû opérer sa magie car son père n'était nulle part dans les parages.

Arrivé à la hauteur de mon vampire, je lui proposai :

– On partage un taxi ?

Il ne planta pas ses dents dans mon cou. C'était plutôt bon signe. D'un autre côté, il ne semblait pas ravi de me voir. Et pas à la façon rituelle du sergent MacAullif. Il était réellement furieux.

– Qui êtes-vous ? me demanda-t-il avec mépris.

Il avait l'accent de Brooklyn. Debbie ne m'avait pas précisé ça. Mais je ne le lui avais pas posé la question, non plus. Mes techniques d'interrogatoire sont un peu douteuses. Demandez à Alice.

– Je ne voudrais pas vous gêner. Croyez-moi si vous voulez, mais j'ai été jeune, moi aussi. Vous sortez avec la fille de l'homme qui vous suit, et il n'a pas l'air d'apprécier. Il voudrait savoir où vous en êtes, tous les deux. Je pourrais le lui dire moi-même, mais ce n'est pas ce qu'il veut. Alors, si vous me racontiez ?

– C'est son père qui vous a engagé ?

– J'ai dit ça ? Je ne me souviens pas avoir dit une telle chose. J'irais même jusqu'à le nier, si vous osiez le prétendre. Mais ce papa s'inquiète de savoir si vous êtes ou non un vampire.

– Oh, lâcha-t-il, dégoûté. Debbie m'a dénoncé.

– C'est vous qui vous êtes dénoncé, délibérément ou pas. Vous avez une tête de vampire. Vous agissez comme un vampire. D'accord, vous ne vous habillez pas comme un vampire. Mais vous vous promenez comme le prince des Ténèbres. Difficile de ne pas le remarquer. Votre histoire, qu'est-ce que c'est ?

– Vous ne comprendriez pas.

– Essayez toujours.

– Très bien. Faisons un marché. Je vais vous dire ce que vous voulez savoir. Mais, après, vous retournez à vos affaires, et moi je monte dans un taxi et je retourne aux miennes. Vous ne tenterez pas de me suivre, de trouver où j'habite, de surveiller mon appartement, d'enregistrer mes appels.

– Marché conclu.

– Très bien. Que voulez-vous savoir ?

– Êtes-vous un vampire ?

– Là n'est pas la question, répliqua-t-il avec une grimace.
– Peut-être, mais c'est ce que je voudrais savoir.
– La question n'est pas de savoir si je suis un vampire, mais si vous croyez que j'en suis un. Debbie le croit. Ça lui suffit, et à moi aussi. Si ça ne suffit pas à son père, c'est dommage. Mais c'est comme ça.
– D'après notre marché, vous deviez répondre à mes questions.
– Je réponds à vos questions. Vous n'en aimez peut-être pas les réponses, mais ça ne fait pas partie de notre marché.
– Avez-vous un appartement, ou dormez-vous toute la journée dans le sol avec une couche de terre sur vous ?
– C'est exactement le ridicule auquel je m'attendais.
– De la part d'un simple mortel ? demandai-je, un peu penaud.
– Vous ne vous aidez pas, sourit-il.
– Peut-être pas. J'aimerais juste un déni que je pourrai garder au chaud dans mon coffre à la banque.
– Dans ce cas, demandez-moi si je veux du mal à Debbie.
– Ce n'est pas ce que je voulais dire.
– Oui, mais il ne s'agit que de ça, en fait. Son père se soucie-t-il réellement de qui je suis, ou s'inquiète-t-il seulement pour la sécurité de sa fille ? Dans le premier cas, c'est un crétin et je ne peux rien pour lui. Dans le deuxième cas, il devrait être rassuré.
– Qu'est-ce que vous faites ?
– Je suis étudiant.
– À Columbia ?
– Oui. Et vous, qu'est-ce que vous faites ?
Cette question ne cesse jamais de me surprendre. Malgré tout ce qui prouve le contraire, je me vois toujours comme un aspirant écrivain-comédien. Mais, à mon âge, il est difficile d'y prétendre encore.
– Je suis détective privé.
– Ah. Vous êtes un vrai détective privé, ou vous prétendez juste l'être ?
J'en restai bouche bée. Il m'avait coincé. Il avait mis le

doigt pile sur le conflit qui avait hanté la presque totalité de ma vie d'adulte.

Ma confusion le fit sourire.

– Nous y voilà. C'est ça, la question. Suis-je un vampire ou est-ce que je prétends seulement l'être ? Je suis ce que vous voulez que je sois. Pour Debbie, je le suis. Pour vous, je ne le suis peut-être pas. Mais qui est-ce que ça dérange ?

Comme je ne répondais pas, il sortit de son blouson un morceau de bois, dont une extrémité était taillée en pointe.

– Vous savez ce que c'est ? C'est la mort. Je le garde contre mon cœur, pour me rappeler que la mort n'est jamais loin.

Il sourit, puis demanda :

– Vous voulez dire ça à son père ? Il ne sera pas content. Et puis, c'est une menace pour qui ? Pour Debbie ou pour moi ?

Il remit le morceau de bois dans sa poche poitrine.

– La vie est une illusion. La vôtre, la mienne, celle de Debbie. Même celle de son père. Croyez ce que vous voulez croire. Je ne peux vous forcer en rien.

Le feu passa au vert. La circulation reprit devant nous.

– Ah, voilà un taxi.

Il leva le bras et fit signe au chauffeur.

– Rappelez-vous notre marché, me lança-t-il.

Puis il sauta dans le taxi et s'éloigna.

Je me rappelai notre marché.

Je le laissai s'en aller.

*
**

Inutile de préciser que Debbie pensa encore que j'avais échoué.

– Vous n'avez pas trouvé où il habite. Vous n'avez pas trouvé où il va pendant la journée. Et c'est justement ce que je voulais savoir. Si c'est un vampire, il ne peut pas vivre à la lumière du jour. Et s'il le peut, ce n'est pas un vampire. C'est aussi simple que ça. Vous ne comprenez pas ?

– Je peux vous dire quelque chose ?
– Vous allez me donner un conseil ?
– Je crois, oui.
– Vous allez me le faire payer ?
– Vous allez faire une bonne avocate.
– C'est ça, votre conseil ?
– C'est une observation.
– Je n'ai pas besoin de votre approbation.
– Oui, je sais. Écoutez, les vampires n'existent pas. Mais si vous voulez jouer le jeu, ce n'est pas un mauvais garçon ; vous pouvez jouer avec lui. Est-ce un vampire ? Non. Je ne peux pas le prouver, mais j'en mettrais ma main au feu. Ça n'a pas d'importance. Vous êtes jeune. Cette fantaisie vous passera.
– C'est juste une phase que je traverse, c'est ça ? ajouta-t-elle, railleuse.
– Je n'ai pas dit ça. Mais, franchement, je ne vous vois pas dans une salle de tribunal avec votre visage de kabuki.
Elle fit la moue, puis lâcha :
– D'accord. Écoutez, il m'emmène encore quelque part ce soir.
– Non, fis-je en levant une main devant elle. J'ai fini, avec ça. C'est terminé. Vous ne me devez rien. On laisse ça comme ça.
– Mais… articula-t-elle sans comprendre.
Elle se sentait trahie.
– Désolé. J'ai fait tout ce que je pouvais. Peut-être même plus que ce que j'aurais dû. De toute façon, j'ai du travail.
Je fermai ma mallette et sortis.
Je ne m'inquiétais pas de la laisser seule dans mon bureau. Si elle pouvait y trouver quelque chose à voler, qu'elle se serve.

*
**

Le lendemain matin, elle était de retour. Je faillis ne pas la reconnaître sans son maquillage. Une belle amélioration de sa part. Elle ressemblait enfin à n'importe quelle étudiante.

Sauf qu'elle était totalement hystérique.

Je tentai de la calmer, de savoir ce qui lui arrivait.

Il se révéla que c'était tout simple.

– Il n'est pas venu !

Ah, la jeunesse…

Avec un sourire rassurant, je lui dis :

– Vous n'êtes pas la première fille à qui on pose un lapin.

– Non ! s'exclama-t-elle en secouant violemment la tête et en tapant du pied. Il n'est pas comme ça ! Il ne me ferait jamais ça ! S'il n'est pas venu, c'est qu'il s'est passé quelque chose.

– Vous avez vérifié ?

– Comment voulez-vous que je vérifie ? Vous ne m'avez pas donné son adresse. Vous m'avez juste assuré que tout allait bien. Eh bien, vous voyez, vous vous êtes trompé sur toute la ligne !

– Je comprends. Vous êtes contrariée. Vous vous sentez impuissante. Mais je suis sûr qu'il n'y a rien de mal.

– Vous êtes sûr ? Comme vous étiez sûr que tout allait bien ! Pourquoi personne ne fait-il attention à moi ? Pourquoi personne ne m'écoute ?

Voilà où en était la fille des films d'horreur, suppliant qu'on l'aide. C'est ce qui m'avait amené jusqu'au bureau de Mac Aullif, ce matin-là. Et puis le sens du devoir, et aussi le désir de renvoyer l'ascenseur. Dans les films, les gens qui supplient qu'on les aide sont les gentils ; et les gens qui n'écoutent pas sont les imbéciles. Non pas que je veuille attribuer ce rôle à MacAullif. Mais je ne le voulais pas pour moi. Je réussis à persuader le sergent de lancer un avis de recherche concernant le petit ami de Debbie, puis je me remis à mes affaires.

*
**

Il revint vers moi plus tard dans l'après-midi. J'étais dans le Queens, en train d'interroger une femme qui était tombée dans un bus, quand le bureau me bipa, me disant que

MacAullif voulait que je l'appelle. Ça n'annonçait rien de bon.

Et ça ne l'était pas.

– On a découvert hier matin un cadavre correspondant à votre description.

– Hier ? Et vous ne me le dites que maintenant ?

– Vous m'avez parlé d'un Morris Feldman. Le gars en question s'appelle Michael Fletcher. Les mêmes initiales, alors j'ai vérifié. Vous allez être content pour ça, ou au contraire furax que je ne l'ai pas trouvé plus tôt, vu que je ne bosse pas avec le NYPD.

– Hier matin, vous dites ?

– Oui.

– Où était le corps ?

– À Riverside Park, sur la 114e. Déposé dans une tombe vide.

– Qu'est-ce que vous voulez dire par « tombe vide » ?

– C'est comme ça qu'on me l'a décrite. Je ne l'ai pas vue. Le type était à la morgue quand j'ai eu l'information.

– Comment est-il mort ?

– De multiples blessures à l'arme blanche. Un objet pointu, vraisemblablement un couteau de boucher.

– Et l'heure du décès ?

– Environ douze heures avant qu'on ne le trouve.

– Juste après que je l'aie vu, lâchai-je avec un hoquet.

– Vous l'avez vu ?

– Oui.

– Vous êtes la dernière personne à l'avoir vu en vie ?

– À part le tueur, oui.

MacAullif laissa ce mensonge flotter entre nous juste assez longtemps pour que le silence devienne inconfortable.

– Vous voulez venir à la morgue pour voir si c'est bien lui ?

*
**

C'était bien lui.

L'homme sur la table de marbre ressemblait trait pour trait au vampire que j'avais rencontré. Avec peut-être quelques litres de sang en moins.

Le médecin légiste était en train de découper une femme, à côté. Il s'interrompit et nous regarda.

– C'est vous qui avez autopsié celui-là ? lui demanda MacAullif.

– Oui.

– Vous pouvez me dire la cause du décès ?

– Vous voulez que je parle devant lui ?

– Du calme. Il est avec nous. Qu'est-ce qui l'a tué ?

– Blessures multiples à la poitrine, faites à l'arme blanche. Un objet pointu, sans doute un couteau de boucher.

– Laquelle l'a tué ?

– Celle du cœur. Il a pu aussi mourir d'un coup porté au poumon. Mais la blessure du cœur n'est pas post mortem parce qu'il continuait à pomper du sang. Est-ce que c'était la dernière blessure ? Je ne sais pas. La blessure était-elle mortelle ? Oui.

– Quant à « ce qui l'a tué », ajouta-t-il en mimant des guillemets avec ses doigts, impossible à dire. Vous êtes sûr que ce type n'est pas avocat ?

– Quelque chose qui aurait contribué à sa mort ?

– C'est drôle que vous demandiez ça.

– Pourquoi ? Il a été drogué ?

– Non, les examens toxicologiques étaient nickel. Mais quand vous parlez de quelque chose qui aurait contribué…

– Oui ?

– Il a aussi été frappé avec un morceau de bois pointu. Je ne l'ai pas vu tout de suite. Je l'ai trouvé dans ses vêtements. Il était fiché dans la plaie, et il est tombé.

– Dans la plaie ?

– Dans la blessure de son cœur.

– Vous voulez dire que c'est un morceau de bois qui a causé sa mort ?

– Non. Il a été poignardé au cœur avec un couteau de

boucher, comme pour les autres blessures. Le tueur a planté le morceau de bois dans son cœur après coup.

– Quand il était déjà mort ?

– Il était peut-être encore vivant, alors ; il y avait beaucoup de sang sur le bois. Mais il est mort peu de temps après. J'imagine que le cœur, en pompant le sang, a rejeté le bois hors de la blessure. Juste avant qu'il ne meure. Mais pas longtemps avant. Quelques secondes, tout au plus.

*
**

Je sortis de la morgue comme paralysé par un épais brouillard. MacAullif dut me prendre le bras et me conduire jusqu'à la voiture.

– Ça ne va pas ?

– Si…

– C'est un vrai choc de les voir découpés comme ça.

– Non, j'étais déjà allé à la morgue.

– Ne faites pas une fixette sur ce pieu. Il y a des choses plus importantes à voir, maintenant. Comme celui qui l'a tué, par exemple.

– Je sais qui l'a tué.

– Oh… ?

– C'est le père de la fille. Il ne supportait pas que ce garçon tourne autour de sa petite chérie.

– Vous êtes sûr ?

– Pratiquement certain. Si j'étais le père, je l'aurais peut-être tué aussi.

– Il était si méchant que ça ?

– En fait, je l'aimais bien.

– Vous pensez vraiment que c'est le père ?

– Oui.

*
**

C'était bien le papa. MacAullif est allé le ramasser, l'a secoué un peu et il s'est dégonflé. C'est comme ça, avec certains faux durs. Ils fanfaronnent, et puis la chance tourne. Le père a craché le morceau. Il a tout avoué.

– Sauf le pieu, me dit MacAullif. Il ne veut rien avouer pour le pieu.

– Quoi ?

– Il prétend qu'il ne l'a jamais vu. Il n'en a jamais parlé avant qu'on le lui mette sous les yeux. Et, après, il a nié.

– Vraiment ?

– Mais qu'est-ce que ça fait, après tout ? Il a avoué pour le couteau. Entre ses aveux et le rapport du légiste, on le tient.

Je hochai la tête comme si j'étais d'accord. Mais ce pieu de bois allait me hanter longtemps après les événements. Comme l'image de la fille gothique avec son petit ami mort et son père accusé de meurtre. Quel héritage elle allait se trimballer ! Je l'imaginais obtenant son diplôme d'avocate, découvrant une faille dans l'instruction, sortant son père de prison. Un rêve, bien sûr. Mais, parfois, les rêves vous font avancer.

Oui, MacAullif était satisfait. Mais moi, je ne cessais de penser à ce pieu.

À la manière dont je voyais les choses, cela n'avait pu se passer que de deux façons.

Je n'avais rencontré le vampire qu'une seule fois. Mais, comme je l'avais dit à MacAullif, je l'aimais bien. Je ne sais pas s'il était fou ou s'il jouait la comédie mais, dans son univers à lui, il semblait avoir ses propres règles. Il y avait une certaine noblesse d'esprit chez lui, un certain courage. Je l'imaginais, comprenant qu'il allait mourir, désireux de s'en aller avec panache. Ou refusant de décevoir sa petite amie gothique. Ou voulant garder le mystère autour de lui, car, pour lui, son image représentait tout.

Je le voyais sortant le pieu de sa poche et l'enfonçant dans la blessure au couteau de son cœur.

Ou alors, le papa mentait. Assez courant chez l'auteur d'un crime, mais assez improbable de la part de quelqu'un qui avait tout avoué. Cependant, je le voyais aussi embarrassé par cette vérité, et la dissimulant parce qu'il estimait qu'à nos yeux cela n'avait pas d'importance.

Et parce qu'il ne pouvait la regarder en face.

Car, selon le rapport du légiste, le papa avait tué le vampire juste après que je l'avais laissé monter dans son taxi, ce soir-là. Ce qui voulait dire que, malgré les avertissements de Debbie, et malgré le fait que je n'aie jamais pu l'apercevoir, son père était là quand j'avais parlé au vampire. Il l'avait vu me montrer le morceau de bois et le remettre dans sa poche. Il savait donc que le pieu était caché là.

Et moi, je le vois en train de frapper et frapper encore le vampire avec le couteau de boucher ; et l'autre ne veut pas mourir. Jusqu'à ce que, malgré lui, le papa sorte le morceau de bois de la poche de sa victime et le lui plonge dans le cœur.

Il tire ensuite le corps vers les fourrés, le balance dans la tombe vide, y jette de la terre. Et il refuse d'admettre, même en son for intérieur, que c'est le pieu qui l'a tué.

C'est forcément les coups de couteau ou le pieu.

Mais, que ce soit l'un ou l'autre, ça me panique complètement.

Long terme

par Toni L.P. Kelner

– On est obligé d'y aller ? demanda Mark d'un ton mi-figue mi-raisin.

Stella finissait de se brosser les cheveux.

– Oui. Les soirées de Ramon sont toujours géniales.

– Avec des verres baveurs et des coussins péteurs ?

Ramon n'avait-il pas raconté à Mark que les vampires ne pouvaient dormir que sur leur terre natale ? N'avait-il pas persuadé ce dernier de boire du sang canin pour ensuite le proclamer malade comme un chien ? Il l'avait même presque convaincu de se couper un doigt en jurant sur sa propre tombe que ça ne faisait pas mal et que ça repousserait, mais Stella était intervenue pour l'empêcher de constater à quel point cette repousse pourrait être douloureuse.

– Ramon n'oserait pas transformer en farce l'anniversaire de son créateur, assura-t-elle. Et Vilmos serait très offensé si on ne se montrait pas.

– Surtout ne pas offenser Vilmos, marmonna Mark. Je dois l'appeler grand-père ou grand-papa ?

Comme Stella était la créatrice de Mark, il fallait certainement donner un titre à son propre créateur.

– Ni l'un ni l'autre.

– Pépé ? Papy ?

– Juste Vilmos. Il n'a pas trop le sens de l'humour.

– Tu m'étonnes.

Elle lui jeta un regard en coin.

– Tu es jaloux ?

– Quoi ? Parce qu'on va passer le week-end à honorer le vampire avec lequel tu as voyagé pendant des dizaines d'années d'un pays exotique à l'autre ? Franchement, il n'y a pas de quoi.

– Je me fiche de Vilmos.

Elle l'embrassa avec une telle tendresse qu'il dut bien reconnaître qu'elle disait vrai.

– Pourquoi s'intéresse-t-il tant à toi ?

– Il ne s'intéresse pas à moi.

Il étreignit la voluptueuse silhouette moulée dans une robe bustier rouge ; ses cheveux châtains balayaient ses épaules nues et, comme toujours, elle arborait un impénétrable sourire.

– Hum… on se demande bien pourquoi.

Elle l'embrassa de nouveau, encore plus tendrement.

– Alors, tu viens à la fête avec moi ? Dis oui !

– Évidemment, demandé comme ça…

Ils prirent le temps, lui d'effacer les traces de rouge à lèvres, elle d'en remettre, avant qu'il ne reprenne :

– Et Pop-Pop ?

Elle lui serra affectueusement le bras, mais bien assez fort pour marquer un humain de bleus.

– Va pour Vilmos, dit-il en ouvrant la porte.

Malgré un esprit parfois plutôt lourd, Ramon avait su décorer son manoir avec un goût exquis, Mark devait bien le reconnaître. La suite qu'il partageait avec Stella était digne des grands hôtels, alors que d'autres se contentaient de quelque chose ressemblant à un motel bas de gamme. Vilmos disposait des plus belles installations, mais c'était son anniversaire qu'on célébrait, et il comptait sans doute plus d'années que n'importe quel autre vampire présent à cette fête.

La salle de bal grouillait d'invités lorsque Mark et Stella firent leur entrée, vampires pour la plupart, malgré la présence de quelques humains. Ce qui surprit Mark. Il n'avait pas l'habitude de voir ces deux communautés se fréquenter ; cependant, sans lui laisser le temps d'en faire la remarque à Stella, Ramon se précipitait déjà sur eux.

Avec un tel prénom, on se serait attendu à un type basané aux cheveux lustrés mais, comme tout ce qui touchait à Ramon, c'était une plaisanterie : il avait plutôt l'air d'un nounours roux et barbu, aux grands yeux bleus innocents. Mark tenait de source sûre qu'il avait été plein de taches de rousseur avant de passer tant d'années à l'abri du soleil.

– Stella, tu es splendide ! lança-t-il en lui baisant la main. Et vous, Marcus, vous êtes impeccable.

– Je ne suis pas le seul.

Mark savait parfaitement qu'il avait une allure d'enfer dans son smoking neuf. Avec ses cheveux noirs et sa carrure de nageur, il était taillé pour les tenues de soirée. Tandis que Ramon faisait plutôt serveur. Sans doute à cause de sa ceinture décorée de smileys.

Ce dernier se contenta de sourire et s'éloigna pour accueillir d'autres invités.

– Il a l'air un peu anxieux, non ?

– C'est la première fois qu'il organise la fête de Vilmos. Il veut que tout soit parfait.

– Dans ce cas, il devrait changer de ceinture.

Une élégante vampire au visage émacié leur fit signe du canapé où elle se prélassait.

– Stella, ma chérie !

– Alexis ! Comment vas-tu ?

– Bah, tout est toujours d'un éternel ennui... lâcha-t-elle en jaugeant Mark d'un coup d'œil. C'est ton nouveau protégé, je suppose ?

– Alexis, je te présente Mark. Mark, voici Alexis.

– Quel courage, ma belle, d'allonger ta lignée en ces temps incertains !

– Je n'ai pas pu lui résister.

– Vilmos l'a déjà vu ?

– Je n'ai pas eu ce plaisir, intervint Mark. Mais s'il me réserve un accueil aussi chaleureux que vous, je brûle d'impatience.

Alexis écarquilla les yeux puis sourit.

– Je vois que pouvez être amusant. Venez me trouver dans quelques années, on aura des choses à se dire.

– Je vais commencer à compter les jours.

– Bien joué, lui souffla Stella alors qu'ils s'éloignaient. Voilà des dizaines d'années que je n'avais plus vu Alexis sourire.

– C'est vrai ? Je l'aurais plutôt prise pour une marrante. C'était quoi, cette histoire de courage de ta part ?

– Nous sommes très rares à offrir le Choix de nos jours, avec cette crise économique.

La tradition voulait qu'un vampire mâle ou femelle attribue une importante somme d'argent à sa descendance mort-vivante, ce que Stella avait fait pour Mark, pourtant déjà conseiller financier des plus prospères. Tous deux s'étaient rencontrés lorsqu'il avait pris en charge son portefeuille d'investissements, et ils ne se connaissaient que depuis quelques mois lorsqu'elle lui avait offert le Choix.

– Est-ce que ça signifie que tous les autres vampires ici présents sont plus âgés que moi ?

– Sans doute, oui.

– Génial. Je suis ravi de me trouver au bas du totem.

– Tout le monde s'en fiche.

– Arrête ! Tu sais très bien que dans toutes les rencontres entre vampires, c'est à qui pissera le plus loin.

– Ne dis pas de bêtises.

Ce fut le moment que choisit l'invité d'honneur pour faire son entrée. Mark avait vu un portrait du créateur de Stella, mais il aurait reconnu Vilmos de toute façon, à sa manière de choisir qui il voulait bien interpeller, et à l'empressement des assistants à se faire remarquer. Ce n'était pas dû à son allure, quoique intensément distinguée, mais à un véritable charisme. Vilmos dominait littéralement la salle.

– Ne regarde pas tout de suite, glissa Mark à Stella, mais on dirait qu'il s'apprête à marquer son territoire.

Elle lui donna un coup de coude, non sans dévorer Vilmos des yeux ni plus ni moins que ses voisins, dont Mark lui-même. Encore que, lorsque celui-là décida de regarder ailleurs, il s'aperçut qu'une autre personne en faisait autant. Une superbe humaine à la flamboyante chevelure, qui examinait ostensiblement une statue dans l'angle de la salle ; en se retournant vers Vilmos, Mark vit que le vampire la fixait aussi, comme s'il pouvait la forcer à revenir sur lui. Lentement, toute l'assistance, vampire et humaine, suivit son regard, de sorte que, bientôt, tout le monde n'eut plus d'yeux que pour la sublime étourdie.

Ce fut Ramon qui rompit le charme en frappant dans ses mains, provoquant l'entrée d'une équipe de serveurs qui se mirent à distribuer de savoureux petits-fours susceptibles de tenter jusqu'aux palais des quelques vampires qui ne s'alimentaient plus que de sang. Dans la mesure où Mark avait encore besoin de consommer au moins un repas complet par jour, ces plateaux furent les bienvenus – il avait craint de ne pas trouver de nourriture solide.

Malheureusement, il avait la bouche pleine lorsque Vilmos arriva dans leur direction, comme par hasard… L'ancien vampire serra longuement Stella dans ses bras avant de dévisager Mark d'un œil appréciateur.

– Eh bien, voici donc le dernier membre de notre lignée ! Dis-moi, Stella, c'était donc vrai ; ce monsieur posséderait d'inestimables talents ?

Pour marquer son étonnement, elle haussa un sourcil délicatement arqué.

– Je parle de ses aptitudes en matière financière, s'esclaffa-t-il.

– Mark est un génie.

La fausse modestie n'étant pas de mise, l'intéressé préféra ne pas protester.

– Dans ce cas, j'aurai peut-être du travail pour lui, reprit Vilmos, mon propre conseiller ayant malheureusement passé l'arme à gauche.

Sur un regard insistant de Stella, Mark s'empressa de répondre :

– Je serais très heureux de vous donner quelques recommandations.

– Magnifique ! s'exclama Vilmos. Nous en reparlerons plus tard.

Il les embrassa tous les deux puis s'éloigna.

– J'ai réussi mon examen ? demanda Mark.

– A priori. Méfie-toi quand même, j'ai entendu dire que l'ancien conseiller en question n'est pas mort de mort naturelle.

– Compris.

En toute objectivité, Mark dut reconnaître que la fête se révélait des plus réussies. On y servit des mets en abondance, les donneurs de sang se bousculaient et l'orchestre était excellent. Certes, Mark ne s'attendait pas à de la musique country, mais Stella lui expliqua que Vilmos était fasciné par ce style depuis quelque temps. Il aurait alors suffi que quelqu'un traite Mark autrement que comme le chouchou de Stella pour qu'il passe un excellent moment. Tandis que là, il aurait préféré assister à un match de catch, et il n'aimait pas le catch.

Même les humains semblaient le considérer comme un chiot. Dès qu'il s'approcha de la jolie rousse qui avait résisté aux charmes de Vilmos, elle s'écria :

– Désolée, je suis prise.

Sans lui laisser le temps d'expliquer qu'il voulait juste engager la conversation, elle partit se réfugier aux côtés d'une impeccable gravure de mode qui semblait sortir tout droit d'un conseil d'administration.

Chose intéressante, Vilmos aussi la regardait et, un court instant, ses manières civilisées parurent le quitter pour ne plus montrer que sa convoitise.

Après quoi, Mark resta auprès de Stella, l'entraînant sur la piste de danse aussi souvent que possible pour ne pas avoir à entendre les réflexions qui s'élevaient ici et là comme s'il ne se trouvait pas dans la même salle que leurs auteurs.

Au petit matin, les invités commencèrent à prendre le chemin de leurs chambres. Mark surprit la rousse qui se plaignait d'avoir mal aux pieds et vit son compagnon vampire la soulever du sol pour l'emporter dans l'escalier. Ce qui en fit rire quelques-uns, mais Vilmos ne se trouvait pas parmi eux.

La scène leur évoquait certainement une anecdote savoureuse, mais Mark ne parvint pas à convaincre Stella de la lui raconter cette nuit-là. En fait, ils eurent à peine le temps de se déshabiller et de faire un brin de toilette avant de se glisser dans le lit, que déjà le soleil se levait. Après quoi ils sombrèrent dans la mort.

Mark était encore capable de sortir en plein jour, si bien qu'il s'éveilla un peu après midi. Il avait l'intention de mettre quelques papiers à jour alors que Stella resterait au lit, mais il trouva un message glissé sous la porte, l'avertissant qu'un paquet l'attendait dans l'entrée. Quand il l'ouvrit, ce fut pour découvrir que Vilmos lui avait déposé une masse de statistiques financières à éplucher, ce qui lui parut des plus arrogants ; mais, pour Stella, il accepta de les consulter.

Après avoir cherché en vain un CD-Rom ou un tableau, il ouvrit en soupirant son ordinateur portable afin de créer un dossier. Cela lui prit le reste de la journée et il commençait à se dire que, quoi qu'il soit arrivé au précédent conseiller de Vilmos, c'était une mort trop douce pour lui.

Il lui restait encore une heure avant d'espérer voir Stella se lever, lorsqu'il se redressa et s'étira. Il avait faim, de nourriture solide, pas seulement de sang, aussi descendit-il chercher de quoi s'alimenter. Comme il y avait des humains dans les parages, il avait des chances de trouver quelque chose à se mettre sous la dent. Le grand salon était désert mais, dans la salle à manger voisine, il découvrit un superbe buffet rempli de viandes, de fromages, de fruits et de légumes. Alors qu'il se servait, un domestique se présenta pour lui offrir à boire.

Au début, il se retrouva seul à table, mais au milieu du repas, la rousse entra pour se remplir une assiette. Étant donné la façon dont elle s'était comportée la veille, il n'aurait pas été surpris de la voir s'installer ailleurs ; pourtant elle se joignit à lui.

– Je crois que nous n'avons pas été présentés. Je m'appelle Mark.

Il ne lui donna pas de nom de famille. Ce n'était pas d'usage chez les vampires.

– Moi, c'est Reinette.

– Ravi de vous connaître, Reinette. Quelle belle soirée, hier, n'est-ce pas ?

– Pas mal. Mais vous verrez, chez Geoff, ce sera mille fois mieux.

Elle le considéra un moment avant de demander :

– Vous êtes encore un bébé, non ?

– Je dois être plus âgé que vous.

– Je veux dire un bébé vampire. Geoff n'avale plus jamais de nourriture solide.

Comme Mark ne savait quoi répondre, il continua de manger.

– Qui est votre créateur ? demanda Reinette.

– Ma créatrice. C'est Stella.

– Stella… Oh, une descendante de la lignée de Vilmos ! Il a fait une offre pour moi, vous savez ?

– Je vous demande pardon ?

– Vilmos tenait absolument à moi, mais Geoff a renchéri, dit-elle en tendant la main. Il m'a même donné cette bague à la signature.

– Très jolie, dit Mark subjugué par l'énorme pavé d'émeraudes et de diamants.

– Geoff est tellement généreux ! Je n'aurais jamais pu être la concubine de quelqu'un qui ne le soit pas.

– Ça va de soi.

– Il me donne un nouveau bijou chaque mois pour notre anniversaire. Bien sûr, c'est dans notre contrat, alors il est obligé, mais il a un goût fabuleux. Demain, c'est notre anniversaire, j'ai tellement hâte de voir ce qu'il me réserve ! Il a apporté quelque chose dans un sac de velours qu'il n'a pas voulu me montrer. C'est peut-être un collier ou un bracelet.

– Je suis sûr que ce sera ravissant.

– Je veux quelque chose de vraiment extraordinaire pour montrer à Vilmos combien Geoff m'apprécie.

Elle baissa la voix pour ajouter :

– Vilmos n'a demandé à Ramon de nous inviter que parce qu'il voulait que Geoff m'offre à lui en cadeau d'anniversaire, mais il ne ferait jamais une chose pareille ; d'ailleurs, il est stipulé dans notre contrat qu'il ne peut pas me prêter. Alors inutile de poser la question.

Préférant se passer de dessert plutôt que de supporter davantage les jacasseries de Reinette, Mark se leva :

– Ravi d'avoir fait votre connaissance.

Quand il entra dans la chambre, Stella s'étirait ; il grimpa dans le lit auprès d'elle pour lui faire presser le mouvement, avec pour résultat d'y rester plus longtemps que prévu.

Une fois qu'ils furent levés et habillés, Mark lui rapporta ses progrès dans l'étude des finances de Vilmos.

– Tu pourras l'aider ?

– Bien sûr ! Je suis un génie. Mais pourquoi les vampires la jouent-ils petits bras avec leur argent ?

– Nous sommes prudents.

– Les investisseurs prudents ne retirent pas leur argent à la seconde où les marchés baissent d'un demi-point, comme le racontaient la plupart des gens que nous avons croisés cette nuit. Ils savent prendre un minimum de risques et envisager une vue à long terme ; si quelqu'un est bien placé pour le long terme, ce sont les vampires.

– Vilmos n'est pas ruiné, j'espère ?

– Pas du tout. Dans un an, il pourra acheter et vendre toutes les femmes qu'il voudra.

– Pardon ?

– J'ai rencontré une femme du nom de Reinette en bas, qui dit que Vilmos n'a pas pu se l'offrir ; j'ignorais que l'esclavage faisait partie des traditions des vampires. Tu dois pourtant savoir que je proviens d'une famille de la Nouvelle-Angleterre. Chez nous, les abolitionnistes ont mis un terme à ce genre de pratique.

– Ce n'est pas de l'esclavage ! s'écria-t-elle en levant les yeux au ciel. Et puis, les humains ne se gênent pas pour arborer des femmes trophées et des gigolos. Alors, les vampires ont des concubines. D'ailleurs, ils signent aussi des contrats avec les humains pour avoir des donneurs de sang réguliers.

– Tu plaisantes ?

– La famille de Reinette sert ainsi les vampires depuis des générations. Elle s'est mise elle-même aux enchères l'année dernière et a signé avec Geoff.

– Et si elle change d'avis ?

– Ne me pose pas la question. En plus, Reinette était tout à fait consentante. Ramon a trouvé le processus plutôt amusant et m'a dit qu'ils étaient d'abord une dizaine de vampires à renchérir, et puis il n'est resté que Vilmos et Geoff. Ils ont ainsi continué, jusqu'à ce que Vilmos n'ait plus les moyens. En fin de compte, Geoff a dû s'engager sur le double du traitement habituel, sans compter les dépenses d'entretien et les bijoux mensuels. Quand elle aura rempli son contrat, elle partira avec une maison et une rente.

– Ça fait beaucoup d'argent pour jouer à qui pisse le plus loin.

– Geoff est un crétin. Maintenant, il va devoir se taper Reinette pendant cinq ans.

Ils allaient descendre, lorsqu'un cri retentit à travers le manoir. Dans une bâtisse aussi grande, rares auraient été les humains à l'entendre, à part ceux qui passaient dans les parages, mais les vampires arrivèrent de toutes parts à la vitesse de l'éclair. Mark, évidemment, fut le dernier à se joindre à la foule, qu'il fendit sans ambages.

Au début, il ne remarqua pas que les lourds rideaux étaient ouverts, offrant la pièce au ciel nocturne. Et puis il trouva la chose bizarre. Il n'avait jamais vu de rideaux ouverts dans cette maison, pour des raisons évidentes. Pour autant qu'il sache, il était le seul vampire assez jeune pour supporter encore le soleil.

Reinette contemplait le lit sans plus hurler, mais pâle comme une morte-vivante. Les couvertures en étaient rabattues, les draps, froissés, comme si quelqu'un y avait dormi alors qu'ils étaient simplement recouverts d'une fine couche de poussière grisâtre.

Mark ne savait trop à quoi cela correspondait. Stella s'agenouilla devant le lit, le plus loin possible de la fenêtre, puis se releva ; elle tenait quelque chose à la main, et Mark mit un certain temps à comprendre qu'il s'agissait d'un bras. Le bras d'un homme.

– Il a toujours dormi en laissant pendre un bras sur le côté, dit Alexis, depuis que je lui ai donné le Choix.

– Qui ? demanda Mark.

– Geoff, répondit Stella. C'est tout ce qu'il reste de lui.

Comme Reinette titubait, Ramon se précipita pour la cueillir au moment où elle s'évanouissait.

– Que s'est-il passé ? demanda Alexis les yeux brillants.

Sa langueur de la veille au soir avait disparu, et Mark comprit alors qu'elle était la créatrice de Geoff.

– Je ne sais pas, bégaya Ramon. Mes domestiques sont parfaitement formés. Ils ne feraient jamais une chose pareille.

– Il faut les interroger.

– Je m'en occupe immédiatement.

Prenant conscience qu'il tenait toujours Reinette, il regarda autour de lui, comme s'il cherchait une étagère pour la ranger.

– Emmenez-la dans ma chambre, ordonna Vilmos.

Mark ne l'avait même pas vu. Pour une fois, le doyen des vampires ne focalisait pas toutes les attentions.

– Dieux tout-puissants ! s'exclama Alexis. Contrôle tes appétits !

– Comment oses-tu imaginer…

– Passe-la à Mark, dit calmement Stella. Il peut s'occuper d'elle.

Celui-ci se demanda si on lui faisait confiance ou s'il était placé trop bas dans la hiérarchie pour représenter une menace. Mais Alexis et Vilmos acquiescèrent tous deux de la tête, si bien que Ramon lui transmit presque tendrement la femme inanimée. Les autres vampires s'écartèrent sur son passage et il l'emporta dans la chambre qu'il partageait avec

Stella. Par bonheur, ils en avaient laissé la porte ouverte. Il hésita un instant à l'idée de la déposer sur le lit puis, afin de ne pas faire mauvaise impression, opta pour le canapé.

Reinette demeura une bonne heure inconsciente et Mark avait repris son travail sur les comptes de Vilmos. S'il espérait que Stella allait venir lui raconter ce qui s'était passé, il en fut pour ses frais, car on les laissa seuls. Finalement, il perçut un changement dans la respiration de sa voisine, et puis elle se mit à parler.

– Geoff est vraiment mort ? demanda-t-elle d'une toute petite voix.

À vrai dire, Geoff était mort depuis des années, cependant Mark estima que ce n'était pas le moment de pinailler.

– Malheureusement oui.

Elle tourna vers lui un visage plein de larmes, si débordant de détresse qu'il en fut tout ému, jusqu'au moment où elle sanglota :

– Mais qu'est-ce que je vais devenir ?

Incapable de la consoler, il se contenta de lui tendre une boîte de mouchoirs ; car il ne tenait pas du tout à lui tapoter le dos, encore moins à la serrer dans ses bras.

D'un seul coup, elle s'arrêta :

– Attendez, il y avait quelque chose à ce sujet dans mon contrat ! Allez, Reinette, réfléchis !

– Petite sotte, personne ne vous en demandera autant.

Mark et Reinette levèrent la tête pour apercevoir Ramon sur le seuil.

– Ramon, vous savez sûrement ce qui est prévu si Geoff devait mourir avant la fin du contrat ?

– Vous recevrez sans doute une somme correspondant au reste de votre traitement, ainsi qu'à votre rente et à votre maison.

– Et les bijoux ?

– Je suppose, quoique ça reste discutable.

– Qu'est-ce que ça veut dire ?

– Que l'unique clause applicable en la circonstance tourne autour du châtiment prévu si vous veniez à tuer votre protecteur. Lorsque le tribunal vous aura déclarée coupable, vous serez remise au créateur de Geoff, autrement dit, vous appartiendrez à Alexis jusqu'à la fin de vos jours. Dois-je ajouter qu'elle vous en veut terriblement d'avoir assassiné Geoff ?

– Je n'ai rien fait !

– Tous les autres humains de la maison ont été envoûtés et interrogés, et aucun d'entre eux n'a pénétré dans cette chambre aujourd'hui. C'est donc forcément vous qui avez ouvert les rideaux.

– Pas du tout ! Envoûtez-moi, interrogez-moi.

– Vous savez que ce n'est pas possible.

– Pourquoi ? demanda Mark.

– Reinette a été immunisée contre l'envoûtement. Cela fait partie du contrat entre une concubine et son vampire.

– Vous ne pouvez pas me donner à Alexis ! Je lui ai dit qu'elle avait l'air vieille, et elle me déteste parce que c'est vrai.

– Ce n'était pas très diplomatique, observa Ramon en faisant claquer sa langue.

Elle se remit à sangloter, encore plus violemment.

– Ramon, c'est vrai ? Alexis sera la propriétaire de Reinette ?

– Marcus, vous n'allez pas vous apitoyer sur le sort d'une meurtrière !

– Je m'apitoie sur le sort des esclaves en général. Et d'abord, qui vous dit qu'elle est coupable ?

Mark ne mangeait-il pas à la table de Reinette moins de deux heures avant qu'on ne retrouve les restes de Geoff ? Comment croire qu'elle ait pu tuer son protecteur durant les minutes qui avaient suivi ? À moins d'être une actrice hors de pair.

– Ne vous inquiétez pas, rétorqua Ramon. Il faudra d'abord que le tribunal la déclare coupable… ça ne devrait pas prendre longtemps.

Il consulta sa montre.

– Ils accordent à Reinette une heure pour se préparer.

– Une heure ?

– Pourquoi perdre du temps ? Je dois rester avec elle pour m'assurer qu'elle ne s'évade pas en se suicidant… Alexis laisse entendre qu'elle va tous nous laisser l'essayer ce soir.

La concubine se remit à gémir de plus belle. Quant à Mark, il commençait à regretter d'avoir consommé de la nourriture solide car il n'était pas sûr de pouvoir la garder encore longtemps.

– Mais Reinette va pouvoir au moins se défendre ?

– Si elle veut. Elle a aussi le droit de choisir un porte-parole. Je pourrais me porter volontaire. Ce serait rigolo. Au fait ! Stella n'a pas dit que vous étiez avocat ?

– Je fais du fiscal, pas du pénal.

– Ça ira quand même. Vous pourriez me donner des conseils. Est-ce qu'il existe des phrases appropriées en latin ? *Habeas corpus* ?

– Ramon, vous ne pouvez pas vous amuser ainsi de la vie de Reinette. Choisissez quelqu'un qui prenne la chose au sérieux.

– Oh là ! Personne n'osera jamais affronter la colère d'Alexis. Moi-même, je ne prendrais ce risque que pour me distraire un peu.

En voyant la jeune femme effondrée en sanglots sur le canapé, Mark se rappela les histoires que sa mère lui avait racontées sur leurs ancêtres qui aidaient, avec le Chemin de fer clandestin, à sauver au XIXe siècle les esclaves noirs en fuite.

– Dites-moi comment fonctionne ce tribunal, Ramon. C'est moi qui vais défendre Reinette.

Entre Ramon qui ne cherchait qu'à se moquer d'elle et sa propre incompétence, Reinette se voyait soudain offrir une solution inespérée, même si Mark n'était qu'un bébé vampire. Au moins Ramon sut-il réprimer son goût de l'absurde en lui donnant une description brève mais précise des procédures légales du monde des vampires, en elles-mêmes fort simples.

Les vampires présents allaient désigner un juge pour superviser le tribunal, en général le plus âgé d'entre eux. Ensuite, les deux parties exposeraient leurs arguments, et le juge rendrait un verdict. Toute condamnation serait immédiatement exécutable. L'équité était assurée par l'excellente mémoire des membres de la communauté ; nul ne désirait être accusé de favoritisme par un congénère qui pourrait se voir porté à la tête d'un tribunal des années plus tard.

Il n'existait aucune obligation de preuve, aucune règle de témoignage, personne ne prêtait serment sur la Bible.

– Autre chose ? demanda Mark.

– Ah oui ! Au cas où l'accusée serait déclarée coupable, son défenseur subira la même peine qu'elle.

Mark cligna des yeux et Ramon d'éclater de rire.

– Je rigole, Marcus. On est un chouia plus civilisés que ça.

– Pas assez pour empêcher Alexis de torturer Reinette.

– J'ai dit un chouia.

– Bon.

Sachant qu'il ne lui restait que quelques minutes, et connaissant l'amour des vampires pour l'élégance, Mark revêtit son plus beau costume pendant que Reinette refaisait comme elle le pouvait son maquillage avec les produits de Stella. Il la laissa faire et s'avisa soudain qu'il pourrait se munir d'un bloc-notes et d'un stylo pour le cas où.

Reinette resta accrochée à son bras tout le long du chemin vers la salle de bal, au point qu'il se demanda s'il n'allait pas devoir la porter sur les derniers mètres. Pourtant, arrivée devant la porte, elle se redressa soudain et fit son entrée la tête haute.

– Très Jeanne d'Arc, observa Ramon.

Néanmoins, Mark était impressionné. Après tout, sa cause n'était peut-être pas complètement perdue.

Les chaises de la salle avaient été disposées en rangs, comme dans un tribunal moderne, avec une estrade pour le juge, des tables pour l'accusation et la défense, un fauteuil pour les témoins. Toutes les places ou presque étaient déjà occupées par des vampires et, au fond, s'entassaient quelques humains à l'air hagard.

Le siège du juge était vide mais Alexis avait déjà gagné celui du procureur ; elle suivit d'un regard menaçant l'arrivée de Reinette dans l'allée centrale, et son expression ne se détendit guère vis-à-vis de Mark.

Il n'avait pas vu Stella en entrant, mais n'eut pas la possibilité de la chercher des yeux, alors que Ramon venait se placer devant l'assistance pour annoncer :

– Selon les traditions de notre communauté, ce tribunal a été convoqué afin de déterminer la vérité autour du meurtre de Geoff, de la lignée d'Alexis.

Tout le monde se leva et, lorsque le juge entra, Mark comprit qu'il n'avait pas besoin de chercher davantage.

Stella était ce juge.

Elle aussi parut choquée en découvrant qu'il allait défendre l'accusée. Mark jeta un regard noir vers Ramon, certainement au courant dès le début malgré ses airs faussement surpris.

– Ce n'est pas votre créatrice ? lui glissa Reinette à l'oreille. Ça devrait faciliter les choses, non ?

– Vous ne connaissez pas Stella.

Certes, elle serait juste, mais elle accomplirait son devoir sans faillir, même si cela revenait à statuer contre lui. Et, franchement, il ne se voyait pas rester avec elle si elle condamnait Reinette à l'esclavage.

Stella s'assit, bientôt imitée par toute la salle.

– Qui réclame un jugement ? commença-t-elle sur un ton solennel.

– En tant que créatrice de Geoff, commença Alexis, je demande que la concubine Reinette soit jugée pour avoir malicieusement exposé son protecteur au soleil.

– L'accusée est-elle présente ?

– Oui, répondit docilement Reinette. J'ai demandé à ce que Mark parle en mon nom.

– Mark, avez-vous été mis au courant de nos coutumes ?

– Oui, Votre Honneur.

– Dans ce cas, l'audience est ouverte. Alexis, veuillez commencer.

– Les faits sont d'une brutale simplicité. Cette créature a ouvert les rideaux en plein jour, pendant le sommeil de Geoff. Il s'est consumé sur place, jusqu'à ce que son bras tombe de son corps ravagé.

Elle marqua une pause pour laisser l'atroce image s'imprimer dans l'esprit de chacun, puis reprit :

– Selon nos lois, il me revient de faire d'elle ce que je veux.

– Mark ? Quelle est votre défense ?

– Les arguments de la défense sont tout aussi simples. Reinette est victime de cette affaire au même titre que Geoff.

Un murmure passa dans la salle jusqu'à ce que Stella le fasse taire d'un regard appuyé.

– J'appelle Reinette à la barre, dit Mark.

Celle-ci alla s'asseoir dans le fauteuil sur l'estrade.

– N'oubliez pas, la prévint Stella, qu'au moindre mensonge je vous déclarerai coupable.

– Oui, Votre Honneur.

Devant l'assistance qui la contemplait avec des yeux gourmands, elle se rengorgea.

– Reinette, commença Mark, racontez-nous ce qui s'est passé entre le moment où vous avez quitté la fête de Vilmos et celui où vous avez découvert les restes de Geoff.

Au début, elle eut du mal à articuler un mot ; mais, avec l'aide de Mark, elle parvint au bout de son récit. Geoff l'avait emportée jusqu'à sa chambre et s'était offert une petite gorgée de son sang avant de gagner sa propre suite.

– Je n'aime pas rester avec lui quand il... enfin vous savez... quand il ne respire plus, alors j'ai toujours ma chambre à moi.

Elle avait dormi jusqu'à quatorze heures passées et, après s'être longuement préparée, s'était rendue dans la salle à manger où elle avait trouvé Mark. Après le départ « un peu brusque » de celui-là, selon son propre aveu, elle avait terminé son repas, puis était remontée dans sa chambre pour y regarder la télévision et se pomponner encore un peu. En temps normal, elle aurait attendu que Geoff la rejoigne, mais comme elle espérait encore le convaincre de lui offrir un jour plus tôt son cadeau mensuel, elle s'était servie de sa clé afin de pénétrer dans la suite. Le reste était connu de tous.

Malheureusement, seul son repas avec Mark put être confirmé, et cela ne suffisait pas à prouver son innocence.

Mark lui demanda ensuite si elle avait une raison de vouloir la mort de Geoff.

– Certainement pas ! Il me donnait tout ce que je pouvais désirer, à n'importe quel prix. Je sais que c'était par contrat, mais il n'a jamais rechigné. Et puis il était très bien au lit, aussi.

Mark laissa ensuite la parole à Alexis qui n'avait qu'une question à poser, la plus implacable : Reinette savait-elle que, si Geoff mourait avant le terme de leur contrat, elle recevrait quand même tout ce qui était prévu ?

La jeune femme répondit que oui, confirmant ainsi que la mort de Geoff devrait lui rapporter une somme substantielle.

Ensuite, Mark appela Ramon, qui expliqua que les seules clés de la suite étaient en possession de Geoff, Reinette et lui-même. Même s'il avait existé un moyen pour un domestique d'y accéder, tous les humains présents dans le manoir avaient été interrogés, et aucun n'avait pénétré dans la chambre de Geoff. Mark s'enquit des mesures de sécurité, mais il se révéla que, si le terrain de la propriété était très surveillé, il n'en était pas de même pour l'intérieur de la maison.

Une fois que Ramon se fut retiré, Alexis déclara :

– La culpabilité de Reinette est claire, et je demande que le jugement soit prononcé immédiatement.

– Vous n'êtes pas habilitée à demander quoi que ce soit, rétorqua Stella. Je rendrai ma décision quand je serai prête, pas une seconde plus tôt.

Les deux vampires se défièrent du regard, mais ce fut Alexis qui finit par céder.

Pour une fois, Mark fut satisfait de les voir se battre à qui pisserait le plus loin.

Stella reprit la parole :

– Mark, désirez-vous appeler un autre témoin ?

Il feuilleta les pages blanches de son bloc-notes en essayant de trouver quelque chose à dire. Ce procès ne se déroulait aucunement comme les rares auxquels il avait déjà assisté. Peut-être pourrait-il justement en tirer quelque avantage.

– Votre Honneur, je voudrais faire une observation, si vous m'y autorisez.

Stella haussa un sourcil mais acquiesça.

– Le témoignage de Ramon laisse entendre qu'aucun humain n'est entré dans la chambre de Geoff, mais il y a dans cette demeure beaucoup plus de vampires que d'humains.

– Ramon et la fille étaient les seuls à posséder une clé, intervint Alexis.

– N'importe qui aurait pu les voler, ou forcer la serrure à l'aide d'aiguilles. Il faut juste de la patience et du savoir-faire, ce dont je crois capable chaque vampire ici présent.

Un nouveau murmure parcourut la salle jusqu'à ce que Stella reprenne la parole :

– On se calme !

– Si n'importe quel vampire a pu forcer cette serrure, reprit Mark, il a pu également ouvrir les rideaux.

– Comment ça ? s'étonna Alexis. Aucun d'entre nous ne s'est levé avant la tombée de la nuit. Le seul vampire réveillé avant, c'était vous.

Montrant ses dents d'un large sourire crispé, elle ajouta :

– Est-ce un aveu ?

Mark ne daigna même pas répondre. Il cherchait encore un moyen de prouver que quelqu'un d'autre était entré dans cette chambre. Et s'il se trompait au sujet de Reinette ? Et si elle s'était froidement moquée de lui après avoir tué Geoff ? Il la contempla de nouveau et conclut qu'il n'y croyait pas un instant. Elle n'avait qu'une chose à l'esprit : ses bijoux. Bijoux…

– Votre Honneur, Geoff offrait un bijou chaque mois à Reinette, pour l'anniversaire de leur rencontre, et elle m'a dit qu'il avait apporté un cadeau enveloppé dans un sac de velours. Je demande qu'on aille le chercher immédiatement.

Stella parut hésiter, mais Alexis ouvrit les mains d'un geste fataliste.

– Si ça peut résoudre cette histoire, cherchons la babiole de cette fille.

– Je l'autorise, dit Stella. Ramon ?

Toujours aussi souriant, celui-ci choisit deux autres vampires en tant que témoins, et fila. Quelques minutes plus tard, il revint, brandissant triomphalement un sac noir qu'il tendit à Stella. Celle-ci le retourna pour n'en faire tomber qu'un tas de poussière.

– Ramon, demanda Mark, y avait-il dans cette chambre autre chose qui ait pu correspondre au cadeau de ce mois-ci ?

– Rien, dit Ramon.

– Alors ? intervint Alexis. Nous n'avons que la parole de Reinette pour nous indiquer qu'il y ait jamais eu quelque chose dans ce sac.

– Mais nous savons que leur anniversaire tombait demain, contra Mark, et que Geoff a toujours honoré cette promesse de cadeau.

– Alors, c'est elle qui l'a volé, conclut Alexis. Elle le porte sans doute en ce moment.

– Pas du tout, protesta l'accusée. Vous n'avez qu'à me déshabiller ici même, si vous voulez vérifier.

– Comme madame voudra, railla Ramon avec un air concupiscent.

– Ramon ! le réprimanda Stella. Venez ici, ma fille.

Elle la palpa des pieds à la tête, mais sans la brusquer.

– L'accusée ne porte aucun bijou.

– Elle doit l'avoir caché, dit Alexis.

– Quand ? demanda Mark. Elle n'est pas restée seule un instant depuis qu'on a trouvé les restes de Geoff.

– Elle l'aura caché avant de donner l'alarme.

– Dans ce cas, je requiers une fouille de toute la maison.

Cette fois, ce furent des protestations d'indignation qui parcoururent la salle.

– Il y en aurait pour des jours ! Objection, Votre Honneur !

Stella interrogea Mark du regard, cherchant à savoir s'il tentait de gagner du temps, mais il demeura de marbre. Si elle était à cheval sur la procédure, lui aussi.

– Dans la mesure où des bijoux ont disparu, énonça-t-elle, vous avez sans conteste établi la possibilité qu'un vampire pouvait s'être introduit dans la chambre de Geoff pour s'en emparer. Mais, à moins que vous ne me désigniez un ou des suspects précis, je vais devoir statuer.

Réprimant une folle envie d'envoyer un coup de pied dans quelque obstacle bien dur, Mark préféra ne rien montrer de son émoi ou c'était Reinette qui en ferait les frais. D'autant qu'elle était sans doute déjà condamnée. Il ne disposait que d'un sac vide et du bras d'un vampire mort, tandis qu'Alexis avait pu exposer les moyens et l'opportunité d'agir ainsi que l'un des mobiles les plus clairs qui existent : la convoitise. Si Mark était parvenu à légèrement obscurcir les premiers, il ne pouvait rien opposer à une telle motivation. À moins que…

– Mark ? insista Stella.

– Votre Honneur, j'appelle Vilmos à la barre.

Des hoquets retentirent dans la salle ; Ramon lui-même en resta coi. Cependant, Stella décrétait :

– Vilmos, voulez-vous approcher ?

Si Mark s'attendait à des hauts cris de la part de l'intéressé, il n'en fut que plus étonné de le voir s'avancer en riant.

– Certainement. Qui suis-je pour contester un génie ?

Mark prit une longue inspiration puis :

– Vilmos, j'ai cru comprendre que vous aviez fait une offre pour les services de Reinette en tant que concubine.

– En effet, s'esclaffa celui-ci. En la circonstance, je m'estime heureux de ne pas l'avoir vu aboutir.

– J'ai cru également comprendre que les enchères étaient particulièrement élevées.

– Nous nous sommes laissé entraîner dans le feu de l'action. Nulle femme ne vaut autant d'argent. Je parle ici de femme humaine, bien sûr.

Et d'adresser un clin d'œil à Stella.

– Autrement dit, vous avez parié plus que vous ne pouviez financer.

– J'aurais honoré toutes mes promesses quelles qu'elles aient été, rétorqua Vilmos d'un ton soudain plus âpre.

– J'imagine que Geoff était dans le même état d'esprit.

– Geoff ne m'aurait pas humiliée en manquant à ses obligations, coupa Alexis.

Cette fois, Mark tenait sa réponse, cependant, il avait encore besoin d'un élément pour servir la preuve. Restait à savoir jusqu'où Stella allait accepter de jouer le jeu.

– Votre Honneur, je réclame à nouveau une fouille de la maison.

Alexis sursauta, furieuse, tandis que Vilmos éclatait de rire :

– Un génie !

Cependant, Mark ne regardait que Stella. Il avait bien dit à Reinette qu'il ne fallait voir aucun avantage à l'avoir en tant que juge, néanmoins, il espérait se tromper. Tout ne se résumait désormais qu'à une question : lui faisait-elle assez confiance pour risquer de perdre la face devant ses semblables ?

En ce qui le concernait, peu lui importait ce que pensaient les autres.

Elle finit par prendre la parole :

– J'autorise une suspension d'une heure pour procéder à cette fouille. Pas davantage. Ramon, vous pouvez choisir autant d'aides que nécessaire.

– Pourrais-je m'entretenir en privé avec Ramon ? demanda Mark.

Là-dessus, il alla lui murmurer quelques suggestions, et celui-ci parut se demander si, à son tour, il ne plaisantait pas. Mais il finit par hocher la tête avant d'emmener trois autres vampires avec lui.

Stella quitta la salle, mais Mark et Reinette demeurèrent, et l'assistance, vampires et humains confondus, de s'interroger avec avidité. Il s'interdit de faire les cents pas, mais fut par ailleurs bien assez occupé à empêcher Reinette de céder à la crise de nerfs.

Stella reparut cinq minutes avant l'écoulement du délai accordé, et Mark vit tout de suite qu'elle était aussi préoccupée que lui. La moitié des spectateurs surveillait l'horloge, l'autre guettait les portes. Une minute avant la fin de l'heure, Ramon revint, un large sourire aux lèvres.

– Je crois avoir trouvé l'élément qui manquait, proclama-t-il.

Ses assistants firent alors leur entrée, poussant devant eux un Geoff toujours bien vivant, mais auquel il manquait un bras.

Mark se tourna vers Stella qui lui souriait, si bien que ni l'un ni l'autre ne remarquèrent que Reinette s'était encore évanouie.

*
**

– C'était le meilleur canular que j'aie vu de ma vie ! commenta Ramon avec admiration.

– Pas vraiment drôle pour Reinette, observa Stella.

Ils avaient obtenu de Geoff qu'il raconte toute son histoire, cas classique du remords de l'acheteur. Après avoir signé son contrat avec Reinette, pour beaucoup plus cher qu'il n'aurait pu dépenser, il avait dû en honorer les échéances alors que la crise vidait ses comptes en banque. Ainsi que Mark put le vérifier après une étude rapide de sa fortune, il était au bord de la banqueroute, et les bijoux qu'il lui fallait acheter chaque mois allaient avoir raison de ses dernières économies.

Aussi avait-il mis en scène sa propre mort, répandant la poussière qu'il avait apportée dans le sac de velours aussitôt remarqué par Reinette, et se coupant un bras pour ajouter une touche d'horreur au spectacle.

– Parce qu'il préférait perdre un bras que la face, conclut Mark.

Stella leva les yeux au ciel.

– C'est bon, pour les blagues, il y a déjà Ramon !

– Pardon.

Après avoir mis en place sa scène de crime, Geoff s'était glissé hors de la chambre en la verrouillant derrière lui, avant d'aller se cacher dans le grenier.

– Ce qui m'étonne, c'est que vous ayez mis tant de temps à le retrouver, lança Mark à Ramon. Je vous avais pourtant dit de commencer par là.

– Oh, il ne nous a pas fallu plus de dix minutes ! Nous voulions juste soigner notre entrée.

Que répondre à cela ? Il était incorrigible.

Geoff avait l'intention de s'échapper du grenier à la première occasion et s'était déjà forgé une nouvelle identité pour la durée nécessaire à sa résurrection. Il comptait sur le fait que Reinette n'allait pas survivre trop longtemps, étant donné la vie que lui ferait Alexis, et qu'alors plus personne ne se soucierait de le traîner en justice. Reinette n'était pas vraiment appréciée.

Une fois le complot révélé, celle-ci, à l'instigation de Mark, porta plainte contre Geoff pour avoir tenté de se soustraire à leur contrat. Furieuse de se voir déshonorée, Alexis avait finalement pris le parti de la concubine.

Stella ordonna que Reinette soit exonérée de ses obligations, mais qu'elle reçoive immédiatement les sommes promises, y compris les bijoux ou leur valeur en espèces, ce qui allait mettre Geoff sur la paille. D'autre part, puisque ce dernier avait décidé de se passer d'un bras, il s'en passerait encore. Chaque fois que le membre repousserait, il serait coupé, et cela, cinq années durant. Sachant combien il était douloureux de laisser repousser ne serait-ce qu'un doigt, Vilmos lui-même frémit à l'énoncé de ce jugement. Seule Alexis décocha à la juge l'un de ses trop rares sourires.

Quant à Reinette, elle était si reconnaissante qu'elle proposa à Mark de boire son sang sur-le-champ, offre qu'il déclina poliment. S'il n'avait pas voulu la voir réduite à l'esclavage, elle ne l'éblouissait pas pour autant. Il accepta sa bague en émeraudes à titre de remerciement, dans l'intention de l'offrir à Stella à la première occasion.

– Je crois que Reinette aura tiré la leçon de cette affaire, commenta Ramon. Elle va changer de vie, sans doute reprendre ses études ou faire du bénévolat.

Comme Stella et Mark le dévisageaient d'un air dubitatif, il s'esclaffa :

– Je rigole ! Pour autant que je sache, elle va juste chercher à dépenser au plus vite l'argent de Geoff. Après, elle pourra signer un autre contrat. Ou alors, je lui offrirai le Choix.

– Ramon, souffla Mark, vous plaisantez, j'espère !

– Oh ! je sais qu'elle est fade, prétentieuse, cupide et, c'est vrai, pas très brillante.

– Alors, pourquoi ?

– Parce que je suis amoureux de cette petite garce !

Après cet aveu, il eut tôt fait de reprendre son masque hilare.

– Et puis, ça me donnerait un nouveau spectateur pour mes petites plaisanteries... autrement plus joli que vous. Peut-être qu'au bout de vingt ou trente ans, elle finirait par mûrir un peu.

Là-dessus, il s'éloigna d'un pas allègre, laissant Mark et Stella enfin seuls en tête à tête. Ce dont ils s'empressèrent de profiter.

Après quoi, Mark observa :

– Je viens de me rendre compte que Ramon avait manœuvré pour que ce soit moi qui défende Reinette.

– C'est une preuve de confiance que de mettre la vie de sa bien-aimée entre tes mains.

– Le genre de preuve dont je me serais bien passé. Il m'a obligé à t'affronter, puis il a retardé au maximum le retour de Geoff. À propos, je ne t'ai pas encore remerciée pour m'avoir accordé cette heure.

– De rien. Et puis j'en avais besoin moi aussi.

– Ah ?

Elle paraissait gênée.

– Pendant ce laps de temps, j'ai consulté un sorcier de ma connaissance. Il était prêt à se téléporter dans le manoir à mon signal pour en repartir aussitôt avec Reinette.

– Tu veux dire que tu aurais...

– Je te connais, Mark. Tu n'aurais pas défendu Reinette si tu ne l'avais pas crue innocente, et tu n'aurais jamais accepté ce qui risquait de lui arriver si je l'avais déclarée coupable. Ça m'a permis de comprendre que moi non plus.

Cette fois, il n'avait aucune réponse à lui opposer, aussi n'essaya-t-il même pas, préférant lui montrer combien il se sentait encore plus enthousiaste qu'auparavant.

Le temps qu'il achève de prouver sa gratitude, l'aube commençait à éclaircir l'horizon.

– J'avais quelque chose à te demander, souffla Mark. Pourquoi m'as-tu offert le Choix au lieu de faire de moi ton concubin ?

– Je savais que cinq années avec toi ne me suffiraient pas. Je visais à long terme.

Notes à propos des auteurs

Écrivain et journaliste, Steve Brewer a publié seize livres, dont la bande dessinée *Bubba Mabry, détective privé*, et le récent thriller *Cutthroat*. Du premier *Bubba*, *Lonely Street*, a été tiré un film indépendant, interprété par Jay Mohr, Robert Patrick et Joe Mantegna. La nouvelle de Brewer, *Limbes*, est parue dans les anthologies *Damn Near Dead* et *The Last Noel*. Après de longues années comme journaliste et chroniqueur, il rédige maintenant une chronique pour Anewscafe.com, un magazine en ligne, à Redding, en Californie, où il habite depuis 2003. Brewer a officié au Conseil national d'administration du Mystery Writers of America, et a fait deux fois partie du jury aux Edgar Awards. Vous en apprendrez davantage sur le site www.stevebrewerbooks.com.

Dana Cameron, déjà récompensée pour plusieurs de ses romans archéologiques, a remporté le prix Agatha en 2008 et a été nominée pour les Anthony et Macavity Awards en 2009 pour la nouvelle *Équipe de nuit* (parue dans *Wolfsbane and Mistletoe*, publié par Charlaine Harris et Toni L.P. Kelner). Dana vit dans le Massachusetts avec son mari. Son site www.danacameron.com attend votre visite.

Barbara D'Amato a remporté le prix Carl Sandburg de la fiction, deux fois le prix Agatha, deux fois l'Anthony et le Macavity Award, le prix Mary Higgins Clark, ainsi que plusieurs Lovies. Elle a été présidente de la MWA et de Sisters in Crime. Elle partage son temps entre Chicago et Michigan.

Brendan DuBois, du New Hampshire, est l'auteur de onze romans primés et de plus d'une centaine de nouvelles. Ses fictions ont été publiées dans *Playboy*, *Ellery Queen's Mystery Magazine*, *Alfred Hitchcock's Mystery Magazine*, et dans de nombreuses autres revues et anthologies, dont *The Best American Mystery Stories of the Century*, paru en 2000 et édité par Houghton-Mifflin. Grâce à ses nouvelles, il a remporté à deux reprises le Shamus Award du Private Eye Writers of America, et s'est vu attribuer trois nominations pour le prix Edgar Allan Poe de la part de la MWA. L'adresse de son site Web est www.brendandubois.com.

Le dernier roman de Jack Fredrickson, *Honestly Dearest, You're Dead*, est une sélection du Mystery Guild et a fait l'objet d'une excellente critique du Library Journal. Sa nouvelle *Tadesville* est parue dans le *Ellery Queen's Mystery Magazine* et a eu également de très bonnes critiques dans le *Chicago Blues* et dans *The Blue Religion* de Michael Connelly. Ses essais les plus récents sont parus dans le *Chicago Tribune Sunday Magazine*. Son prochain roman, *Hunting Sweetie Rose*, sortira chez St Martin en janvier 2011. Jack vit à l'ouest de Chicago. Vous pouvez visiter son site : www.jackfredrickson.com.

Parnell Hall est l'auteur des mots croisés mystérieux *Puzzle Lady*, de romans sur le détective privé Stanley Hastings, et de drames judiciaires avec Steve Winslow. Parnell est comédien, chanteur, auteur de chansons, scénariste, ancien détective et ex-président du Private Eye Writers of America. Ses livres ont été nominés pour les prix Edgar, Lefty et Shamus.

Charlaine Harris, en tête des meilleures ventes du *New York Times*, écrit depuis vingt-sept ans. Elle est l'auteur de romans et nouvelles allant du mystère à la science-fiction en passant par le roman sentimental. Mariée et mère de trois enfants, Charlaine vit dans la campagne de l'Arkansas avec sa famille, trois chiens et une bernache du Canada. Elle travaille pratiquement du matin au soir. La série HBO *True Blood* est basée sur sa série *La Communauté du Sud*.

Carolyn Hart est l'auteur de quarante-quatre romans. Le plus récent, paru en 2010, est *Laughed 'Till He died*, vingtième de la série *Death on Demand. Merry, Merry Ghost*, deuxième de la série, où l'on trouve Bailey Ruth Raeburn, un fantôme roux et impétueux, a été publié à l'automne 2009. Hart a été nominée neuf fois pour le prix Agatha du meilleur roman, et a été trois fois récompensée. Elle est apparue deux fois au National Book Festival de Washington DC. *Letters from Home*, un roman sur la Seconde Guerre mondiale, a été nominé pour le prix Pulitzer, par le Oklahoma Center for Poets and Writers. Carolyn vit à Oklahoma City avec son mari, Phil.

S.W. Hubbard est l'auteur de trois romans ayant pour cadre les High Peaks des montagnes Adirondack : *Take the Bait*, nominé à l'Agatha Award pour le meilleur premier roman, *Swallow the Hook* et *Blood Knot*, tous publiés par Pocket Books. Elle a aussi écrit en tant que « nègre » un thriller publié par Knopf, en 2009. Ses nouvelles sont parues dans l'*Alfred Hitchcock's Mystery Magazine*, et dans l'anthologie *Adirondack Mysteries*. Elle vit à Morristown, dans le New Jersey, où elle enseigne l'écriture inventive à d'enthousiastes adultes et adolescents.

Toni L.P. Kelner prétend que les romans de vampires sont des romans comme les autres, sauf que les morts y sont nettement plus actifs. Elle est l'auteur de la série *Where are they now ?* où apparaît la journaliste Tilda Harper, et de la série *Laura Fleming*, qui a gagné le prix *Romantic Times* de la meilleure réussite professionnelle. Elle a aussi copublié des anthologies de fantaisie urbaine avec Charlaine Harris, et a écrit de nombreuses nouvelles. Toni Kelner vit dans le nord de Boston, avec son mari, l'écrivain Stephen Kelner, leurs deux filles et deux cochons d'Inde.

Les œuvres de Lou Kemp se retrouvent dans plusieurs anthologies, et elle a reçu une honorable mention d'Ellen Datlow dans *The Year's Best Fantasy and Horror* de 2005, pour l'une de ses nouvelles. Son histoire *Sherlock's Opera* est parue dans *Seattle noir*, édité par Curt Colbert, Akashic Books (mai 2009). Elle cherche activement un agent littéraire pour son roman *Farm Hall*.

William Kent Krueger écrit une série de romans ayant lieu dans le Northwoods du Minnesota. Son héros est Cork O'Connor, ancien shérif du Tamarack County, à l'héritage mixte – moitié irlandais, moitié Ojibwé. La série a obtenu nombre de prix, dont l'Anthony Award et le Barry Award pour le meilleur premier roman, l'Anthony Award pour le meilleur roman en 2005 et 2006, le Loft-McKnight Fiction Award, et le Minnesota Book Award. Il habite à St. Paul, une ville qu'il aime profondément. Il écrit le plus souvent installé à la table d'un café dont il préfère taire l'adresse.

Margaret Maron est l'auteur de vingt-six romans et de deux collections de nouvelles. Elle est lauréate de plusieurs grands prix américains pour ses romans (Edgar, Agatha, Anthony, Macavity) et ses œuvres sont enseignées en cours de littérature et traduites en seize langues. Elle a été présidente de Sisters in Crime, de l'American Crime Writers League et du Mystery Writers of America. Native de Caroline du Nord, elle vit dans la ferme de ses aïeuls, à quelques kilomètres de Raleigh, cadre de la *Bootlegger's Daughter*, l'un des cent meilleurs romans du siècle choisis par l'Independent Mystery Booksellers Association. En 2004, Margaret a reçu le Sir Walter Raleigh Award pour le meilleur roman de l'année de Caroline du Nord. En 2008, elle s'est vu remettre le North Carolina Award de littérature, la plus belle récompense de l'État.

Martin Meyers est l'auteur de cinq romans du détective Patrick Hardy, à commencer par *Kiss and Kill.* Ses nouvelles sont parues dans des anthologies et des magazines. Sous le pseudonyme de Maan Meyers, Martin et son épouse Annette Meyers ont écrit sept romans historiques et de nombreuses nouvelles ayant pour cadre le New York des XVIIe, XVIIIe et XIXe siècles. Le septième de la série, situé en 1899, *The Organ Grinder*, a été publié en octobre 2008. La dernière nouvelle de Martin, *Nate Devlin's Money*, figurait comme Black Mask dans le *Ellery Queen's Mystery Magazine* en 2009.

New-Yorkaise de longue date, Terrie Farley Moran se pique de généalogie et apprend à jouer de l'Irish Tin Whistle, une occupation autrement plus amusante que de baby-sitter le nombre grandissant de ses petits-enfants. Ses nouvelles ont été publiées dans plusieurs revues, dont les anthologies *Murder New York Style* et *Dying in a Winter Wonderland*, aussi bien que dans le dernier numéro de l'inoubliable *Hardluck Stories.* Terrie incite tout le monde à se rendre sur le blog www.womenofmystery.net pour y apprécier les plaisanteries de huit talentueux romanciers new-yorkais.

Jeffrey Somers regrette amèrement la citation qu'il avait choisie pour l'annuaire de son lycée, extraite d'une chanson du groupe Iron Maiden ; et il aimerait aujourd'hui être capable de remonter le temps pour pouvoir réparer cette erreur. Comme pour la plupart de ceux qui ne comprennent pas la physique, il préfère écrire – plus spécialement la série *Avery Cates* de romans noirs de science-fiction, publiés par Orbit Books. Il tient aussi un blog dont l'adresse est www.jeffrey-somers.com, juste au cas où…

Mickey Spillane (1918-2006) et Max Allan Collins ont collaboré à de multiples projets, dont douze anthologies, deux films et la bande dessinée *Mike Danger.* Spillane était le meilleur vendeur américain de romans à mystères du XXe siècle. Il a donné naissance à Mike Hammer dans *I, the Jury* (1947), qui s'est vendu à des millions d'exemplaires, comme les six romans qui ont suivi. De nombreux films au ton explicite ont été tirés des romans de Spillane, dont le très noir *En quatrième vitesse* (1955), de Robert Aldrich. Quinze fois nominé pour le Shamus des Private Eye Writers of America, Collins en a été deux fois récompensé. Son roman cru, *Les Sentiers de la perdition*, a servi de base au film oscarisé de Sam Mendes interprété par Tom Hanks et Paul Newman. Réalisateur indépendant du Middle Ouest, il a produit une demi-douzaine de scénarios. Parmi ses autres succès, on peut citer deux meilleures ventes pour le *New York Times* : *Il faut sauver le soldat Ryan* et *American Gangsters*. Spillane et Collins ont tous les deux reçus le prix Eye des Private Eye Writers.

Elaine Viets écrit pour deux collections nationales de romans à succès. Les éditions Weekly ont surnommé sa série *Dead-End Job* « commentaire social ironique ». Son neuvième livre, *Half-Price Homicide*, a pour cadre le sud de la Floride. Et la série avec Josie Marcus se passe dans la ville natale d'Elaine, St. Louis. Elle a remporté l'Agatha Award et l'Anthony Award, ainsi que le Lefty pour le roman le plus drôle, en 2008. Sa grand-mère, Frances Vierling, croyait qu'elle possédait le don de double vue ; Elaine est plutôt soulagée de ne pas l'avoir.

Mike Wiecek a beaucoup voyagé en Asie et a fait toutes sortes de métiers, dont la plupart dans la finance. Aujourd'hui, il habite en famille près de Boston. Ses nouvelles, hautement reconnues et appréciées, lui ont valu un Shamus Award. Son premier roman, *Exit Strategy*, a été présélectionné pour les ITW's Thriller Awards. Vous trouverez de plus amples détails sur son site www.mwiecek.com.

Composition PCA
44400 – Rezé

Impression réalisée par
Corlet Imprimeur
14110 Condé-sur-Noireau

pour le compte des Éditions Michel Lafon

IMPRIM'VERT®

Dépôt légal : janvier 2011
N° d'impression : 134464
ISBN : 978-2-7499-1358-2
LAF 1404